AF221839

Band133 - 2
Selma Lagerlöf
Die wunderbare Reise des kleinen Nils Holgersson mit den Wildgänsen – 2. Teil

Selma Lagerlöf

Die wunderbare Reise des kleinen Nils Holgersson mit den Wildgänsen – Zweiter Teil

Band 133 - 2
1.Auflage
Taschenbuch – Literatur - Klassiker
Herausgeber Frank Weber, Marburg
Bibliografische Information der Deutschen Nationalbibliothek:
Die Deutsche Nationalbibliothek verzeichnet diese Publikation in der Deutschen
Nationalbibliografie; detaillierte bibliografische Daten sind im Internet abrufbar über
http://dnb.dnb.de
© 2018 Selma Lagerlöf
ISBN: 9783752668063
Herstellung und Verlag: BoD – Books on Demand, Norderstedt

Selma Lagerlöf

Die wunderbare Reise des kleinen Nils Holgersson mit den Wildgänsen – 2. Teil

Inhalt

XXVII. Das Eisenwerk   9

XXVIII. Der Dalelf   22

XXIX. Das Bruderteil
Die alte Grubenstadt.   30
Die Geschichte von der Faluner Grube.   34

XXX. Der Walpurgisabend   44

XXXI. Bei den Kirchen   52

XXXII. Die Überschwemmung   55
Die Schwäne in Hjälstaviken   58
Der neue Kettenhund   63

XXXIII. Die Sage von Uppland   66

XXXIV. In Upsala
Der Student.   70
Das Frühlingsfest   76
Die Probe.   81

XXXV. Daunenfein
Die Stadt, die auf dem Wasser schwimmt   84
Die Schwestern.   87

XXXVI. Stockholm   93

XXXVII. Der Adler Gorgo
Im Felsental.   106
In Gefangenschaft.   112

XXXVIII. Über Gästrikland dahin
Der kostbare Gürtel.   116
Der große Tag des Waldes   119

XXXIX. Ein Tag in Hälsingeland
Ein großes, grünes Blatt.   123
Die Neujahrsnacht der Tiere.   126

XL. In Medelpad   136

XLI. Ein Morgen in Ångermanland.
Das Brot.   141
Waldbrand   145

XLII. Västerbotten und Lappland
 Die fünf Kundschafter. 150
 Das wandernde Land. 153
 Der Traum. 156
 Am Ziel. 160

XLIII. Das Gänsemädchen Aase und der kleine Mads
 Die Krankheit. 163
 Das Begräbnis des kleinen Mads. 169

XLIV. Bei den Lappen 178

XLV. Gen Süden! Gen Süden!
 Der erste Reisetag. 189
 Auf dem Ostberge. 193
 Die Sage von Jämtland. 196

XLVI. Die Sage vom Härjetal 201

XLVII. Värmland und Dalsland 210

XLVIII. Ein kleiner Herrenhof 216

XLIX. Das Gold auf der Schäre
 Auf dem Wege nach dem Meer. 225
 Das Geschenk der Wildgänse. 228

L. Silber im Meer 232

LI. Ein großer Herrenhof
 Der alte Herr und der junge Herr. 237
 Die Sage von Westgötland. 244
 Der Gesang. 251

LII. Die Reise nach Bemmenhög 255

LIII. Bei Holger Nielsens 258

LIV. Der Abschied von den Wildgänsen 267

XXVII. Das Eisenwerk

Donnerstag, 28. April.

Fast den ganzen Tag, als die Wildgänse über den Bergwerkdistrikt hinflogen, wehte ein starker Westwind, und sobald sie versuchten, gen Norden zu steuern, wurden sie gen Osten geworfen. Akka aber glaubte, daß Reineke in dem östlichen Teil des Landes umherlief. Aus diesem Grunde wollte sie nicht nach der Seite fliegen, sondern kehrte einmal über das andere um und kämpfte sich mühselig nach Westen zurück. Auf diese Weise kamen die wilden Gänse nur langsam vorwärts, und gegen Nachmittag waren sie noch nicht weitergekommen als bis an den Bergwerkdistrikt von Westmanland. Gegen Abend legte sich der Wind plötzlich, und die müden Reisenden faßten Hoffnung auf eine Stunde ruhigen Fluges vor Sonnenuntergang. Aber da kam ein heftiger Windstoß gefahren, der trieb die Gänse vor sich her wie Bälle, und Niels Holgersen, der ganz sorglos dasaß und von keiner Gefahr träumte, ward von dem Gänserücken gehoben und in den leeren Luftraum geschleudert.

Der Junge war so klein und so leicht, daß er in dem mächtigen Sturm nicht gleich auf die Erde fallen konnte, er flog noch eine Weile mit dem Wind weiter und sank dann langsam und flatternd hinab, wie ein Blatt, das vom Baume weht.

»Ach, das hat keine Not!« dachte der Junge noch während er fiel. »Ich sinke so langsam hinab, als wäre ich ein Stück Papier. Der Gänserich Martin wird sich schon beeilen und mich wieder aufsammeln.«

Das erste, was er tat, als er auf die Erde hinabkam, war die Mütze vom Kopf zu reißen und damit zu winken, damit der große, weiße Gänserich sehen sollte, wo er war. »Hier bin ich, wo bist du? Hier bin ich, wo bist du?« rief er und war ganz erstaunt, daß der Gänserich Martin noch nicht neben ihm war.

Aber der große Weiße war nicht zu sehen, und er sah auch die Schar der Wildgänse sich nicht vom Himmel abzeichnen. Sie war ganz verschwunden.

Er fand das ja freilich ein wenig sonderbar, aber er wurde nicht bange oder unruhig. Es fiel ihm auch nicht einen Augenblick ein, daß Akka oder Martin ihn im Stich lassen könnten. Der heftige Windstoß hatte sie wohl mitgenommen. Sobald sie imstande waren, zu wenden, würden sie schon zurückkommen und ihn holen.

Aber was war denn das? Wo in aller Welt war er hingeraten? Bisher hatte er nur dagestanden und nach den Gänsen zum Himmel emporgesehen, aber jetzt blickte er plötzlich um sich. Er war nicht auf die flache Erde hinabgefallen, sondern in eine tiefe, breite Bergschlucht, oder was es nun sein mochte. Es war ein Raum so groß wie eine Kirche, mit fast lotrechten Felsenwänden nach allen Seiten und ganz ohne Decke. An der Erde lagen einige große Felsblöcke und dazwischen wuchsen Moos und Preißelbeergrün und kleine, niedrige Birken. Hier und da an den Felswänden waren vorspringende Ecken, von denen zerbrochene Leitern herabhingen. Nach der einen Seite erschloß sich ein finsteres Gewölbe, das tief in den Berg hineinzuführen schien.

Der Junge war nicht umsonst einen ganzen Tag über den Bergwerkdistrikt dahingeflogen. Er begriff sofort, daß die große Schlucht dadurch entstanden war, daß man in früheren Zeiten an dieser Stelle Erz in dem Berge gebrochen hatte. »Aber ich muß sofort versuchen, ob ich nicht wieder auf die Erde hinaufklettern kann,« dachte er, »denn sonst fürchte ich, daß meine Reisegefährten mich nicht finden können.«

Er wollte eben an die Felswand gehen, als jemand kam und ihn von hinten packte, und er hörte eine grobe Stimme in sein Ohr brummen: »Was für einer bist du denn?«

Der Junge wandte sich schnell um, und im ersten Schrecken glaubte er, einem großen Felsblock gegenüberzustehen, der mit graubrauner Bartflechte bedeckt war; dann aber gewahrte er, daß der Felsblock breite Füße hatte, auf denen er gehen konnte, und einen Kopf und Augen und einen großen, brummenden Mund.

Er konnte kein Wort der Entgegnung hervorbringen, aber das schien das große Tier auch gar nicht zu erwarten. Er warf ihn um, rollte ihn mit der Pfote hin und her und beschnüffelte ihn. Es sah so aus, als wolle es ihn verschlingen, da aber kam es auf andere Gedanken und rief: »Murre und Brumme, kommt schnell, meine Kleinen! Hier ist was Leckeres für euch!«

Augenblicklich kamen zwei zottige Junge dahergestürzt, sie standen schlecht auf den Beinen und hatten ein weiches Fell so wie junge Hunde. »Was habt Ihr da gefunden, Bärenmutter? Dürfen wir sehen, was es ist?«

»Also Bären sind es, unter die ich geraten bin,« dachte der Junge. »Dann fürchte ich, braucht sich Reineke Fuchs keine Mühe mehr zu geben, hinter mir drein zu jagen.«

Die Bärin schob den Jungen mit der Tatze den Kleinen hin, und eins von ihnen schnappte ihn weg und lief mit ihm davon. Aber es biß nicht hart zu, denn es war ausgelassen und wollte mit dem Däumling spielen, ehe es ihn tot biß. Das andere lief hinterdrein, um den Jungen zu ergattern, und kam so watschelnd und taumelnd daher, daß es dem mit dem Jungen gerade auf den Kopf fiel. Und so rollten sie über- und untereinander und rissen sich und bissen sich und brummten.

Währenddessen entkam der Junge, lief an die Felswand und begann hinaufzuklettern. Aber die beiden Bärenkinder kamen hinter ihm drein gestürzt, kletterten schnell und behende den Berg hinauf, holten ihn ein und warfen ihn auf das Moos hinab wie einen Ball. »Jetzt weiß ich, was eine arme kleine Maus empfindet, wenn sie in die Krallen der Katze geraten ist,« dachte der Junge.

Er versuchte mehrmals zu entschlüpfen. Er lief tief in den alten Grubengang hinein, verbarg sich hinter den Steinen und kletterte in die Birken hinauf, aber die Bärenkinder fanden ihn, wo er sich auch versteckte. Sobald sie ihn eingefangen hatten, ließen sie ihn wieder los, damit er ihnen wieder fortlaufen sollte, denn dann hatten sie das Vergnügen, ihn wieder einzufangen.

Schließlich wurde der Junge so müde und hatte das Ganze so satt, daß er sich an die Erde warf. »Lauf! Lauf!« riefen die Bärenkinder, »sonst fressen wir dich!« – »Meinetwegen!« sagte der Junge, »ich kann nicht mehr laufen.« Sofort stürzten die Kleinen zu der Bärenmutter. »Mutter, Mutter, er will nicht mehr spielen,« klagten sie. – »Ja, dann nehmt ihn und teilt ihn unter euch, aber ganz gerecht,« sagte die Bärenmutter. Als der Junge das hörte, wurde er so bange, daß er gleich wieder zu spielen anfing.

Als es Schlafenszeit war und die Bärin ihre Jungen rief, damit sie dicht an sie herankriechen und sich schlafen legen sollten, hatten sie sich so köstlich unterhalten, daß sie morgen dasselbe Spiel spielen wollten. Sie nahmen den Jungen zwischen sich und legten die Tatzen auf ihn, so daß er sich nicht rühren konnte, ohne sie zu wecken. Sie schliefen bald ein, und der Junge dachte, nach einer Weile wolle er versuchen, zu entschlüpfen. Aber nie in seinem Leben war so mit ihm herumgeworfen und getründelt und gejagt und gedreht worden, und er war so todmüde, daß er auch einschlief.

Ein wenig später kam der Bärenvater die Felswand hinabgeklettert. Der Junge erwachte davon, daß er Steine und Kies losriß, indem er sich in die alte Grube hinuntergleiten ließ. Der Junge wagte ja kaum, sich zu rühren, aber er drehte und wendete sich so, daß er den Bären sehen konnte. Es war ein mächtig großer, starkgliedriger Bär mit gewaltigen Tatzen, großen, schimmernd weißen Eckzähnen und kleinen, boshaften Augen. Der Junge konnte nichts dafür, daß es ihm kalt den Rücken hinablief, als er den alten König des Waldes erblickte.

»Es riecht hier nach Menschen!« sagte der Bärenvater, sobald er zu der Bärenmutter gelangt war, und dabei brummte er wie ein Gewitter.

»Wie kannst du nur auf solche Dummheiten verfallen!« sagte die Bärenmutter und blieb ruhig liegen, wo sie lag. »Es ist ja eine Verabredung, daß wir den Menschen kein Leid mehr zufügen wollen. Aber käme einer hier hinab, wo ich und die Kleinen hausen, so würde nicht so viel von ihm übrigbleiben, daß du es riechen könntest.«

Der Bärenvater legte sich neben die Bärenmutter, schien aber nicht ganz zufrieden mit der Antwort zu sein, denn er konnte es nicht lassen zu schnobern und zu wittern.

»Laß doch das alte Geschnober noch!« sagte die Bärenmutter. »Du solltest mich doch nachgerade genug kennen, um zu wissen, daß ich nichts, was Unheil anrichten kann, in die Nähe der Kleinen kommen lasse. Erzähle mir lieber, was du unternommen hast? Ich habe dich eine ganze Woche nicht gesehen.«

»Ich bin ausgewesen und habe mich nach einer neuen Wohnung umgesehen,« sagte der Bärenvater. »Zuerst ging ich nach Wärmland hinüber, um unsere Verwandten im Neuwald zu fragen, wie sie sich da im Lande befänden, aber die Mühe hätte ich mir sparen können. Sie waren alle fort. Da war auch nicht ein Bärenlager im ganzen Walde.«

»Ich glaube, die Menschen wollen die ganze Erde für sich haben,« sagte die Bärenmutter. »Wenn wir auch Menschen und Vieh in Ruhe lassen und nur von Preißelbeeren und Ameisen und Pflanzen leben, so werden sie uns doch nicht erlauben, im Walde zu bleiben. Ich möchte wohl wissen, wo wir hinziehen und sicher sein könnten, daß man uns wohnen ließe.« – »Hier in dieser Grube haben wir uns ja so viele Jahre wohlgefühlt,« sagte der Bärenvater, »aber ich kann mich nicht darin finden, hier zu wohnen, nachdem das große Bullerwerk ganz dicht neben uns gebaut ist. Ich bin jetzt zuletzt östlich vom Dalelf gewesen, nach Garpenberg zu, um mich dort umzusehen. Auch dort waren viele alte Grubenlöcher und andere gute Schlupfwinkel, und es schien mir, als wenn man da so ziemlich Ruhe vor Menschen haben würde ...«

Während der Bärenvater das sagte, erhob er sich und schnoberte nach allen Seiten. »Es ist sonderbar, jedesmal, wenn ich von Menschen spreche, spüre ich wieder den Geruch,« sagte er.

»Sieh selbst nach, wenn du mir nicht glauben willst,« sagte die Bärenmutter. »Ich möchte wohl wissen, wo ein Mensch hier versteckt liegen sollte.«

Der Bär machte die Runde durch die Höhle und schnoberte. Schließlich legte er sich, ohne ein Wort zu sagen, wieder neben die Bärenmutter.

»Aber du glaubst natürlich nicht, daß auch andere als du Nase und Ohren haben.«

»Man kann nie vorsichtig genug mit so einer Nachbarschaft sein, wie wir sie haben,« sagte der Bärenvater ruhig. Aber dann fuhr er mit einem Gebrüll in die Höhe. Es traf sich so unglücklich, daß eins der Bärenkinder seine Tatze auf Niels Holgersens Gesicht gelegt hatte, so daß der arme Junge nicht atmen konnte, sondern niesen mußte. Jetzt war es der Bärenmutter nicht mehr möglich, den Bärenvater ruhig zu halten. Er warf die Kleinen nach rechts und nach links und gewahrte den Jungen, ehe er sich noch erhoben hatte.

Er würde ihn sofort verschlungen haben, wenn sich die Bärenmutter nicht ins Mittel gelegt hätte. »Rühr' ihn nicht an! Das ist das Spielzeug der Kinder!« sagte sie, »Sie haben sich den ganzen Abend so herrlich mit ihm belustigt, daß sie es nicht übers Herz bringen konnten, ihn zu fressen, sondern ihn zu morgen aufheben wollten.« Der Bär aber schob die Bärin beiseite. »Mische dich nicht in Dinge, für die du kein Verständnis hast,« brüllte er. »Kannst du denn nicht merken, daß es nach Menschen riecht? Den fresse ich sofort auf, sonst spielt er uns noch irgendeinen schlimmen Streich.«

Er öffnete schon den Rachen, nun aber hatte der Junge Zeit gehabt, sich zu besinnen, und er hatte in größter Eile seine Streichhölzer aus dem Ranzen geholt – sie waren das einzige Verteidigungsmittel, das er besaß. Er strich ein Streichholz an seinen Lederhosen an, und als es mit heller Flamme brannte, steckte er es dem Bären in den Rachen.

Der Bär schnob, als er den Schwefelgeruch in die Nase bekam, und dann erlosch die Flamme. Der Junge hatte ein neues Streichholz bereit, aber merkwürdigerweise wiederholte der Bärenvater seinen Angriff nicht.

»Kannst du viele von den kleinen, blauen Rosen anzünden?« fragte er.

»Ich kann so viele anzünden, daß sie dem ganzen Walde den Garaus machen könnten,« erwiderte der Junge, denn er glaubte, daß er auf die Weise dem Bären bangemachen könne.

»Könntest du vielleicht Haus und Gehöft anzünden?« sagte der Bärenvater.

»Ja, das ist eine Kleinigkeit für mich,« prahlte der Junge und hoffte, daß der Bärenvater Respekt vor ihm bekommen würde.

»Das ist gut,« sagte der Bärenvater. »Dann sollst du mir einen Dienst leisten. Nun freue ich mich wirklich, daß ich dich nicht aufgefressen habe.«

Dann nahm der Bär den Jungen ganz vorsichtig zwischen die Zähne und kletterte mit ihm aus der Höhle heraus. Das ging erstaunlich leicht und schnell, obwohl er so groß und schwer war. Oben angelangt, lief er sogleich in den Wald. Auch das ging sehr schnell. Es unterlag keinem Zweifel, daß der Bärenvater wie dazu geschaffen war, sich den Weg durch dichte Wälder zu bahnen. Sein schwerer Körper schoß durch das Dickicht wie ein Boot durch das Wasser.

Der Bärenvater lief weiter, bis er an einen Hügel am Waldessaum anlangte, von wo aus er das große Eisenwerk sehen konnte. Dort legte er sich nieder, stellte den Jungen vor sich hin und hielt ihn mit beiden Tatzen fest.

»Sieh dir nun das große Bullerwerk da unten an,« sagte er zu dem Jungen.

Das Eisenwerk lag mit seinen vielen hohen und großen Gebäuden am Ufer eines Wasserfalls. Hohe Schornsteine spien schwarze Rauchwolken aus, das Feuer aus den Schmelzöfen flammte, und aus allen Fenstern und Luken schimmerte Licht. Dadrinnen waren Hämmer und Walzwerke im Gange, und sie arbeiteten mit so großer Kraft, daß die Luft widerhallte von Lärm und Gebuller. Rings um das Fabrikgebäude selbst lagen mächtige Kohlenschuppen, große Haufen von Schlacken, Speicher, Bretterstapel und Gerätschaftshäuser. Ein wenig weiterhin stand eine lange Reihe von Arbeiterwohnungen, nette Villen, Schulen, Versammlungshäuser und Läden. Aber all das andere war still und schien zu schlafen. Der Junge sah gar nicht nach der Seite, er hatte nur Auge für das Eisenwerk. Die Erde rings um das Werk war schwarz, der Himmel wölbte sich herrlich dunkelblau über den Flammen aus dem Schmelzofen, der Gießbach glitt weißschäumend vorüber, und das Werk selbst stand da und sandte Licht und Rauch und

Feuer und Funken in die Nacht hinaus. Nie hatte er etwas so Gewaltiges gesehen.

»Willst du nun auch behaupten, daß du eine so große Einrichtung anstecken kannst?« fragte der Bär.

Da stand nun der Junge eingeklemmt zwischen den Bärentatzen und glaubte, das Einzige, das ihn retten könne, sei, daß der Bär hohe Gedanken von seiner Macht und Tüchtigkeit bekam. »Es ist ganz einerlei, ob es groß oder klein ist,« sagte er deswegen. »Ich kann es trotzdem zum Brennen bringen.«

»Dann will ich dir etwas sagen,« erwiderte der Bären-Vater. »Meine Vorfahren haben in dieser Gegend gehaust, seit hier im Lande Wald zu wachsen begann, und ich habe Jagdgefilde und Grasfelder und Höhlen und Schlupfwinkel von ihnen geerbt und habe hier mein Lebelang in Ruhe und Frieden gewohnt. Zu Anfang wurde ich nicht viel von den Menschen gestört. Sie gingen in die Berge und hackten darin herum und sammelten ein wenig Erz heraus, und hier unten am Gießbach hatten sie ein Hammerwerk und einen Schmelzofen. Aber der Hammer bullerte nur ein paarmal am Tage, und in dem Schmelzofen war nur ein paar Monate hintereinander Feuer.

Darin konnte ich mich allenfalls finden. Aber jetzt in den letzten Jahren, seit sie dies Bullerwerk hier gebaut haben, das ununterbrochen Tag und Nacht lärmt, kann ich es hier nicht mehr aushalten. Früher wohnten hier nur ein Verwalter und einige Schmiede, aber jetzt ist es hier so voll von Menschen, daß ich nie sicher vor ihnen sein kann. Ich glaubte schon, ich müßte von hier fortziehen, aber nun habe ich einen besseren Ausweg gefunden.«

Der Junge dachte bei sich, welchen Ausweg der Bärenvater wohl gefunden haben könne, aber er hatte keine Zeit zu fragen, denn nun nahm ihn der Bärenvater wieder zwischen die Zähne und trottelte mit ihm den Hügel hinab. Der Junge konnte nichts sehen, aber aus dem zunehmenden Lärm begriff er, daß sie sich dem Eisenwerk näherten.

Der Bärenvater kannte das Eisenwerk gut. Er war in manch einer dunklen Nacht da umhergegangen, hatte beobachtet, was da vor sich ging und sich selbst gefragt, ob denn die Arbeit nie unterbrochen werden würde. Er hatte die Mauern mit den Tatzen untersucht und gewünscht, so stark zu sein, daß er das ganze Gebäude mit einem einzigen Schlag zu Boden schlagen könne.

Es war nicht leicht, ihn von der schwarzen Erde zu unterscheiden, und da er sich obendrein in dem Schatten der Mauern hielt, war keine besondere Gefahr vorhanden, daß er entdeckt werden würde. Jetzt ging er ohne Furcht zwischen die Werkstätten hinein und kletterte auf einen Schlackenhaufen. Hier richtete er sich auf den Hinterbeinen auf, nahm den Jungen zwischen die Vordertatzen und hob ihn in die Höhe.

»Versuche, ob du in das Haus hineinsehen kannst!« sagte er.

Drinnen im Eisenwerk waren sie beim Bessemerblasen. Oben unter der Decke hing eine große, runde Kugel, die mit geschmolzenem Eisen gefüllt war; in die preßten sie einen starken Luftstrom hinein. Und als die Luft mit einem schrecklichen Lärm in die Eisenmasse hineindrang, stoben große Schwärme von Funken daraus heraus. Die Funken kamen in Bündeln, in Garben, in langen Trauben. Sie hatten viele verschiedene Farben, waren groß und klein, fuhren gegen eine Wand und flogen über den ganzen großen Raum hinaus. Der Bärenvater ließ den Jungen das prachtvolle Schauspiel ansehen, bis sie mit dem Blasen fertig waren, und der rote, fließende, schön schimmernde Strahl aus der runden Kugel in die Eimer hinabströmte. Der Junge fand das, was er sah, so schön, daß er ganz außer sich geriet und nahe daran war zu vergessen, daß er zwischen zwei Bärentatzen gefangen saß.

Der Bärenvater ließ den Jungen auch in das Walzwerk hineingucken. Ein Arbeiter war gerade dabei, ein kurzes und dickes Stück Eisen aus einem Ofen zu nehmen und es unter eine Walze zu legen. Als das Eisen wieder aus der Walze herauskam, war es lang und zusammengedrückt. Sogleich ergriff ein anderer Arbeiter es und legte es unter eine härtere Walze, die es noch länger und dünner machte. So ging es von Walze zu Walze, wurde gereckt und gestreckt und schlängelte sich schließlich als viele Ellen langer, rotglühender Faden am Fußboden entlang. Aber während das erste Stück Eisen gepreßt wurde, nahmen sie ein neues aus dem Ofen und legten es unter die Walzen, und wenn es ein wenig in Bewegung gekommen war, holten sie ein drittes. Unablässig schlängelten sich neue, rote Fäden gleich zischenden Schlangen am Boden entlang. Der Junge fand, daß es schön war, das Eisen zu sehen, noch schöner aber, die Arbeiter zu beobachten, die leicht und behende die glühenden Schlangen mit ihren Zangen packten und sie unter die Walzen zwangen. Es war für sie gleichsam ein Spiel, das siedende Eisen zu handhaben. »Das muß ich sagen, dies ist eine Arbeit für Männer,« dachte der Knabe.

Der Bär ließ ihn auch in den Schmelzofen hineinsehen und in die Stangeneisenschmiede, und der Junge staunte mehr und mehr, als er sah, wie die Schmiede Feuer und Glut handhabten. »Die Leute sind nicht bange vor Feuer und Hitze,« dachte er. Rußig und schwarz waren sie auch. Dem Jungen erschienen sie wie eine Art Feuermenschen, so wie sie das Eisen nach Belieben zu biegen und formen vermochten. Er konnte sich nicht denken, daß gewöhnliche Menschen eine solche Macht haben konnten.

»So arbeiten sie hier Tag für Tag und Nacht für Nacht,« sagte der Bärenvater und legte sich auf die Erde nieder. »Du kannst wohl begreifen, daß das nicht zum Aushalten ist. Ein Glück, daß ich dem Treiben jetzt ein Ende machen kann.«

»Könnt Ihr das?« fragte der Junge. »Wie wollt Ihr das nur machen?«

»Ich habe mir gedacht, daß du die Gebäude hier anstecken sollst,« sagte der Bärenvater. »Auf die Weise würde ich den ewigen Spektakel los werden und könnte in meiner Heimat wohnen bleiben.«

Dem Jungen lief es kalt wie Eis über den ganzen Körper. Darum also hatte der Bärenvater ihn hierhergebracht! »Wenn du das Bullerwerk ansteckst, verspreche ich dir, daß du dein Leben behalten sollst,« sagte der Bärenvater. »Tust du aber nicht, was ich will, so wird es bald mit dir aus sein.«

Die großen Werkstätten hatten starke Mauern, und der Junge dachte, der Bärenvater kann soviel befehlen, wie er wollte, es war ja ganz unmöglich, ihm zu gehorchen. Gleich darauf aber sah er, daß es am Ende doch nicht so ganz unmöglich sein würde. Dicht neben ihm lag ein Haufen Stroh und Hobelspäne, den er leicht anstecken konnte, neben den Spänen befand sich ein Bretterstapel, und der Bretterstapel stieß an den großen Kohlenschuppen. Der Kohlenschuppen aber ging ganz bis an die Werkstätten heran, und wenn der zu brennen anfing, würde das Feuer bald auf das Dach des Eisenwerks hinüberspringen. Das Feuer würde alles ergreifen, was es an Brennbarem gab. Die Mauern würden vor Hitze bersten und die Maschinen würden zerstört werden.

»Nun, willst du, oder willst du nicht?« fragte der Bärenvater.

Der Junge wußte recht gut, daß er gleich antworten müsse, er wolle nicht, aber er wußte auch, daß die Bärentatzen, die ihn umklammert hielten, ihn mit einer einzigen Bewegung totdrücken würden. So sagte er denn: »Ich bitte um Erlaubnis, mich einen Augenblick zu besinnen.«

»Nun ja, meinetwegen,« sagte der Bärenvater. »Aber ich will dir auch sagen, daß gerade das Eisen den Menschen eine solche Übermacht über uns Bären gegeben hat, daß ich auch aus dem Grunde der Arbeit hier ein Ende machen möchte.«

Der Junge dachte, er wolle die Bedenkzeit dazu benutzen, um auf irgendeine Weise zu entkommen, aber er war so bange, daß er seine Gedanken nicht zu zwingen vermochte, den Weg zu gehen, den er wollte, statt dessen mußte er daran denken, welch eine gute Hilfe das Eisen für die Menschen war. Sie brauchten Eisen zu allem. Eisen war in dem Pflug, der die Furchen auf dem Felde zog, in der Axt, die das Holz schlug, in der Sense, die das Korn mähte, in dem Messer, das zu allem möglichen benutzt werden konnte. Eisen war in dem Zaum, mit dem das Pferd gelenkt wurde, in dem Schloß, das die Tür verschloß, in den Nägeln, die die Möbel zusammenhielten, in den Platten, mit denen das Dach gedeckt war. Die Büchse, die die wilden Tiere ausgerottet hatte, war aus Eisen und ebenso die Hacke, die das Erz in den Gruben gebrochen hatte. Mit Eisen waren die Kriegsschiffe bekleidet, die er in Karlskrona gesehen hatte, auf Eisenschienen rollten die Lokomotiven durch das Land, aus Eisen war die Nadel, die den Rock nähte, die Schere, die die Schafe schur, der Kessel, in dem das Essen gekocht wurde. Groß und Klein, alles, was nützlich und unentbehrlich war, bestand aus Eisen. Der Bärenvater hatte ja recht, daß das Eisen den Menschen ihre Übermacht über die Bären gegeben hatte.

»Na, willst du nun, oder willst du nicht?« fragte der Bärenvater.

Der Junge fuhr aus seinen Gedanken auf. Hier stand er und dachte an ganz unnötige Dinge und hatte noch nicht ausfindig gemacht, wie er entkommen sollte. »Ihr müßt nicht so ungeduldig sein,« sagte er. »Es ist eine wichtige Sache für mich, und ich muß Zeit haben, sie mir zu überlegen.«

»Ja, dann überlege nur noch eine Weile,« entgegnete der Bärenvater. »Das will ich dir aber doch sagen, das Eisen ist schuld daran, daß die Menschen so viel klüger geworden sind als wir Bären, und allein aus dem Grunde will ich ihm den Garaus machen.«

Als der Junge diese neue Frist erhalten hatte, wollte er sie benutzen, um einen Rettungsplan zu ersinnen. Aber die Gedanken gingen in jener Nacht, wie sie wollten, und sie fingen wieder an, sich mit dem Eisen zu beschäftigen. Nach und nach wurde es ihm klar, wieviel die Menschen hatten denken und grübeln müssen, ehe sie ausfindig gemacht hatten, wie sie das Eisen aus dem Erz herausschmelzen konnten, und er sah deutlich die alten, schwarzen Schmiede vor sich, wie sie über die Esse gebeugt standen und darüber nachgrübelten, wie sie es am besten einrichten konnten. Vielleicht weil sie solange gegrübelt hatten, war der Verstand bei den Menschen gewachsen, bis sie es schließlich dahin brachten, so große Fabriken zu bauen. Es unterlag wohl keinem Zweifel, daß die Menschen dem Eisen mehr schuldeten als sie selbst ahnten.

»Nun, wie steht es?« fragte der Bärenvater. »Willst du, oder willst du nicht?«

Der Knabe zuckte zusammen. Hier stand er und dachte überflüssige Gedanken und wußte noch nicht, wie er es anfangen sollte zu entkommen. »Es ist nicht so leicht, sich zu entscheiden, wie Ihr glaubt,« sagte er. »Ihr müßt mir Bedenkzeit geben.«

»Ja, ein wenig will ich noch auf dich warten,« sagte der Bärenvater. »Aber dann erhältst du keinen Aufschub mehr. Du mußt wissen, das Eisen ist schuld daran, daß die Menschen hier im Bärenlande wohnen, da wirst du wohl verstehen, daß ich ihm gern zuleibe will.«

Der Junge wollte die letzte Frist benutzen, um einen Ausweg zu finden, aber so unruhig und verwirrt, wie er war, gingen die Gedanken ihre eigenen Wege, und nun beschäftigten sie sich mit alledem, was er gesehen hatte, während er über den Bergwerkdistrikt dahinflog. Wie wunderbar wer es doch, daß es draußen in der Wildnis so viel Leben und Bewegung, so viel Arbeit gab! Wie leer und öde würde es hier ohne das Eisen gewesen sein! Er dachte an dies Eisenwerk, das, seit es erbaut war, so vielen Menschen Arbeit geliefert hatte, und das jetzt so viele Häuser voller Menschen um sich geschart und Eisenbahnen und Telegraphendrähte an sich gezogen hatte, und das ...

»Nun, wie steht es?« fragte der Bär. »Willst du, oder willst du nicht?«

Der Junge strich sich mit der Hand über die Stirn. Er hatte keinen Ausweg gefunden, soviel aber wußte er, dem Eisen wollte er nichts Böses zufügen, es war eine so gute Hilfe für reich und arm, es schaffte so vielen Menschen im Lande Brot.

»Ich will nicht,« sagte er.

Der Bärenvater klemmte die Tatzen ein wenig härter zusammen, ohne etwas zu sagen.

»Ihr werdet mich nie dazu bewegen, ein Eisenwerk zu zerstören.« sagte der Junge. »Denn das Eisen ist zu einem so großen Segen, daß es unrecht ist, sich daran zu vergreifen.«

»Dann erwartest du wohl auch nicht, daß ich dich am Leben lasse?« fragte der Bär.

»Nein, das erwarte ich nicht,« sagte der Junge und sah dem Bären gerade in die Augen.

Der Bärenvater klemmte die Tatzen noch ein wenig fester zusammen. Es tat so weh, daß dem Jungen Tränen in die Augen traten, aber er kniff den Mund zusammen und sagte kein Wort.

»Gut! Eins, zwei, dr...!« sagte der Bärenvater und hob langsam die eine Tatze, denn er hoffte bis zuletzt, daß der Junge sich ergeben werde.

Im selben Augenblick hörte der Junge etwas in der Nähe klirren, und er sah einen blanken Büchsenlauf ein paar Schritte von ihnen entfernt. Er wie auch der Bärenvater waren so von ihren eigenen Angelegenheiten in Anspruch genommen, daß sie nicht beachtet hatten, wie ein Mensch ganz dicht an sie herangeschlichen war.

»Bärenvater!« rief der Junge, »hört Ihr nicht, daß jemand den Hahn eines Gewehrs spannt? Lauft! Sonst werdet Ihr totgeschossen!«

Der Bärenvater machte sich schleunigst aus dem Staube, hatte aber doch Zeit genug, den Jungen mitzunehmen. Ein paar Schüsse knallten, als er davonstürzte, und die Kugeln pfiffen ihm um die Ohren, aber er entkam glücklich.

Wie der Junge jetzt da hing und aus dem Rachen des Bären herausbaumelte, fiel es ihm ein, daß er sich wohl noch nie so töricht benommen hatte wie in dieser Nacht. Hätte er nur geschwiegen, so wäre der Bär erschossen, und er selbst wäre frei gewesen. Aber er hatte sich so daran gewöhnt, den Tieren zu helfen, daß er tat, ohne darüber nachzudenken.

Als der Bärenvater eine Strecke in den Wald hineingekommen war, blieb er stehen und setzte den Jungen an die Erde. »Hab' Dank, kleiner Mann,« sagte er. »Die Kugeln hätten sicher besser getroffen, wenn du nicht gewesen wärest. Und nun will ich dir dafür einen Dienst erweisen. Solltest du jemals wieder einem Bären begegnen, so sage ihm nur, was ich dir jetzt zuflüstere. Dann rührt er dich nicht an.«

Damit flüsterte der Bär dem Jungen ein paar Worte ins Ohr und eilte davon, denn er glaubte zu hören, daß die Hunde und Jäger ihn verfolgten.

Der Junge aber stand allein im Walde, frei und unbeschädigt, und konnte kaum begreifen, wie das möglich war.

Die Wildgänse waren den ganzen Abend hin und her geflogen, hatten gespäht und gerufen, ohne jedoch Däumeling finden zu können. Sie suchten noch lange, nachdem die Sonne untergegangen war, und als es schließlich so dunkel wurde, daß sie sich hinstellen und schlafen mußten, waren sie sehr mißmutig. Alle ohne Ausnahme glaubten sie, der Junge habe sich im Fall verletzt und läge nun tot im Unterholz, wo sie ihn nicht sehen konnten. Aber am nächsten Morgen, als die Sonne über die Berge guckte und die wilden Gänse weckte, lag der Junge wie gewöhnlich mitten zwischen ihnen und schlief, und er konnte sich des Lachens nicht enthalten, als er erwachte und sie vor Erstaunen schreien und gackern hörte.

Sie waren so neugierig zu erfahren, was sich mit ihm zugetragen hatte, daß sie nicht auf die Weide fliegen wollten, ehe er alles erzählt hatte, was ihm begegnet war. Schnell und munter erzählte der Junge sein ganzes Abenteuer mit den Bären, aber dann war es, als wolle er nicht mehr erzählen. »Wie ich zu euch zurückgekommen bin, das wißt ihr wohl schon?« sagte er. – »Nein, wir wissen nichts. Wir glaubten, du hättest dich totgefallen.« – »Das ist doch sonderbar,« sagte der Junge. »Ja, als der Bärenvater von mir ging, kletterte ich in eine Tanne und schlief ein. Aber beim ersten Tagesgrauen erwachte ich davon, daß ein Adler über mich dahinsauste, mich in seine Fänge nahm und mich entführte. Ich dachte natürlich, jetzt sei es aus mit mir. Aber er tat mir nichts, flog nur hierher und ließ mich mitten zwischen euch fallen.«

»Sagte er nicht, wer er sei?« fragte der große, weiße Gänserich.

»Er war verschwunden, ehe ich auch nur danke hatte sagen können. Ich glaubte, Mutter Akka habe ihn gesandt, um mich zu holen.«

»Das ist doch sonderbar!« sagte der weiße Gänserich. »Bist du auch sicher, daß es ein Adler war?«

»Nie in meinem Leben habe ich einen Adler gesehen,« antwortete der Junge. »Aber er war so groß, daß ich ihm keinen geringeren Namen geben kann.«

Der Gänserich Martin wandte sich nach den Wildgänsen um, er wollte hören, wie die hierüber dachten. Aber sie standen da und sahen in die Luft hinauf, und es sah so aus, als dächten sie an ganz andere Dinge.

»Wir dürfen aber doch nicht ganz vergessen, heute zu frühstücken,« sagte Akka und erhob die Flügel zu schnellem Flug.

XXVIII. Der Dalelf

Freitag, 29. April.

An diesem Tage bekam Niels Holgersen das südliche Dalarna zu sehen. Die wilden Gänse lenkten ihren Flug über das gewaltige Grubenfeld von Grängesberg, über die großen Anlagen bei Ludvika, über das Eisenwerk von Ulvshytten und das alte, verlassene Werk von Grängshammar, bis ganz hinauf zu den Ebenen von Stora Tuna und dem Dalelf. Als Niels zu Anfang der Fahrt hinter jedem Bergrücken Fabrikschornsteine aufragen sah, meinte er, das Ganze sei wie in Vestmanland, aber als er über den großen Elf kam, sollte er etwas Neues kennen lernen. Es war der erste richtige Fluß, den der Junge sah, und es machte einen gewaltigen Eindruck auf ihn, diese große, breite Wassermasse durch das Land dahingleiten zu sehen.

Als die Wildgänse die Floßbrücke von Torsång erreicht hatten, machten sie Kehrt und flogen nach Nordwesten an dem Elf entlang, als wollten sie ihn zum Wegweiser benutzen. Der Junge saß da und sah auf die Ufer hinab, wo eine ganze Strecke lang ein Gebäude neben dem anderen lag. Er sah den großen Wasserfall bei Domnarfvet und Kvarnsveden und die großen Fabriken, die er zu treiben hatte. Er sah die Floßbrücken, die auf dem Elf ruhten, die Fähren, die er zu tragen hatte, die Balken, die er von dannen führte, die Eisenbahnen, die an ihm entlang liefen oder quer über ihn hinweg, und nach und nach wurde es ihm klar, was für ein großes und merkwürdiges Gewässer dies war.

Der Elf machte einen großen Bogen nach Norden. In der Krümmung war es öde und menschenleer, und die Wildgänse ließen sich auf einer Wiese nieder, um zu grasen. Der Junge lief von ihnen fort bis ganz an den Abhang, um den Elf zu betrachten, der in einem breiten Bett tief unter ihm dahinfloß. Eine Landstraße führte ganz an den Elf heran, und die Reisenden wurden auf einer Fähre übergesetzt. Das war etwas Neues für Niels, und es belustigte ihn es anzusehen, aber plötzlich wurde er von einer schrecklichen Müdigkeit befallen. »Ich muß ein wenig schlafen. Ich habe diese Nacht ja kaum ein Auge geschlossen,« dachte er, kroch in einen dichten Grasbüschel hinein, verbarg sich, so gut er konnte, unter Gras und Stroh und schlief ein. Er erwachte davon, daß er einige Menschen, die auf der Wiese saßen, sprechen hörte. Sie waren auf der Landstraße gekommen, konnten aber nicht über den Elf gesetzt werden, weil große Eisstücke stromabwärts schwammen und die

Überfahrt hinderten. Während sie warteten, gingen sie auf die Wiese, setzten sich dort hin und redeten darüber, wie beschwerlich es doch mit dem Elf sei.

»Ich möchte wohl wissen, ob wir in diesem Jahr wieder eine solche Überschwemmung haben werden wie im vergangenen,« sagte ein Bauer. »Da ging der Elf daheim bei uns ganz bis an die Telephonstangen hinauf und nahm unsere ganze Floßbrücke mit fort.«

»Im vergangenen Jahr hat er in unserer Gegend keinen sonderlichen Schaden angerichtet,« sagte ein anderer, »aber das Jahr vorher nahm er mir eine ganze Scheune voll Heu weg.«

»Nie vergesse ich die Nacht, als er die große Brücke bei Domnarfvet zerstörte,« warf ein Eisenbahnarbeiter dazwischen. »In der Nacht hat niemand auf dem ganzen Werk ein Auge geschlossen.«

»Freilich richtet der Elf viel Schaden an,« sagte ein großer, stattlicher Mann, »aber wenn ich euch so schlecht von ihm reden höre, kann ich nicht umhin, an den Propst daheim zu denken. Es war ein Fest im Hause des Propstes und die Leute saßen da und beklagten sich über den Elf, genau so, wie ihr es jetzt tut, da aber wurde der Propst ganz zornig und sagte, er wolle uns eine Geschichte erzählen. Und als er geendet hatte, war da niemand, der auch nur ein böses Wort über den Dalelf hätte sagen können, und ich möchte wohl wissen, ob es euch nicht ebenso ergangen wäre, wenn ihr mit dabei gewesen wäret.«

Als die Wartenden das hörten, wollten sie alle wissen, was der Propst von dem Elf gesagt hatte, und der Bauer erzählte dann die Geschichte, so gut er sich ihrer entsinnen konnte.

»Oben an der norwegischen Grenze lag ein Bergsee. Dem entströmte ein Bach, der gleich von Anfang an trotzig und heftig war. So klein er war, wurde er doch Storaa, der große Bach, genannt, weil es so aussah, als könne etwas Tüchtiges aus ihm werden.

Gleich als er aus dem See herauskam, warf er einen Blick um sich; er wollte sehen, welche Richtung er am besten einschlagen solle; aber es war im Grunde kein ermunternder Anblick, der ihm da entgegentrat. Rechts, links und geradeaus war nichts zu sehen als waldbedeckte Bergrücken, die nach und nach in kahle Felswände übergingen und sich allmählich zu hohen Berggipfeln erhoben.

Der Storaa warf den Blick nach links. Dort hatte er den Langfjeld mit dem Djupgravstöt, Barrfröhågna und Storvätteshågna. Er sah gen Norden; dort hatte er den Näsfjeld, im Osten stand der Nipfjeld und im

Süden der Städjan. Er war nahe daran zu denken, ob es nicht am klügsten sei, wieder in den See zurückzukehren. Aber dann fand er, daß er doch wenigstens einen Versuch machen müsse, den Weg zum Meer zu finden, und so machte er sich denn auf die Wanderschaft.

Es ist leicht zu verstehen, daß es ein hartes Stück Arbeit war, sich den Weg durch dies wilde Bergland zu bahnen. Lag ihm nichts weiter im Wege, so war da doch immer der Wald. Er mußte eine Fichte nach der anderen umreißen, um sich freien Lauf zu schaffen.

Am mächtigsten und stärksten war er im Frühling, wenn der erste Zufluß kam und ihn mit Schneewasser aus den Tannenwäldern speiste, und wenn dann der Zufluß aus den Bergen ihn mit Gebirgswasser füllte. Da sammelte er seine ganze Kraft und stürzte dahin, fegte Steine und Erde zur Seite und grub sich durch Sandrücken. Auch im Herbst konnte er eine tüchtige Arbeit schaffen, wenn ihn der Herbstregen gestärkt hatte.

Eines schönen Tages, als der Storaa wie gewöhnlich geschäftig dabei war, sich seinen Weg zu bahnen, hörte er plötzlich ein Bubbeln und Brausen rechts vor sich, weit weg im Walde. Er lauschte so eifrig, daß er fast stillstand. ›Was in aller Welt kann das sein?‹ fragte er sich.

Der Wald, der rings um ihn her stand, konnte sich nicht enthalten, sich ein wenig lustig über ihn zu machen. ›Du bildest dir wohl ein, daß du ganz allein auf der Welt bist,‹ sagte er. ›Aber ich kann dir erzählen, daß der, den du da brausen hörst, niemand anderes ist als der Gröfvelaa aus dem Gröfvelsee. Der hat sich gerade durch ein schönes Tal hindurchgegraben, und kommt wohl ebenso schnell wie du an das Meer.‹

Aber der Storaa hatte seinen eigenen Kopf, und als er diese Antwort erhielt, sagte er, ohne sich einen Augenblick zu besinnen: ›Der Gröfvelaa ist nur ein armseliges Ding, das sich nicht allein helfen kann. Grüße ihn von mir und sage, der Storaa aus dem Vånsee sei auf dem Wege ans Meer, ich würde mich seiner gern annehmen und ihm weiterhelfen, wenn er sich mir anschließen will.‹

›Du bist ein tüchtiger Bursche, so klein du bist,‹ sagte der Wald. ›Ich will dem Gröfvelaa gern deinen Gruß überbringen, aber ich bin nicht sicher, daß er sich darüber freuen wird!‹

Am nächsten Tage stand der Wald da und sollte von dem Gröfvelaa grüßen und sagen, er habe so schwer zu kämpfen, daß er sich freue, Hilfe zu erhalten, er werde schon kommen und sich mit dem Storaa vereinen, sobald er könne.

Nun ging es natürlich noch schneller mit dem Storaa, und es währte nicht lange, bis er sich soweit vorwärts gearbeitet hatte, daß er einen langen, schmalen, schönen See erblickte, in dem sich der Idreberg und der Städjan widerspiegelten.

›Was ist denn das?‹ sagte er, und wieder war er nahe daran, vor Staunen still zu stehen. ›Ich habe mich doch nicht so töricht benommen, daß ich wieder nach dem Vånsee zurückgekommen bin?‹

Aber der Wald, der zu dieser Zeit überall zugegen war, antwortete sogleich: ›Nein, du bist nicht nach dem Vånsee zurückgekommen. Dies ist der Idresee, der mit Wasser aus dem Sönderelf angefüllt ist. Das ist ein tüchtiger Elf. Er ist eben damit fertig geworden, den See zu machen, und ist nun dabei, sich einen Ablauf aus ihm zu schaffen.‹

Als der Storaa das hörte, sagte er sofort zu dem Walde: ›Du, der du überall vordringst, willst du nicht den Sönderelf grüßen und ihm sagen, der Storaa aus dem Vånsee sei gekommen. Falls er mich durch den See laufen lassen will, werde ich zum Dank den Elf mit mir an das Meer hinausnehmen. Du kannst ihm sagen, er brauche sich keine Sorge zu machen, wie er vorwärtskommen soll, das werde ich schon einrichten.‹

›Ich will deinen Vorschlag gern überbringen,‹ sagte der Wald, ›aber ich glaube nicht, daß der Sönderelf darauf eingeht, denn er ist ebenso mächtig wie du.‹

Aber am nächsten Tage konnte der Wald erzählen, daß der Sönderelf ebenfalls ermüdet sei, sich seinen Weg allein zu bahnen, und daß er bereit sei, sich mit dem Storaa zu vereinen.

Der Bach lief nun durch den See und fuhr dann fort, mit dem Wald und den Bergen zu kämpfen, so wie bisher.

Eine Weile ging alles gut, aber dann kam er in ein Gebirgstal, das war so fest verschlossen, daß er keinen Ausweg zu finden vermochte. Der Storaa lag da und schäumte vor Wut, und als der Wald hörte, wie rasend er war, sagte er: ›Nun ist es doch wohl aus mit dir!‹

›Aus mit mir?‹ sagte der Storaa. ›Nein, ich bin nur eifrig beschäftigt mit einer Großtat. Ich will versuchen, ob ich nicht ebensogut wie der Sönderelf einen See machen kann.‹

Und dann begann er, den Särnasee zu füllen, und das war die Arbeit eines ganzen Sommers. Allmählich, als das Wasser im See stieg, wurde der Storaa höher in die Höhe gehoben, und schließlich brach er sich einen Ausweg nach Süden zu.

Als er glücklich aus der Klemme herausgekommen war, hörte er eines Tages ein mächtiges Sausen und Brausen links von sich. Ein so mächtiges Brausen hatte er noch nie im Walde gehört, und er fragte gleich, was das sei.

Der Wald war wie gewöhnlich sogleich mit der Antwort bei der Hand: ›Das ist der Fjäteelf‹ sagte er. ›Kannst du hören, wie er braust und schäumt? Er ist auf dem Wege zum Meer hinaus.‹

›Falls du so weit reichst, daß dich der Elf hören kann,‹ sagte der Storaa, ›so grüße, bitte, den armseligen Elf und sage, der Storaa aus dem Vånsee erbiete sich, ihn mit an das Meer hinauszunehmen, aber unter der Bedingung, daß er meinen Namen annimmt und sich gehorsam in mein Flußbett legt.‹

›Ich kann doch nicht glauben, daß der Fjäteelf es aufgeben wird, die Reise auf eigene Hand zu machen‹ sagte der Wald. Am nächsten Tage aber mußte er zugestehen, daß auch der Fjäteelf müde sei, sich seinen eigenen Weg zu graben, und daß er sich bereit erkläre, sich mit dem Storaa zu vereinen.

Nun ging es beständig vorwärts mit dem Storaa. Er war freilich nicht so groß, wie man hätte erwarten sollen, da er so viele Hilfskräfte zu sich gezogen hatte. Aber stolz war er. Er schritt fast in lauter Wasserfällen dahin und mit mächtigem Dröhnen rief er alles zu sich heran, was im Walde buddelte und brauste, wenn es auch nichts weiter war als ein Frühlingsbach.

Eines Tages hörte er weit, weit nach Westen zu etwas brausen. Und als er den Wald fragte, wer das sei, erhielt er die Antwort, es sei der Fuluelf, der Wasser von dem Fuluberg aufnähme und bereits eine lange und breite Rinne gegraben habe.

Sobald der Storelf das erfuhr, entsandte er seinen gewohnten Gruß, und der Wald übernahm es wie gewöhnlich, ihn auszurichten. Am nächsten Tage kam er mit der Antwort vom Fuluelf. ›Sage dem Storaa,‹ hatte der Elf geantwortet, ›daß ich seine Hilfe durchaus nicht wünsche. Es hätte sich besser für mich als für den Storaa geziemt, einen solchen Gruß zu senden, da ich der mächtigere von uns beiden bin, und ich sicher zuerst an das Meer gelangen werde.‹

Kaum hatte der Storaa den Bescheid erhalten, als er seine Antwort schon bereit hatte. ›Willst du dem Fuluelf sofort bestellen,‹ sagte er zu dem Wald, ›daß ich ihn zum Kampf herausfordere. Hält er sich für mächtiger als mich, so muß er es beweisen, indem er mit mir um die Wette läuft. Wer zuerst ans Meer kommt, hat gewonnen.‹

Als der Fuluelf diesen Gruß bekam, antwortete er:

›Ich habe nichts mit dem Storaa auszustehen, und ich wäre meinen Weg am liebsten in Ruhe und Frieden gewandert. Aber ich kann auf soviel Hilfe von dem Fuluberg rechnen, daß es feige von mir sein würde, wenn ich die Herausforderung nicht annehmen wollte.‹

Und so begannen die beiden Ströme ihren Wettlauf. Sie brausten mit noch größerer Eile als bisher dahin, und hatten weder Sommer noch Winter Ruhe.

Aber es schien, als sollte der Storaa bereuen, daß er so verwegen gewesen und den Fuluelf herausgefordert hatte, denn ihm trat ein Hindernis in den Weg, das nahe daran war, ihm zu mächtig zu werden. Es war ein Berg, der ihm im Wege lag, so daß er nur durch einen engen Spalt weitergelangen konnte. Er machte sich ganz dünn und ging in reißenden Wasserfällen vor, aber er mußte viele Jahre feilen und bohren, bis er den Spalt zu einer einigermaßen breiten Rinne erweitert hatte.

Während all der Zeit fragte der Storaa den Wald mindestens alle halbe Jahre einmal, wie es dem Fuluelf ergehe.

›Dem Elf geht es so gut, wie man es ihm nur wünschen kann,‹ sagte der Wald. ›Er hat sich jetzt mit dem Görelf vereint, der das Wasser aus den norwegischen Bergen aufnimmt.‹

Ein anderes Mal, als der Storaa nach dem Elf fragte, antwortete der Wald: ›Um den brauchst du nicht besorgt zu sein, der hat den ganzen Hormundsee mitgenommen.‹ Aber auf den Hormundsee hatte der Storaa selbst gerechnet; und als er nun hörte, daß der mit dem Fuluelf gegangen war, wurde er so wütend, daß er sich endlich durch ›Trängslet‹ Bahn brach und so wild und schäumend dahinstürzte, daß er mehr Wald und Erde mit fortriß, als nötig gewesen wäre. Es war gerade Frühling, und er überschwemmte die ganze Gegend zwischen dem Hyckeberg und dem Väsaberg, und ehe er sich wieder beruhigte, hatte er die Gegend geschaffen, die das Elftal heißt.

›Ich möchte wohl wissen, was der Fuluelf hierzu sagt?‹ fragte der Storaa den Wald.

Der Fuluelf hatte währenddessen Transtrand und Lima ausgegraben, aber nun hatte er ziemlich lange vor dem Limed gestanden und nach einem Ausweg gesucht, da er nicht wagte, sich den steilen Berg dort hinabzustürzen. Als er aber erfuhr, daß sich der Storaa seinen Weg durch

Trängslet gebrochen und das Elftal ausgegraben hatte, konnte er nicht länger stillstehen. Und dann warf er sich den Limedfoß hinab.

Das war ein mächtiger Sprung, aber der Elf kam wohlbehalten unten an, und nun geriet er wirklich in Eile. Er grub Malung und Tärna aus, und es gelang ihm, den Vanaa zu überreden, sich mit ihm zu vereinen, obwohl der ganze vierzehn Meilen lang war und auf eigene Hand den ganzen Vänjansee ausgegraben hatte.

Von Zeit zu Zeit horte er ein mächtiges Brausen.

›Jetzt, glaube ich, kann ich hören, daß sich der Storaa ins Meer stürzt.‹ sagte er.

›Nein,‹ erwiderte der Wald, ›wohl ist es der Storaa, den du hörst, aber bis ans Meer ist er noch nicht gelangt. Nun hat er den Orsasee und den Skattung mitbekommen, daher ist er so übermütig geworden, daß er sich vorgenommen hat, den ganzen Siljan zu füllen.

Das war eine erfreuliche Nachricht für den Fuluelf. Der dachte, wenn sich der Storaa erst in das Siljantal verirrt hat, so wird er dort eingeschlossen sein wie in einem Gefängnis. Und dann würde er schon vor dem Storaa ans Meer hinausgelangen.

Nun konnte der Fuluelf die Sache also etwas ruhiger ansehen. Im Frühling verrichtete er sein härtestes Stück Arbeit. Da stieg er hoch über Baumwipfel und Sandrücken empor, und wo er vorgegangen war, hinterließ er ein geräumtes Tal. So ging sein Weg von Särna nach Nås und von Nås nach Floda. Von Floda kam er nach Gagnef. Hier befand sich bereits eine Ebene. Die Berge hatten sich soweit zurückgezogen, und der Fuluelf hatte so wenig Schwierigkeiten, vorwärts zu gelangen, daß er seine ganze bisherige Geschäftigkeit vergaß und sich spielend in allen möglichen Windungen und Biegungen dahinschlängelte, fast als sei er ein kleiner Bach gewesen.

Hatte aber der Fuluelf den Storaa vergessen, so hatte der Storaa den Fuluelf wahrlich nicht vergessen. Jeden Tag mühte er sich ab, den Siljansee zu füllen, um nach der einen oder der anderen Richtung aus ihm herauszukommen, aber er lag vor ihm wie ein unermeßlich großes Gefäß und schien sich niemals füllen lassen zu wollen. Zuweilen glaubte er, daß er gezwungen sein würde, den Gesundaberg selbst unter Wasser zu setzen, um aus seinem Gefängnis zu entkommen. Er versuchte bei Rättvik durchzubrechen, da aber stand der Lerdalsberg im Wege. Schließlich kam er unten bei Leksand heraus.

›Sage dem Fuluelf nichts davon, daß ich herausgekommen bin.‹ sagte der Storaa zu dem Wald, und der Wald versprach ihm zu schweigen.

Der Storaa nahm den Insjö im Vorbeifahren mit, und stolz und mächtig schritt er durch Gagnef.

Als der Storaa in die Nähe von Tejälgen in Gagnef kam, erblickte er einen Elf, der breit und prachtvoll daherkam mit hellem, schimmernden Wasser, und der Wälder und Sandrücken, die im Wege standen, so leicht beiseite schob, als sei es das reine Kinderspiel.

›Was für ein prachtvoller Elf ist denn das?‹ fragte der Storaa.

Aber nun traf es sich so, daß der Fuluelf genau nach demselben fragte: ›Was für ein Elf ist denn das, der da so stolz und mächtig einherkommt? Nie hätte ich geglaubt, daß ich einen Elf mit einer solchen Stärke und Macht durch das Land würde schreiten sehen!‹

Da sagte der Wald so laut, daß beide Flüsse es hören konnten: ›Da ihr nun beide, der Storaa und der Fuluelf gute Worte übereinander habt fallen lassen, so finde ich, euch dürfte nichts verhindern, euch miteinander zu vereinen und euch in Gemeinschaft euren Weg an das Meer zu bahnen.‹

Dieser Vorschlag schien den beiden Flüssen zu gefallen. Da war nur das eine Hindernis, daß keiner von beiden seinen eigenen Namen aufgeben und den des anderen annehmen wollte.

Es war kurz davor, daß nichts aus der Verbindung zwischen ihnen geworden wäre; da aber kam der Wald auf den Gedanken, den Vorschlag zu machen, daß sie einen neuen Namen annehmen sollten, der keinen von beiden gehörte.

Darauf gingen sie beide ein, und sie ernannten den Wald zum Namengeber. Der bestimmte nun, daß der Storaa seinen Namen ablegen und sich Östre Dalelf nennen sollte, und daß der Fuluelf den seinen ablegen und sich Vestre Dalelf nennen sollte. Wenn sie sich dann vereint hatten, sollten sie schlecht und recht Dalelf heißen.

Und nun, wo die beiden Flüsse sich vereinigt hatten, schritten sie mit einer Macht dahin, der nichts zu widerstehen vermochte. Sie ebneten den Erdboden in Store Tuna, so daß er glatt wurde wie ein Hofplatz. Sie stürzten den Wasserfall bei Kvarnsveden und Domnarsvek hinab, ohne sich zu besinnen. Als sie in die Nähe des Sees Runn kamen, sogen sie ihn ein und zwangen alle Gewässer in der Umgegend, sich mit ihnen zu vereinen. Dann zogen sie, ohne sonderlichem Widerstand zu begegnen, gen Osten an das Meer und breiteten sich zu ganzen Seen aus. Sie gewannen große Ehre und Ansehen bei Söderfors und ebenso bei Alvkarleby, und endlich gelangten sie ans Meer hinaus.

Als sie eben im Begriff waren, sich ins Meer zu stürzen, mußten sie an ihren langen Wettstreit und an alle die Mühe und Beschwerden denken, die sie gehabt hatten.

Sie fühlten sich jetzt alt und müde und konnten nicht begreifen, wie sie in ihrer Jugend so bereit zu Kampf und Wettstreit gewesen waren. Sie fragten sich selbst, welchen Zweck dies alles eigentlich gehabt hatte. Aber sie erhielten keine Antwort auf ihre Frage, denn der Wald war hoch oben im Lande stehengeblieben, und sie selbst konnten nicht in ihr Bett zurückkehren und sehen, wie die Menschen überall vorgedrungen waren, wo sie Bahn gebrochen hatten, wie ein Kirchspiel nach dem anderen längs den Seen des Östredalelf und in den Tälern des Vestredalelf emporgeschossen war. Wie es in der ganzen Landschaft nichts weiter gab als einsame Wälder und öde Berge, ausgenommen da, wo sie in ihrem gewaltigen Wettstreit vorgeschritten waren.«

XXIX. Das Bruderteil

Die alte Grubenstadt.

Freitag, 29. April.

Nirgends in Schweden hielt sich der Rabe Bataki so gern auf wie in Falun. Sobald man im Frühling die schwarze Erde wieder sehen konnte, reiste er da hinauf und blieb viele Wochen in der Nähe der alten Grubenstadt.

Falun liegt in einer Talsenkung, die von einem kurzen Bach durchströmt wird. Am nördlichen Ende des Tales liegt ein schöner, klarer kleiner See mit grünen, hineingeschnittenen Ufern, der Varpan heißt. Am südlichen Ende liegt eine seeähnliche Bucht des Runn, die niedriges, trübes Wasser und häßliche, sumpfige, mit allem möglichen Abfall übersäte Ufer hat; die heißt Tisken. Östlich von dem Tal erstreckt sich ein schöner Höhenzug, auf dessen Gipfel ein prachtvoller Föhrenwald und laubreiche Birken wachsen, und dessen ganze Abhänge mit schattigen Gärten bedeckt sind. Westlich von der Stadt zieht sich ebenfalls ein Bergrücken hin, der ist ganz oben nur mit spärlichem Tannenwald bewachsen, und der ganze Abhang ist kahl und ohne Bäume und Gras, ganz wie eine Wüste. Das einzige, was die Erde bedeckt, sind große, runde Steinblöcke, die überall zerstreut liegen.

Die Stadt Falun, die in der Talsenkung zu beiden Seiten des Baches liegt, sieht so aus, als habe sie Gestalt nach dem Erdboden angenommen, auf dem sie gebaut ist. Auf der grünen Seite des Tals liegen alle die Gebäude, die ein zierliches oder ansehnliches Äußere haben. Da liegen zwei Kirchen, das Rathaus, die Wohnung des Landeshauptmanns, das Bergwerkkontor, zwei Banken, die Hotels, die vielen Schulen, das Krankenhaus und alle die schönen Villen und Häuser. Auf der schwarzen Seite dahingegen liegen Straße auf und Straße ab kleine, rotgemalte, einstöckige Häuser, lange, trübselige Bretterzäune und große, schwere Fabrikgebäude. Und jenseits der Straßen, mitten in der großen Steinwüste, liegt die Grube von Falun mit Grubenwinde und Kränen und Pumpenwerken, mit altmodischen Gebäuden, die auf dem untergrabenen Erdboden stehen und einzustürzen drohen, mit großen, steilen Schlackenbergen und langen Reihen von Schmelzöfen ringsumher.

Bataki pflegte nie einen Blick auf den östlichen Teil der Stadt zu werfen und auch nie auf den schönen See Varpan. Um so inniger aber liebte er den westlichen Teil und den kleinen See Tisken.

Der Rabe liebte alles, was geheimnisvoll war, alles, was ihm Gelegenheit gab, zu grübeln und zu sinnen und seine Gedanken in Bewegung zu setzen, und auf der schwarzen Seite der Stadt fand er das zur Genüge. So war es ein großes Vergnügen für ihn gewesen, den Versuch zu machen, zu ergründen, warum diese alte, rote, hölzerne Stadt nicht abgebrannt war so wie alle die anderen roten, hölzernen Städte im Lande. Ebenso hatte er sich selbst gefragt, wie lange die dem Einsturz nahen Häuser am Rande der Grube wohl noch stehenbleiben konnten. Er hatte über die mächtige Öffnung in der Erde, mitten auf dem Grubenfeld nachgegrübelt und war ganz bis auf ihren Grund hinabgeflogen, um zu untersuchen, wie dieser ungeheure, leere Raum entstanden sein mochte. Er war in Erstaunen geraten über die hohen Schlackenhaufen, die rings um diese Öffnung und die Grubengebäude lagen und sie wie Mauern umgaben. Er hatte versucht, ausfindig zu machen, was die kleine Signalglocke, die das ganze Jahr hindurch kurze, unheimliche Glockenschläge mit bestimmten Zwischenräumen schlägt, zu bedeuten hatte, und zuerst und zuletzt hatte er darüber nachgesonnen, wie es wohl unter der Erde aussah, da, wo man seit vielen hundert Jahren

Kupfererz gebrochen hatte, und wo die Erde so voll von Gängen war wie ein Ameisenhaufen. Als es Bataki endlich gelungen war, sich einigermaßen Klarheit über dies alles zu verschaffen, schwebte er über der unheimlichen Steinwüste hin, um darüber nachzudenken, warum kein Gras zwischen den großen Steinen wuchs, oder auch er flog nach dem Tisken hinab. Dieser See erschien ihm der wunderbarste, den er jemals gesehen hatte. Wie konnte es zugehen, daß er ganz ohne Fische war, und daß sein Wasser zuweilen, wenn der Sturm es aufpeitschte, ganz rot wurde? Das war um so wunderbarer, als ein großer Grubenbach, der aus dem See entsprang, schimmernd gelbes Wasser hatte. Er grübelte über die Ruinen der zerstörten Gebäude nach, die noch am Ufer lagen, und über das kleine Gehöft Tiskmöllen, das von grünen Gärten umgeben und im Schatten großer Bäume zwischen der öden Steinwüste und dem merkwürdigen See lag.

In dem Jahr, als Niels Holgersen mit den Wildgänsen durch das Land zog, lag am Ufer des Tisken, eine Strecke vor der Stadt, ein altes Haus, das die Schwefelsiederei genannt wurde, weil dort in jedem zweiten Jahr ein paar Monate Schwefel gekocht wurde. Es war ein verfallenes Haus, das einstmals rot gewesen, allmählich aber graubraun geworden war. Es hatte keine Fenster, sondern nur eine Reihe Luken mit schwarzen Läden davor, und es stand fast immer fest verschlossen. Niemals hatte Bataki einen Blick in dies Haus werfen können, und deswegen grübelte er über nichts soviel nach. Er hüpfte auf dem Dach herum, in der Hoffnung ein Loch zu finden, durch das er hineingucken konnte, und er saß oft oben auf dem hohen Schornstein und guckte in die schwarze Öffnung hinein. Eines Tages erging es Bataki sehr übel. Ein starker Sturm hatte gehaust und eine Luke in der alten Schwefelsiederei aufgeweht. Bataki hatte die Gelegenheit benutzt und war in die Luke hineingeflogen, um sich im Hause umzusehen. Aber kaum war er hineingelangt, als die Luke hinter ihm zugeschlagen wurde, so daß er eingeschlossen war. Er hoffte, der Wind könne die Luke wieder aufwehen, aber es schien gar nicht, als wenn er die Absicht habe.

Durch die Ritzen in den Wänden fiel eine Menge Licht, und Bataki hatte wenigstens das Vergnügen, zu erfahren, wie es da drinnen aussah. Da war nichts weiter als ein großer Ofen mit einigen eingemauerten Kesseln und daran sah er sich bald satt. Aber als er wieder hinaus wollte, erwies sich das noch immer als unmöglich. Der Wind wollte die Luke nicht wieder aufwehen. Auch nicht eine einzige Tür oder Luke stand offen. Der Rabe war ganz einfach im Gefängnis.

Bataki begann um Hilfe zu schreien und schrie den ganzen Tag. Es gibt gewiß kein Tier, das einen so unaufhörlichen Lärm machen kann wie die Raben, und bald verlautete es in der Umgegend, daß er gefangen sei. Der graugestreifte Kater aus Tiskmöllen war der erste, der von dem Unglück hörte. Er erzählte es den Hühnern, und die riefen es den vorüberfliegenden Vögeln zu. Bald wußten alle Dohlen und Tauben und Krähen und Spatzen in ganz Falun, was geschehen war. Sie flogen sofort nach der alten Schwefelsiederei, um die Sache näher zu untersuchen. Sie hatten großes Mitleid mit dem Raben, niemand aber konnte ausfindig machen, was zu tun sei, um ihm zu helfen.

Plötzlich aber rief Bataki mit seiner scharfen, bissigen Stimme: »Schweigt alle still da draußen und hört mich an! Da ihr sagt, daß ihr mir gerne helfen wollt, so fliegt aus und sucht die alte Wildgans Akka von Krebnekajse und ihre Schar. Ich vermute, sie sind zu dieser Jahreszeit in Dalarna. Erzählt Akka, wie es mit mir steht. Ich glaube, die einzige, die mir helfen kann, ist sie und ihre Schar.«

Die Brieftaube Agar, die der beste Sendbote im Lande war, traf die Wildgänse am Ufer des Dalelfs, und als es dunkelte, kamen sie und Akka und ließen sich auf dem Dach der Schwefelsiederei nieder. Däumeling saß auf Akkas Rücken, aber die anderen Reisekameraden waren auf einem Werder im Runn zurückgeblieben, da Akka meinte, sie würden mehr Schaden anrichten als Nutzen stiften, falls sie mit nach Falun kämen.

Als sich Akka mit Bataki beraten hatte, nahm sie Däumeling auf den Rücken und flog mit ihm nach einem Gehöft, das ganz in der Nähe der Schwefelsiederei lag. Sie flog ganz langsam über den Garten und die Birkenhaine, die den kleinen Hof umgaben, und sie wie auch der Junge starrten auf die Erde nieder. Es war leicht zu sehen, daß hier Kinder waren, die im Freien spielten, und es währte auch nicht lange, bis sie fanden, was sie suchten. In einem kleinen munteren Bach klapperten eine Menge kleiner Mühlenwerke, und in der Nähe davon fand der Junge ein Stemmeisen. Auf zwei Böcken lag ein halbfertiges Kanu, und daneben entdeckte er einen kleinen Knäuel Bindfaden.

Mit diesen Gegenständen flogen sie nach der Schwefelsiederei zurück. Der Junge befestigte den Bindfaden am Schornstein, ließ es in das tiefe Loch hineinfallen und enterte daran hinab. Als er Bataki guten Tag gesagt hatte, der ihm mit vielen hübschen Worten dankte, daß er gekommen war, machte er sich daran, mit dem Stemmeisen ein Loch in die Wand zu schlagen.

Es waren keine dicken Wände in der Schwefelsiederei, aber mit jedem Hieb schlug der Junge nicht mehr los als einen Span, der so klein und dünn war, daß eine Maus ihn ebensogut mit ihren Vorderzähnen hätte abnagen können. Es war klar, daß er die ganze Nacht werde arbeiten müssen und vielleicht noch länger, ehe er das Loch so groß gemacht hatte, daß der Rabe hindurchschlüpfen konnte.

Bataki hatte eine solche Sehnsucht, hinauszukommen, daß er nicht schlafen konnte, sondern neben Däumeling saß, der arbeitete. Anfangs war der Junge sehr fleißig, als aber eine kleine Weile vergangen war, bemerkte der Rabe, daß die Schläge in immer größeren Zwischenräumen kamen, und schließlich hörten sie ganz auf.

»Du bist gewiß müde,« sagte der Rabe. »Du kannst es vielleicht nicht mehr aushalten, weiter zu arbeiten?« – »Nein, müde bin ich nicht,« sagte der Junge und begann von neuem mit dem Eisen zu arbeiten, »aber ich weiß wirklich nicht, wie lange es her ist, seit ich eine Nacht ordentlich geschlafen habe. Ich weiß nicht, wie ich mich wachhalten soll.«

Nun ging ihm die Arbeit eine Weile schnell von der Hand, dann aber fielen die Schläge langsamer und langsamer. Der Rabe weckte den Jungen abermals, aber er sah bald ein, daß wenn er nichts ersinnen konnte, womit er den Jungen wach zu halten vermochte, er nicht nur diese Nacht, sondern auch den ganzen nächsten Tag bleiben mußte, wo er war.

»Vielleicht geht dir die Arbeit besser von der Hand, wenn ich dir eine Geschichte erzähle,« sagte er. – »Das ist ja nicht unmöglich,« erwiderte der Junge, aber im selben Augenblick gähnte er und war so schläfrig, daß er kaum das Werkzeug zu halten vermochte.

Die Geschichte von der Faluner Grube.

»Ich will dir etwas sagen, Däumeling,« begann Bataki, »ich habe lange auf der Erde gelebt. Ich habe gute und böse Tage kennen gelernt, und mehrmals ist es geschehen, daß mich die Menschen gefangen gehalten haben. Dadurch habe ich nicht nur gelernt, ihre Sprache zu verstehen, sondern ich habe auch viel von ihrer Gelehrsamkeit aufgeschnappt. Ich kann wohl sagen, daß es im ganzen Lande keinen Vogel gibt, der mit deinen Stammverwandten so gut Bescheid weiß wie ich.

Einmal saß ich viele Jahre hintereinander im Käfig bei einem Bergmeister hier in Falun, und in seinem Hause hörte ich das, was ich dir nun erzählen will.

Vor vielen, vielen Jahren wohnte hier in Dalarna ein Riese, der hatte zwei Töchter. Als der Riese alt wurde und fühlte, daß er sterben sollte, rief er die Töchter zu sich, um seinen Besitz zwischen sie zu teilen.

Sein größter Reichtum bestand in einigen Bergen voller Kupfer, und die wollte er seinen Töchtern geben. ›Ehe ich euch aber dies Erbe hinterlasse,‹ sagte er, ›müßt ihr mir geloben, daß, falls ein Fremder eure Kupferberge entdecken sollte, ihr ihn totschlagen wollt, ehe er irgend jemand seinen Fund zeigen kann.‹ Die älteste von den Töchtern des Riesen war wild und grausam, und sie versprach, ohne Besinnen, dem Vater zu gehorchen. Die andere hatte einen sanfteren Sinn, und der Vater sah, daß sie überlegte, ehe sie ihr Versprechen gab. Daher hinterließ er ihr nur ein Drittel des Erbes, während die ältere genau doppelt soviel bekam wie sie. ›Auf dich kann ich mich verlassen, als seiest du ein Mann,‹ sagte der Riese, ›und darum sollst du das Bruderteil haben.‹

Bald darauf starb der alte Riese, und lange Zeit hielten die beiden Töchter ihr Versprechen ganz gewissenhaft. Es geschah, daß mehr als ein armer Holzhauer oder Jäger das Kupfererz erblickte, das an mehreren Stellen oben auf der Oberfläche des Berges lag, aber kaum war er nach Hause gekommen und hatte erzählt, was er gesehen, als ihn ein Unglück traf. Entweder stürzte eine ausgegangene Tanne auf ihn herab, oder auch er wurde unter einem Bergrutsch begraben. Er fand nie Zeit, irgend jemand zu zeigen, wo der Schatz in der Wildnis zu finden war.

Zu jener Zeit war es Sitte im Lande, daß alle Bauern im Sommer ihr Vieh tief in die Wälder hinein auf die Weide trieben. Die Hirtenmädchen gingen mit, um zu melken und Butter und Käse zu bereiten. Um den Hirten und dem Vieh eine Zufluchtsstätte in der Wildnis zu schaffen, rodeten die Bauern einen kleinen Fleck im Walde und bauten dort kleine Häuser, die sie Sennhütten nannten. Nun geschah es, daß ein Bauer, der am Dalelf in der Torsånger Gemeinde wohnte, seine Sennhütte an dem See Runn hatte, wo die Erde so steinig war, daß niemand versucht hatte, sie zu bebauen. Einmal im Herbst zog der Bauer mit ein Paar Lastpferden nach der Sennhütte hinauf, um behilflich zu sein, das Vieh, die Butterkübel und die Käse nach Hause zu schaffen. Als er die Herde zählte, entdeckte er, daß einer der Böcke an den Hörnern ganz rot war. ›Was für Hörner sind das, die der Ziegenbock Kåre hat?‹ fragte der Bauer die Sennerin. – ›Das weiß ich nicht,‹ antwortete das Mädchen. ›Er ist den ganzen Sommer jeden Abend mit den roten Hörnern heimgekommen. Er findet wohl, daß das hübsch ist.‹ – ›Meinst du?‹ fragte der Bauer. – ›Der Bock hat seinen eigenen Kopf, und ich kann die roten Hörner scheuern, soviel ich will, er läuft gleich hin und macht sie wieder rot.‹ – ›Scheure du die rote Farbe nur noch einmal ab,‹ sagte der Bauer, ›dann will ich sehen, wie er das anstellt.‹

Kaum waren dem Ziegenbock die Hörner gescheuert, als er schleunigst in den Wald lief. Der Bauer folgte ihm, und als er den Bock einholte, stand der und rieb die Hörner gegen ein paar Steine, die rot waren. Der Bauer nahm die Steine in die Hand und roch daran. Er glaubte bestimmt, daß das, was er gefunden hatte, Erz sei.

Wie er noch dastand und in Gedanken versunken war, kam ein Felsblock dicht neben ihm den Abhang hinabgerollt. Der Bauer sprang zur Seite und rettete sein Leben, der Ziegenbock Kåre aber geriet unter den Felsblock und wurde getötet. Als der Bauer den Abhang hinaufsah, erblickte er ein großes, starkes Riesenweib, das im Begriff war, noch einen Felsblock auf ihn herabzuwälzen, ›Was fällt dir ein!‹ rief der Bauer. ›Ich habe weder dir noch deiner Sippe je ein Leid getan.‹ – ›Nein, das weiß ich wohl,‹ erwiderte das Riesenweib. ›Aber ich muß dich totschlagen, weil du meinen Kupferberg entdeckt hast.‹ Diese Worte sagte sie mit trauriger Stimme, als wenn sie ihn sehr gegen ihren Willen töten müsse, und das machte dem Bauer Mut, sich in eine Unterhaltung mit ihr einzulassen. Dann erzählte sie ihm von dem alten Riesen und dem Versprechen, das sie gegeben, und von der Schwester, die das Bruderteil bekommen hatte. ›Ich habe es so herzlich satt, alle diese armen, unglücklichen Menschen zu töten, die meinen Kupferberg entdecken,‹ sagte sie, ›daß ich wollte, ich hätte die Erbschaft niemals angetreten. Aber was ich versprochen habe, muß ich halten!‹ Und dann begann sie wieder, einen Felsblock loszubrechen. ›Übereile dich nicht,‹ sagte der Bauer, ›Du brauchst mich um des Versprechens willen nicht zu töten. Ich habe ja das Kupfer nicht gefunden, sondern der Ziegenbock, und den hast du schon totgeschlagen.‹ – ›Glaubst du, daß ich mich damit begnügen kann?‹ fragte das Riesenweib ein wenig unschlüssig. – ›Ja, das glaube ich ganz bestimmt!‹ antwortete der Bauer.

›Du hast dein Versprechen so treu gehalten, wie es nur irgend jemand verlangen kann.‹ Und er sprach so vernünftig mit ihr, daß sie ihn am Leben ließ.

Der Bauer zog nun zu allererst mit den Kühen heim. Dann ging er in das Bergdistrikt hinab und mietete Knechte, die sich auf Bergwerksarbeit verstanden. Die halfen ihm, an der Stelle, wo der Ziegenbock sein Leben gelassen hatte, eine Grube brechen. Anfangs fürchtete er, totgeschlagen zu werden, aber das Riesenweib hatte es offenbar satt, ihren Kupferberg zu bewachen. Sie fügte ihm nie ein Leid zu.

Die Erzader, die der Bauer entdeckt hatte, reichte ganz bis an die Oberfläche des Berges, so daß es weder mühselig noch schwer war, das Erz zu brechen. Er und die Knechte holten Brennholz aus dem Walde, errichteten große Scheiterhaufen auf dem Erzberge und zündeten sie an. Da wurde der Fels von der Hitze gesprengt, so daß sie zu dem Erz gelangen konnten. Dann ließen sie die Erzstücke durch ein Feuer nach dem anderen gehen, bis sie das reine Kupfer gewannen und die Schlacken ganz ausgeschieden wurden.

In alten Zeiten verwendeten die Leute fast noch mehr Kupfer zum täglichen Gebrauch als heutzutage. Es war eine begehrte und nützliche Ware, und der Bauer, dem die Grube gehörte, wurde bald steinreich. Er baute sich ein großes prachtvolles Haus in der Nähe der Grube und nannte es Kåreerbe nach dem Ziegenbock. Wenn er zur Kirche nach Torsång ritt, war sein Pferd mit Silber beschlagen, und als seine Tochter Hochzeit feierte, ließ er Bier aus zwanzig Tonnen Malz brauen und zehn große Ochsen am Spieß braten.

Aber eines Abends geschah es, daß vier schneidige Kerle mit der Bergmannshacke auf dem Rücken nach Kåreerbe gewandert kamen. Sie wurden gut empfangen wie alle anderen, aber als der Bauer fragte, ob sie bei ihm arbeiten wollten, sagten sie rein heraus nein. ›Wir wollen auf eigene Rechnung Erz brechen.‹ – ›Ihr wißt doch, daß der Erzberg mir gehört?‹ entgegnete der Bauer. – ›Es ist nicht unsere Absicht, Erz in Eurer Grube zu brechen.‹ sagten die Fremden. ›Der Berg ist groß, und was offen und uneingefriedigt in der Wildnis liegt, können wir mit gleich gutem Recht wie du nehmen.‹

Mehr wurde nicht über die Sache geredet, und der Bauer erwies den Neuangekommenen nach wie vor Gastfreundschaft. Früh am nächsten Morgen gingen sie auf Arbeit, fanden eine Strecke weiter entfernt Kupfererz und begannen, es zu brechen. Als sie einige Tage gearbeitet hatten, kam der Bauer zu ihnen hinaus. ›Es ist viel Erz hier im Berge,‹ sagte er. – ›Ja, es gehört die Arbeit von vielen Menschen dazu, bis dieser Schatz gehoben ist,‹ erwiderte einer von den Fremden. – ›Das weiß ich wohl,‹ sagte der Bauer, ›aber ich finde doch, ihr solltet mir Steuern von dem Erz entrichten, das ihr brecht, da es doch mein Verdienst ist, daß hier im Berge gearbeitet werden kann.‹ – ‹Wir verstehen nicht, was du sagst,‹ entgegneten die Männer. – ›Ja, ich habe den Berg durch meine Klugheit ausgelöst,‹ sagte der Bauer und erzählte ihnen von den beiden Riesenweibern und von dem Bruderteil.

Die Männer hörten sehr aufmerksam zu, aber worauf es ihnen in der Erzählung ankam, war etwas ganz anderes, als der Bauer erwartet hatte. ›Ist es sicher, daß das andere Riesenweib schlimmer ist, als die Riesin, die du getroffen hast?‹ fragten sie. – ›Ich glaube nicht, daß sie euch schonen würde,‹ sagte der Bauer. Damit verließen sie ihn, aber er verlor sie nicht aus den Augen, und nach einer Weile sah er, daß sie mit der Arbeit innehielten und in den Wald gingen.

Als die Leute in Kåreerbe an jenem Tage beim Abendbrot saßen, hörten sie ein schreckliches Wolfsgeheul aus dem Walde. Und zwischen dem Heulen der wilden Tiere ertönte Menschengeschrei. Der Bauer stand sofort vom Tische auf, aber die Knechte schienen nicht Lust zu haben, ihn zu begleiten. ›Es ist diesem Diebespack ganz recht, daß es von den Wölfen zerrissen wird,‹ sagten die Leute. – ›Wir müssen denen helfen, die in Not sind,‹ entgegnete der Bauer und ging mit allen seinen fünfzig Knechten in den Wald hinaus.

Sie gewahrten sofort ein schrecklich großes Rudel von Wölfen, die an ihrer Beute rissen und zerrten. Die Knechte trieben sie in die Flucht und fanden dann vier menschliche Körper an der Erde, die so übel zugerichtet waren, daß sie sie nicht erkannt haben würden, wenn da nicht vier Grubenhacken neben ihnen gelegen hätten.

Danach blieb der Kupferberg bis an den Tod des Bauern im Besitz eines Mannes. Dann übernahmen die Söhne ihn. Sie arbeiteten zusammen in der Grube, aber all das Erz, das sie im Laufe eines Jahres gefördert hatten, legten sie in Haufen, warfen das Los darum und schmolzen dann ein jeder in seinem Ofen das Kupfer heraus. Sie wurden alle mächtige Bergleute und bauten sich große, ansehnliche Häuser. Und nach ihnen übernahmen ihre Erben die Arbeit, sie erschlossen neue Grubenschächte und brachen noch mehr Erz. Jahr für Jahr nahm die Grube an Umfang zu, und immer mehr Bergleute erhielten Anteil daran. Einige wohnten ganz in der Nähe, andere hatten ihre Häuser und Schmelzöfen ringsumher in der Gegend. Es entstanden eine Menge Dörfer, und die Gegend erhielt den Namen Stora Kopparbergs Bergslag.

Nun muß man wissen, daß es bald ein Ende hatte mit dem Erz, das so lag, daß man es von oben brechen konnte, wie man Steine in einem Steinbruch bricht. Die Grubenarbeiter mußten das Erz tief unter der Erde suchen. Durch enge Schächte und lange, gewundene Gänge mußten sie sich in das dunkle Innere der Erde hineinarbeiten, um ihren Holzhaufen anzuzünden und den Berg zu sprengen. Es ist immer eine mühselige und schwere Arbeit, Steine zu brechen, dazu kam aber noch die Plage, die ihnen der Rauch verursachte, der nicht ins Freie hinausgelangen konnte, und die Mühe, auf steilen Leitern das Erz an die Oberfläche der Erde zu fördern. Und je weiter in die Tiefe hinab sie kamen, um so gefährlicher wurde die Arbeit. Oft brachen große Ströme brausend in die Grube ein, oft geschah es, daß die Decke des Grubenganges auf die Arbeiter herabstürzte. Dies bewirkte, daß die Arbeit in der großen Grube so gefürchtet wurde, daß niemand gutwillig daran ging. Da bot man zum Tode verurteilten Verbrechern und Leuten, die geächtet im Walde herumstreiften, Vergebung für ihre Schuld an, wenn sie Grubenarbeiter in Falun werden wollten.

Lange Jahre hatte niemand daran gedacht, nach dem Bruderteil zu suchen. Aber unter den gesetzlosen Männern, die nach dem großen Kupferberg kamen, waren mehrere, die größeren Wert auf Abenteuer legten als auf ihr Leben, und sie durchstreiften die Gegend, in der Hoffnung, es zu finden.

Wie es allen den Suchenden erging, das weiß niemand, aber wir haben eine Erzählung von zwei Grubenarbeitern, die eines Abends spät zu ihrem Herrn heimkehrten und erzählten, sie hätten eine große Erzader im Walde gefunden. Sie hatten den Weg dahin bezeichnet, und am nächsten Tage wollten sie ihrem Herrn den Fund zeigen. Aber der nächste Tag war ein Sonntag, und der Herr wollte an dem Tage nicht in den Wald gehen und nach Erz suchen, statt dessen ging er mit seinem ganzen Hausstand zur Kirche. Es war im Winter, und sie gingen über den See Barpan zur Kirche. Auf dem Hinwege ging alles gut, auf dem Heimwege aber fielen die beiden Knechte in eine Wake und ertranken. Da mußten die Leute wieder an die alte Sage von dem Bruderteil denken, und sie sagten, es sei gewiß das, was die Knechte gefunden hatten.

Um die Schwierigkeiten in der Grube zu überwinden, kamen die Bergleute auf den Gedanken, Ausländer, die der Grubenarbeit kundig waren, ins Land zu berufen, und diese ausländischen Meister lehrten sie, Grubenwinden zu bauen, die das Wasser herauspumpten und das Erz heraufwanden. Die Fremden schenkten der Sage von den Riesenweibern keinen rechten Glauben, aber sie fanden es höchst wahrscheinlich, daß sich irgendwo in der Nähe eine mächtige Erzader befand, und sie suchten eifrig danach. Und eines Abends kam ein deutscher Grubenvogt in das Wirtshaus zur Grube und erzählte, er habe das Bruderteil gefunden. Aber der Gedanke an die großen Reichtümer, die ihm jetzt zufallen würden, machte ihn ganz wild und verwirrt. Er veranstaltete noch am selben Abend ein großes Gastmahl, trank und tanzte und würfelte; schließlich geriet er in Streit und Prügelei, und einer seiner Zechgenossen jagte ihm ein Messer in den Leib.

In den großen Kupferberg wurde immer soviel Erz gegraben, daß die Grube für die reichste Kupfergrube in aller Welt Ländern galt. Nicht nur die nächste Umgegend zog Vorteil aus ihren großen Reichtümern, sondern die Schätze, die man dort förderte, wurden in schwerer Zeit zu einer großen Hilfe für das Land Schweden. Die Grube war schuld daran, daß die ganze Stadt Falun gebaut wurde, und man betrachtete die Grube als so merkwürdig und von so hohem Nutzen, daß alle Könige nach Falun reisten, um sie zu sehen, und sie nannten sie Schwedens Glück und die Schatzkammer des Svea-Reiches.

Wenn man bedenkt, wie große Reichtümer die alte Grube ans Tageslicht gefördert hatte, kann man sich nicht wundern, daß diejenigen, die glaubten, daß sich ganz in der Nähe ein doppelt so großer Kupferschatz befinde, sich darüber grämen mußten, daß sie seiner nicht habhaft werden konnten. Viele setzten ihr Leben aufs Spiel, um danach zu suchen, erreichten aber nichts dadurch.

Einer der letzten, die den Schatz sahen, war ein junger Bergmann aus Falun aus guter, reicher Familie. Er verliebte sich in ein schönes Bauermädchen aus Leksand und ging hin, um sie zu freien, aber sie lehnte es ab, ihn zu heiraten, weil sie nicht in Falun wohnen wollte, wo der Rauch aus Röstöfen und Schmelzhütten so schwer drückend über der Stadt lag, daß ihr schon ganz unheimlich zumute wurde, wenn sie nur daran dachte.

Der Bergmann liebte sie glühend, und als er heimkehrte, war er tief betrübt. Er hatte sein ganzes Leben in Falun gewohnt, und es war ihm niemals eingefallen, daß es schwer sein könne, dort zu wohnen. Aber als er sich jetzt der Stadt näherte, erschrak er. Aus der großen Grubenöffnung, aus den Hunderten von Röstöfen rings um sie herum stieg der dicke, erstickende Schwefelrauch auf und hüllte die ganze Stadt in Nebel. Der Rauch hinderte die Pflanzen zu gedeihen, so daß die Erde in weitem Umkreis kahl und nackend dalag. Die Schmelzhütten, in denen das Feuer glühte, und die von schwarzen Schlackenhaufen umgeben waren, sah er überall, nicht nur in der Stadt und ihrer nächsten Umgebung, sondern über die ganze Gegend zerstreut. Sie lagen bei Grycksbro, bei Bengtsarc, bei Bjerggaarden, bei Stennässek, bei Kovsnäs, in Vita und ganz weit hin bis Aspeboda. Er sah ein, daß wer gewohnt war, am blanken Siljen, im Sonnenschein und zwischen grünen Bäumen zu leben, hier nicht gedeihen konnte.

Der Anblick der Stadt machte ihm das Herz noch schwerer, als es schon im voraus war. Er hatte keine Lust, gleich nach Hause zu gehen, sondern bog vom Wege ab und ging in den Wald hinein. Da wanderte er den ganzen Tag umher, ohne acht zu geben, wohin er kam.

Als es abend wurde, erblickte er plötzlich einen Berg, der wie Gold schimmerte. Als er genauer zusah, entdeckte er eine mächtige Ader aus Kupfererz. Anfänglich freute er sich über seine Entdeckung, aber dann fiel ihm ein, daß dies vielleicht das Bruderteil sei, das so viele ins Verderben gestürzt hatte, und da wurde er bange. ›Heute bin ich wirklich vom Unglück verfolgt,‹ sagte er. ›Vielleicht wird es mir nun das Leben kosten, daß ich diesen Reichtum gefunden habe.‹ Er kehrte sofort um und begab sich auf den Heimweg. Als er eine Strecke gegangen war, begegnete ihm eine große, starke Frau. Sie glich einer gebieterischen Bergmannsgattin, aber er konnte sich nicht entsinnen, sie je zuvor gesehen zu hüben.

›Ich möchte wohl wissen, was du im Walde gemacht hast!‹ sagte die Frau. ›Ich habe dich den ganzen Tag hier umherstreifen sehen.‹ – ›Ich habe mich nach einem Bauplatz umgesehen,‹ sagte der Bergmann, ›denn das Mädchen, das ich lieb habe, will nicht in Falun wohnen.‹ – ›Ist es nicht deine Absicht, Erz in dem Kupferberg zu brechen, den du vorhin gefunden hast?‹ fragte sie weiter. ›Nein,‹ sagte der Bergmann, ›ich bin gezwungen, den Bergbau aufzugeben, sonst kann ich die nicht bekommen, die ich lieb habe.‹ – ›Ja, bleibe du nur dabei,‹ sagte die Frau, ›dann wird dir kein Leid geschehen.‹

Mit diesen Worten verließ sie ihn. Er aber beeilte sich, das zur Wahrheit zu machen, was er notgedrungen gesagt hatte. Er gab den Bergbau auf und baute sich einen Hof weit von Falun entfernt. Und dann hatte die, die er lieb hatte, nichts dagegen, zu ihm zu ziehen.«

Hiermit endete der Rabe seine Geschichte. Der Junge hatte sich wirklich die ganze Zeit wachgehalten, aber er hatte das Werkzeug nicht sonderlich fleißig gebraucht.

»Und wie ging es denn später?« fragte er, als der Rabe zu sprechen aufhörte. »Ja, seit der Zeit ging es mit dem Kupferwerk zurück. Die Stadt Falun ist ja noch da, aber alle die alten Schmelzöfen sind weg. Die ganze Gegend ist übersät mit alten Bergmannshöfen, aber die Bewohner sind gezwungen, Landleute oder Waldbesitzer zu werden. In der Grube Falun ist fast kein Erz mehr. Es ist wirklich dringender denn je nötig, daß man das Bruderteil findet.«

»Ich möchte wohl wissen, ob jener Bergmann der letzte war, der es gesehen hat,« sagte der Junge.

»Sobald du ein Loch in die Wand gehauen und mich hinausgelassen hast, will ich dir erzählen, wer es zuletzt gesehen hat,« sagte Bataki.

Das versetzte dem Jungen einen Anstoß und sofort ging er eifriger an die Arbeit. Es war ihm, als habe Bataki es in einem wunderlichen, bedeutungsvollen Ton gesagt. Es klang fast, als wenn er dem Jungen zu verstehen geben wollte, daß er, der Rabe, den großen Kupferberg gesehen habe. Sollte es eine Bedeutung haben, daß er ihm die Geschichte erzählt hatte?

»Du bist gewiß viel hier in der Gegend umhergereist,« sagte der Junge, um Klarheit über die Sache zu erlangen. »Du hast sicher allerlei gefunden, wenn du hier so über die Wälder und Berge dahingeschwebt bist.«

»Ja, ich könnte dir merkwürdige Dinge zeigen, sobald du mit deiner Arbeit fertig bist,« antwortete der Rabe.

Der Junge begann so eifrig zu hauen, daß die Späne um ihn herumflogen. Jetzt war er ganz sicher, daß der Rabe das Bruderteil gefunden hatte. »Es ist wirklich ein Jammer, daß ein Rabe wie du keine Freude von dem Reichtum haben kann, den du gefunden hast,« sagte er.

»Ich will nicht mehr über die Sache reden, bis ich sehe, daß du ein Loch in die Wand hauen und mir hinaus helfen kannst,« sagte der Rabe.

Der Junge arbeitete, so daß das Eisen brennend heiß wurde. Batakis Worte waren nicht mißzuverstehen. Der Rabe konnte ja nicht selbst Erz brechen, und daher war es gewiß seine Absicht, Niels Holgersen die Entdeckung zu überlassen. Das war ja das Wahrscheinlichste wie auch das Vernünftigste. Aber wenn er nun das Geheimnis erfuhr, so wollte er, sobald er wieder Mensch wurde, hierher zurückkehren und den großen Schatz heben. Und wenn er Geld genug verdient hatte, wollte er ganz Vestre Vemmenhöy kaufen und dort ein Schloß, so groß wie Vittskövle erbauen, und dann wollte er eines Tages dem Häusler Holger Nielsen und seiner Frau eine Einladung senden, zu kommen, und das Schloß zu besehen. Und wenn sie dann dahergegangen kamen, wollte er auf der Treppe stehen und sagen: »Bitte schön! Tretet näher und tut, als wenn ihr zu Hause seid!« Und sie erkannten ihn natürlich nicht und wunderten sich, was für ein feiner Herr das sein könne, der sie eingeladen hatte. »Möchtet ihr nicht gern in so einem Hause wohnen?« wollte er dann sagen. – »Ja, natürlich, aber das ist nichts für uns,« würden sie antworten. »Freilich ist es etwas für euch; ihr sollt ja dies Gute haben als Zahlung für den weißen Gänserich, der euch im vergangenen Jahr weggeflogen ist,« würde er dann sagen. – Der Junge gebrauchte das Eisen schneller und schneller. Das nächste, wozu er sein Geld gebrauchen würde, war, ein neues Haus auf der Heide in Sunnerbo für das Gänsemädchen Aase und den kleinen Mads zu bauen. Viel schöner und größer als das alte, natürlich. Und dann würde er den ganzen Tåkern kaufen und ihn den Enten geben, und dann ...

»Jetzt muß ich sagen, daß es dir schnell von der Hand geht,« sagte der Rabe. »Ich glaube, das Loch ist schon groß genug.«

Es gelang dem Raben wirklich, sich hindurchzuklemmen. Der Junge folgte ihm und sah Bataki in einer Entfernung von wenigen Schritten auf einem Stein sitzen.

»Nun will ich mein Versprechen dir gegenüber einlösen, Däumling,« sagte Bataki sehr feierlich, »indem ich dir erzähle, daß ich das Bruderteil gesehen habe. Aber ich will dir nicht raten, danach zu suchen, denn es hat mir jahrelange Arbeit gekostet, ehe ich es entdeckte.«

»Ich glaubte, du wolltest mir erzählen, wo es ist, als Lohn dafür, daß ich dich aus der Gefangenschaft befreit habe,« sagte der Junge.

»Du mußt sehr schläfrig gewesen sein, während ich von dem Bruderteil erzählte,« sagte Bataki. »Sonst hättest du dir keine solche Hoffnungen machen können. Hast du denn nicht beachtet, daß alle, die etwas darüber aussagten, wo das Bruderteil zu finden sei, ins Unglück gerieten? Nein, mein Freund, Bataki hat lange genug auf der Erde gelebt, um zu lernen, daß man seinen Mund halten muß.«

Damit erhob er die Flügel und flog davon.

Akka stand dicht bei der Schwefelsiederei auf dem Felde, aber es währte ziemlich lange, bis der Junge rief, daß sie kommen und ihn holen solle. Er war mißmutig und niedergeschlagen, weil er um die großen Reichtümer betrogen war. Er fand, er habe gar keinen Grund, fröhlich zu sein. »Ich glaube, die Geschichte mit den Riesenweibern ist nicht wahr,« sagte er zu sich selbst, »und ich glaube auch nicht an die Wölfe und an die Waken, aber ich glaube, wenn arme Grubenarbeiter die große Erzader mitten in dem wilden Walde fanden, so wurden sie so verwirrt vor Freude, daß sie sie hinterher nicht wiederfinden konnten. Und ich glaube, die Enttäuschung ist so schwer für sie gewesen, daß sie das Leben nicht zu ertragen vermochten. So, glaube ich, verhält sich die Sache.«

XXX. Der Walpurgisabend

Es gibt einen Tag im Jahre, auf den sich alle Kinder in Dalarna fast ebensosehr freuen als auf den Weihnachtsabend, und das ist die Walpurgisnacht, wo sie Feuer im Freien abbrennen dürfen.

Viele Wochen vorher denken Knaben und Mädchen an nichts weiter, als Feuerung für die Walpurgisfeuer zu sammeln. Sie gehen in den Wald hinaus und suchen trockne Reiser und Tannenzapfen, sie sammeln bei dem Tischler Späne und bei dem Holzhauer Holzstückchen und Baumrinde und Holzknorren. Sie gehen jeden Tag zum Kaufmann und betteln um alte Kisten, und ist einer unter ihnen so glücklich gewesen, eine leere Teertonne zu ergattern, so versteckt er sie wie seinen größten Schatz und wagt nicht eher damit zum Vorschein zu kommen, als im letzten Augenblick, kurz ehe die Feuer angezündet werden sollen. Die dünnen Reiser, die man als Stütze für Erbsen und Bohnen benutzt, sind sehr begehrt, ebenso alle alten, umgewehten Zaunpfähle, alle zerbrochenen Gerätschaften und alle Heureiter, die draußen auf dem Felde vergessen sind.

Wenn der große Abend kommt, haben die Kinder in jedem Dorf einen großen Haufen Zweige und Reiser und alle möglichen brennbaren Gegenstände bereitgelegt, entweder auf einem Hügel oder auch unten am Ufer eines Sees. In einzelnen Dörfern ist nicht zu einem einzelnen Reisigfeuer zusammengetragen, sondern es erheben sich zwei, ja oft drei große Holzhaufen. Es kann ja vorkommen, daß sich die Knaben und Mädchen nicht beim Reisigsammeln haben einen können, oder auch die Kinder, die in dem südlichen Ende des Dorfes wohnen, wollen das Feuer bei sich haben, und darauf können die, die am nördlichen Ende wohnen, nicht eingehen, und dann müssen sie jedes ihr eigenes Feuer haben.

Die Holzstöße sind in der Regel schon rechtzeitig am Nachmittag fertig, und dann gehen alle Kinder mit Streichhölzern in der Tasche herum und warten darauf, daß es dunkel werden soll. Es ist um diese Jahreszeit so schrecklich lange hell in Dalarna. Um acht Uhr fängt es kaum an zu schummern. Es ist kalt und ungemütlich, draußen herumzugehen und zu warten, denn es ist noch halbwegs Winter. Auf allen Rodeäckern und offenen Feldern ist der Schnee getaut, und mitten am Tage, wenn die Sonne hoch am Himmel steht; fühlt er sich ganz warm an, aber im Walde liegen noch große Schneeschanzen, das Eis bedeckt die Seen und des Nachts sind oft viele Grad Kälte. Daher kann es auch geschehen, daß hier und da ein Feuer angezündet wird, ehe es richtig dunkel ist. Aber nur die kleinsten und ungeduldigsten Kinder übereilen sich so. Die Großen warten, bis es so dunkel ist, daß sich die Feuer ordentlich ausnehmen können.

Dann kommt endlich der rechte Augenblick. Jeder, der auch nur an einzelnes kleines Reis zu dem Holzstoß beigetragen hat, ist zur Stelle, und der älteste von den Knaben zündet ein Bündel Stroh an und schiebt es unter den Reiserhaufen. Sofort fängt das Feuer an zu arbeiten; es knittert und sprüht in dem Holz, die dünnsten Zweige werden feuerrot, der Rauch kommt wogend daher, schwarz und drohend. Und schließlich schlägt die Flamme aus der Spitze des Reisighaufens empor, hoch und klar, hebt sich plötzlich viele Ellen hoch in die Höhe, so daß man sie in der ganzen Gegend sehen kann.

Wenn die Feuer eine Weile gebrannt haben, kommen die Erwachsenen und die Alten, um sie sich anzusehen. Aber die Feuer sind nicht nur schön und strahlend, sie verbreiten auch eine lebhafte Wärme, und es lockt sie, sich auf Steine und Grasbüschel ringsumher zu setzen. Da sitzen sie und starren in die Flammen hinein, bis es jemand von ihnen einfällt, daß man doch jetzt, wo man ein so herrliches Feuer hat, ein wenig Kaffee kochen kann. Während der Kaffeekessel singt, kann es wohl geschehen, daß der eine oder der andere eine Geschichte zu erzählen beginnt, und wenn der erste fertig ist, setzt gleich ein anderer fort.

Die Erwachsenen denken hauptsächlich an den Kaffee und die Geschichten, die Kinder denken daran, das Feuer zu hellem Brennen zu bringen und es lange zu unterhalten. Es ist dem Frühling schrecklich schwer geworden, das Eis aufzubrechen und den Schnee zu schmelzen. Es wäre schön, wenn sie ihm ein wenig mit ihrem Feuer helfen könnten. Sonst kann der Frühling unmöglich rechtzeitig den Frost aus der Erde entfernen und das Knospentreiben der Bäume fördern.

*

Die Wildgänse hatten sich auf das Eis des Siljan gestellt, um zu schlafen, und da es von Norden her arg zog, sah sich der Junge gezwungen, unter den Flügel des weißen Gänserichs zu kriechen. Aber er hatte noch nicht lange dagelegen, als er durch den Knall eines Büchsenschusses geweckt wurde. Sofort ließ er sich auf die Erde gleiten und sah sich erschreckt um.

Draußen auf dem Eise, da, wo die Gänse lagen, war es ganz still. Wieviel er auch guckte und spähte, konnte er keinen Jäger sehen. Als er aber nach dem Lande hinübersah, erblickte er etwas so Merkwürdiges, daß er glaubte, es sei eine Art Spuk, den er sah, etwas Ähnliches wie Vineta oder der Gespenstergarten bei Stora Djulö.

Am Nachmittag waren die Wildgänse mehrmals über den großen See hin und her geflogen, ehe sie sich entschließen konnten, wo sie sich niederlassen wollten. Und im Fluge hatten sie ihm die großen Kirchen und Dörfer gezeigt, die am Ufer lagen. Er hatte Leksand, Rättvik, Mora, die Söllerö gesehen. Die Kirchdörfer waren so groß wie kleine Städte, und er hatte sich darüber gewundert, daß es hier im Norden so stark bebaut war. Er fand die ganze Gegend viel heller und freundlicher, als er es sich vorgestellt hatte, und er hatte nichts Unheimliches oder Gefahrdrohendes gesehen.

Aber nun, in der dunklen Nacht, flammte an diesen kleinen Ufern ein großer Kranz von hohen Feuern auf. Er sah sie in Mora, an dem nördlichen Ende des Sees leuchten und auf dem Gipfel des Söllerö, in Vikarbyen, auf den Bergen oberhalb Sjurberg, auf der Kirchlandzunge bei Nättvik und weiter auf Odder und Höje, ganz nach Leksand hinab. Er konnte über hundert Feuer zählen, und es war ihm ganz unmöglich, zu begreifen, wo die hergekommen waren, wenn da nicht Zauberei oder Spuk mit im Spiel war.

Die Wildgänse waren auch bei dem Schuß erwacht, aber sobald Akka einen Blick auf das Ufer geworfen hatte, sagte sie: »Das sind die Menschenkinder, die spielen.« Und sofort steckten sie und die anderen Gänse den Kopf unter den Flügel und schliefen wieder ein.

Aber der Junge stand da und sah die Feuer an, die das Ufer gleich einer langen Reihe goldener Kleinodien schmückten. Licht und Wärme lockten ihn ebenso stark, wie sie eine kleine Mücke anziehen, und er hatte die größte Lust, näher heranzugehen, aber er wußte nicht, ob er es wagen könne, die Gänse zu verlassen. Er hörte einen Schuß nach dem anderen, und da er nun begriffen hatte, daß keine Gefahr im Anzug war, lockte ihn auch das. Es schien, als wären sie so munter dort bei den Feuern, daß es für sie nicht genug war, zu lachen und zu rufen, sie mußten auch noch die Flinten zu Hilfe nehmen und schießen. Und dort bei einem Feuer, das auf einem Berge brannte, schossen sie Raketen ab. Sie hatten da ein großes Feuer, und es lag hoch oben, aber das genügte ihnen nicht. Es sollte noch schöner sein. Bis ganz hinauf in den Wolken des Himmels sollte es zu sehen sein, wie fröhlich sie waren.

Der Junge näherte sich ganz langsam dem Ufer, aber da drang Gesang bis zu ihm hinaus. Jetzt begann er auf das Land zu zu laufen. Er mußte wirklich mit dabei sein!

Ganz am Ende der Rättviker Bucht geht eine ungeheuer lange Dampferbrücke in das Wasser hinaus, und an der äußersten Spitze dieser Brücke stand eine Schar Sänger und sang in der späten Nachtstunde über den See hinaus. Es war, als glaubten sie, daß der Frühling so wie die wilden Gänse draußen auf dem Eis des Siljans schlafe, und als wollten sie ihn wecken.

Die Sänger begannen mit: »Ich weiß ein Land im hohen Norden«, und dann folgte: »Gar schön ist der Lenz, wenn die Erde sich freut!« darauf: »Nach Tuna geht der Marsch«, »Mannheit, Mut und freie Männer«, und schließlich: »In Dalarna wohnten, in Dalarna wohnt«. Es waren alles Lieder, die von Dalarna handelten. Auf der Dampferbrücke brannte kein Feuer, und die Sänger konnten sich nicht weit umsehen. Aber mit den Tönen stieg das Bild ihres Landes vor ihnen und vor allen, die sie hörten, klarer und schöner auf, als wenn es heller, lichter Tag gewesen wäre. Es war gleichsam, als wollten sie den Frühling rühren: »Sieh doch nur, welch schönes Land da liegt und auf dich wartet! Willst du uns denn nicht zu Hilfe kommen? Willst du den Winter wirklich noch lange seinen Druck auf diese schönen Gegenden legen lassen?«

So lange der Gesang währte, stand Niels Holgersen da und lauschte, als er aber verstummte, eilte er an Land. Ganz am Ende der Bucht war das Eis aufgetaut, aber da waren viele Sandbänke, so daß er doch glücklich nach einem Feuer hinüber gelangte, das am Ufer selbst lag. Mit großer Vorsicht schlich er so nahe heran, daß er die Menschen sehen konnte, die um das Feuer saßen und standen; er konnte sogar hören, was sie sagten. Und wieder mußte er sich verwundern, was es wohl sein könne, das er sah, und er fragte sich, ob es wohl etwas anderes sei als eine Vision. Nie zuvor hatte er Menschen so gekleidet gesehen. Die Frauen hatten schwarze spitze Mützen auf dem Kopf, sie trugen kleine, weiße Pelzjacken, rosa Tücher um den Hals, grünseidene Taillen und schwarze Röcke, deren Vorderbahn mit weißen, roten, grünen und schwarzen Streifen quer durchzogen war. Die Männer hatten runde, niedrige Hüte, blaue Röcke mit rotumrandeten Säumen, gelbe Lederhosen, die bis an die Knie reichten und mittels roter, mit Quasten verzierter Strumpfbänder befestigt waren. Er wußte nicht, ob die Kleidung allein schuld daran war, aber er fand, die Leute hier sahen ganz anders aus als anderswo, viel vornehmer und stattlicher. Er hörte, daß sie miteinander sprachen, aber lange konnte er nichts verstehen. Er mußte an die feinen Trachten denken, die seine Mutter in ihrer Truhe hatte, und die niemand seit undenklichen Zeiten mehr hatte tragen wollen, und ihm kam der Gedanke, ob dies nicht etwa Leute aus der Vergangenheit seien, die in den letzten hundert Jahren nicht lebend auf der Erde gewandelt waren. Aber das war nur so ein Gedanke, der ihm durch den Kopf flog und gleich wieder weghuschte, denn er sah sehr wohl, daß es lebende Menschen waren, die er hier vor sich hatte. Die Sache war die, daß die Bevölkerung um den Siljansee in Sprache und Kleidung und im Wesen mehr von entschwundenen Zeiten bewahrt haben, als die Bewohner anderer Gegenden. Daher war er auf solche Gedanken gekommen.

Der Junge bemerkte sofort, daß die Leute, die um das Feuer saßen, von alten Zeiten redeten. Sie erzählten, wie es ihnen in ihren jungen Jahren ergangen war, als sie lange Wege nach anderen Landschaften wandern mußten, um denen daheim durch ihre Arbeit Brot zu verschaffen. Er hörte mehrere Erzählungen, aber am besten entsann er sich später dessen, was eine alte Frau erlebt hatte.

Moor-Kirstens Geschichte.

»Vater und Mutter hatten einen kleinen Hof in Ostbürka, aber wir waren viele Geschwister, und die Zeiten waren schwer, so sah ich mich denn mit sechzehn Jahren genötigt, von Hause fortzugehen. Wir zogen von dannen, zwanzig junge Leute aus Rättvik. Es war im Jahre 1845, am 16. April, als ich zum ersten Mal nach Stockholm ging. In meinem Beutel hatte ich einige Brote, ein Kalbsvorderblatt und ein wenig Käse. Die ganze Reisekasse betrug vierundzwanzig Schilling. Die anderen Vorräte, die ich mitbekommen, hatte ich in den ledernen Sack gelegt, den ich mit einem Arbeitsanzug auf einem Bauernwagen vorausgeschickt hatte.

So gingen wir denn alle zwanzig den Weg nach Falun. Wir pflegten fünf, sechs Meilen am Tage zurückzulegen, und wir erreichten Stockholm nach sieben Tagen. Das war etwas anderes, als sich in den Zug zu setzen, wie es die Mädchen heutzutage tun, und in acht, neun Stunden so überaus bequem dahinzufahren.

Als wir in Kopenhagen einzogen, riefen die Leute einander zu: ›Seht, da kommt das Dal-Regiment.‹ Es klang auch so, als käme ein ganzes Regiment dahermarschiert, wenn wir auf unseren Schuhen mit den hohen Absätzen, in die der Schuster nicht weniger als fünfzehn große Nägel hineingeschlagen hatte, die Straße entlang gingen. Es geschah nicht selten, daß mehrere von uns strauchelten und fielen, weil wir nicht daran gewöhnt waren, auf den spitzen Pflastersteinen zu gehen.

Wir zogen in das Dal-Wirtshaus ›das weiße Roß‹, das auf Södermalen in der Stora Badstugata lag. Die Leute aus Mora wohnten in derselben Straße in einem Wirtshaus, das ›Store Krone‹ hieß. Nun handelte es sich ja darum, schleunigst Arbeit zu bekommen, denn von den vierundzwanzig Schillingen, die ich von Hause mitgenommen hatte, waren nicht mehr als achtzehn übrig. Eins von den anderen Mädchen sagte, ich solle zu einem Rittmeister gehen, der bei Hornstutt wohne, und nach Arbeit fragen. Dort blieb ich vier Tage; ich sollte in seinem Garten graben und pflanzen. Vierundzwanzig Schilling erhielt ich als Tagelohn; für Essen mußte ich selbst sorgen. Ich bekam nicht viel zu essen, aber die kleinen Mädchen meiner Herrschaft, die sahen, wie ärmlich es mit mir bestellt war, liefen in die Küche und baten um Essen für mich, so daß ich mich doch satt essen konnte.

Dann kam ich zu einer Frau in der Norrlandsgata. Dort bekam ich eine elende Kammer, und die Mäuse nahmen meine Mütze und mein Halstuch weg und nagten ein Loch in meinen ledernen Beutel, so daß ich ihn mit einem alten Stiefelschaft flicken mußte, den ich mir verschaffte. Da hatte ich nicht mehr als vierzehn Tage Arbeit, und dann mußte ich mit zwei Talern in der Tasche wieder nach Hause gehen.

Ich ging über Leksand heim und lag ein paar Tage in einem Dorf, das Ronnäs hieß. Ich entsinne mich noch, daß die Leute dort Suppe aus Hafermehl kochten, das sie mit Spreu und Kleie zusammen mahlten. Sie hatten nichts weiter, und das mußte in den Tagen der Hungersnot heruntergleiten.

Ja, das Jahr war gerade nicht zum Prahlen, aber die nächsten Jahre mußte ich noch mehr Widerwärtigkeiten erdulden. Ich war ja gezwungen, wieder von Hause zu gehen, denn sonst hätten die daheim nichts zu leben gehabt. Ich ging zusammen mit zwei Mädchen nach Hudiksvall, und es waren fünfunddreißig Meilen bis dahin. Den ganzen Weg mußten wir mit dem Ledersack auf dem Rücken gehen, denn diesmal hatten wir keinen Wagen, mit dem wir ihn hätten schicken können. Wir hatten gehofft, Gartenarbeit bekommen zu können, aber als wir dahin kamen, lag überall hoher Schnee, so daß keine derartige Arbeit zu finden war. Dann ging ich aufs Land in die Bauerhöfe hinein und bat so eindringlich, man möge mir etwas zu tun geben. Ach, herrjemine, wie hungrig und müde war ich schließlich, bis ich an einen Hof kam, wo ich bleiben und für acht Schilling den Tag Wolle kratzen durfte! Aber späterhin im Frühling bekam ich Arbeit in den Gärten in der Stadt, und da blieb ich bis zum ersten Juli. Dann aber befiel mich ein solches Heimweh, daß ich mich auf den Weg nach Rättvik machte. Ich war ja erst siebzehn Jahre alt, müßt ihr bedenken. Meine Schuhe hatte ich durchgelaufen, so daß ich die fünfunddreißig Meilen auf bloßen Füßen gehen mußte. Und doch war ich von Herzen froh, denn nun hatte ich fünfzehn Reichstaler zusammengespart, und für meine kleinen Geschwister brachte ich einige harte Weizenzwiebacke und eine Tüte mit geschlagenem Zucker mit, den ich aufgespart hatte. Denn wenn mir jemand Kaffee mit zwei Stück Zucker dazu gegeben, hatte ich immer das eine aufgehoben.

Hier sitzet nun ihr, Mädchen, und wißt nicht, wie sehr ihr Gott zu danken habt, daß er uns bessere Zeiten gegeben. Denn damals war es nicht anders, als daß das eine Hungerjahr das andere ablöste. Alle jungen Leute in Dalarna mußten von Hause fort, um Geld zu verdienen. Das nächste Jahr – 1847 – ging ich wieder nach Stockholm und bekam Arbeit in dem großen Hornsbuger Garten. Wir waren mehrere Mädchen aus Dalarna, und nun bekamen wir etwas höheren Tagelohn, aber sparen mußten wir trotzdem. In den Gärten sammelten wir alte Nägel und

Knochen und verkauften sie an den Lumpenhändler, und für das Geld kauften wir eine Art steinharten Zwieback, den sie in der Militärbäckerei für die Soldaten buken. Ende Juli ging ich wieder nach Hause, um bei der Ernte zu helfen. Diesmal hatte ich dreißig Taler zusammengespart.

Im nächsten Jahr mußte ich wieder hinaus, um Geld zu verdienen. Da kam ich auf den Stallmeisterhof in der Nähe von Stockholm. In jenem Sommer war Feldmanöver auf dem Lagårdsgärd und der Marketender schickte mich hin, um die Aufwartung in einer Küche zu übernehmen, die er in einem großen Rüstwagen eingerichtet hatte. Und wenn ich hundert Jahre alt werden sollte, so vergesse ich niemals den Tag, als ich da draußen im Lager vor König Oskar dem Ersten auf dem Hirtenhorn blasen mußte. Und er schickte mir einen ganzen Speziestaler als Belohnung.

Dann war ich mehrere Sommer hintereinander Fährmädchen auf Brunsviken und ruderte zwischen Albano und Haga. Das war meine beste Zeit. Wir hatten ein Hirtenhorn im Boot, und manchmal nahmen die Fahrgäste selbst die Ruder, damit wir ihnen etwas vorblasen konnten. Wenn dann im Herbst das Rudern aufhörte, ging ich durch Uppland hinauf und half auf den Bauerhöfen beim Dreschen. Gegen Weihnacht pflegte ich mit hundert Reichstalern nach Hause zu kommen. Und dann hatte ich Saat beim Dreschen verdient, die holte Vater, sobald Schlittenbahn war. Ja, seht ihr, wenn ich und meine Schwestern nicht mit unserem Geld gekommen wären, so hätten die zu Hause nichts zu leben gehabt. Denn das Korn, das wir selbst bauten, war meistens verbraucht, wenn ich nach Hause kam, und Kartoffeln bauten die Leute damals nur wenig. So mußten sie denn Korn beim Kaufmann kaufen, und wenn der Roggen die Tonne vierzig Reichstaler kostete und der Hafer vierundzwanzig, so sollte man wohl sparen! Ich entsinne mich noch, daß wir mehrmals eine Kuh für eine Tonne Hafer hergaben. In jenen Zeiten buken wir Haferbrot mit feingehacktem Stroh zwischen dem Mehl. Es war nicht leicht, solch Strohbrot herunterzubekommen, das könnt ihr mir glauben. Man mußte zwischen dem Bissen Wasser trinken, damit es nur glitt.

So fuhr ich fort, hin und her zu gehen bis zu dem Jahr, als ich heiratete, und das war 1856. Seht, Jon und ich waren in Stockholm gute Freunde geworden. Und jedes Jahr, wenn ich heimzog, war ich gleichsam ein wenig bedrückt, daß die Stockholmer Mädchen seine Gedanken von mir wenden könnten. Sie nannten ihn ›den schönen Ton vom Moor‹, ›den schönen Dalekarlier‹, das wußte ich. Aber es war kein Falsch in seinem Herzen, und als er Geld genug zusammengespart hatte, machten wir Hochzeit.

Dann war da einige Jahre lang eitel Freude und keine Sorge. Aber das währte nicht lange. 1863 starb Jon, und ich stand allein da mit fünf kleinen Kindern. Aber es ging uns eigentlich nicht schlecht, denn jetzt waren bessere Zeiten in Dalarna. Da waren reichlich Kartoffeln, und da war reichlich Korn. Es war ein großer Unterschied gegen früher. Ich bestellte selbst das bißchen Land, das ich geerbt hatte, und ich hatte mein eigenes Haus. So verging ein Jahr nach dem anderen, und die Kinder wuchsen heran. Sie sind gut gestellt, alle die von ihnen am Leben sind. Gott sei dank! Sie können sich keinen rechten Begriff davon machen, wie knapp es die Leute in Dalarna hatten, als ihre Mutter jung war.«

Die Alte schwieg. Während sie erzählte, war das Feuer heruntergebrannt, und alle erhoben sich und sagten, es sei an der Zeit, nach Hause zu gehen. Der Junge kehrte auf das Eis zurück, um nach seinen Reisegefährten zu suchen, aber wie er so allein in der Finsternis dahinlief, klang ihm ein Vers in den Ohren, den er vor kurzem auf der Brücke hatte singen hören: »In Dalarna wohnte, in Dalarna wohnt bei Armut auch Treue und Ehre ...« Dann kam etwas, dessen er sich nicht mehr zu entsinnen vermochte, aber den Schluß des Liedes wußte er noch: »Sie mischten mit Rinde nicht selten ihr Brot, doch mächtigen Herren ward Hilfe in Not bei den armen Männern in Dalarna.«

Der Junge hatte nicht alles vergessen, was er von den Stures und von Gustav Wasa gehört hatte, er hatte nie begreifen können, warum die gerade Hilfe bei den Dalekarliern suchten, aber jetzt verstand er es. Denn in einem Land, wo es solche Frauen gab, wie die Alte da oben am Feuer, mußten die Männer ja ganz unbezwinglich sein.

XXXI. Bei den Kirchen

Sonntag, 1. Mai.

Als der Junge am nächsten Morgen erwachte und sich auf das Eis hinabgleiten ließ, konnte er sich eines Lachens nicht erwehren. In der Nacht war eine Menge Schnee gefallen, und es schneite noch immer weiter. Die ganze Luft war voll weißer Flocken, die so groß waren, daß man, ehe sie fielen, gut hätte glauben können, es seien die Flügel erfrorener Schmetterlinge. Auf dem See lag der Schnee mehr als zollhoch, die Ufer waren weiß, und die Wildgänse waren so beschneit, daß sie aussahen wie kleine Schneewehen.

Von Zeit zu Zeit bewegten sich Akka oder Yksi oder Kaksi ein wenig, aber wenn sie sahen, daß es noch immer schneite, steckten sie schnell den Kopf wieder unter die Flügel. Sie fanden wohl, daß sie in einem solchen Wetter nichts Besseres tun konnten als schlafen, und darin mußte der Junge ihnen recht geben.

Einige Stunden später erwachte er von dem Läuten der Rättviker Kirchenglocken. Jetzt hatte das Schneewetter aufgehört, aber es wehte scharf aus Norden, und draußen auf dem See war es schneidend kalt. Er freute sich, als die Wildgänse endlich den Schnee abschüttelten und dem Lande zuflogen, um sich Fressen zu verschaffen.

An jenem Tage war Konfirmation in der Rättviker Kirche, und die Konfirmanden, die rechtzeitig gekommen waren, standen in kleinen Gruppen vor der Kirche und sprachen miteinander. Sie trugen alle die Tracht der Gegend, und ihre Kleider waren so neu und bunt, daß sie förmlich schimmerten. »Liebe Mutter Akka, fliege hier ein wenig langsamer,« sagte der Junge, als die Wildgänse geflogen kamen, »damit ich die jungen Leute sehen kann!« Die Führergans fand scheinbar, daß das ein billiges Verlangen war, denn sie ließ sich so tief hinab, wie sie nur konnte, und flog dreimal um die Kirche herum. Es ist nicht leicht zu sagen, wie es sich in Wirklichkeit verhielt, aber als Niels Holgersen die Knaben und die Mädchen von da oben erblickte, meinte er, nie eine Schar prächtigerer junger Menschenkinder gesehen zu haben. »Ich glaube nicht, daß es feinere Prinzen und Prinzessinnen im Schloß des Königs gibt,« sagte er zu sich selbst.

Es war ziemlich viel Schnee gefallen. In Rättvik bedeckte er alle Felder, und Akka war nicht imstande, auch nur eine Stelle zu entdecken, wo sie sich niederlassen konnte. Da besann sie sich nicht lange, sondern flog südwärts, nach Leksand hinab.

In Leksand waren, wie gewöhnlich im Frühling, die meisten der jungen Leute fortgegangen, um Arbeit zu suchen. Es waren kaum andere daheim im Dorf als die Alten, und als die Wildgänse geflogen kamen, wanderte eine lange Reihe alter Frauen durch die stattliche Birkenallee, die zur Kirche hinauf führt. Sie kamen dahergegangen auf der weißen Erde zwischen den weißstämmigen Birken in schneeweißen Schaffelljacken, weißen Pelzkleidern, gelben oder schwarz und weiß gestreiften Schürzen und mit weißen Mützen, die das weiße Haar fest umschlossen.

»Liebe Mutter Akka,« sagte der Junge, »fliege hier ein wenig langsamer, damit ich mir die alten Leute ansehen kann!« Die Führergans fand scheinbar, daß das ein billiges Verlangen war, denn sie ließ sich so tief hinab, wie sie es nur wagen konnte, und flog dreimal über der Birkenallee hin und her. Es ist nicht leicht zu sagen, wie es sich in Wirklichkeit verhielt, aber der Junge meinte, nie alte Frauen gesehen zu haben, die so klug und milde aussahen. »Diese alten Frauen sehen so aus, als wenn sie Könige zu Söhnen und Königinnen zu Töchtern hätten,« sagte der Junge zu sich selbst.

Aber in Leksand war es nicht besser als in Rättvik. Überall lag hoher Schnee, und Akka sah keinen anderen Ausweg, als die Reise südwärts bis nach Gagnef fortzusetzen.

In Gagnef hatte an jenem Tage vor dem Gottesdienst eine Beerdigung stattgefunden. Der Leichenzug war spät zur Kirche gekommen, und hinterher war das Begräbnis in die Länge gezogen. Als die Wildgänse geflogen kamen, waren noch nicht alle in die Kirche gegangen; verschiedene Frauen gingen noch auf dem Kirchhof herum und sahen nach ihren Gräbern. Sie hatten grüne Taillen an mit roten Ärmeln, und auf dem Kopf hatten sie bunte Tücher mit farbigen Fransen.

»Liebe Mutter Akka, fliege hier ein wenig langsamer,« sagte der Junge, und die Wildgans fand scheinbar, daß das ein billiges Verlangen war, denn sie ließ sich so tief nieder, wie sie es nur wagen konnte, und flog dreimal über den Kirchhof hin und her. Es ist schwer zu sagen, wie es sich in Wirklichkeit verhielt, aber als der Junge die Frauen von dort oben durch die Bäume des Kirchhofes sah, fand er, daß sie den schönsten Blumen glichen. »Sie sehen alle zusammen so aus, als wären sie auf einem Beet in des Königs eigenem Garten gewachsen,« dachte er.

Aber auch in Gagnef war nicht ein einziger Fleck, der frei von Schnee war, und die Wildgänse wußten keinen besseren Rat, als weiter gen Süden nach Floda zu fliegen.

In Floda saßen die Leute in der Kirche, als die Wildgänse geflogen kamen, aber es sollte an dem Tage eine Hochzeit stattfinden, sobald der Gottesdienst beendet war, und die Hochzeitsgesellschaft stand draußen auf dem Kirchenhügel aufgestellt. Die Braut trug eine Goldkrone über dem ausgekämmten Haar und war so mit Schmucksachen und Blumen und bunten Bändern behängt, daß einem die Augen förmlich weh taten, wenn man sie ansah. Der Bräutigam ging in einem langen, blauen Rock, in Kniehosen und roter Mütze umher. Die Bauermädchen hatten Kleider an, die an der Taille wie auch rings um den Rock mit Rosen und Tulpen bestickt waren. Die Eltern und Nachbarn folgten im Zuge in ihren bunten Trachten.

»Liebe Mutter Akka, fliege hier ein wenig langsamer,« bat der Junge, und die Führergans ließ sich so tief hinab, wie sie es nur wagen konnte, und flog dreimal über dem Kirchenhügel hin und her. Es ist schwer zu sagen, wie es sich in Wirklichkeit verhielt, aber so wie der Junge sie von hier oben sah, meinte er, eine so liebliche Braut und einen so stolzen Bräutigam und ein so prächtiges Brautgefolge könne es nirgends anders geben. »Ich möchte wohl wissen, ob der König und die Königin in ihrem hohen Schloß feiner sind,« dachte er bei sich selbst.

Aber hier in Floda fanden die Wildgänse endlich schneefreie Felder, so daß sie nicht weiter zu fliegen brauchten, um Futter zu suchen.

XXXII. Die Überschwemmung

1.-4. Mai.

Mehrere Tage lang raste ein fürchterliches Wetter in der Gegend nördlich von dem Mälarsee. Der Himmel war ganz bedeckt, der Wind heulte, und der Regen strömte herab. Menschen wie auch Tiere wußten, daß das mit dazu gehört, wenn es Frühling werden soll, aber trotzdem fanden sie, daß es kaum zu ertragen sei.

Als es einen Tag geregnet hatte, fingen die Schneemassen im Tannenwalde allen Ernstes an zu schmelzen, und in die Frühlingsbäche kam Fahrt. Alle Wasserlachen auf den Höfen, das stillstehende Wasser in den Gräben, das Wasser, das zwischen den Grasbüscheln im Moor und Sumpf hervorquoll, geriet alles in Bewegung und suchte einen Weg nach den Bächen hinauszufinden, um mit ins Meer hinausgenommen zu werden.

Die Bäche liefen, so schnell sie konnten, nach den Mälarflüssen hinab, und die Flüsse taten ihr bestes, um dem Mälar Wassermassen zuzuführen. Aber dann warfen alle die kleinen Seen in Uppland und im Bergwerkdistrikt an *einem* Tage die Eisdecke ab, so daß die Flüsse sich mit Eisschollen anfüllten und plötzlich bis an ihre Ufer stiegen. Und so groß wie die Flüsse nun geworden waren, stürzten sie sich in den

Mälarsee, und es währte nicht lange, bis soviel Wasser dahinein gelaufen war, daß er auf keine Weise mehr aufnehmen konnte. Der Strom unten am Auslauf wurde stark, aber der Nörrström ist ein enges Fahrwasser, und er konnte das Wasser nicht so schnell, wie es nötig war, hindurchlassen. Obendrein raste ein östlicher Sturm, so daß die Wellen des Meeres in starker Brandung gegen das Land getrieben wurden und sich gegen den Strom stemmten, der süßes Wasser in die Ostsee führen wollte. Da nun die Flüsse dem Mälar unaufhörlich neues Wasser zuführten, und der Strom nicht imstande war, es fortzuführen, blieb dem großen See nichts weiter übrig, als über seine Ufer zu treten.

Er stieg sehr langsam, ganz als sei er unwillig, seinen schönen Ufern Schaden zuzufügen. Da diese aber fast überall niedrig sind und schwach abfallen, währte es nicht lange, bis das Wasser viele Ellen weit ins Land hineingelangt war, und mehr gehörte nicht dazu, um die größte Verwirrung anzurichten.

Der Mälar ist etwas ganz für sich. Er besteht aus lauter engen Föhrden, Buchten und Sunden; nirgends breitet er sich zu großen, sturmgepeitschten Flächen aus, es ist, als sei er nur zu Vergnügungs- reisen und Lustfahrten und fröhlichen Fischzügen geschaffen. Und er hat so viele schöne, bewaldete Inseln, Werder und Landzungen: nirgends zeigt er uns kahle, nackte, windzerzauste Ufer; es ist, als habe er sich nie gedacht, daß sie etwas anderes tragen sollten als Lustschlösser, Landhäuser, Herrenhöfe und Vergnügungsorte. Aber vielleicht gerade weil er sich in der Regel so sanft und freundlich zeigt, entsteht so ein Spektakel, wenn er hin und wieder einmal im Frühling sein lächelndes Gesicht ablegt und zeigt, daß er allen Ernstes gefährlich sein kann.

Da es nun so schien, als wolle er eine Überschwemmung veranstalten, wurden alle Boote und Prähme, die den Winter über an Land gezogen waren, in größter Eile gedichtet und geteert, um so schnell wie möglich in den See gesetzt zu werden. Die Waschbrücken wurden an Land gezogen, und die Brücken auf der Landstraße wurden ausgebessert. Die Bahnwärter, die die Aufsicht über die Eisenbahnstrecken am See entlang hatten, gingen ununterbrochen auf den Schienen hin und her und wagten weder Tag noch Nacht zu schlafen.

Bauern, die Heu oder dürres Laub auf den flachen Werdern in Scheunen aufbewahrt halten, beeilten sich, es an Land zu schaffen. Die Fischer nahmen ihre Reusen und Netze herein, damit sie nicht von der

Überschwemmung weggespült werden sollten. An den Fährstellen wimmelte es von Reisenden: alle, die ausreisen oder nach Hause wollten, beeilten sich, solange sie noch sicher sein konnten, daß die Überfahrt nicht unterbrochen war.

In der Nähe von Stockholm, wo am Ufer ein Landhaus neben dem anderen liegt, war die Geschäftigkeit am größten. Die meisten Villen lagen freilich so hoch oben an Land, daß für sie keine Gefahr vorhanden war, aber bei jeder Villa war ja eine Badebrücke und ein Badehaus, und die mußten in Sicherheit gebracht werden.

Doch nicht nur die Menschen wurden unruhig, wenn der Mälar anfing, über seine Ufer zu treten. Die Enten, die ihre Eier zwischen das Gesträuch am Strande gelegt hatten, die Wasserratten und die Spitzmäuse, die am Ufer wohnten und kleine hilflose Junge im Nest hatten, waren in großer Not. Selbst die stolzen Schwäne wurden ängstlich, daß ihre Nester und Eier zerstört werden könnten.

Und das waren keine unnötigen Sorgen, denn mit jeder Stunde, die verging, stieg der Mälar.

Den Weiden und Erlen, die am Uferrande wuchsen, ging das Wasser schon hoch an den Stämmen hinauf. In die Gärten war das Wasser eingedrungen und wühlte in den Gemüsebeeten auf seine eigene Weise herum, und auf den Roggenfeldern, die so lagen, daß es dahinzugelangen konnte, richtete es großen Schaden an.

Mehrere Tage lang fuhr der See fort zu steigen. Die flachen Wiesen rings um Gripsholm standen unter Wasser, so daß das große Schloß nicht nur durch einen schmalen Graben, sondern durch breite Sunde vom Lande getrennt war. In Strängnäs wurde die schöne Strandpromenade in einen brausenden Fluß verwandelt, und in Vestnås bereitete man sich darauf vor, in Booten durch die Straßen zu fahren. Ein paar Elchen, die auf einem Werder im Mälar überwintert hatten, war ihr Wohnort unter Wasser gesetzt, und sie kamen an Land geschwommen. Ganze Holzlager, Unmengen von Planken und Brettern, eine Masse Braukübel und Wassertonnen waren ins Treiben geraten, und überall waren Leute auf ihren Booten aus um zu bergen.

In dieser beschwerlichen Zeit schlich Reineke Fuchs eines Tages in einem Birkenhain herum, der eine Strecke nördlich vom Mälar lag. Wie gewöhnlich dachte er an die Wildgänse und an Däumling und sann darüber nach, wie er es anstellen sollte, sie zu finden, denn er hatte ihre Spur ganz verloren.

Als er so recht mutlos war, erblickte er die Sendtaube Agar, die auf einem Birkenzweig saß. »Gut, daß ich dich treffe,« sagte Reineke. »Du kannst mir vielleicht sagen, wo Akka von Kebnekajse und ihre Schar sich augenblicklich aufhalten.« – »Es ist ja nicht unmöglich, daß ich weiß, wo sie sind,« erwiderte Agar, »aber ich habe durchaus nicht die Absicht, es dir zu sagen.« – »Es ist auch schließlich einerlei,« entgegnete Reineke, »wenn du ihnen nur einen Gruß überbringen willst, den ich für sie habe. Du weißt, wie schlimm es in diesen Tagen am Mälar aussieht. Da ist eine große Überschwemmung, und das große Schwanenvolk, das in Hjälstaviken wohnt, ist in größter Gefahr, daß seine Nester und Eier zerstört werden. Aber der Schwanenkönig Tagklar hat von dem Männlein gehört, das mit den Wildgänsen reist und das für alles Rat weiß, und er hat mich hierher gesandt, um Akka zu fragen, ob sie nicht mit Däumling hierher nach Hjälstaviken kommen will.«

»Den Gruß kann ich ja überbringen,« sagte Agar. »Aber ich begreife freilich nicht, wie der kleine Knirps den Schwänen sollte helfen können.« – »Das weiß ich auch nicht,« sagte Reineke, »aber er übernimmt ja alles mögliche.« – »Es wundert mich auch, daß Tagklar seinen Gruß an die Gänse durch einen Fuchs entsendet,« wandte Agar ein. – »Du hast ganz recht, wir sind ja sonst Feinde,« sagte Reineke mit sanfter Stimme. »Aber wenn die Not so groß ist, muß man einander helfen. Trotzdem ist es wohl besser, wenn du Akka nicht erzählst, daß du den Gruß durch einen Fuchs erhalten hast, denn sie ist mir gegenüber ein wenig mißtrauisch.«

Die Schwäne in Hjälstaviken

Die sicherste Zufluchtsstätte für Schwimmvögel am ganzen Mälar ist Hjälstaviken, der innerste Teil der Ekolsundbucht, die wiederum eine Erweiterung des Norra Björkofjords ist, der nächstgrößten von den langen Fären, die der Mälar nach Uppland hinein sendet.

Hjälstaviken hat flache Ufer, niedriges Wasser und eine Menge Röhricht, ganz so wie der Tåkere. Die Bucht ist lange nicht so groß wie der berühmte Vogelsee, aber trotzdem ist sie eine gute Heimstätte für Vögel, weil sie seit vielen Jahren für unverletzlich gilt. Sie ist nämlich der Aufenthaltsort für ein großes Schwanenvolk, und der Besitzer der alten Königsburg Ekolsund, die in der Nähe liegt, hat alle Jagd auf der Bucht verboten, damit die Schwäne nicht gestört und geängstigt werden.

Sobald Akka Nachricht erhalten hatte, daß das Schwanenvolk ihrer Hilfe bedürfe, eilte sie nach Hjälstaviken. Sie langte mit ihrer Schar eines Abends dort an und sah sofort, daß ein großes Unglück geschehen war. Die großen Schwanennester waren losgerissen und trieben in dem starken Sturm auf der Bucht. Einige waren schon auseinandergefallen, ein paar waren umgestürzt, und die Eier, die darin gewesen waren, lagen auf dem Grunde des Sees und schimmerten durch das Wasser.

Als sich Akka in der Bucht niederließ, waren alle Vögel, die dort wohnten, am östlichen Ufer versammelt, wo sie im besten gegen den Wind geschützt waren. Obwohl sie sehr durch die Überschwemmung gelitten hatten, waren sie viel zu stolz, um ihre Betrübnis zu zeigen. »Es hat keinen Zweck zu trauern,« sagten sie. »Hier sind reichlich Röhrichtfasern und Stengel. Wir können uns bald neue Nester bauen.« Keins von ihnen hatte es sich träumen lassen, Fremde um Hilfe zu rufen, auch hatte niemand eine Ahnung davon, daß Reineke nach den Wildgänsen geschickt hatte.

Da waren mehrere hundert Schwäne, und sie hatten sich nach Rang und Stellung hingelegt; die jüngsten und unerfahrensten zu äußerst im Kreise, die alten und klugen mehr in der Mitte. Ganz im Innersten lagen Tagklar, der Schwanenkönig und Schneefried, die Schwanenkönigin, die älter waren als alle die anderen, so daß die meisten von dem Schwanenvolk ihre Kinder und Kindeskinder waren.

Tagklar und Schneefried konnten von den Tagen erzählen, wo Schwäne ihres Stammes nicht irgendwo in Schweden wild lebten, sondern nur in zahmem Zustand auf Schloßgräben und Teichen gefunden wurden. Aber dann waren ein Paar Schwäne der Gefangenschaft entronnen und hatten sich in Hjälstaviken niedergelassen, und von den beiden stammten alle die Schwäne ab, die dort wohnten. Jetzt nisteten in vielen der Mälarbuchten wilde Schwäne ebenso wie auf dem Tåkern und dem Hornbörgasee. Alle diese Ansiedler waren von Hjälstaviken gekommen, und die Schwäne, die dort wohnten, waren sehr stolz darauf, daß ihr Geschlecht sich so von See zu See ausbreitete.

Die Wildgänse hatten sich zufällig an dem westlichen Ufer niedergelassen; als Akka aber sah, wo die Schwäne lagen, schwamm sie sogleich auf sie zu. Sie war selbst sehr erstaunt, daß sie nach ihr geschickt hatten, aber sie betrachtete es als eine Ehre und wollte keinen Augenblick vergeuden, wenn es sich darum handelte, ihnen zu helfen.

Als Akka in die Nähe der Schwäne kam, hielt sie mit dem Schwimmen inne, um zu sehen, ob die Gänse, die ihr folgten, in gerader Linie und mit gleich großen Zwischenräumen hinter ihr drein schwammen. »Schwimmt jetzt schnell und hübsch!« sagte sie. »Starrt die Schwäne nicht an, als wenn ihr nie etwas Schönes gesehen hättet, und kümmert euch nicht darum, was sie zu euch sagen!«

Es war nicht das erstemal, daß Akka die alten Schwanenherrschaften besuchte, und sie hatten sie immer mit der Aufmerksamkeit aufgenommen, auf die ein so weitbereister und angesehener Vogel Anspruch erheben konnte. Aber sie mochte nicht zwischen alle die Schwäne hineinschwimmen, die rings um sie herumlagen. Sie fühlte sich nie so klein und so grau, als wenn sie zwischen die Schwäne kam, und es konnte wohl geschehen, daß der eine oder der andere von ihnen ein paar Worte fallen ließ von gewissen Leuten, die grau und häßlich waren. Das klügste aber war, so zu tun, als höre man es nicht, und schnell weiter zu eilen.

Diesmal hatte es den Anschein, als wenn alles ungewöhnlich gut gehen sollte. Die Schwäne glitten ganz still zur Seite, und die wilden Gänse schwammen gleichsam durch eine Straße, mit den großen, weißschimmernden Vögeln zu beiden Seiten. Es war sehr hübsch zu sehen, wie sie dalagen und die Flügel wie Segel ausspannten, um einen guten Eindruck auf die Fremden zu machen. Sie machten nicht eine einzige Bemerkung, und Akka war ganz erstaunt. »Tagklar hat früher von ihren Ungezogenheiten gehört und ihnen gesagt, daß sie sich wie gebildete Tiere benehmen sollen,« dachte die Führergans.

Aber als die Schwäne sich so recht bemühten, gute Lebensart zu zeigen, erblickten sie den weißen Gänserich, der in der langen Reihe der Gänse als der letzte geschwommen kam. Da ging ein Brausen der Verwunderung und der Empörung durch die Schar, und mit einem Schlage war es vorbei mit dem feinen Wesen.

»Was ist das?« rief einer von ihnen. »Wollen die wilden Gänse jetzt weiße Federn haben?«

»Sie bilden sich doch wohl nicht ein, daß sie deswegen Schwäne werden!« schrien sie von allen Seiten.

Sie riefen alle durcheinander mit ihren klangvollen, starken Stimmen. Es war nicht möglich, ihnen zu erklären, daß es eine zahme Gans sei, die mit den Wildgänsen gekommen war.

»Das ist wohl der Gänsekönig selbst, der da kommt,« spotteten sie.

»Ist das eine bodenlose Unverschämtheit!«

»Es ist ja gar keine Gans, es ist nur eine zahme Ente!«

Der große Weiße gedachte Akkas Befehl, sich nicht an das zu kehren, was sie zu hören bekämen. Er schwieg ganz still und schwamm so schnell er konnte, aber es half ihm nichts; die Schwäne wurden immer zudringlicher. »Was für eine Kröte hat er da auf dem Rücken?« fragte einer. »Sie glauben wohl, wir können nicht sehen, daß es eine Kröte ist, weil sie wie ein Mensch gekleidet ist.«

Die Schwäne, die bisher in einer so hübschen Ordnung dagelegen hatten, schwammen nun in der wildesten Verwirrung bunt durcheinander. Alle drängten sich vor, um die weiße Wildgans zu sehen.

»So ein weißer Gänserich sollte sich schämen, sich vor uns Schwänen sehen zu lassen.«

»Er ist, weiß Gott, ebenso grau wie die anderen. Er hat sich nur auf einem Bauernhof in einen Milchkübel getaucht.«

Akka war gerade bis zu Tagklar gelangt und wollte ihn eben fragen, womit sie ihm helfen könne, als er auf die Erregung aufmerksam wurde, die unter dem Schwanenvolk entstanden war. »Was ist denn da los? Habe ich nicht befohlen, daß sie höflich gegen Fremde sein sollen?« sagte er und sah sehr unzufrieden aus.

Schneefried, die Schwanenkönigin, schwamm hin, um ihre Leute in Ordnung zu halten, und Tagklar wandte sich wieder an Akku. Da kam Schneefried zurück und sah sehr erregt aus. »Kannst du sie nicht zum Schweigen bringen?« rief ihr der Schwanenkönig entgegen. – »Da ist eine weiße Wildgans,« erwiderte Schneefried. »Das ist doch wirklich ein Skandal. Es wundert mich nicht, daß sie empört sind.«

»Eine weiße Wildgans?« sagte Tagklar. »Das ist zu arg. Das gibt es ja gar nicht! Du mußt dich geirrt haben!«

Das Gedränge um den Gänserich Martin wurde immer größer, und die anderen Wildgänse versuchten, zu ihm hin zu schwimmen, aber sie wurden hin und her gepufft und konnten nicht an ihn heran gelangen.

Der alte Schwanenkönig, der der stärkste von ihnen allen war, setzte sich jetzt schnell in Bewegung, schob alle die anderen zur Seite und bahnte sich einen Weg zu dem Weißen. Aber als er sah, daß da wirklich eine weiße Gans auf dem Wasser lag, wurde er ebenso zornig wie alle die anderen. Er fauchte vor Wut, ging geradeswegs auf den Gänserich Martin los und riß ihm ein paar Federn aus. »Ich will dich lehren, du Wildgans, so aufgeputzt zu uns Schwänen zu kommen!« sagte er.

»Flieg', Gänserich Martin, flieg'!« rief Akka, denn sie sah ein, daß die Schwäne dem großen Weißen jede Feder ausrupfen würden. Und »flieg'! flieg'!« rief auch Däumling. Aber der Gänserich lag so zwischen den Schwänen eingeklemmt, daß er keinen Platz bekommen konnte, um die Flügel zu heben. Und von allen Seiten streckten die Schwäne ihre starken Schnäbel vor, um ihm die Federn auszurupfen.

Der Gänserich Martin verteidigte sich nach besten Kräften, er biß und schlug, und die anderen Wildgänse gingen auf die Schwäne los. Aber es war klar, wie das Ende hätte ausfallen müssen, wenn sie nicht ganz unerwartet Hilfe bekommen hätten.

Da war ein Rotschwänzchen, das hatte gesehen, daß die Wildgänse zwischen den Schwänen in die Klemme geraten waren, und es stieß sofort den scharfen Warnungsschrei aus, dessen sich die kleinen Vögel bedienen, wenn es gilt, einen Habicht oder einen Falken in die Flucht zu schlagen. Und kaum war der Ruf dreimal ertönt, als alle die kleinen Vögel der ganzen Umgegend auf blitzschnellen Schwingen in einem großen, lärmenden Schwarm nach Hjälstaviken hinabschossen.

Und diese armen, schwachen Kleinen warfen sich über die Schwäne. Sie kreischten ihnen in die Ohren, sie versperrten ihnen die Aussicht mit ihren Flügeln, sie machten sie ganz verwirrt mit ihrem Flattern, sie brachten sie ganz außer sich, indem sie riefen: »Schämt euch, ihr Schwäne! Schämt euch, schämt euch, ihr Schwäne!«

Der Überfall der kleinen Vögel währte nur wenige Augenblicke, aber als sie fort waren und die Schwäne wieder zur Besinnung kamen, da sahen sie, daß die Wildgänse sich davon gemacht hatten und auf die andere Seite der Bucht hinübergeflogen waren.

Der neue Kettenhund

Bei den Schwänen war wenigstens das Gute, daß sie sich zu stolz fühlten, hinter den Wildgänsen drein zu jagen, sobald sie sahen, daß sie entkommen waren. So konnte sich denn Akka mit ihrer Schar in aller Ruhe und Gemütlichkeit auf einer Röhrichtinsel hinstellen und schlafen. Niels Holgersen war jedoch zu hungrig, um zu schlafen. »Ich muß sehen, in ein Haus zu gelangen, um etwas Essen zu bekommen,« dachte er.

In den Tagen, wo so viel Verschiedenes auf dem See herumtrieb, war es nicht schwer für so einen wie Niels Holgersen ein Beförderungsmittel zu finden. Er besann sich nicht lange, sprang auf ein Stück Brett, das zwischen das Röhricht hineingetrieben war, fischte einen kleinen Stock auf und machte sich daran, sein Fahrzeug durch das seichte Wasser an das Ufer hinüber zu stängeln.

Kaum war er an Land gekommen, als er neben sich im Wasser ein Plätschern hörte. Er blieb stehen, ohne sich zu rühren und sah ein Schwanenweibchen, das wenige Ellen von ihm in ihrem großen Nest lag und schlief, gleich darauf aber sah er einen Fuchs, der ein paar Schritt ins Wasser hinausgegangen war, um sich nach dem Schwanennest zu schleichen. »Hallo! Hallo! Steh auf! Steh auf!« rief der Junge und schlug mit seinem Stock ins Wasser. Das Schwanenweibchen richtete sich auf, doch nicht schneller, als daß sich der Fuchs hätte auf das Weibchen stürzen können, falls er es gewollt hatte. Aber das gab er auf und stürmte auf den Jungen zu.

Der Junge sah den Fuchs kommen und eilte ins Land hinein. Vor ihm lagen ausgedehnte, flache Wiesen. Da war auch nicht ein Baum, in den er hätte hinaufklettern, nicht ein Loch, in dem er sich hatte verbergen können. Niels war ein guter Läufer, aber es war klar, daß er es in bezug auf Schnelligkeit nicht mit einem Fuchs aufnehmen konnte, wenn dieser frei und ledig war und nichts zu schleppen hatte.

Eine Strecke von dem See entfernt lagen einige kleine Häusereien, wo Licht in den Fenstern war. Der Junge lief natürlich nach dieser Seite, aber er mußte sich selbst sagen, ehe er die Häuser erreichte, konnte ihn der Fuchs mehr als einmal eingeholt haben.

Einmal war der Fuchs so nahe, daß er glaubte, seines Fanges sicher zu sein, da aber lief der Junge hurtig nach der Seite und kehrte wieder an die Bucht zurück. Diese Wendung kostete dem Fuchs Zeit, und ehe er den Jungen abermals eingeholt hatte, war dieser auf ein Paar Männer zugeeilt, die den ganzen Tag draußen auf dem See gewesen waren, um herumtreibendes Gut zu bergen, und die sich nun auf dem Heimwege befanden.

Die Männer waren erschöpft und müde. Sie hatten weder den Jungen noch Reineke gesehen, obwohl beide an ihnen vorübergelaufen waren. Der Junge hatte auch keine Lust, sie anzureden und sie um Hilfe zu bitten, er begnügte sich, dicht an sie heranzuschleichen. »Der Fuchs kann sich doch nicht ganz bis an die Menschen heranwagen,« dachte er.

Bald aber hörte er den Fuchs heranschleichen. Er wagte sich ganz bis an die Männer heran, denn er verließ sich darauf, daß sie ihn für einen Hund halten würden. »Was für ein Hund ist das, der sich hinter uns herschleicht,« sagte auch ganz richtig einer der Männer. »Er ist so nahe, als wenn er uns beißen wollte.« Der andere stand still und sah sich um. »Weg mit dir!« sagte er und stieß mit dem Fuß nach dem Fuchs, so daß der auf die andere Seite des Weges flog. Nun hielt sich der Fuchs in einer Entfernung von ein paar Schritten, aber er folgte ihnen nach wie vor.

Die beiden Männer waren bald bei den Häusern angelangt und gingen in eines derselben hinein. Der Junge hatte die Absicht gehabt, mit ihnen hineinzuschlüpfen; aber als er im Beischlag angelangt war, sah er einen prächtigen, langhaarigen Kettenhund aus seiner Hütte herausstürzen, um seinen Herrn zu empfangen. Da änderte der Junge seinen Entschluß und blieb draußen.

»Du, Kettenhund!« sagte der Junge leise, sobald die Männer die Tür geschlossen hatten. »Willst du mir nicht über Nacht helfen, einen Fuchs zu fangen?«

Der Kettenhund sah nicht gut, und heftig und wütend war er, weil er so lange angebunden gestanden hatte. »Soll ich einen Fuchs fangen?« bellte er böse. »Was für einer bist denn du, der du hierher kommst und mich zum besten halten willst? Komm du nur so nahe heran, daß ich dich fassen kann, da will ich dich schon lehren, Scherz mit mir zu treiben.«

»Du glaubst doch nicht, daß ich bange bin, dir nahe zu kommen?« sagte der Junge und lief an den Hund heran. Als der ihn sah, erstaunte er so, daß er kein Wort zu sagen vermochte.

»Ich bin es, den sie Däumling nennen, und der mit den Wildgänsen reist,« sagte der Junge. »Hast du nicht von mir reden hören?« – »Die Spatzen haben ja freilich manchmal von dir gezwitschert,« sagte der Hund. »Du hast ja große Dinge ausgerichtet, wenn man bedenkt, wie klein du bist!« – »Bisher ist es mir immer gut ergangen,« sagte der Junge, »aber nun sieht es so aus, als wenn mein Ende nahte, falls du mir nicht helfen willst. Ich habe einen Fuchs auf den Fersen. Er steht dort hinter der Ecke und lauert auf mich.« – »Ja, weiß Gott, ich kann ihn wittern,« sagte der Kettenhund. »Mit dem wollen wir bald fertig werden.« Und der Kettenhund sprang hinaus, soweit die Kette es zuließ und bellte und klaffte eine gehörige Zeit.

»Jetzt, glaube ich, kommt er diese Nacht nicht wieder,« sagte der Kettenhund. – »Es gehört mehr als ein Gebell dazu, um dem Fuchs bange zu machen,« sagte der Junge. »Er wird gleich wieder hier sein, und das ist das allerbeste, denn ich habe mir vorgenommen, daß du ihn gefangen nehmen sollst.« – »Fängst du nun schon wieder an, dich lustig über mich zu machen?« sagte der Hund, – »Komm du nur in deine Hütte hinein, damit uns der Fuchs nicht hören kann,« erwiderte der Junge. »Dann will ich dir sagen, wie du es machen mußt.«

Der Junge und der Hund krochen in die Hundehütte und lagen da und flüsterten.

Nach einer Weile steckte der Fuchs die Schnauze um die Ecke, und da alles still war, schlich er auf den Hof. Er konnte den Jungen bis an das Hundehaus wittern und setzte sich in passender Entfernung hin, um darüber nachzudenken, wie er ihn herauslocken könne.

Plötzlich steckte der Kettenhund den Kopf heraus und knurrte ihn an. »Mach', daß du wegkommst! Sonst komm ich und hol' dich!« – »Ich bleibe hier sitzen, solange ich will!« sagte der Fuchs. – »Mach', daß du wegkommst!« sagte der Hund noch einmal in drohendem Ton. »Sonst hast du über Nacht zum letztenmal gejagt.« Aber der Fuchs lachte ihm gerade ins Gesicht und rührte sich nicht vom Fleck. »Ich weiß ja, wie weit deine Kette reicht!« sagte er. – »Ich habe dich zweimal gewarnt,« sagte der Hund und kam aus dem Hundehaus gefahren. »Nun kannst du die Folgen hinnehmen.«

Im selben Augenblick warf er sich mit einem langen Sprung über den Fuchs und erreichte ihn ohne die geringste Schwierigkeit, denn er war los. Der Junge hatte sein Halsband aufgemacht.

Es folgte ein Kampf von wenigen Augenblicken, aber er war bald beendet. Der Hund stand als Sieger da. Der Fuchs lag am Boden und wagte sich nicht zu rühren. »Ja, lieg du nur still,« sagte der Hund. »Sonst beiße ich dich tot.« Er packte den Fuchs im Nacken und schleppte ihn in das Hundehaus, und da kam der Junge mit der Kette und legte ihm das Halsband zweimal um den Hals und schnallte es so fest, daß er sicher gebunden war. Und während der ganzen Zeit mußte der Fuchs stilliegen und wagte nicht, sich zu rühren.

»So, Reineke Fuchs, ich hoffe, du wirst ein guter Kettenhund werden,« sagte Niels, als er fertig war.

XXXIII. Die Sage von Uppland

Donnerstag, 5. Mai.

Am nächsten Tage hatte der Regen aufgehört, aber der Sturm wütete noch den ganzen Vormittag, und die Überschwemmung breitete sich immer weiter aus. Gleich nach Mittag aber kam ein Umschlag. Auf einmal wurde es das herrlichste Wetter, warm und still und lieblich.

Niels Holgersen lag seelenvergnügt in einem großen Büschel herrlicher, blühender Dotterblumen und starrte zum Himmel empor, als auf einem kleinen Pfad, der am See entlang lief, zwei kleine Schulkinder mit ihren Büchern und Butterbrotdosen daherkamen. Sie gingen langsam und sahen sehr betrübt aus. Als sie gerade vor dem Jungen angelangt waren, setzten sie sich auf ein paar Steine und fingen an, von ihrem Kummer zu reden.

»Mutter wird sehr böse werden, wenn sie hört, daß wir heute wieder unsere Schulaufgaben nicht gekonnt haben,« sagte das eine der Kinder. – »Ja, und Vater auch!« sagte das andere, und von ihrem Kummer überwältigt, brachen sie in Weinen aus.

Der Junge lag da und dachte darüber nach, ob er nicht etwas tun könne, um sie zu trösten, als eine krummgebeugte, alte Frau mit einem milden und guten Gesicht den Steig entlang kam und vor ihnen stehenblieb.

»Weswegen weint ihr, Kinderchen?« fragte die Alte, und dann erzählten die Kleinen, sie hätten ihre Schulaufgaben nicht gekonnt, und schämten sich nun so sehr, daß sie gar nicht nach Hause gehen wollten.

»Was kann denn nur so schwer sein, daß ihr es nicht lernen konntet?« fragte die Alte, und die Kinder erzählten, sie hätten ganz Uppland aufgehabt.

»Ja, es ist vielleicht nicht so ganz leicht, das nach einem Buch zu lernen,« sagte die alte Frau, »aber nun sollt ihr hören, was mir meine Mutter einmal von dem Land erzählt hat. Ich bin nie zur Schule gegangen, daher habe ich nie mehr davon zu wissen bekommen, aber das, was mir Mutter erzählte, habe ich mein ganzes Leben lang nicht wieder vergessen.«

»Seht, meine Mutter,« begann die Alte und setzte sich zu den Kindern auf die Steine, »die sagte, Uppland sei in alten Zeiten die ärmste und unbedeutendste von allen Landschaften in Schweden gewesen. Sie bestand nur aus magerem Lehmboden, der mit kleinen, niedrigen Steinhügeln übersät war, und deren gibt es noch heute etliche in der

Landschaft, wenn auch wir, die wir hier unten am Mälar wohnen, nicht viel davon sehen.

Nun ja, wovon es kam, weiß ich nicht, das aber ist sicher, es sah hier armselig und betrüblich aus. Uppland fand, daß es von den anderen Landschaften wie ein Ausgestoßener behandelt wurde, und das bekommt man mit der Zeit satt. Eines schönen Tages wurde es des ganzen Elends so überdrüssig, daß es den Sack auf den Rücken und den Stab in die Hand nahm und sich auf den Bettelgang zu denen begab, die besser gestellt waren.

Zuerst ging Uppland gen Süden, bis ganz nach Schoonen hinab, und als es dahin kam, beklagte es sich über seine Armut und bat um Land. ›Man weiß wirklich nicht, was man allen denen geben soll, die kommen und betteln,‹ sagte Schoonen. ›Laß mich aber einmal sehen, ich habe gerade ein paar Mergelgruben aufgegraben. Hast du Verwendung für ein paar Grassoden, so kannst du dir einige von denen nehmen, die ich an den Rand geworfen habe.‹

Uppland bedankte sich und nahm die Gabe an und ging dann weiter nach Westgotland. Dort beklagte es sich auch darüber, daß es so arm sei und bat um Land. ›Erdboden kann ich dir nicht geben,‹ sagte Westgotland, ›ich gönne einem Bettler nicht das kleinste Krümchen von meinen fetten Feldern. Hast du aber Verwendung für einen von diesen kleinen Bächen, die über die Ebene hinlaufen, so nimm ihn meinetwegen.‹

Uppland bedankte sich und nahm das Geschenk und bog nun nach Halland ab. Dort beklagte es sich wieder darüber, daß es so arm sei und bat um Erde. ›Ich bin nicht reicher als du,‹ sagte Halland, ›daher habe ich keinen Grund, dir etwas zu geben. Meinst du aber, daß es der Mühe wert ist, so kannst du gern einige Steinhügel von der Erde abbrechen und sie mitnehmen.‹

Uppland bedankte sich und nahm die Gabe an und eilte dann nach Bohuslän. Dort erhielt es Erlaubnis, so viele kleine kahle Schären in seinen Sack zu stecken, wie es Lust hatte. ›Sie sehen gerade nicht nach viel aus, aber sie sind gut als Schutz gegen den Wind,‹ sagte Bohuslän. ›Du kannst schon Nutzen davon haben, da du an der See wohnst, so wie ich.‹

Uppland nahm mit Dankbarkeit alles an, was es bekam und sagte zu nichts nein, obwohl es fast überall das bekam, was die anderen am besten entbehren zu können meinten. Wärmland warf ihm ein Stück Berg zu. Westmanland gab ihm eine Reihe von seinen Bergrücken. Ostgotland schenkte ihm ein Stück von dem wilden Kolmården, und Småland stopfte ihm fast den ganzen Sack voll von Mooren und Steinen und Heidehügeln.

Sörmland wollte ihm nichts geben als ein paar Mälarfjorde, und Dalarna meinte auch, daß es nichts von seinem Erdboden abgeben könne, fragte aber, ob Uppland mit einem Stück von dem Dalelf fürliebnehmen wolle. Schließlich erhielt es von Närke einige von den flachen Wiesen bei Hjälmaren, und da hatte es seinen Sack so voll, daß es nicht weiterzugehen brauchte. Als Uppland wieder daheim anlangte und all das zusammen sammelte, was es bekommen hatte, konnte es ja nicht umhin, zu finden, daß es ein schrecklicher Haufe Gerümpel sei, mit dem es zurückkehrte, und es seufzte und ging mit sich zu Rate, was es machen solle, um etwas aus allen den Gaben herauszubekommen.

Ein Jahr nach dem anderen ging dahin, und Uppland blieb daheim und ordnete seine Sachen, und schließlich hatte es alles so, wie es wollte.

Zu jener Zeit begann man in Schweden darüber zu reden, wo der König wohnen und wo man die Hauptstadt bauen solle, und alle Landschaften kamen zusammen, um darüber zu beraten. Es war klar, daß eine jede den König für sich haben wollte, und sie stritten lange hin und her. ›Ich finde, der König muß in der Landschaft wohnen, die die klügste und tüchtigste ist,‹ sagte Uppland, und alle fanden, daß es ein guter Rat war. So trennten sie sich denn mit dem Beschluß, daß die Landschaft, die beweisen könne, daß sie die klügste und tüchtigste sei, den König und die Hauptstadt bei sich aufnehmen solle.

Kaum waren alle Landschaften wieder nach Hause gekommen, als eine Einladung von Uppland kam, zu einem Fest zu ihm zu kommen. ›Was kann das armselige Land uns nur bieten?‹ sagten die Landschaften, aber sie kamen alle miteinander.

Als sie kamen, waren sie sehr erstaunt über das, was sie sahen. Da lag Uppland, im Innern des Landes ganz bebaut mit großen Höfen, an den Küsten mit Städten, während alle Gewässer, die es umgaben, voll von Schiffen waren.

›Es ist eine Schande, umherzugehen und zu betteln, wenn es einem so gut geht,‹ sagten die anderen Landschaften.

›Ich habe euch zu mir eingeladen, um euch für eure Gaben zu danken,‹ entgegnete Uppland. ›Denn denen habe ich es zu verdanken, daß ich mich habe durchschlagen können.‹

›Das erste, was ich tat, als ich nach Hause kam,‹ fuhr es fort, ›war, daß ich den Dalelf in mein Land leitete, und ich richtete es so ein, daß er zwei große Wasserfälle bilden mußte, einen bei Süderson und einen bei Alkarleby. Südlich von dem Elf, bei Dannemora, legte ich den Berg hin, den ich von Wärmland bekommen hatte, und da entdeckte ich, daß Wärmland nicht ordentlich nachgesehen hatte, was es weggab, denn der Berg bestand aus dem besten Eisenerz. Ringsumher pflanzte ich den Wald, den ich von Östergotland bekommen hatte, und da sich nun am gleichen Fleck Erz und Wald zum Kohlenbrennen wie auch Wasserkraft befanden, so war es ja eine gegebene Sache, daß hier reiche Bergwerke entstehen würden.

Als ich es nun nach Norden zu so gut eingerichtet hatte, stellte ich die Bergrücken aus Westmannland auf, aber ich reckte und streckte sie, so daß sie ganz bis an den Mälar reichten und Landzungen und Inseln bildeten, die sich mit Grün bekleideten und so schön sind wie Gärten. Die Fjorde aber, die mir Sörmland gab, zog ich tief ins Land hinein, so daß es für Schiffe erschlossen wurde und in Verkehr mit der Welt kommen konnte.

Als ich nach Norden und nach Süden zu alles fertig hatte, ging ich nach der Ostküste hinüber, und nun sammelte ich alle die kahlen Schären und Steinhügel und Heiden und unfruchtbaren Felder, die ihr mir gegeben hattet, und warf sie ins Meer hinaus. Und daraus entstanden alle meine Werder und Inseln, die mir zu so großem Nutzen für die Fischerei und Schiffahrt geworden sind, und die ich für meinen wichtigsten Besitz halte.

Dann hatte ich nichts weiter von den Gaben übrig als die Grassoden, die ich von Schoonen erhalten hatte, und die breitete ich mitten im Lande aus, und sie wurden zu der fruchtbaren Vaksalaebene. Und den trägen Bach, den ich von Westgotland erhalten hatte, den leitete ich durch die Ebene, damit diese eine gute Verbindung mit den Mälarfjorden haben sollte.‹

Jetzt begriffen die anderen Landschaften, wie das Ganze zugegangen war, und obwohl sie ein wenig ärgerlich waren, konnten sie doch nicht umhin, zuzugeben, daß es seine Sache gut gemacht hatte. ›Du hast mit geringen Mitteln viel ausgerichtet,‹ sagten alle Landschaften. ›Du bist in der Tat die klügste und tüchtigste von uns.‹

›Habt Dank für die Worte,‹ entgegnete Uppland. ›Wenn ihr das sagt, so bin ich ja die Landschaft, die den König und die Hauptstadt bei sich aufnehmen soll.‹

Die anderen Landschaften wurden ein wenig ärgerlich, aber ein Wort ist ein Wort, und dabei blieb es.

Und Uppland bekam den König und die Hauptstadt, und es wurde die erste von allen Landschaften, und das war nicht mehr als billig, denn Klugheit und Tüchtigkeit ist das, was noch heutzutage Bettler zu Fürsten macht.«

XXXIV. In Upsala

Der Student.

Donnerstag, 5. Mai.

Zu der Zeit, als Niels Holgersen mit den Wildgänsen durch das Land reiste, war in Upsala ein prächtiger junger Student. Er wohnte in einer kleinen Dachkammer und war so sparsam, daß die Leute sagten, er lebe von fast gar nichts. Seine Studien betrieb er mit Lust und Liebe, so daß er schneller damit fertig wurde, als irgendeiner von den anderen. Aber deswegen war er durchaus kein Bücherwurm oder Duckmäuser; er konnte sehr wohl mit den Kameraden lustig sein. Er war gerade so, wie ein Student sein soll. Er hatte keine Fehler, wenn man es nicht etwa einen Fehler nennen will, daß er infolge all seines Glücks ein wenig verwöhnt war. Aber das kann dem Besten passieren. Das Glück ist nicht so leicht zu ertragen, namentlich nicht in der Jugend.

In einer Morgenstunde, gerade als der Student erwacht war, lag er da und dachte darüber nach, wie gut er es doch habe. »Alle Menschen haben mich gern, Kameraden wie auch Lehrer,« sagte er zu sich selbst. »Und so vorzüglich, wie es mir mit meinem Studium gegangen ist! Heute soll ich zum letztenmal zum Tentamen, und dann bin ich bald fertig. Und wenn ich nur rechtzeitig fertig werde, so bekomme ich eine Stellung mit gutem Gehalt. Es ist merkwürdig, was für ein Glück ich gehabt habe. Aber ich tue ja auch meine Pflicht, da ist es ja ganz natürlich, daß es mir gut geht.«

Die Studenten in Upsala sitzen nicht zusammen in Schulstuben und lernen wie Schulkinder, sie sitzen jeder für sich in seinem Zimmer und studieren. Wenn sie mit einem Fach fertig sind, gehen sie zu ihren Professoren und werden in dem ganzen Fach auf einmal überhört. So eine Überhörung heißt ein Tentamen, und das, zu dem der Student an diesem Tage gehen sollte, war gerade das Letzte und Allerschwerste.

Sobald er sich angekleidet und Kaffee getrunken hatte, setzte er sich an seinen Schreibtisch, um einen letzten Blick in seine Bücher zu werfen. »Ich glaube eigentlich, es ist ganz überflüssig, so gut wie ich vorbereitet bin,« dachte der Student, »aber es wird wohl am besten sein, wenn ich so lange wie möglich büffle, dann brauche ich mir wenigstens keine Vorwürfe zu machen.«

Er hatte kaum einen Augenblick gelesen, als es an seine Tür pochte, und ein Student mit einem dicken Buch unterm Arm bei ihm eintrat. Es war dies ein Student von ganz anderer Art wie der, der dort am Schreibtisch saß. Er war verschämt und schüchtern und sah abgearbeitet und ärmlich aus. Es war einer von denen, die sich auf Bücher verstehen, aber auch auf nichts weiter. Es hieß, daß er sehr gelehrt sei, aber er war so scheu und ängstlich, daß er sich nie zu einem Tentamen hatte entschließen können. Alle glaubten, er werde »ewiger Student« werden, ein Jahr nach dem anderen in Upsala bleiben und studieren und studieren, es aber nie zu etwas bringen.

Er kam nun, um den Kameraden zu bitten, ein Buch zu lesen, das er geschrieben hatte. Es war nicht gedruckt, sondern nur mit der Hand geschrieben. »Du würdest mir einen großen Gefallen tun,« sagte er, »wenn du dir dies hier ein wenig ansehen und mir sagen wolltest, ob es taugt.«

Der Student, dem das Glück stets lächelte, dachte bei sich: »Ist es nicht, wie ich vorhin sagte, daß mich alle gern haben? Hier kommt nun dieser Sonderling, der sich nicht hat überwinden können, seine Arbeit irgend jemand zu zeigen, und bittet mich, sie zu beurteilen.«

Er versprach, die Handschrift so schnell wie möglich zu lesen, und der andere legte das Buch auf den Schreibtisch neben ihn. »Du mußt gut acht darauf geben,« sagte er, »ich habe fünf Jahre daran gearbeitet, und wenn es abhanden käme, kann ich es nicht noch einmal machen.« – »Solange es bei mir ist, wird ihm nichts zustoßen,« sagte der Student. Und dann ging der andere.

Der Student nahm das dicke Buch zur Hand. »Ich möchte doch wissen, was der da zusammengeschmiert hat,« sagte er. »Ach so, die Geschichte der Stadt Upsala! Das klingt ja gar nicht übel!«

Nun liebte dieser Student Upsala über alle anderen Städte, und er war neugierig zu lesen, was der alte Student über die Stadt geschrieben hatte. »Wenn ich mir die Sache recht überlege, kann ich seine Geschichte ebensogut jetzt gleich lesen,« murmelte er. »Es hat ja doch keinen Zweck, hier noch im letzten Augenblick zu sitzen und zu büffeln. Deswegen geht es auch nicht besser, wenn man zum Professor kommt.« Der Student las und erhob die Augen nicht von den Blättern bis er zum letzten gekommen war. Als er geendet hatte, war er sehr vergnügt. »Das muß ich sagen, dies ist ja eine ganz kolossale Gelehrsamkeit!« sagte er. »Wenn dies Buch erscheint, ist sein Glück gemacht. Wie ich mich darauf freue, ihm zu erzählen, wie gut sein Buch ist!«

Er sammelte alle die losen Blätter zusammen, aus denen die Handschrift bestand, und legte sie auf dem Tisch zurecht. Während er damit beschäftigt war, hörte er die Uhr schlagen.

»Nun wird es wohl Zeit, daß ich zum Professor gehe,« sagte er und beeilte sich, seinen schwarzen Anzug zu holen, der in einer Kammer oben auf dem Boden hing. Aber wie es so oft zu gehen pflegt, wenn man es eilig hat, waren Schloß und Schlüssel neckisch, und es währte eine geraume Zeit, bis er zurückkam.

Als er in die Tür kam, stieß er einen Schrei aus. In der Eile hatte er die Tür offen stehen lassen, als er ging, und das Fenster, an dem der Schreibtisch stand, war auch offen. Es war Zug entstanden, und nun sah der Student die losen Blätter der Handschrift zum Fenster hinauswirbeln. Mit einem Satz war er am Schreibtisch und legte die Hand auf die Papiere, aber da waren nicht mehr viele zu retten. Nur zehn oder zwölf Blatter lagen noch da. All das andere tanzte mit dem Wind über Höfe und Dächer hin.

Der Student lehnte sich zum Fenster hinaus und sah den Papieren nach. Auf dem Dach vor dem Mansardenfenster saß ein schwarzer Vogel und sah ihn mit höhnischer Überlegenheit an. »Ist das nicht ein Rabe?« dachte der Student. »Man sagt ja, daß Raben Unglück verkünden.« Er sah, daß noch einige von den Papieren ringsumher auf den Dächern lagen, und er hätte sicher einen Teil des Verlorenen retten können, wenn er nicht an sein Tentamen hätte denken müssen. Aber er fand, daß er vor allen Dingen an seine eigenen Angelegenheiten denken müsse. »Es handelt sich ja um meine ganze Zukunft,« dachte er.

Er kleidete sich schnell an und ging zu dem Professor. Während der ganzen Zeit beschäftigten sich seine Gedanken mit der verlorenen

Handschrift. »Das ist eine schlimme Geschichte,« dachte er. »Es war geradezu ein Unglück, daß ich es so eilig hatte.«

Der Professor begann mit dem Überhören, aber der Student konnte seine Gedanken nicht von der Handschrift losreißen. »Was sagte doch der arme Bursche?« dachte er. »Sagte er nicht, daß er fünf Jahre an dem Buch gearbeitet habe und nicht die Kraft besitze, es noch einmal zu schreiben? Ich weiß nicht, woher ich den Mut nehmen soll, um ihm zu erzählen, daß sie weg ist.«

Er war so von dem Geschehenen in Anspruch genommen und so unglücklich darüber, daß er seine Gedanken nicht zu sammeln vermochte. Alle seine Kenntnisse waren wie weggeblasen. Er hörte nicht, wonach ihn der Professor fragte und ahnte nicht, was er selbst antwortete. Der Professor war ganz entsetzt über eine solche Unwissenheit und konnte nicht anders als ihn durchfallen lassen.

Als der Student wieder auf die Straße hinauskam, war er sehr unglücklich. »Jetzt habe ich meine Anstellung verscherzt,« dachte er, »und daran ist der alte Bursche schuld. Warum mußte er auch gerade heute mit seiner Handschrift kommen! Aber so geht es, wenn man gefällig ist.«

Im selben Augenblick sah der Student den, an den er eben dachte, auf sich zukommen. Er wollte ihm nicht erzählen, daß die Handschrift verloren war, ehe er den Versuch gemacht hatte, sie wieder zu erlangen, deswegen machte er Miene, an ihm vorüberzugehen, ohne etwas zu sagen. Aber der andere ging da so bekümmert und unruhig und dachte an nichts weiter, als was der Student über sein Buch sagen werde, und als er ihn mit einem unfreundlichen Nicken vorübereilen sah, wurde er grenzenlos bange. Er packte den Studenten beim Arm und fragte, ob er schon ein wenig in dem Buch gelesen habe. »Ich bin zum Tentamen gewesen,« sagte der Student und wollte schnell weitergehen. Aber der andere glaubte, daß er ihn meiden wolle, um ihm nicht sagen zu müssen, daß ihm das Buch nicht gefalle. Er hatte ein Gefühl, als wenn ihm das Herz brechen solle bei dem Gedanken, daß das Werk, an dem er fünf lange Jahre gearbeitet hatte, nichts taugte, und in seinem großen Schmerz sagte er zu dem Studenten: »Vergiß nicht, was ich dir gesagt habe! Wenn das Buch nichts taugt, will ich es nicht mehr sehen. Lies es so schnell du kannst, und sage mir, was du darüber denkst. Taugt es aber nicht, so kannst du es gern verbrennen. Dann will ich es nicht mehr sehen.«

Er ging schnell seiner Wege. Der Student sah ihm nach, als wolle er ihn zurückrufen, besann sich aber und ging nach Hause.

Dort beeilte er sich, seine Werktagskleider anzuziehen und lief dann hinaus, um nach der Handschrift zu suchen. Er suchte in den Straßen, auf den Plätzen und in den Anlagen. Er ging in die Höfe, ja, er wanderte sogar ganz aufs Land hinaus, aber er fand nicht ein einziges Blatt.

Als er ein paar Stunden herumgelaufen war, wurde er so hungrig, daß er Verlangen nach Mittagessen empfand. Aber da, wo er zu Mittag zu essen pflegte, traf er den alten Studenten wieder, der ihm gleich entgegenkam, um etwas über das Buch zu hören. »Ich komme heute abend zu dir, um mit dir zu reden,« sagte der Student ziemlich abweisend. Er wollte nicht eingestehen, daß die Arbeit weg war, ehe er ganz sicher war, daß sie nicht wieder zu finden sei. Der andere wurde ganz blaß. »Vergiß nur ja nicht, daß du es vernichten sollst, wenn es nicht taugt,« sagte er und ging seiner Wege und war nun ganz sicher, daß das Buch dem Studenten nicht gefallen habe.

Der Student eilte wieder in die Stadt hinaus und suchte unermüdlich, bis es dunkel wurde, ohne aber das geringste zu finden. Auf dem Heimwege begegnete er ein paar Kameraden: »Wo hast du dich herumgetrieben, da du nicht zum Frühlingsfest gekommen bist?« – »Ach, ist heute Frühlingsfest gewesen?« sagte der Student. »Das hatte ich ganz vergessen.«

Während er dastand und mit den Kameraden sprach, kam ein junges Mädchen, das er gern hatte, vorüber. Sie sah ihn nicht an, sondern sprach mit einem anderen Studenten, dem sie unendlich freundlich zulächelte. Da entsann sich der Student, daß er sie gebeten hatte, zum Frühlingsfest zu kommen, damit er sie dort treffen könne, und nun war er selber nicht gekommen. Was mußte sie doch von ihm denken!

Er fühlte einen Stich in seinem Herzen und wollte ihr nacheilen, aber da sagte der eine von seinen Freunden: »Mit Steenberg, dem ewigen Studenten, steht es offenbar sehr schlecht. Er ist heute abend krank geworden.« – »Es ist doch wohl nichts Gefährliches?« fragte der Student schnell. – »Es ist etwas mit dem Herzen. Es war ein schlimmer Anfall, den er hatte, und der kann sich jeden Augenblick wiederholen. Der Doktor meint, daß er irgendeinen Kummer hat, der ihn bedrückt. Es kann nur besser werden, wenn dieser Kummer von ihm genommen wird.«

Kurz darauf trat der Student in das Zimmer des ewigen Studenten. Er lag bleich und matt in seinem Bett und war noch kaum wieder bei Besinnung nach dem schlimmen Anfall.

»Ich komme, um mit dir über dein Buch zu reden,« sagte der Student. »Es ist eine vorzügliche Arbeit, kann ich dir sagen. Ich habe selten etwas so Gutes gelesen.«

Der ewige Student richtete sich im Bett auf und starrte den Studenten an. »Warum warst du denn heute nachmittag so sonderbar?«

»Ich war schlechter Laune, weil ich durchs Tentamen gefallen bin. Ich ahnte nicht, daß du dir soviel aus meiner Meinung machst. Ich habe soviel Freude von deinem Buch gehabt.«

Der Kranke sah ihn forschend an, und es wurde ihm mehr und mehr klar, daß ihm der Student etwas verbergen wollte. »Das sagst du nur, weil du gehört hast, daß ich krank bin, nun willst du mich trösten.« – »Keineswegs. Es ist eine ausgezeichnete Arbeit, das versichere ich dich.« – »Hast du sie wirklich nicht vernichtet, wie ich dich bat?« – »Ich bin doch nicht verrückt!« – »So hole sie! Zeige mir, daß du sie nicht vernichtet hast, dann will ich dir glauben!« sagte der Kranke und sank in die Kissen zurück. Er war so schwach und matt, daß der Student glaubte, der Anfall werde sich wiederholen.

Es war ein fürchterlicher Augenblick für den Studenten. Er nahm die Hände des Kranken zwischen die seinen, erzählte ihm, daß seine Handschrift zum Fenster hinausgeweht sei und sagte, wie unglücklich er den ganzen Tag gewesen war, weil er ihm einen so großen Schaden zugefügt hatte.

Als er schwieg, nahm der Kranke seine Hand und streichelte sie. »Du bist gut gegen mich, wirklich gut. Gib dir aber keine Mühe, Geschichten zu erfinden, um mich zu schonen. Ich verstehe ja, daß du getan hast, wie ich dir sagte: du hast die Handschrift verbrannt, weil sie nichts taugte, und du willst es nun nicht eingestehen. Du glaubst, ich könne das nicht ertragen!«

Der Student versicherte ihm hoch und heilig, daß er die Wahrheit rede, der andere aber beharrte bei seiner Ansicht und wollte ihm nicht glauben.

»Könntest du mir die Handschrift zurückgeben, so würde ich dir glauben,« sagte er.

Er wurde immer elender, und der Student sah sich schließlich gezwungen, fortzugehen, um seinen Zustand nicht noch zu verschlimmern.

Als er zu Hause anlangte, befiel ihn eine solche Schwermut und Müdigkeit, daß er sich kaum aufrecht halten konnte. Er machte Tee und ging dann zu Bett. Während er die Decke über sich zog, dachte er daran, wie glücklich er am Morgen gewesen war. Jetzt war für ihn selber viel in die Brüche gegangen, aber das konnte er ja ertragen. »Das Schlimmste ist, daß ich nie im Leben werde vergessen können, daß ich einen Menschen ins Unglück gebracht habe,« sagte er.

Er glaubte, daß er in dieser Nacht kein Auge werde schließen können. Aber wunderbarerweise schlief er ein, sobald er den Kopf auf das Kissen gelegt hatte. Er hatte nicht einmal Zeit gehabt, die Lampe auszulöschen, die auf dem Nachttisch neben seinem Bett brannte.

Das Frühlingsfest

Nun aber wollte es der Zufall, daß, als der Student sich schlafen legte, ein kleiner Bursche mit gelber Lederhose, grüner Weste und weißer Zipfelmütze auf dem Dach vor seinem Mansardenfenster stand und dachte, wenn er an Stelle dessen wäre, der jetzt da drinnen in seinem Bett lag, so würde er sehr glücklich sein.

Daß Niels Holgersen, der noch vor ein paar Stunden in einem Büschel gelber Sumpfdotterblumen am Ekelsundsvik gelegen und gefaulenzt hatte, sich jetzt in Upsala befand, daran war der Rabe Bataki schuld; er hatte Niels zu dem Abenteuer verlockt.

Der Junge selber hatte es sich am allerwenigsten träumen lassen. Er lag in dem Blumenbüschel und starrte zum Himmel empor, als er Bataki oben zwischen den davonziehenden Wolken fliegen sah. Der Junge wollte sich am liebsten vor ihm verstecken, aber Bataki hatte ihn schon gesehen, und einen Augenblick später stand er mitten zwischen den Dotterblumen und sprach so, als seien er und der Junge die besten Freunde von der Welt.

So finster und feierlich Bataki auch aussah, Niels konnte doch merken, daß er einen Schelm im Auge hatte. Er hatte ein Gefühl, als wenn der Rabe gekommen sei, um sich lustig über ihn zu machen, und er hatte beschlossen, sich an nichts zu kehren, was er auch zu ihm sagen werde.

Der Rabe begann nun damit, zu sagen, er fände, er schulde Däumling einen Ersatz dafür, daß er ihm nicht erzählen könne, wo das Bruderteil war, und deswegen sei er nun gekommen, um ihm ein anderes Geheimnis anzuvertrauen. Bataki wisse nämlich, wie jemand, der so verwandelt worden war, wie er, wieder zum Menschen werden könne.

Der Rabe hatte ganz fest geglaubt, daß der Junge sofort anbeißen würde, wenn er ihm einen solchen Köder auswarf. Statt dessen aber antwortete Niels sehr abweisend, daß er wisse, er könne wieder Mensch werden, wenn er den weißen Gänserich erst glücklich nach Lappland hinauf und dann nach Schoonen zurückbringen könne.

»Du weißt, es ist keine Kleinigkeit, einen Gänserich glücklich durch das Land zu bringen,« sagte Bataki. »Es könnte nicht schaden, wenn du noch einen anderen Ausweg wüßtest, für den Fall, daß dir dies mißlingen sollte. Machst du dir aber nichts daraus, es zu wissen, so werde ich schon meinen Mund halten.« Und dann antwortete der Junge, er habe nichts dagegen, daß ihm Bataki das Geheimnis erzähle.

»Das will ich auch tun,« sagte Bataki, »aber erst im rechten Augenblick. Setz' dich auf meinen Rücken und gehe mit mir auf eine Reise, dann wollen wir sehen, ob sich nicht eine passende Gelegenheit bietet!« Da wurde der Junge wieder bedenklich, denn er wußte nie, wie er mit Bataki dran war. »Du wagst wohl nicht, dich mir anzuvertrauen,« sagte der Rabe. Niels konnte es aber nicht ertragen zu hören, daß es irgend etwas geben sollte, wovor er bange war, und im nächsten Augenblick saß er auf dem Rücken des Raben.

Dann flog der Rabe mit ihm nach Upsala. Auf einem Dach setzte er ihn ab, bat ihn, sich umzusehen und fragte ihn dann, was er wohl glaube, wer in dieser Stadt regiere.

Der Junge sah über die Stadt hinaus. Sie war ziemlich groß und lag entzückend mitten in einer großen, gut bebauten Ebene. Da waren viele Häuser, die ansehnlich und vornehm aussahen, und oben auf einem Hügel lag ein stattlich gebautes Schloß mit zwei schweren Türmen.

»Da wohnen vielleicht der König und seine Mannen?« fragte er.

»Das ist gar nicht übel erraten,« antwortete der Rabe. »In alten Zeiten hat der König hier seinen Sitz gehabt. Aber nun ist es vorbei mit der Herrlichkeit.«

Der Junge sah sich noch einmal um, und da bemerkte er vor allen Dingen den großen Dom, der in der Abendsonne dalag mit seinen drei hohen, glitzernden Türmen, seinen stattlichen Portalen und den reich geschmückten Mauern. »Vielleicht wohnt hier ein Bischof mit seinen Geistlichen?« fragte er.

»Das ist gar nicht übel erraten,« sagte Bataki. »Hier haben einstmals Erzbischöfe gewohnt, die so mächtig waren wie Könige, und noch heutigen Tages wohnt hier ein Erzbischof, aber der regiert hier jetzt nicht.«

»Dann weiß ich nicht, was ich raten soll,« sagte der Junge.

»Die Gelehrsamkeit wohnt und regiert hier in der Stadt,« sagte der Rabe, »und die großen Gebäude, die du überall siehst, sind ihr und ihren Leuten zu Ehren errichtet.«

Das wollte Niels kaum glauben. »Komm du nur mit, dann wirst du schon sehen!« sagte der Rabe und sie flogen hin und besahen die großen Häuser. An verschiedenen Stellen standen die Fenster offen. Der Junge konnte hier und da hineingucken, und er sah, daß der Rabe recht hatte. Bataki zeigte ihm die große Bibliothek, die vom Keller bis zum Boden voller Bücher war. Er führte ihn nach dem stolzen Universitätsgebäude und zeigte ihm die prächtigen Vorlesungssäle. Er flog an dem alten Gebäude vorüber, das Gustavianum heißt, und durch die Fenster sah der Junge ausgestopfte Tiere. Sie flogen über die großen Treibhäuser mit den vielen fremdländischen Pflanzen, und sie guckten auf das Observatorium hinab, wo das große Fernrohr zum Himmel hinauf gerichtet stand.

Sie schwebten auch an vielen Fenstern vorüber und sahen alte Herren mit einer Brille auf der Nase. Die saßen und schrieben oder lasen in Zimmern, deren Wände ganz mit Büchern bedeckt waren, und sie flogen an Mansardenstübchen vorüber, wo die Studenten, so lang sie waren, auf ihren Sofas lagen und über dicken Büchern schwitzten.

Schließlich ließ sich der Rabe auf einem Dach nieder. »Kannst du nun sehen, daß das, was ich sagte, wahr ist? Die Gelehrsamkeit herrscht hier in der Stadt!« Und der Junge mußte einräumen, daß er recht hatte. »Wäre ich nicht ein Rabe,« fuhr Bataki fort, »sondern ein Mensch, so wie du, so würde ich mich hier niederlassen. Ich würde tagaus, tagein in einer solchen Stube voller Bücher sitzen und alles lernen, was darin steht. Hättest du nicht auch Lust dazu?« – »Nein, ich glaube, ich möchte lieber mit den Wildgänsen reisen,« antwortete der Junge. – »Möchtest du nicht einer von denen werden, die Krankheiten heilen können?« fragte der Rabe. – »Ach ja, vielleicht.« – »Möchtest du nicht einer von denen werden, die alles wissen, was sich in der Welt zugetragen hat, die alle

Sprachen sprechen und sagen können, was für Bahnen Sonne und Mond und Sterne am Himmel beschreiben?« sagte der Rabe. – »Freilich, das könnte ja ganz erbaulich sein.« – »Hättest du nicht Lust, den Unterschied von Gut und Böse, Recht und Unrecht kennen zu lernen?« – »Das könnte ja ganz nützlich sein,« sagte der Junge, »das habe ich oft bemerkt.« – »Und hättest du nicht Lust, zu studieren und Geistlicher zu werden und daheim in der Kirche zu predigen?« – »Vater und Mutter würden sich schrecklich freuen, wenn ich es soweit brächte,« antwortete der Junge.

Auf die Weise machte der Rabe Niels begreiflich, daß die Menschen, die in Upsala wohnen und studieren konnten, glücklich seien, aber bisher hatte Däumling noch nicht gewünscht, einer von ihnen zu sein.

Dann traf es sich aber, daß das große Fest zu Ehren des Frühlings, das alljährlich in Upsala gefeiert wurde, gerade an diesem Abend stattfand. Es hatte eigentlich am ersten Mai stattfinden sollen, aber da goß es in Strömen vom Himmel herab, und das Fest ward auf einen anderen Tag verschoben.

Und so ging es zu, daß Niels Holgersen die Studenten zu sehen bekam, als sie nach dem Botanischen Garten hinauszogen, wo das Fest gefeiert werden sollte. Sie kamen in einem großen, breiten Zug daher mit weißen Mützen auf dem Kopf und die ganze Straße war wie ein dunkler Fluß voll weißer Wasserrosen. Vor dem Zuge her wurden weiße, goldgestickte Fahnen getragen, und während des ganzen Marsches sangen sie Frühlingslieder. Niels hatte die Empfindung, als sängen sie nicht selbst, als begleite der Gesang sie, über ihren Köpfen hinschwebend. Ihm war es, als sängen nicht die Studenten zu Ehren des Frühlings, sondern als sitze der Frühling irgendwo verborgen und singe den Studenten etwas vor. Er hatte nie eine Ahnung davon gehabt, daß Menschengesang so klingen könne. Es war wie ein Sausen in Tannenwipfeln, wie Klang von Stahl, wie der Gesang wilder Schwäne am Strande.

Als die Studenten in den Garten kamen, wo die Rasenplätze mit dem ersten, feinen, hellgrünen Gras bedeckt waren, und die Blätter der Bäume im Begriff standen, die Knospen zu sprengen, stellten sie sich vor einer Rednertribüne auf, die ein alter Mann bestieg, um eine Ansprache an sie zu halten.

Die Rednertribüne war auf der Treppe vor den großen Treibhäusern errichtet, und der Rabe setzte den Jungen auf das Dach des Treibhauses. Da saß er in guter Ruhe und sah und hörte. Der alte Mann auf der

Rednertribüne sagte, das beste im Leben sei, jung zu sein und seine Jugendjahre in Upsala zu verbringen. Er sprach von der guten, friedlichen Arbeit bei den Büchern und der reichen, lichten Jugendfreude, die nirgends so genossen werden könne wie in dem großen Kameradenkreis. Das mache die Arbeit so vergnüglich, ließe die Sorgen so leicht vergessen, mache die Hoffnung so licht.

Der Junge saß da und sah auf die Studenten herab, die in einem Halbkreis um die Rednertribüne standen, und ihm ging das Verständnis dafür auf, daß es nichts Schöneres gebe, als zu diesem Kreis zu gehören. Das war ein Glück und eine große Ehre. Jeder einzelne wurde zu etwas mehr, als er sonst gewesen sein würde, wenn er zu einer solchen Schar gehörte.

Nach der Rede wurde wieder gesungen, und auf den Gesang folgten von neuem Reden.

Der Junge hatte nie eine Ahnung oder einen Begriff davon gehabt, daß man Worte so zusammensetzen konnte, daß sie Macht erhielten, zu rühren und erfreuen und begeistern, so wie diese.

Niels hatte hauptsächlich die Studenten angesehen, aber er bemerkte doch, daß sie nicht die einzigen im Garten waren. Da waren auch junge Mädchen in hellen Kleidern und feinen Frühlingshüten, sowie viele andere Leute. Aber es erging ihnen wie dem Jungen, es schien, als seien sie nur gekommen, um die Studenten zu sehen.

Hin und wieder entstand eine Pause zwischen den Reden und dem Gesang, und da zerstreute sich die Schar über den ganzen Garten. Bald aber stand ein neuer Redner auf der Tribüne, und sogleich scharten sich die Zuhörer wieder um ihn. Und so ging es weiter, bis die Nacht hereinbrach.

Als das Ganze vorbei war, atmete der Junge tief auf und rieb seine Augen, als erwache er aus dem Schlaf. Er war in einem Lande gewesen, das er noch nie besucht hatte. Alle diese Menschen, die sich des Lebens freuten und der Zukunft siegesstolz entgegensahen, verbreiteten Heiterkeit und Freude um sich wie einen Ansteckungsstoff, und der Junge war ebenso wie sie im Reiche der Freude gewesen. Aber als die Töne des letzten Liedes hinstarben, fühlte der Junge, wie trübselig sein eigenes Leben war, und er konnte sich nach dem eben Erlebten kaum überwinden, zu seinen Reisekameraden zurückzukehren.

Der Rabe hatte neben dem Jungen gesessen, und nun flüsterte er ihm ins Ohr: »Jetzt will ich dir erzählen, Däumling, wie du wieder Mensch werden kannst. Du mußt warten, bis du jemand triffst, der dir sagt, daß er gern an deiner Stelle sein und mit den Wildgänsen reisen wolle. Dann mußt du den Augenblick ergreifen und zu ihm sagen: ...« Und nun lehrte Bataki den Jungen einige Wörter, die so kräftig und gefährlich waren, daß man sie nicht laut sagen, sondern nur flüstern konnte, bis die Zeit kam, wo man sie allen Ernstes gebrauchen sollte. »Ja, mehr gehört nicht dazu, daß du wieder Mensch werden kannst,« sagte Bataki schließlich.

»Nein, das will ich schon glauben,« entgegnete der Junge, »denn ich treffe natürlich niemals jemand, der sich an meine Stelle wünschen würde.«

»Ach, das ist doch nicht so unmöglich,« meinte der Rabe, und dann flog er mit dem Jungen in die Stadt und setzte ihn vor einem Mansardenfenster auf das Dach. In der Stube brannte eine Lampe, das Fenster war nur angelehnt, und Niels stand lange da und dachte, wie glücklich der Student sein müsse, der da drinnen lag und schlief.

Die Probe.

Der Student fuhr aus dem Schlaf auf und sah, daß die Lampe auf dem Nachttisch stand und brannte. »Ach, da habe ich vergessen, die Lampe auszulöschen,« dachte er und richtete sich auf dem Ellbogen auf, um sie herunterzuschrauben. Ehe er sie aber noch ausgelöscht hatte, gewahrte er, daß sich auf dem Schreibtisch etwas bewegte.

Die Stube war ganz klein. Es war nicht weit von dem Bett bis zum Tisch, und er konnte deutlich alle die Bücher, Papiere, Schreibsachen und Photographien sehen, die den Tisch bedeckten. Den Spirituskocher und das Teebrett hatte er ebenfalls stehen lassen, und die sah er auch. Das Merkwürdigste aber war, daß er ebenso deutlich wie all das andere einen kleinen Knirps sah, der über die Butterdose gebeugt stand und im Begriff war, sich ein Butterbrot zu streichen.

Der Student hatte an diesem Tage soviel erlebt, daß er fast gleichgültig dagegen war, was ihm begegnete. Er war weder verwundert noch bange, fand es aber ganz natürlich, daß der kleine Mann hereingekommen war und sich einen Bissen Brot holte.

Er legte sich hin, ohne die Lampe auszulöschen und lag mit halbgeschlossenen Augen da und sah dem Kleinen zu. Der hatte sich jetzt auf einen Briefbeschwerer gesetzt und saß da so seelenvergnügt und tat sich an den Überresten von dem Abendbrot des Studenten zugute. Man konnte sehr wohl merken, daß er die Mahlzeit so sehr wie möglich in die Länge zog. Er saß mit gen Himmel erhobenen Augen da und schmatzte zwischen jedem Mundvoll mit der Zunge. Die trockenen Brotscheiben und die alte Käserinde waren offenbar ein seltener Leckerbissen für ihn.

Der Student wollte ihn nicht stören, solange er aß, als es aber schien, als könne er nicht mehr, redete er ihn an.

»Hallo, du!« sagte er. »Was für einer bist denn du?«

Der Junge zuckte zusammen und lief nach dem Fenster; als er aber sah, daß der Student ruhig in seinem Bett liegen blieb und ihm nicht nachlief, hielt er inne. »Ich bin Niels Holgersen aus Wester-Vemmenhög,« sagte er, »und ich bin ein Mensch so wie du, aber ich bin in einen Kobold verwandelt, und seit der Zeit reise ich mit den Wildgänsen herum.«

»Das ist doch eine merkwürdige Geschichte,« sagte der Student und begann, Niels zu fragen und auszuforschen, bis er Bescheid über fast alles erhalten, was der Junge, seit er von Hause wegreiste, erlebt hatte.

»Du hast es, weiß Gott, gut,« sagte der Student. »Wer an deiner Stelle wäre und alle Sorgen hinter sich lassen könnte!«

Der Rabe stand draußen vor dem Fenster, und als der Student diese Worte sagte, klopfte er mit dem Schnabel an die Fensterscheibe. Der Junge verstand wohl, daß er ihn daran erinnern wollte, die Gelegenheit zu benutzen, falls der Student das rechte Wort sagen sollte. »Du brauchst mir nicht einzubilden, daß du mit mir tauschen würdest,« sagte der Junge. »Wer Student ist, kann sich doch nichts Besseres wünschen!«

»Dasselbe dachte ich noch heute morgen, als ich erwachte,« sagte der Student. »Aber du sollst nur wissen, was mir heute zugestoßen ist. Für mich ist alles aus. Es wäre wirklich das beste für mich, wenn ich mit den Wildgänsen auf und davon gehen könnte.«

Wieder hörte Niels Bataki gegen die Fensterscheibe klopfen; ihm selber wurde ganz schwindlig, und er bekam Herzklopfen, denn es sah ja fast so aus, als wolle der Student die richtigen Worte sagen.

»Ich habe dir erzählt, wie es mit mir steht,« sagte er zu dem Studenten. »Erzähle du mir nun, wie es mit dir steht!« Und der Student schien froh zu sein, daß er jemand hatte, dem er sich anvertrauen konnte, und er erzählte ganz ehrlich, was ihm heute begegnet war. »Das andere ist schließlich einerlei,« sagte der Student, als er geendet hatte. »Was ich aber nicht ertragen kann, ist der Gedanke, daß ich einen Kameraden ins

Unglück gestürzt habe. Es wäre viel besser für mich, wenn ich in deinen Kleidern steckte und mit den Wildgänsen herumreiste.«

Bataki klopfte eifrig an die Fensterscheibe, aber der Junge saß lange still und stumm da und starrte vor sich nieder.

»Warte ein wenig! Du sollst gleich von mir hören,« sagte er mit leiser Stimme zu dem Studenten, und dann ging er zögernden Schrittes über den Schreibtisch und zum Fenster hinaus. Gerade als er auf das Dach hinauskam, ging die Sonne auf, und Upsala lag da, gebadet im Licht der Morgenröte. Es blinkte und blitzte von allen Zinnen und Türmen, und wieder mußte der Junge sich sagen, daß dies eine wahre Stadt der Freude sei.

»Was hattest du nur einmal?« sagte der Rabe. »Jetzt hast du die Gelegenheit, ein Mensch zu werden, verpaßt.«

»Ich habe keine Lust, mit dem Studenten zu tauschen,« sagte der Junge. »Ich würde ja nur Unannehmlichkeiten wegen der weggewehten Papiere bekommen.«

»Um die Papiere brauchst du dich nicht zu beunruhigen,« sagte der Rabe. »Die kann ich zur Stelle schaffen.«

»Ich zweifle nicht daran, daß du das kannst,« sagte der Junge, »aber ich bin nicht sicher, daß du es tun wirst. Die Sache muß ich erst im reinen haben.«

Bataki entgegnete kein Wort. Er breitete nur seine Flügel aus, flog davon und kam mit einigen Papierblättern zurück. So flog er nun eine ganze Weile hin und her, so fleißig wie eine Schwalbe, wenn sie Lehm für ihr Nest zusammenträgt, und brachte dem Jungen ein Stück Papier nachdem anderen. »So, nun glaube ich fest, daß du es alles beisammen hast,« sagte er schließlich und setzte sich ganz atemlos auf das Fensterbrett.

»Hab' vielen Dank!« sagte der Junge. »Nun gehe ich zu dem Studenten hinein und rede mit ihm.« Im selben Augenblick warf Bataki einen Blick in das Zimmer und sah den Studenten dastehen und die Papiere glätten und ordnen. »Du bist doch das größte Rindvieh, das mir jemals vorgekommen ist,« fuhr Bataki auf den Jungen ein. »Hast du dem Studenten die Handschrift gegeben? Dann kannst du dir den Weg zu ihm hinein sparen. Jetzt wird er nie im Leben wieder sagen, daß er gern an deiner Stelle sein möchte.«

Der Junge stand auch da und starrte den Studenten an; der war so froh, daß er im bloßen Hemd in seinem kleinen Zimmer herumtanzte. Dann wandte er sich an den Raben. »Ich verstehe sehr wohl, Bataki, daß du mich auf die Probe stellen wolltest,« sagte er. »Du glaubtest wohl, daß, wenn ich selbst es nur gut haben könnte, ich den Gänserich Martin auf dieser beschwerlichen Reise sich selbst überlassen würde. Aber als der Student seine Geschichte erzählte, mußte ich daran denken, wie häßlich es sei, einen Kameraden im Stich zu lassen, und das wollte ich denn doch nicht tun.«

Bataki kraute sich mit dem Fuß im Nacken und sah fast verlegen aus. Er wußte nichts hierauf zu erwidern, sondern flog mit dem Jungen zurück geradeswegs zu den Gänsen.

XXXV. Daunenfein

Die Stadt, die auf dem Wasser schwimmt.

Freitag, 6. Mai.

Niemand konnte sanfter und süßer sein als die kleine graue Gans Daunenfein. Alle die wilden Gänse hatten sie lieb, und der weiße Gänserich hätte gern sein Leben für sie gelassen. Wenn Daunenfein um etwas bat, konnte nicht einmal Akka nein sagen. Sobald Daunenfein an den Mälarsee kam, erkannte sie die Gegend wieder. Da draußen lag das Meer mit den vielen Schären, und da wohnten ihre Eltern und Geschwister auf einer kleinen Insel. Sie bat die Wildgänse mit nach ihrem Heim zu fliegen, ehe sie weiter nordwärts reisten, damit sie ihrer Familie zeigen könne, daß sie noch am Leben sei. Das würde eine so große Freude für sie sein.

Akka sagte ganz offen, sie fände, Daunenfeins Eltern und Geschwister seien keineswegs liebevoll gewesen, damals, als sie sie auf Öland zurückließen. Aber darin wollte ihnen Daunenfein nicht recht geben. »Was sollten sie wohl anderes tun, als sie sahen, daß ich nicht fliegen konnte?« sagte sie. »Sie konnten doch meinetwegen nicht auf Öland zurückbleiben!«

Um die Wildgänse zu bewegen, die Reise zu machen, begann Daunenfein von ihrem Heim draußen in den Schären zu erzählen. Es war eine Felseninsel. Wenn man sie in der Ferne sah, konnte sie aussehen, als sei da nichts weiter als Steine, kam man aber dahin, so entdeckte man das schönste Gras in Schluchten und Felsspalten. Und nach besseren Brutplätzen, als die in den Felsschluchten oder zwischen den

Weidenbüschen dort, konnte man lange suchen. Das beste von allem aber war der alte Fischer, der da draußen wohnte. Daunenfein hatte gehört, daß er in seinen jungen Tagen ein eifriger Jäger gewesen war, der immer draußen zwischen den Schären lag und Vögel schoß. Aber jetzt in seinem Alter, wo seine Frau tot war und die Kinder die Heimat verlassen hatten, so daß er allein im Nest zurückgeblieben war, hatte er angefangen, die Vögel draußen auf seiner Schäre zu beschützen. Er gab nie einen Schuß auf sie ab und erlaubte auch nicht, daß andere es taten. Er ging von einem Vogelnest zum anderen, und wenn die Weibchen brüteten, holte er ihnen Futter. Niemand war bange vor ihm. Daunenfein war gar manches Mal in seiner Hütte gewesen und mit Brotkrumen gefüttert worden. Weil nun aber der Fischer so gut gegen die Vögel war, zogen sie in so großen Scharen nach der Schäre hinaus, daß es dort bald mit dem Platz knapp wurde. Kam man im Frühling zu spät dorthin, so konnte es vorkommen, daß alle Brutplätze besetzt waren. Deswegen hatten Daunenfeins Eltern und Geschwister von ihr fortreisen müssen.

Daunenfein bettelte so lange, bis sie ihren Willen bekam, obwohl die Wildgänse sehr wohl wußten, daß sie sich verspätet hatten und lieber geradeswegs gen Norden reisen sollten. Aber so ein Ausflug nach den Schären brauchte die Reise ja nur um einen einzigen Tag zu verzögern. Sie brachen eines Morgens auf, nachdem sie sich mit einer guten Mahlzeit gestärkt hatten, und flogen gen Osten über den Mälar. Der Junge war sich nicht klar darüber, wohin sie nun kamen, aber er beobachtete, daß je weiter sie nach Osten kamen, es um so lebhafter auf dem See wurde, und die Küste um so dichter bebaut war.

Schwerbeladene Prähme und Schuten, Boote und Fischkutter waren auf dem Wege gen Osten, und eine Menge schöner, weißer Dampfer kamen ihnen entgegen oder fuhren an ihnen vorüber. Drinnen an Land liefen alle Landstraßen und Eisenbahnschienen demselben Ziel zu. Da draußen im Osten mußte irgendein Ort sein, dem sie alle jetzt in der frühen Morgenstunde zustrebten.

Auf einer der Inseln sah der Junge ein großes, weißes Schloß und ein wenig östlich davor begannen Villen die Ufer zu bedecken. Zu Anfang lagen längere Zwischenräume zwischen den einzelnen Häusern, nach und nach aber wurden sie dichter, und schließlich stand da am ganzen Ufer entlang eine Villa neben der anderen. Es waren Gebäude allerlei Art. Hier lag ein Schloß und da eine Hütte. Hier erhob sich ein langer Herrenhof und dort eine Villa mit vielen kleinen Türmen. Einige waren von Gärten umgeben, die meisten aber lagen ohne Gärten in dem Laubwald, der das Ufer umkränzte. Aber wie verschieden sie auch waren, etwas war ihnen allen eigen, sie waren nicht einfach und ernsthaft und alltäglich wie andere Häuser, sondern mit schönen, starken Farben, grün und blau und weiß und rot gemalt, wie Puppenhäuser.

Der Junge saß da und sah hinab auf die lustigen Villen am See, als Daunenfein einen Schrei ausstieß. »Jetzt weiß ich, wo wir sind! Dort liegt die Stadt, die auf dem Wasser schwimmt.«

Da sah Niels hinaus, konnte aber anfänglich nichts sehen als helle Dächer und Dämpfe, die über dem Wasser wogten. Bald aber konnte er hohe Türme unterscheiden und hier und da ein Haus mit vielen Fenstern. Sie tauchten auf und verschwanden wieder, während die Nebel hierhin und dahin trieben. Aber er sah keinen Strand. Es schien alles auf dem Wasser zu ruhen.

Als sich der Junge der Stadt näherte, sah er die lustigen Puppenhäuser drinnen am Lande nicht mehr. Statt dessen waren die Ufer mit rußigen Fabrikgebäuden bedeckt. Hinter hohen Bretterzäunen dehnten sich große Kohlenhaufen und Holzstapel aus, und an schwarzen, schmutzigen Brücken lagen schwerfällige Frachtdampfer. Über das Ganze aber breiteten sich die schimmernden durchsichtigen Dächer aus, und sie bewirkten, daß alles so groß und gewaltig und fremd aussah, daß es fast schön wurde.

Die Wildgänse flogen an Fabriken und Frachtdampfern vorüber und näherten sich den nebelumhüllten Türmen. Da sanken plötzlich alle Dächer bis zum Wasser hinab, mit Ausnahme von einigen leichten, dünnen, fein rosenfarbenen, die über ihren Köpfen schwebten. Die anderen lagen da und wogten über Land und Wasser. Sie verbargen vollständig den Grundwall der Häuser und die unteren Teile, während man die obersten Stockwerke, die Dächer, Türme, Giebel und Frontispize deutlich sehen konnte. Einige Häuser erschienen dadurch so hoch, daß man an den Turm von Babel denken mußte. Der Junge konnte ja begreifen, daß sie auf Hügeln und Höhenzügen erbaut waren, aber die sah er nicht, er sah nur die Gebäude, die über den Dächern schwebten. Die Dächer waren schimmernd weiß, und die Häuser lagen schwarz und finster da, denn die Sonne stand im Osten und beschien sie nicht.

Niels begriff, daß er über eine große Stadt dahinschwebte, denn überall sah er Dächer und Türme aus dem Nebel aufragen. Zuweilen entstand eine Öffnung in den wogenden Nebeln, und er sah hinab in einen rinnenden, brausenden Strom, konnte aber nirgends Land erblicken. Es war alles schön zu sehen, doch fühlte er sich fast beklemmt, wie dies der Fall ist, wenn man Dingen begegnet, die man nicht versteht.

Sobald er die Stadt hinter sich hatte, war die Erde nicht mehr von Nebeln verhüllt; man konnte wieder deutlich den Strand, das Wasser und die Inseln unterscheiden. Da wandte er sich um, in der Hoffnung, die Stadt jetzt besser sehen zu können, aber das gelang ihm nicht. Sie sah jetzt nur noch verzauberter aus. Der Sonnenschein färbte die Dächer, so daß sie ganz fein rosenfarben, blau und gelb dahinschwebten. Die Häuser waren so weiß, als seien sie aus Licht gebaut, während Fenster und Türme wie Feuer lohten. Und alles floß auf dem Wasser zusammen, so wie vorhin. Die Wildgänse flogen geradeswegs gen Osten. Anfangs sah es fast so aus, wie am Mälar. Zuerst flogen sie über Fabriken und Werkstätten. Dann sah man eine ganze Weile keine Villen am Ufer. Es wimmelte von Dampfern und Segelschiffen, aber jetzt kamen sie aus dem Osten und gingen nach Westen, in die Stadt hinein.

Sie flogen weiter, und statt der schmalen Mälarbuchten und der kleinen Inseln breiteten sich eine weitere Wasserfläche und größere Inseln unter ihnen aus. Das Festland wich zurück, bald war es nicht mehr zu sehen. Der Pflanzenwuchs wurde spärlicher, die Laubbäume seltener, die Föhren gewannen die Übermacht. Die Villen hörten ganz auf, und statt ihrer sah man Bauerhäuser und Fischerhütten.

Sie flogen noch weiter, und jetzt waren da keine von den großen, bewohnten Inseln mehr, nur eine Unendlichkeit von kleinen Schären waren über das Wasser ausgestreut. Das Land dämmte keine Buchten mehr ein. Groß und unbegrenzt lag das Meer vor ihnen.

Hier draußen ließen sich die Wildgänse auf einer Felsinsel nieder, und als sie festen Boden unter den Füßen hatten, wandte sich der Junge an Daunenfein: »Was für eine große Stadt war es, über die wir dahinflogen?« fragte er. »Ich weiß nicht, wie sie bei den Menschen heißt,« sagte Daunenfein. »Wir Graugänse nennen sie die Stadt, die auf dem Wasser schwimmt.«

Die Schwestern.

Daunenfein hatte zwei Schwestern, Flügelschön und Goldauge. Es waren starke und kluge Vögel, aber ihr Federkleid war nicht so weich und glänzend wie Daunenfeins, und ihr Sinn war nicht so sanft und milde. Schon als sie noch kleine, gelbe Gössel waren, hatten Eltern und Verwandte, ja sogar der alte Fischer, sie deutlich fühlen lassen, daß sie Daunenfein lieber hatten als sie, und deswegen hatten die beiden die Schwester immer gehaßt. Als die Wildgänse auf der Schäre landeten, weideten Flügelschön und Goldauge auf einem kleinen grünen Fleck in der Nähe des Strandes. Sie erblickten die Ankömmlinge sofort.

»Siehst du die prächtigen Wildgänse, die sich hier auf der Insel niederlassen, Schwester Goldauge?« fragte Flügelschön. »Selten habe ich Vögel mit einer so stolzen Haltung gesehen. Und sieh nur, sie haben einen weißen Gänserich unter sich! Sahest du je einen so schönen Vogel? Man sollte fast glauben, es sei ein Schwan.«

Goldauge stimmte der Schwester bei, daß es sicher sehr vornehme Gäste waren, die hier auf der Insel landeten. Plötzlich aber unterbrach sie sich selbst und rief: »Schwester Flügelschön, Schwester Flügelschön! Siehst du nicht, wen sie mit sich führen?«

Im selben Augenblick gewahrte auch Flügelschön Daunenfein und war so erstaunt, daß sie lange mit offenem Schnabel dastand und unaufhörlich zischte. »Das kann sie doch unmöglich sein! Wie sollte sie in Verbindung mit solchen Leuten kommen? Wir haben sie doch dem Hungertode auf Öland überlassen!«

»Das schlimmste ist, daß sie uns sicher bei Vater und Mutter verklatschen und erzählen wird, daß wir sie so gestoßen haben, bis ihr Flügel aus dem Gelenk aussetzte,« sagte Goldauge. »Du sollst sehen, die Sache endet damit, daß wir von der Schäre vertrieben werden.«

»Ja, es kommt nichts weiter als Verdruß dabei heraus, daß diese verhätschelte Göre heimkehrt,« sagte Flügelschön. »Ich glaube, es wird das klügste sein, wenn wir so tun, als seien wir ungeheuer erfreut, daß sie zurückgekommen ist. Sie ist so dumm, am Ende hat sie gar nicht einmal gemerkt, daß wir sie absichtlich gestoßen haben.« Während Flügelschön und Goldauge so sprachen, standen die Wildgänse unten am Strande und ordneten ihre Federn nach der Reise. Dann wanderten sie in einer langen Reihe die Felsklippen hinauf, bis an die Schlucht, wo, wie Daunenfein wußte, ihre Eltern zu wohnen pflegten.

Daunenfeins Eltern waren vorzügliche Leute. Sie hatten länger auf der Insel gewohnt als alle die anderen, und sie pflegten allen neuen Bewohnern mit Rat und Hilfe beizustehen. Auch sie hatten die wilden Gänse kommen sehen, doch hatten sie Daunenfein nicht in der Schar erkannt. »Es ist doch sonderbar, wilde Gänse hier auf unserer Schäre an

Land gehen zu sehen,« sagte der graue Gänserich. »Es ist eine prächtige Schar. Das kann man gleich am Fluge sehen. Aber es wird nicht leicht sein, einen Brutplatz für so viele zu finden.« – »Bis jetzt ist es hier doch noch nicht so überfüllt, daß wir nicht alle, die kommen, aufnehmen könnten,« sagte seine Frau. Sie war sanft und milde von Gemüt, so wie Daunenfein.

Als Akka dahergegangen kam, gingen Daunenfeins Eltern ihr entgegen und wollten sie gerade auf der Insel willkommen heißen, als Daunenfein von ihrem Platz ganz hinten im Zuge aufflog und sich mitten zwischen den Eltern niederließ. »Vater! Mutter! Ich bin es ja! Kennt ihr denn Daunenfein nicht mehr?« rief sie. Anfänglich wollten die Alten ihren eigenen Augen kaum trauen, dann aber erkannten sie die Tochter und waren natürlich unendlich erfreut.

Während die Wildgänse und der Gänserich Martin und Daunenfein durcheinander schnatterten, um zu erzählen, wie Daunenfein gerettet wurde, kamen Flügelschön und Goldauge gelaufen. Schon von weitem riefen sie willkommen und stellten sich so erfreut, Daunenfein wiederzusehen, daß diese ganz gerührt wurde.

Die wilden Gänse fühlten sich wohl auf der Insel, und es wurde beschlossen, daß sie erst am nächsten Morgen weiterreisen sollten. Bald nach ihrer Ankunft fragten die Schwestern Daunenfein, ob sie nicht Lust habe, mitzukommen und zu sehen, wo sie ihre Nester bauen wollten. Sie ging sogleich mit und sah, daß sie gute, geschützte Brutplätze gewählt hatten. »Wo willst du dich denn jetzt niederlassen, Daunenfein?« fragten sie. – »Ich?« erwiderte Daunenfein, »Ich habe gar nicht die Absicht, mich hier auf der Schäre niederzulassen. Ich fliege mit den Wildgänsen nach Lappland.« – »Das ist doch traurig, daß du uns verlassen willst,« sagten die Schwestern. – »Ich würde gern bei euch und den Eltern bleiben,« entgegnete Daunenfein. »Aber ich versprach dem großen, weißen ...« – »Was?« rief Flügelschön. »Sollst du den schönen Gänserich haben? Das ist doch ...« Aber Goldauge gab ihr eifrige Winke, und sie sagte nichts mehr.

Den ganzen Vormittag steckten die bösen Schwestern die Köpfe zusammen. Sie waren ganz außer sich darüber, daß Daunenfein einen so feinen Freier hatte. Sie hatten selbst Freier, aber das waren nur ganz gewöhnliche graue Gänse, und jetzt, wo sie den Gänserich Martin gesehen hatten, fanden sie ihre Freier so häßlich und gewöhnlich, daß sie nichts mehr von ihnen wissen wollten. »Ich glaube, ich ärgere mich noch tot,« sagte Goldauge. »Wärest du es wenigstens noch gewesen, die ihn haben soll, Schwester Flügelschön!« – »Ich wollte, er wäre tot, dann brauchten wir doch nicht den ganzen Sommer daran zu denken, daß Daunenfein einen weißen Gänserich bekommen hat,« sagte Flügelschön.

Die Schwestern setzten aber ihr freundliches Benehmen gegen Daunenfein fort, und am Nachmittag nahm Goldauge sie mit, damit sie den sehen sollte, mit dem die Schwester sich zu verheiraten gedachte. »Er ist nicht so schön wie der, den du haben sollst,« sagte Goldauge, »dafür aber kann man sicher sein, daß er der ist, der er ist.« – »Was meinst du damit, Goldauge?« fragte Daunenfein. Goldauge wollte anfänglich nicht mit der Sprache heraus, schließlich aber entfuhr es ihr, daß Flügelschön und sie darüber geredet hätten, ob es mit dem weißen Gänserich wohl seine Richtigkeit habe. »Wir haben noch nie gesehen, daß eine weiße Gans mit den Wildgänsen fliegt,« sagte die Schwester, »und wir haben gedacht, ob er wohl verhext ist.« – »Seid ihr verrückt? Er ist ja ein zahmer Gänserich,« sagte Daunenfein gekränkt. – »Er hat einen bei sich, der verhext ist, da kann er ebenso gut selbst verhext sein. Bist du nicht bange, daß er am Ende eine schwarze Scharbe ist?«

Sie verlieh ihren Worten den nötigen Nachdruck und machte die arme Daunenfein ganz ängstlich, »Du weißt ja gar nicht, was du sagst,« entgegnete die kleine graue Gans. »Du willst mich nur bange machen.« – »Ich will dein Bestes, Daunenfein,« sagte Goldauge. »Ich kann mir nichts Schlimmeres denken, als dich mit einer schwarzen Scharbe wegfliegen zu sehen. Aber nun will ich dir etwas sagen: Versuche, ihn dazu zu bringen, daß er einige von den Wurzeln frißt, die ich hier gesammelt habe. Ist er verhext, so wird sich das sofort zeigen. Ist er es nicht, so bleibt er, was er ist.«

Niels Holgersen saß mitten zwischen den Gänsen und lauschte Akkas und des alten Gänserichs Unterhaltung, als Daunenfein geflogen kam. »Däumling! Däumling!« rief sie, »Martin liegt im Sterben, und ich habe ihn getötet!« – »Laß mich auf deinem Rücken sitzen, Daunenfein, und bringe mich zu ihm!« rief der Junge. Sie flogen davon und Akka und die Wildgänse folgten ihnen. Als sie zu dem Gänserich kamen, lag der an der Erde. Er konnte nichts sagen, er schnappte nur nach Luft. »Kitzle ihn unter der Kehle und klopfe ihn auf den Rücken!« sagte Akka. Das tat der Junge, und im selben Augenblick hustete der große Weiße eine lange Wurzel heraus, die sich ihm im Halse festgesetzt hatte. »Hast du davon gefressen?« fragte Akka und zeigte auf einige Wurzeln, die an der Erde lagen. »Ja,« antwortete der Gänserich. – »Dann ist es ein Glück, daß sie dir im Halse stecken blieben,« sagte Akka. »Sie sind giftig. Hättest du sie heruntergeschluckt, so wärest du unfehlbar gestorben.« – »Daunenfein hat mich gebeten, sie zu essen,« sagte der Gänserich. – »Ich habe sie von meiner Schwester bekommen,« entgegnete Daunenfein und erzählte das Ganze. – »Du mußt dich vor deinen Schwestern in acht nehmen, Daunenfein,« warnte Akka, »denn sie haben es sicher nicht gut mit dir im Sinne.«

Daunenfeins Gemüt war aber so beschaffen, daß sie niemand etwas Böses zutrauen konnte, und als Flügelschön nach einer Weile kam und ihr ihren Liebsten zeigen wollte, ging sie sogleich mit. »Ja, er ist nicht so schön wie der, den du bekommst, aber viel tapferer und verwegener.« – »Woher weißt du das?« fragte Daunenfein. – »Hier ist in letzter Zeit großer Jammer unter den Möwen und Enten auf der Schäre gewesen, denn jeden Morgen bei Tagesgrauen kommt ein fremder Raubvogel und holt sich eine von ihnen.« – »Was für ein Vogel ist das?« fragte Daunenfein. – »Das wissen wir nicht,« sagte die Schwester. »Wir haben nie einen seiner Art hier auf der Schäre gesehen, und das merkwürdige ist, daß er nie eine von uns Gänsen anfällt. Aber nun hat mein Liebster sich vorgenommen, morgen mit ihm zu kämpfen und ihn zu vertreiben.« – »Möchte es ihm doch gelingen!« sagte Daunenfein. – »Ich bin bange, daß die Sache nicht gut abläuft,« entgegnete die Schwester. »Wäre mein Gänserich nur so groß und stark wie der deine, so könnte ich doch etwas Hoffnung haben.« – »Möchtest du gern, daß ich den Gänserich Martin bitte, gegen den fremden Vogel zu gehen?« fragte Daunenfein. – »Ja, das möchte ich allerdings gern,« sagte Flügelschön. »Einen größeren Gefallen könntest du mir nicht erweisen.«

Am nächsten Morgen war der Gänserich vor der Sonne wach, stellte sich oben auf die höchste Spitze der Schäre und spähte nach allen Seiten. Bald sah er einen großen, dunklen Vogel von Westen herkommen. Die Flügel waren unendlich lang, und es gehörte nicht viel dazu, um zu begreifen, daß es ein Adler war.

Der Gänserich war auf keinen gefährlicheren Feind als auf eine Eule gefaßt gewesen, und nun sah er ein, daß er wohl kaum mit dem Leben davon kommen würde. Aber es fiel ihm auch nicht einen Augenblick ein, daß es ein Unding war, sich auf einen Kampf mit einem Vogel einzulassen, der so viel stärker war als er.

Der Adler schoß auf eine Möwe nieder und schlug die Fänge in sie. Ehe er wieder aufsteigen konnte, kam der Gänserich Martin gefahren. »Laß sie los!« rief er. »Und komm nie wieder hierher, sonst kriegst du es mit mir zu tun!« – »Was für ein Tollkopf bist denn du?« fragte der Adler. »Ein Glück für dich, daß es nicht meine Gewohnheit ist, mit Gänsen zu kämpfen. Sonst würde es bald aus sein mit dir!«

Der Gänserich Martin glaubte, daß sich der Adler zu gut halte, mit ihm zu kämpfen und fuhr auf ihn ein, biß ihn in die Kehle und schlug ihn mit den Flügeln. Darin konnte sich der Adler natürlich nicht finden, er schlug wieder, doch nicht mit voller Kraft.

Der Junge lag und schlief an derselben Stelle wie Akka und die Wildgänse, als er Daunenfein rufen hörte: »Däumling! Däumling! Der Gänserich Martin ist kurz davor, von einem Adler zerrissen zu werden!« – »Laß mich auf deinem Rücken sitzen, Daunenfein, und bringe mich zu ihm!« sagte der Junge.

Als er zur Stelle kam, war der Gänserich Martin blutig und übel zugerichtet, aber noch im vollen Kampf. Der Junge konnte nicht mit dem Adler kämpfen, und da war nichts weiter zu machen, als bessere Hilfe zu schaffen. »Auf und davon, Daunenfein!« rief er. »Hole Mutter Akka und die Wildgänse!« In demselben Augenblick, als er das sagte, hielt der Adler auf zu kämpfen. »Wer spricht da von Akka?« fragte er. Und als er nun Däumling erblickte und die Wildgänse gackern hörte, hob er die Schwingen. »Sage Akka, ich hätte nicht gedacht, sie oder irgend jemand von ihrer Schar hier draußen auf dem Meere zu treffen!« sagte er und entschwand in schönem und schnellem Flug. – »Das war ja der Adler, der mich einmal zu den Wildgänsen zurücktrug,« sagte der Junge und sah ihm verwundert nach.

Die Wildgänse hatten die Absicht, rechtzeitig von der Schäre fortzuziehen, vorher aber wollten sie doch ein wenig weiden. Während sie umhergingen und fraßen, kam eine Bergente zu Daunenfein heran. »Ich soll von deinen Schwestern grüßen,« sagte sie. »Sie wagen nicht, sich unter den Wildgänsen sehen zu lassen, aber sie baten mich, dich daran zu erinnern, daß du die Schäre nicht verlassen dürftest, ehe du den alten Fischer besucht hast.« – »Das ist ja wahr,« sagte Daunenfein, aber sie war so bange geworden, daß sie nicht allein dahin zu gehen wagte. Sie bat den Gänserich und Däumling, sie nach der Hütte zu begleiten.

Dort stand die Tür offen. Daunenfein ging hinein, während die beiden anderen draußen blieben. Gleich darauf hörten sie Akka das Signal zum

Aufbruch geben, und sie riefen Daunenfein. Die Graugans kam aus der Hütte heraus und flog mit den Wildgänsen von der Klippe fort.

Sie waren ein gutes Stück in die Schären hinausgekommen, als Niels verwundert die Graugans betrachtete, die mit ihnen gekommen war. Daunenfein flog sonst so leicht und lautlos. Diese aber arbeitete sich mit schwerem, brausendem Flügelschlag vorwärts. »Kehre um, Akka!« rief er sofort. »Da ist eine fremde in der Schar! Wir haben Flügelschön mitbekommen!«

Kaum hatte er das gesagt, als die Graugans einen so häßlichen und wütenden Schrei ausstieß, daß niemand daran zweifeln konnte, wer sie war. Akka und die anderen wandten sich nach ihr um, sie aber floh nicht sofort. Statt dessen stürzte sie auf den großen Weißen los, packte Däumling und flog mit ihm im Schnabel davon.

Nun folgte eine hitzige Jagd über den Schären. Flügelschön flog schnell, aber die Wildgänse waren ihr hart auf den Fersen, und sie hatte nicht die geringste Aussicht zu entkommen.

Plötzlich sahen sie einen feinen, weißen Rauch unten vom Meer aufsteigen, und der Knall eines Schusses ertönte. In ihrem Eifer hatten sie nicht bemerkt, daß sie gerade über einem Boot waren, in dem ein Fischer saß.

Niemand wurde jedoch von dem Schuß getroffen, aber gerade mitten über dem Boot öffnete Flügelschön den Schnabel und ließ Däumling ins Wasser fallen.

XXXVI. Stockholm

Sonnabend, 7. Mai.

Vor einigen Jahren wohnte auf »der Schanze«, in dem großen Park bei Stockholm, wo man so viele merkwürdige Dinge gesammelt hat, ein altes Männchen namens Klement Larsson. Er stammte aus Helsingland und war nach der Schanze gekommen, um Volkstänze und andere alte Melodien auf seiner Violine zu spielen. Als Spielmann trat er hauptsächlich des Nachmittags auf, am Vormittag hatte er in der Regel die Aufsicht in einem der kleinen Bauerhäuser, die aus allen Teilen des Landes nach der Schanze geschafft sind.

Zu Anfang fand Klement, daß er in seinen alten Tagen besser gestellt sei, als er es sich jemals hatte träumen lassen, aber nach einiger Zeit fing er an, sich entsetzlich zu langweilen, namentlich wenn er die Aufsicht führen sollte. Es ging allenfalls an, wenn Leute kamen, um das Haus anzusehen, aber es konnte geschehen, daß Klement viele Stunden ganz allein dasaß. Dann befiel ihn ein solches Heimweh, daß er fürchtete, er werde sich gezwungen sehen, seine Stellung aufzugeben. Er war aber sehr arm und wußte, daß er daheim ins Armenhaus kommen würde. Daher suchte er so lange wie möglich auszuhalten, obwohl er mit jedem Tage, der verging, unglücklicher wurde.

Eines schönen Nachmittags in den ersten Maientagen hatte Klement einige Stunden frei und war auf dem Wege, der über einen steilen Hügel von der Schanze abwärts führt, als er einem Schärenfischer begegnete, der einen Kasten auf dem Rücken trug. Es war ein junger, rüstiger Mann, der nach der Schanze zu kommen pflegte, um Seevögel feilzubieten, die er lebendig gefangen hatte, und Klement hatte schon oft mit ihm geplaudert.

Der Fischer hielt Klement an, um zu fragen, ob der Vorsteher auf der Schanze zu Hause sei, und als Klement hierauf geantwortet hatte, fragte er seinerseits, was denn der Fischer in seinem Kasten habe. »Du darfst sehen, was ich habe,« sagte der Fischer, »wenn du mir dafür einen guten Rat geben und mir sagen willst, was ich für meinen Fang fordern kann.« Er reichte Klement den Kasten. Der guckte erst einmal hinein und dann noch einmal und zog sich darauf schleunigst ein paar Schritte zurück. »Was in aller Welt ist denn das, Asbjörn?« fragte er. »Wo hast du den gekapert?«

Er mußte daran denken, daß ihm seine Mutter, als er noch klein war, von den »Männlein« erzählt hatte, die unter dem Estrich der Scheune wohnten. Er durfte nicht weinen und nicht unartig sein, denn dann wurden die Männlein böse. Als er erwachsen war, glaubte er, die Mutter habe dies mit den Männlein ersonnen, um ihn in Schock zu halten. Das war also nicht der Fall gewesen, denn dort in Asbjörns Kasten lag so ein Männlein.

Es war etwas von der Angst des Kindes bei Klement zurückgeblieben, und es lief ihm kalt den Rücken hinab, sobald er in den Kasten sah. Asbjörn merkte, daß er bange war, und fing an zu lachen, Klement aber nahm die Sache sehr ernst. »Erzähle mir doch, wo du ihn gefunden hast, Asbjörn,« sagte er. – »Ich habe ihm nicht aufgelauert,« sagte Asbjörn, »er ist zu mir gekommen. Ich fuhr heute morgen in aller Frühe hinaus und nahm meine Flinte mit ins Boot. Kaum war ich auf offener See, als ich einige Wildgänse erblickte, die mit lautem Geschrei von Osten kamen. Ich sandte ihnen einen Schuß nach, traf aber keine. Statt dessen stürzte dieser kleine Kerl herab und fiel so dicht bei dem Boot ins Wasser, daß ich nur die Hand auszustrecken brauchte, um ihn zu fangen.« – »Du hast ihn doch nicht verletzt, Asbjörn?« – »Nicht die Spur, er ist munter und gesund. Aber gleich nachdem er angeflogen kam, war er nicht bei Besinnung, und das benutzte ich, um ihm Hände und Füße mit einem Stück Bindfaden zusammenzubinden, damit er mir nicht entfliehen sollte. Denn ich dachte mir ja gleich, daß es etwas für die Schanze sein würde.«

Während der Fischer erzählte, wurde Klement merkwürdig unruhig. Alles, was er in seiner Kindheit von den Männlein gehört hatte, von ihrer Rachsucht gegen Feinde und ihrer Güte gegen Freunde, fiel ihm wieder ein. Wer einen von ihnen gefangen hatte, dem war es nie im Leben gut ergangen. »Du hättest ihm sofort seine Freiheit schenken sollen, Asbjörn,« sagte er.

»Fast hätte ich ihn wirklich wieder laufen lassen müssen,« sagte der Fischer. »Denn, denk' nur, Klement, die Wildgänse verfolgten mich bis nach Hause, und den ganzen Morgen flogen sie über der Schäre hin und her und schrien, als verlangten sie, daß ich ihn zurückgeben sollte. Und nicht genug damit, auch das ganze Vogelvolk draußen bei uns, Möwen und Seeschwalben und alle die anderen, die keinen ehrlichen Schuß Pulver wert sind, kamen und ließen sich auf der Schäre nieder und machten einen fürchterlichen Spektakel, und sobald ich aus dem Hause ging, umflatterten sie mich, so daß ich wieder umkehren mußte. Meine Frau bat mich, ihn laufen zu lassen, aber ich hatte es mir in den Kopf gesetzt, daß er hierher, nach der Schanze sollte. Und da stellte ich denn eine von den Puppen der Kinder ins Fenster, versteckte den Kleinen ganz unten im Kasten und machte mich auf den Weg. Und die Vögel glaubten offenbar, daß er da am Fenster stünde, denn sie ließen mich gehen, ohne mich zu verfolgen.«

»Sagt er denn gar nichts?« fragte Klement. – »Ja, zuerst versuchte er, den Vögeln etwas zuzurufen, aber davon wollte ich nichts wissen, da hab' ich ihm einen Knebel in den Mund gesteckt.« – »Aber Asbjörn!« sagte Klement, »wie kannst du nur so gegen ihn handeln! Begreifst du denn nicht, daß er etwas Übernatürliches ist?« – »Ich weiß nicht, welcher Art er ist, das auszutüfteln überlasse ich anderen. Ich bin zufrieden, wenn ich nur gut für ihn bezahlt bekomme. Sag' du mir jetzt,

Klement, was, meinst du, wird mir der Doktor auf der Schanze für ihn geben?«

Klement besann sich lange, ehe er antwortete. Aber es hatte ihn eine so sonderbare Unruhe um des Kleinen willen befallen. Es war ganz, als stünde seine Mutter neben ihm und sagte, er müsse immer gut gegen die Männlein sein. »Ich weiß nicht, was es dem Doktor da oben belieben mag, dir zu bezahlen, Asbjörn,« sagte er. »Aber wenn du ihn mir lassen willst, so will ich dir zwanzig Kronen dafür bezahlen.«

Als der Spielmann die große Summe nannte, sah Asbjörn ihn mit grenzenlosem Staunen an. Er dachte, Klement glaube, daß der Kleine eine heimliche Macht besitze und ihm von Nutzen sein könne. Er war keineswegs sicher, daß der Doktor eine so hohe Meinung von seinem Fang haben und ihm einen so hohen Preis dafür bezahlen werde. Und so nahm er denn Klements Anerbieten an.

Der Spielmann steckte seinen Kauf in eine seiner geräumigen Taschen, kehrte nach der Schanze zurück und ging in eine der Sennhütten, wo weder Besuch noch Aufsicht war. Er zog die Tür hinter sich zu, nahm den Kleinen heraus und legte ihn vorsichtig auf eine Bank; der war noch an Händen und Füßen gebunden und sein Mund war zugestopft.

»Höre jetzt, was ich sage,« begann Klement. »Ich weiß sehr wohl, daß Leute deiner Art nicht gern von Menschen gesehen werden, sondern lieber still umhergehen und die Dinge auf eigene Hand ordnen mögen. Darum habe ich gedacht, dir deine Freiheit zu geben, jedoch nur unter der Bedingung, daß du hier im Park bleibst, bis ich dir erlaube, von hier fortzugehen. Gehst du darauf ein, so nicke dreimal mit dem Kopf.«

Klement sah den Kleinen erwartungsvoll an, der aber rührte sich nicht.

»Du sollst es schon gut haben,« sagte Klement. »Ich will dir jeden Tag Essen hinstellen, und ich glaube, du wirst hier viel zu tun bekommen, so daß dir die Zeit nicht lang wird. Aber du darfst nirgends hinreisen, ehe ich dir die Erlaubnis dazu gebe. Wir können ein Zeichen verabreden. Solange ich dir Essen in einer weißen Schale hinsetze, sollst du hierbleiben. Stelle ich dir aber eine blaue Schale hin, so darfst du reisen.«

Wieder schwieg Klement und er wartete, daß der Kleine ein Zeichen geben sollte, der aber rührte sich nicht.

»Ja,« sagte Klement, »dann bleibt mir wohl nichts weiter übrig, als dich dem Herrn hier zu zeigen. Und dann wirst du in einen Glasschrank gesetzt, und alle Menschen in ganz Stockholm kommen, um dich zu sehen.«

Dies schien den Kleinen jedoch zu erschrecken, und kaum hatte Klement ausgeredet, als er das Zeichen gab.

»Das ist recht,« sagte Klement, nahm sein Messer und durchschnitt die Schnur, mit der die Hände des Kleinen gebunden waren. Dann ging er schnell auf die Tür zu.

Der Junge löste das Band um seine Knöchel und nahm den Knebel aus dem Munde, ehe er an etwas anderes dachte. Als er sich dann nach Klement Larsson umwandte, um ihm zu danken, war der schon verschwunden.

*

Klement war kaum zur Tür hinausgekommen, als er einem schönen und vornehmen alten Herrn begegnete, der sich offenbar auf dem Wege nach einem herrlichen Aussichtspunkt dort in der Nähe befand. Klement konnte sich nicht entsinnen, den vornehmen alten Herrn schon früher gesehen zu haben, der aber hatte Klement offenbar einmal bemerkt, als er Violine spielte, denn er hielt ihn an und ließ sich auf ein Gespräch mit ihm ein.

»Guten Tag, Klement,« sagte er. »Wie geht es dir? Du bist doch nicht krank? Ich finde, du bist in der letzten Zeit so mager geworden.«

Der alte Herr hatte etwas so unbeschreiblich Freundliches, daß Klement Mut faßte und ihm erzählte, wie sehr er unter dem Heimweh leide.

»Aber hör' einmal!« sagte der alte vornehme Herr. »Du sehnst dich nach Hause, wenn du in Stockholm bist? Das kann doch nicht möglich sein!« Und der vornehme alte Herr sah beinahe beleidigt aus. Aber dann mochte ihm wohl einfallen, daß der, zu dem er sprach, nur ein unwissender alter Bauersmann aus Helsingland war, und da wurde er wieder so wie vorher.

»Du hast wohl noch nie gehört, wie Stockholm entstanden ist, Klement. Wüßtest du das, so würdest du verstehen, daß es nur eine Einbildung von dir ist, wenn du dich von hier wegsehnst. Komme mit mir nach der Bank da, dann will ich dir ein wenig von Stockholm erzählen.«

Als der vornehme alte Mann sich auf die Bank gesetzt hatte, sah er erst eine Weile auf Stockholm hinab, das in all seiner Pracht unter ihm ausgebreitet lag, und dann atmete er tief auf, als wolle er die ganze Schönheit der Stadt einatmen. Darauf wandte er sich an den Spielmann.

»Sieh einmal, Klement,« sagte er, und während er sprach, zeichnete er in dem Kiesgang zu ihren Füßen eine kleine Karte. »Hier liegt Uppland, und hier schiebt es nach Süden zu eine Landzunge vor, in die eine Menge Buchten einschneiden. Und hier kommt Sörmland mit einer anderen Landzunge, die ebenso eingeschnitten ist und schnurgerade nach Norden geht. Und hier kommt ein See von Westen her, der ist voller Inseln: das ist der Mälar. Und hier kommt von Osten her ein anderes Gewässer, das vor lauter Inseln und Schären kaum weiterkommen kann, das ist die Ostsee. Und hier, Klement, wo Uppland sich mit Sörmland begegnet, und der Mälarsee mit der Ostsee zusammentrifft, läuft ein kleiner Fluß, der heißt Norrström, und mitten im Norrström liegen drei Werder.

Anfangs waren diese Werder nichts weiter als gewöhnliche Werder mit ein paar Bäumen darauf, von der Art, wie sie noch heute zahlreich im Mälar liegen, und sie lagen lange Zeit ganz unbewohnt da. Eine gute Lage hatten sie ja freilich, da sie mitten zwischen zwei Gewässern und zwei Landschaften lagen, aber das beachtete niemand. Ein Jahr nach dem anderen ging dahin. Die Leute siedelten sich auf den Mälarinseln und draußen in den Schären an, aber die drei Werder im Strom bekamen keine Einwohner. Ausnahmsweise konnte es wohl einmal geschehen, daß ein Schiffer bei einem von ihnen anlegte und sein Zelt für die Nacht dort aufschlug.

Niemand aber blieb dauernd dort.

Es war schon spät im Sommer, und das Wetter war noch schön, obwohl die Abende bereits anfingen, dunkel zu werden. Der Fischer zog sein Boot an Land, legte sich daneben, den Kopf auf einem Stein und schlief ein. Als er erwachte, war der Mond schon lange aufgegangen. Er stand gerade über seinem Kopf und leuchtete gar prächtig, so daß es fast ganz hell war.

Der Mann fuhr in die Höhe und wollte eben das Boot ins Wasser schieben, als er eine Menge schwarzer Punkte sich draußen auf dem Meer bewegen sah. Es war eine große Schar Seehunde, die in voller Fahrt auf den Werder zukamen. Als der Fischer sah, daß die Seehunde scheinbar an Land kriechen wollten, duckte er sich nieder, um nach seinem Spieß zu suchen, den er immer im Boot bei sich hatte. Als er sich aber wieder aufrichtete, waren keine Seehunde mehr zu sehen; statt ihrer standen am Ufer des Sees die schönsten jungen Mädchen in schleppenden, grünen seidenen Gewändern und mit Perlenkränzen im Haar. Da begriff der Fischer, daß es Meerjungfrauen waren, die auf den öden Schären, weit draußen im Meer wohnten, und die nun Seehundkleider angelegt hatten, um an Land zu schwimmen und sich im Mondschein auf den grünen Werdern zu belustigen.

Ganz leise legte er den Spieß wieder hin, und als die Meerjungfrauen auf den Werder hinaufkamen, um zu spielen, schlich er hinterdrein und betrachtete sie. Er hatte gehört, daß die Meerjungfrauen so schön und anmutig sein sollten, daß niemand sie sehen könne, ohne von ihrer Schönheit bezaubert zu sein, und er mußte zugeben, daß dies keine Übertreibung war.

Als er ihrem Tanz unter den Bäumen eine Weile zugesehen hatte, ging er an den Strand hinab, nahm eines der Seehundkleider, die dort lagen, und versteckte es unter einem Stein. Dann kehrte er nach seinem Boot zurück, legte sich daneben und stellte sich schlafend.

Bald darauf sah er die Meerjungfrauen an den Strand hinab kommen, um die Seehundkleider anzuziehen. Anfangs war alles Spiel und Fröhlichkeit, bald aber verwandelte es sich in Jammer und Klagen, weil eine von ihnen ihr Gewand nicht finden konnte. Sie liefen alle am Ufer hin und her und halfen ihr suchen, keine aber fand es. Während sie so liefen und suchten, sahen sie, daß der Himmel hell wurde und daß der Tag nahe war. Da schien es, als könnten sie nicht länger bleiben, sie schwammen alle davon bis auf diejenige, die kein Seehundkleid hatte. Die blieb am Strande sitzen und weinte.

Der Fischer hatte ja freilich großes Mitleid mit ihr, aber er zwang sich, ruhig liegen zu bleiben, bis es heller Tag geworden war. Da stand er auf und schob das Boot in die See hinaus, und als er die Ruder schon erhoben hatte, tat er so, als erblicke er sie ganz zufällig. ›Was für eine bist denn du?‹ rief er. ›Bist du eine Schiffbrüchige?‹

Sie stürzte auf ihn zu und fragte, ob er nicht ihr Seehundkleid gesehen habe, der Fischer aber tat so, als verstehe er nicht einmal, wonach sie ihn fragte. Da setzte sie sich wieder hin und weinte, aber nun schlug er ihr vor, zu ihm in sein Boot zu kommen. ›Komm mit nach Hause in meine Hütte,‹ sagte er. ›Dann kann meine Mutter sich deiner annehmen. Du kannst doch nicht hier auf dem Werder sitzen bleiben, wo du weder ein Bett noch einen Bissen Essen bekommen kannst!‹ Und er sprach so gut, daß sie sich überreden ließ, zu ihm in das Boot zu kommen.

Der Fischer wie auch seine Mutter waren unbeschreiblich gut gegen die arme Meerjungfrau, und sie schien sich sehr wohl bei ihnen zu befinden. Mit jedem Tage wurde sie fröhlicher, sie half der Alten bei der Arbeit und war ganz so wie ein Fischermädchen, nur daß sie viel schöner war als alle die anderen. Eines Tages fragte der Fischer sie, ob sie seine Frau werden wolle, und dagegen hatte sie nichts einzuwenden; sie sagte sogleich ja.

Da rüstete man zur Hochzeit, und als die Meerjungfrau als Braut geschmückt werden sollte, zog sie ihr grünes, seidenes Kleid an und flocht den schimmernden Perlenkranz in ihr Haar, so wie sie gekleidet gewesen war, als der Fischer sie zum erstenmal gesehen hatte. In jenen Zeiten gab es in den Schären weder Pfarrer noch Kirche. Die Brautleute setzten sich in ein Boot und ruderten auf den Mälar und ließen sich in der ersten Kirche trauen, zu der sie kamen.

Der Fischer hatte seine Braut und seine Mutter im Boot und er segelte so gut, daß er allen anderen voraus war. Als er so weit gekommen war, daß er den Werder im Strom sehen konnte, wo er seine Braut gewonnen hatte, die nun so stolz und geschmückt an seiner Seite saß, konnte er sich eines Lachens nicht erwehren. ›Worüber lachst du?‹ fragte sie. – ›Ach, ich denke an die Nacht, als ich dein Seehundkleid versteckte,‹ antwortete der Fischer, denn nun fühlte er sich ihrer so sicher, daß er meinte, er brauche ihr nichts mehr zu verbergen. – ›Was sagst du da?‹ fragte die Braut. ›Ich habe doch nie ein Seehundkleid besessen.‹ Es war, als habe sie alles vergessen. ›Weißt du denn nicht mehr, wie du mit den Meerjungfrauen getanzt hast?‹ fragte er. – ›Ich weiß nicht, was du meinst,‹ sagte die Braut. ›Ich glaube, du hast über Nacht einen wunderlichen Traum gehabt.‹

›Wenn ich dir nun dein Seehundkleid zeige, wirst du mir dann glauben?‹ fragte der Fischer und steuerte im selben Augenblick auf die Insel zu. Sie gingen an Land und sie fanden das Gewand unter dem Stein, wo er es versteckt hatte.

Kaum aber sah die Braut das Seehundkleid, als sie es ihm entriß und sich über den Kopf warf. Es umschloß sie, als sei es lebend, und sie stürzte sich sofort in den Strom.

Der Bräutigam sah sie davon schwimmen; er sprang ihr nach ins Wasser, konnte sie aber nicht erreichen. Als er sah, daß er sie auf keine andere Weise zurückhalten konnte, griff er in seiner Verzweiflung nach dem Spieß und warf ihn nach ihr. Er traf besser, als er gewollt hatte, denn die arme Seejungfrau stieß einen klagenden Schrei aus und verschwand in der Tiefe.

Der Fischer blieb am Strande stehen und wartete darauf, daß sie wieder zum Vorschein kommen würde. Da aber sah er, daß sich ein milder Schein ringsumher über das Wasser verbreitete. Es strahlte in einer Schönheit, wie er nie zuvor etwas Ähnliches gesehen hatte. Es schimmerte und glitzerte rosenrot und weiß, so wie die Farben im Innern einer Muschel schillern.

Als die glitzernden Wellen gegen das Ufer schlugen, war es dem Fischer, als wenn auch die sich veränderten. Sie waren voller Blumen und Duft, ein milder Glanz lag über ihnen, so daß sie eine Schönheit erhielten, wie sie sie nie zuvor besessen hatten.

Und er verstand, woher dies alles kam. Denn mit den Seejungfrauen verhält es sich so, daß, wer sie sieht, sie schöner finden muß als alle anderen, und als sich nun das Blut der Meerjungfrauen mit dem Wasser vermischte und an den Ufern hinaufschlug, ging ihre Schönheit auch auf die Ufer über, und fortan mußten alle, die sie sahen, sie lieben und sich von Sehnsucht zu ihnen hingezogen fühlen.«

Als der vornehme alte Herr in seiner Erzählung so weit gekommen war, wandte er sich nach Klement um und sah ihn an, und Klement nickte ihm ernsthaft zu, sagte aber nichts, um die Erzählung nicht zu unterbrechen.

»Nun mußt du achtgeben, Klement,« fuhr der alte Herr fort, und es kam auf einmal ein schelmisches Aufblitzen in seine Augen, »daß seit jener Zeit die Leute anfingen, sich auf den Werdern niederzulassen. Zuerst waren es nur Fischer und Bauern, die sich da draußen ansiedelten, aber eines schönen Tages kamen der König und sein Jarl den Strom hinaufgefahren. Sie sprachen sogleich von den drei Werdern, und sie machten einander darauf aufmerksam, daß jedes Schiff, das in den Mälarsee hineinsegeln wollte, an ihnen vorüberfahren müsse. Und der Jarl sagte, hier müsse man ein Schloß vor das Fahrwasser legen, das man nach Belieben öffnen und schließen könne: die Handelsschiffe müßten hineingelassen und die Seeräuberflotten ausgeschlossen werden.

»Und siehst du, daraus wurde Ernst,« sagte der alte Herr und erhob sich und begann wieder mit seinem Stock im Sand zu zeichnen. »Auf der größten von den Inseln hier baute der Jarl eine Burg mit einem großen Wachtturm, der Kärnan genannt wurde. Und rings um den Werder baute er Mauern, wie du es hier siehst. Und hier nach Süden zu setzte er ein Tor in die Mauer und einen starken Turm darüber. Er baute Brücken zu den anderen Werdern hinüber und versah auch die mit hohen Türmen.

Und draußen im Wasser, rings um das alles herum, errichtete er einen Kreis von Pfählen mit Schlagbäumen, die geöffnet und geschlossen werden konnten, so daß keine Schiffe ohne seine Erlaubnis vorübersegeln konnten.

Du siehst also, Klement, daß die drei Werder, die hier so lange unbeachtet gelegen haben, sehr bald eine starke Festung wurden. Aber nicht genug damit. Diese Küsten und Sunde ziehen Menschen an, und bald kamen von allen Seiten Leute herbei und siedelten sich auf den Werdern an. Um dieser Menschen willen erbaute der Jarl eine Kirche, die bald den Namen Storkyrka erhielt. Sie lag hier, dicht neben der Burg, und hier innerhalb der Mauern lagen die kleinen Hütten, die sich die Ansiedler zimmerten. Viel Staat war nicht damit zu machen, aber mehr war zu jener Zeit nicht erforderlich, um als Stadt zu gelten. Und die Stadt wurde Stockholm genannt, und so heißt sie noch heutigen Tages.

Und dann kam die Zeit, Klement, wo der Jarl nach seiner großen Arbeit zur Ruhe gehen mußte, und doch sollte es Stockholm nicht an Baumeistern fehlen. Es kamen Mönche ins Land – Schwarze Brüder nannten sie sich – und Stockholm zog sie an sich, so daß sie um Erlaubnis baten, sich dort ein Kloster bauen zu dürfen. Es wurde auch auf dem Stadtholm, auf der anderen Seite der Storkyrka gebaut. Und es kamen andere Mönche, die sich die Grauen Brüder nannten. Auch sie baten um Erlaubnis, in Stockholm zu bauen, aber es war wohl kein Platz zu ihrem Kloster auf dem großen Werder. Deswegen wurde es auf einem der kleineren errichtet, auf dem, der nach dem Mälar hinaus liegt, und der seit jener Zeit Graamunkeholmen heißt. Der dritte Werder wurde von frommen Brüdern bebaut, die sich Heiligegeistbrüder nannten und sich hauptsächlich mit Krankenpflege beschäftigten. Sie bauten hier ein Krankenhaus, und nach ihnen heißt der Werder Helgandsholm.

Sieh, nun waren die drei Werder schon voller Häuser, Klement, aber es strömten noch immer Leute herbei, denn diese Küsten und Sunde sind, wie du weißt, so, daß sie die Menschen anziehen. Da kamen fromme Frauen vom Sankte-Klara-Orden, und baten um Baugrund. Ihnen blieb nichts weiter übrig, als sich am nördlichen Ufer anzusiedeln, auf Nörrmalm, wie es hieß. Sie waren sicher nicht übermäßig zufrieden hiermit, denn über Nörrmalm läuft ein hoher Bergrücken, und dort hatte die Stadt ihren Galgenberg, so daß dies eine verachtete Gegend war. Trotzdem bauten die Klaraschwestern ihre Kirche und ihr großes Klostergebäude an dem Ufer, gerade unter dem Bergrücken. Und als sie sich erst in dieser Gegend niedergelassen hatten, bekamen sie bald Nachahmer. Ein gutes Stück nördlich von der Stadt, oben auf dem Bergrücken selbst, baute man ein Krankenhaus mit einer Kirche, die Sankt Jörgen geweiht wurde, und gerade unter dem Bergrücken wurde eine Kirche für Sankt Jakob errichtet.

Auch auf Södermalm, wo sich die Felsenklippe steil aus dem See erhebt, begann man zu bauen. Dort errichtete man eine Kirche zu Ehren der Jungfrau Maria.

Aber du mußt nicht glauben, daß nur Klosterleute nach Stockholm zogen, Klement. Da waren auch viele andere. Vor allem waren da eine Menge deutscher Kaufleute und Handwerker. Sie waren tüchtiger als die schwedischen und wurden gut aufgenommen. Sie ließen sich in der Stadt innerhalb der Mauern nieder, rissen die armseligen kleinen Häuser herunter, die schon dort standen und bauten neue, prächtige, steinerne Häuser. Aber es war nur ein wenig Platz in den Häusern, sie mußten sie dicht nebeneinander legen, mit den Giebeln nach den schmalen Gassen hinaus.

Ja, du siehst, Klement, Stockholm übte eine große Anziehungskraft auf die Menschen aus.«

Jetzt ward ein anderer Herr sichtbar, der schnell den Gang hinabgegangen kam, gerade auf die beiden zu. Aber der Herr, der mit Klement sprach, winkte mit der Hand, und der andere blieb in einiger Entfernung stehen. Der vornehme alte Herr kam wieder nach der Bank und setzte sich neben den Spielmann.

»Jetzt sollst du mir einen Gefallen tun, Klement,« sagte er. »Ich habe keine Zeit, länger mit dir zu sprechen, aber ich will dafür sorgen, daß dir ein Buch über Stockholm zugeschickt wird, und das sollst du von Anfang bis zu Ende durchlesen. Nun habe ich, sozusagen, den Grund von Stockholm für dich gelegt, Klement. Studiere nun selbst weiter und mache dich bekannt damit, wie die Stadt gelebt und sich verändert hat! Lies, wie die kleine, enge, mauerumschlossene Stadt auf den Werdern sich ausbreitete und zu diesem großen Häusermeer wurde, das wir hier unter uns sehen. Lies, wie der dunkle Turm Kärnan das schöne helle Schloß hier unten geworden ist, und wie die Kirche der Grauen Mönche die Grabstätte der schwedischen Könige wurde. Lies, wie der eine Werder nach dem anderen sich mit Gebäuden füllte! Lies, wie die Kohlgärten auf Södermalm und Nörrmalm zu Parks oder zu bebauten Stadtvierteln wurden! Lies, wie die Bergrücken abgetragen und die

Sunde ausgefüllt wurden! Lies, wie der abgesperrte Tierpark der Könige die liebste Zufluchtsstätte des Volkes wurde! Du mußt dich bemühen, vertraut mit Stockholm zu werden, Klement. Diese Stadt ist nicht nur die Stadt der Stockholmer. Sie gehört dir und ganz Schweden.

Und wenn du dann von Stockholm liest, Klement, so denke daran, daß ich die Wahrheit gesprochen habe, und daß die Stadt die Kraft besitzt, alle an sich zu ziehen! Zuerst zog der König hierher, dann bauten die vornehmen Herren ihre Paläste hier. Darauf ward einer nach dem anderen angezogen, so daß Stockholm jetzt, wie du siehst, nicht mehr eine Stadt für sich selbst oder für die nähere Umgegend ist. Es ist eine Stadt für das ganze Land geworden.

Du weißt ja, Klement, daß in jeder Landgemeinde ein Gemeinderat abgehalten wird, in Stockholm aber wird der Reichstag für das ganze Volk abgehalten. Du weißt, daß im ganzen Lande in jeder Harde Richter angestellt sind, in Stockholm aber ist ein Gericht, das über alle die anderen das Urteil spricht. Du weißt, daß überall im Lande Reserven und Truppen sind, in Stockholm aber sitzen die, die den Befehl über das ganze Heer haben. Überall im Lande gehen Eisenbahnen, von Stockholm aus wird aber das Ganze geleitet. Hier ist die Oberhoheit für Geistliche, für Ärzte, für Lehrer, für Hardesvögte und Ortsvorsteher. Hier ist der Mittelpunkt dieses Landes, Klement. Von hier kommt das Geld, das du in deiner Tasche hast, von hier kommen die Briefmarken, die wir auf unsere Briefe kleben. Von hier kommt für einen jeden Schweden etwas. Und hier haben alle Schweden etwas zu tun. Hier braucht sich niemand fremd zu fühlen und sich nach Hause zu sehnen. Hier sind alle Schweden zu Hause.

Und wenn du von alledem liesest, was hier in Stockholm vereint ist, Klement, so vergiß nicht das letzte, was diese Stadt an sich gezogen hat. Das sind diese alten Bauerhäuser auf der Schanze. Das sind Spielleute und Märchenerzähler. Alles, was alt und gut ist, hat Stockholm hier nach der Schanze hinaufgezogen, um es zu ehren, und damit es draußen im Volk zu Ehren kommen soll.

Vor allen Dingen aber, Klemmt, vergiß nicht, daß, wenn du von Stockholm liest, du hier an diesem Platz sitzen mußt. Du sollst das muntere, glitzernde Spiel der Wellen und die strahlenden, grünen Küsten anschauen. Du mußt dafür sorgen, daß du von dem Zauber erfaßt wirst, Klement!«

Der schöne, alte Herr hatte die Stimme erhoben, so daß sie stark und gebieterisch klang, und seine Augen blitzten. Nun erhob er sich, machte eine Bewegung mit der Hand und verließ Klement. Und im selben Augenblick wurde es Klement klar, daß es ein *sehr* vornehmer Herr sein müsse, der mit ihm geredet hatte, und er verbeugte sich, so tief er konnte.

*

Am nächsten Tag kam ein königlicher Lakai mit einem großen, roten Buch und einem Brief an Klement, und in dem Briefe stand, daß das Buch vom König sei.

Von diesem Augenblick an war der kleine, alte Klement Larsson viele Tage lang ganz aus dem Häuschen, und es war fast unmöglich, ein vernünftiges Wort aus ihm herauszubringen. Als eine Woche vergangen war, ging er zu Doktor Hagelius und kündigte seine Stellung. Er sei gezwungen, nach Hause zu reisen. »Was hast du da zu suchen? Plagt dich noch immer das Heimweh?« fragte der Doktor, – »Ach nein,« sagte Klement, »damit hat es jetzt nichts mehr auf sich, aber ich muß trotzdem nach Hause.«

Klement war sehr mit sich zu Rate gegangen, denn der König hatte gesagt, er solle sich mit Stockholm vertraut machen und suchen, sich dort zurecht zu finden, aber Klement konnte es nicht aushalten, ehe er denen daheim nicht erzählt hatte, daß der König ihm dies gesagt habe. Er konnte nicht anders, er *mußte* daheim auf dem Kirchenhügel stehen und vornehm und gering erzählen, daß der König so gut gegen ihn gewesen sei, daß er auf derselben Bank mit ihm gesessen und ihm ein Buch geschenkt und sich Zeit gelassen habe, mit ihm, einem armen, alten Spielmann, eine ganze Stunde zu reden, um ihn von seinem Heimweh zu kurieren. Es war etwas Großes, es den Lappen und den Mädchen aus Dalarna hier auf der Schanze zu erzählen, aber das war doch nichts dagegen, es daheim zu erzählen!

Wenn Klement auch im Armenhause stranden sollte, so würde das nach diesem nicht so hart sein. Er war jetzt ein ganz anderer Mann als vorher, und würde auf ganz andere Weise geachtet und geehrt werden.

Und dies neue Sehnen wurde Klement zu stark. Er mußte zum Doktor und ihm sagen, daß er gezwungen sei, zu reisen.

XXXVII. Der Adler Gorgo

Im Felsental.

Hoch oben im lappländischen Gebirge, auf einem Felsenvorsprung, der über eine schroffe Bergwand hinausragte, lag ein alter Adlerhorst. Das Nest bestand aus Tannenzweigen, die schichtenweise quer übereinandergelegt waren. Jahr für Jahr war es erweitert und erhöht worden und lag nun dort auf seinem Felsgesims mehrere Ellen breit und fast so hoch wie eine Lappenhütte.

Der Grat, auf dem das Adlernest lag, türmte sich über einem ziemlich großen Tal auf, das im Sommer von einer Schar Wildgänse bewohnt wurde. Das Tal war ein ausgezeichneter Zufluchtsort für sie. Es lag so gut versteckt zwischen den Bergen, daß nur vereinzelte Leute davon wußten, selbst von den Lappen kamen nur wenige dorthin. Mitten im Tal lag ein kleiner, runder See, der reichlich Nahrung für die jungen Gänse lieferte, und an den Ufern, die voll von Erderhöhungen waren und an denen niedriges Weidengestrüpp und verkrüppelte Birken wuchsen, gab es die besten Brutplätze, die sich die Gänse nur wünschen konnten.

Seit undenklichen Zeiten hatten Adler dort oben auf dem Felsgrat gewohnt und Wildgänse unten im Tal. Jedes Jahr raubten die Adler einige von den Wildgänsen, sie hüteten sich jedoch, so viele zu rauben, daß die Wildgänse aus dem Tal verscheucht worden wären. Die Wildgänse ihrerseits hatten auch keinen geringen Nutzen von den Adlern. Räuber waren sie freilich, aber sie hielten andere Räuber fern.

Einige Jahre vor der Zeit, als Niels Holgersen mit den Wildgänsen umherreiste, stand die alte Führergans Akka von Kebnekajse eines Morgens unten in dem Felsental und sah zu dem Adlerhorst hinauf. Die Adler pflegten kurz nach Sonnenuntergang auf die Jagd hinauszuziehen, und in allen den Sommern, die Akka in dem Tal gewohnt hatte, war sie jeden Morgen auf dem Posten gewesen und hatte acht gegeben, ob die Adler im Tale bleiben würden, um dort zu jagen, oder ob sie nach anderen Jagdgefilden hinausflogen.

Sie brauchte nicht lange zu warten, bis die beiden stattlichen Vögel die Felsplatte verließen. Schön, aber schreckeinflößend schwebten sie in die Luft hinaus. Sie schlugen die Richtung nach dem Flachlande ein, und Akka atmete erleichtert auf.

Die alte Führergans war jetzt zu alt, um Eier zu legen und Junge auszubrüten, und sie pflegte sich im Sommer die Zeit damit zu vertreiben, daß sie von einem Gänsenest zum anderen ging und Ratschläge in bezug auf das Ausbrüten und Aufziehen der Jungen erteilte. Sie hielt außerdem Ausguck nach den Adlern wie auch nach den Bergfüchsen, den Eulen und allen den anderen Feinden, die möglicherweise den Wildgänsen und ihrer Brut nachstellen konnten.

Um die Mittagszeit spähte Akka abermals nach den Adlern aus. Das hatte sie nun alle die Sommer, die sie dort im Tal gewohnt hatte, jeden Tag getan. Sie konnte es ihrem Fluge immer gleich ansehen, ob sie eine gute Jagd gehabt hatten, und dann fühlte sie sich in bezug auf ihr Volk beruhigt. Heute aber sah sie die Adler nicht zurückkehren. »Ich muß alt und stumpfsinnig geworden sein,« dachte sie, nachdem sie eine Weile gewartet hatte. »Jetzt müssen die Adler doch längst nach Hause gekommen sein.«

Am Nachmittag lugte sie wieder zu der Felswand hinauf und erwartete, die Adler auf dem schroffen Vorsprung sitzen zu sehen, wo sie ihre Nachmittagsruhe zu halten pflegten; und am Abend, um die Zeit, wo sie ihr Bad im Bergsee zu nehmen pflegten, spähte sie wieder nach ihnen aus, aber es gelang ihr nicht, sie zu entdecken. Wieder jammerte sie, daß sie alt werde. Sie war es so gewohnt, daß die Adler auf dem Felsgrat über ihr hausten, daher konnte sie es sich gar nicht denken, daß sie nicht wieder zurückgekehrt sein sollten.

Am nächsten Morgen war Akka rechtzeitig wach, um nach den Adlern auszulugen. Aber auch jetzt gewahrte sie sie nicht. Dahingegen vernahm sie in der Morgenstille einen Schrei, der wütend und klagend zugleich klang und aus dem Adlerhorst zu kommen schien. »Ob da oben im Adlernest wirklich ein Unglück geschehen sein sollte?« dachte sie. Sie breitete die Flügel aus und stieg so hoch, daß sie in das Adlernest hineinsehen konnte.

Da oben entdeckte sie nichts von dem Adlerpaar. In dem ganzen Nest war nur ein halbnacktes Junges, das da lag und nach Nahrung schrie.

Akka senkte sich langsam und zögernd zu dem Adlerhorst hinab. Es war ein unheimlicher Ort! Man konnte gleich sehen, was für Räuber da hausten. In dem Nest und auf der Felsenplatte lagen gebleichte Knochen, blutige Federn, Hasenköpfe, Vogelschnäbel und mit Federn bekleidete Schneehühnerfüße. Auch der junge Adler, der mitten in allen diesen Überbleibseln lag, sah widerlich aus mit seinem großen, weit aufgesperrten Schnabel, seinem plumpen, flaumigen Körper und seinen unfertigen Flügeln.

Schließlich überwand Akka ihr Grauen und ließ sich auf den Rand des Nestes nieder, sah sich dabei aber unruhig nach allen Seiten um, denn sie erwartete jeden Augenblick, die alten Adler heimkehren zu sehen.

»Gut, daß endlich jemand kommt!« rief der junge Adler. »Schaff' mir gleich was zu essen!«

»Na, na, so große Eile hat es wohl nicht!« sagte Akka. »Erzähle mir erst, wo dein Vater und deine Mutter sind!«

»Ja, wenn ich das nur wüßte! Sie sind gestern morgen fortgeflogen und haben mir als einzige Nahrung für die Zeit ihrer Abwesenheit nur eine Wanderratte dagelassen. Daß die längst verzehrt ist, kannst du dir doch wohl denken. Es ist unverschämt von Mutter, mich so liegen und hungern zu lassen.«

Nun begriff Akka, daß die alten Adler wirklich erschossen sein mußten, und sie dachte bei sich, wenn sie das Junge jetzt verhungern ließe, so würde sie in Zukunft die ganze Räuberbande los sein. Aber sie konnte sich doch nicht entschließen, so ein verlassenes Junges elendiglich umkommen zu lassen, wenn es in ihrer Macht stand, ihm zu helfen.

»Was sitzt du da und glotzt?« fragte der junge Adler. »Hörst du nicht, daß ich was zu fressen haben will?«

Akka breitete die Flügel aus und flog nach dem kleinen See unten im Talgrund hinab. Nach einer Weile kehrte sie mit einer Lachsforelle im Schnabel nach dem Adlerhorst zurück.

Der junge Adler geriet ganz außer sich vor Wut, als sie ihm den Fisch ins Nest legte. »Glaubst du, daß ich so was fresse?« schrie er, stieß den Fisch beiseite und hieb mit seinem scharfen Schnabel nach Akka. »Schaff' mir ein Schneehuhn oder eine Wanderratte, hörst du!«

Aber nun streckte Akka den Kopf vor und zwickte den jungen Adler gehörig in die Nackenhaut, »Daß du es weißt,« sagte die Alte, »wenn ich dir in Zukunft Futter verschaffen soll, so mußt du zufrieden sein mit dem, was ich dir geben kann. Dein Vater und deine Mutter sind tot, von denen kannst du also keine Hilfe mehr erwarten; wenn du aber Lust hast, hier zu liegen und zu verhungern, während du auf Schneehühner und Wanderratten wartest, so soll es mir recht sein!«

Nachdem Akka das gesagt hatte, flog sie gleich davon und ließ sich erst nach einer ganzen Weile wieder bei dem Adlerhorst sehen. Da hatte der junge Adler den Fisch verzehrt, und als Akka ihm einen neuen Fisch hinlegte, verschlang er ihn sofort, obwohl man es ihm gut anmerken konnte, daß er ihn ganz abscheulich fand.

Es wurde ein schweres Stück Arbeit für Akka. Die alten Adler ließen sich nie wieder blicken, und sie mußte nun allein dem Jungen alle die Nahrung beschaffen, die es nötig hatte. Sie brachte ihm Fische und Frösche, und diese Kost schien ihm nicht schlecht zu bekommen, denn es wurde groß und kräftig. Bald vergaß es seine Eltern, die Adler, und glaubte, daß Akka seine rechte Mutter sei. Akka ihrerseits liebte das Junge wie ihr eigenes Kind. Sie erteilte ihm eine gute Erziehung und gab sich Mühe, ihm seinen wilden Sinn und seinen Hochmut abzugewöhnen. Nachdem ein paar Wochen vergangen waren, merkte Akka, daß die Zeit kam, wo sie mausere und folglich nicht imstande sein würde, nach dem Horst hinaufzufliegen. Da konnte sie dem jungen Adler während eines ganzen Monats kein Fressen hinaufbringen und er mußte elendiglich verhungern.

»Hör' einmal, Gorgo,« sagte Akka eines Tages zu dem jungen Adler. »Jetzt kann ich nicht mehr mit Fischen zu dir hinaufkommen. Es handelt sich nun darum, ob du den Mut hast, dich ins Tal hinunterzuwagen, so daß ich dir auch ferner Nahrung verschaffen kann. Du mußt jetzt wählen, ob du hier oben verhungern oder dich ins Tal hinunterwerfen willst, freilich kann dich das auch dein Leben kosten.«

Ohne sich auch nur einen Augenblick zu besinnen, stieg der junge Adler auf den Rand des Nestes. Er nahm sich nicht einmal die Mühe, die Entfernung mit dem Blick zu messen, sondern breitete die kleinen Flügel aus und flog hinunter. Er überschlug sich ein paarmal in der Luft, wußte aber doch seine Flügel so geschickt zu benutzen, daß er einigermaßen unbeschädigt unten im Tale anlangte.

Hier verbrachte nun Gorgo seinen Sommer zusammen mit den kleinen Gösseln und ward ihnen bald ein guter Kamerad. Da er sich selbst für ein Gössel hielt, gab er sich alle Mühe, so zu leben wie sie, und wenn sie in den See hinausschwammen, watete er hinter ihnen her, bis er nahe daran war zu ertrinken. Er schämte sich ganz schrecklich, daß er nicht schwimmen lernen konnte, und er ging zu Akka und beklagte sich.

»Warum kann ich nicht ebensogut schwimmen lernen wie die anderen?« fragte er, – »Du hast zu krumme Zehen und zu große Klauen bekommen, während du da oben auf dem Felsvorsprung lagst,« sagte Akka. »Aber darum brauchst du dich nicht zu grämen, du wirst trotzdem ein tüchtiger Vogel werden.«

Die Flügel des jungen Adlers wurden bald so groß, daß sie ihn tragen konnten, aber es währte doch noch bis zum Herbst, wo die jungen Gänse fliegen lernen sollten, ehe es ihm einfiel, daß er die Flügel zum Fliegen gebrauchen konnte. Aber dann kam eine stolze Zeit für ihn, denn bei diesen Übungen war er bald der erste. Seine Gefährten blieben nie länger oben in der Luft, als sie mußten, während er sich fast den ganzen Tag dort aufhielt und sich in der Kunst des Fliegens übte. Noch war es ihm nicht klar geworden, daß er von anderer Art war als die jungen Gänse, aber er konnte nicht umhin mancherlei zu bemerken, was ihn erstaunte, und er kam immer wieder mit Fragen zu Akka. »Warum laufen die Schneehühner und Wanderratten davon, sobald sich mein Schatten über dem Felsen zeigt?« fragte er. »Vor den anderen jungen Gänsen sind sie doch nicht so bange.« – »Deine Flügel sind zu groß geworden, während du da oben auf dem Felsvorsprung lagst,« sagte Akka. »Das jagt den kleinen Tieren Furcht ein. Gräme dich aber deswegen nicht, du wirst doch ein tüchtiger Vogel werden!«

Nachdem der Adler Fliegen gelernt hatte, übte er sich auch, Fische und Frösche zu fangen, bald begann er aber auch darüber nachzugrübeln. »Woher kommt es, daß ich von Fischen und Fröschen lebe?« fragte er. »Das tut ja keins von meinen Geschwistern.« – »Das kommt daher, weil ich dir keine andere Nahrung bringen konnte, als du da oben auf dem Felsvorsprung lagst,« sagte Akka. »Aber deswegen brauchst du dich nicht zu grämen! Du wirst trotzdem ein tüchtiger Vogel werden!«

Als die Wildgänse ihre Herbstreise antraten, flog Gorgo mit ihrer Schar. Er betrachtete sich beständig als zu ihnen gehörig. Aber die Luft war voll von Vögeln, die sich auf dem Wege nach Süden befanden, und es entstand eine große Bewegung unter ihnen, als Akka mit einem Adler in ihrem Gefolge erschien. Scharen von Neugierigen umkreisten fortwährend das Volk der Wildgänse und gaben ihre Verwunderung kund. Akka bat sie, zu schweigen, aber es war unmöglich, so viele böse Zungen im Zaum zu halten. »Warum nennen sie mich einen Adler?« fragte Gorgo wieder und wieder. Er fühlte sich tief beleidigt. »Können sie denn nicht sehen, daß ich eine Wildgans bin? Ich bin kein Vogelräuber, der seinesgleichen auffrißt! Wie kommen sie nur einmal auf den Einfall, mir einen so häßlichen Namen zu geben?«

Eines Tages flogen sie über einen Bauerhof hin, wo eine Menge Hühner auf dem Misthaufen scharrten. »Ein Adler! Ein Adler!« riefen alle Hühner und liefen davon, um Schutz zu suchen. Gorgo aber, der von den

Adlern immer als von wilden Bösewichtern hatte reden hören, vermochte seinen Zorn nicht zu meistern. Er faltete die Flügel zusammen, stieß mit Blitzesgeschwindigkeit hinunter und schlug die Fänge in eins von den Hühnern. »Ich will dich lehren, daß ich kein Adler bin!« rief er wütend und hieb mit dem Schnabel auf sein Opfer ein.

Im selben Augenblick hörte er Akka hoch oben aus der Luft nach ihm rufen; er gehorchte sofort und flog hinauf. Die alte Wildgans kam ihm entgegengeflogen und erteilte ihm eine Züchtigung. »Was fällt dir ein?« rief sie, während sie mit dem Schnabel nach ihm schlug. »Hattest du etwa die Absicht, das arme Huhn zu zerreißen? Du solltest dich schämen!« Als aber der Adler die Züchtigung, ohne sich zu wehren, hinnahm, erhob sich unter den großen Vogelscharen ringsumher ein Sturm von Hohn und spöttischen Bemerkungen. Der Adler hörte es und wandte sich mit einem zornigen Blick gegen Akka, wie wenn er sie anfallen wolle. Aber er änderte schnell sein Vorhaben, warf sich mit starkem Flügelschlag in die Luft hinaus, stieg so hoch empor, daß kein Ruf ihn erreichen konnte, und segelte da oben umher, so lange die Wildgänse ihn noch sehen konnten.

Drei Tage später erschien er wieder in der Schar der Wildgänse.

»Jetzt weiß ich, wer ich bin,« sagte er zu Akka. »Und wenn ich ein Adler bin, so muß ich auch leben, wie es sich für einen Adler geziemt, aber deswegen, meine ich, können wir doch gute Freunde bleiben. Dich oder eine aus deiner Schar werde ich niemals angreifen.«

Aber Akka hatte ihren ganzen Stolz darin gesetzt, daß es ihr gelingen würde, einen Adler zu einem frommen und friedlichen Vogel zu erziehen, und sie konnte sich nicht darin finden, daß er auf seine eigene Art leben wollte. »Glaubst du, daß ich Freundschaft mit einem Vogelräuber halten werde?« sagte sie. »Lebe so, wie ich es dich gelehrt habe, dann darfst du, wie bisher, mit unserer Schar fliegen.«

Sie waren beide stolz und unbeugsam, und keines von beiden wollte nachgeben. So endete es denn damit, daß Akka dem Adler verbot, sich in ihrer Nähe blicken zu lassen, ja, sie war so böse auf ihn, daß niemand es wagte, in ihrer Gegenwart seinen Namen zu nennen.

Seit dieser Stunde zog Gorgo im Lande umher, einsam und von allen gescheut, wie es große Räuber sind. Ihm war oft finster zu Sinn, und sicherlich sehnte er sich gar manches Mal nach der Zeit zurück, wo er sich für eine Wildgans gehalten und mit den munteren jungen Gösseln gespielt hatte. Unter den Tieren erlangte er einen großen Ruf wegen seines Mutes und seiner Kühnheit. Sie pflegten zu sagen, er fürchte sich vor niemand außer vor seiner Pflegemutter, Akka. Sie wußten auch von ihm zu erzählen, daß er sich nie an einer Wildgans vergriffen habe.

In Gefangenschaft.

Gorgo war erst drei Jahre alt und hatte noch nicht daran gedacht, sich eine Frau zu nehmen und einen Hausstand zu begründen, als er eines Tages von einem Jäger gefangen und nach dem Freiluftmuseum Skansen verkauft wurde. Dort waren bereits zwei Adler. Sie wurden in einem Käfig aus eisernen Stangen und Stahldraht gefangen gehalten. Dieser Käfig stand im Freien und war so groß, daß man darin ein paar Bäume hatte pflanzen und einen ziemlich hohen Hügel aus Steinen errichten können, damit die Adler sich dort heimisch fühlen sollten. Trotz alledem aber gediehen die Vögel nicht. Sie saßen fast den ganzen Tag regungslos auf demselben Fleck. Ihr schönes, dunkles Federkleid war zerzaust und glanzlos, und ihre Augen starrten mit hoffnungslosem Sehnen in die Luft hinaus.

In der ersten Woche, nachdem Gorgo in die Gefangenschaft geraten war, fühlte er sich noch kräftig und lebendig, allmählich aber befiel ihn eine dumpfe Schlaffheit. Er blieb still auf demselben Fleck sitzen wie die anderen Adler, starrte in die Luft hinaus, ohne etwas zu sehen und wußte nichts davon, daß die Tage vergingen.

Eines Morgens, als Gorgo wie gewöhnlich in seinem Halbschlaf da saß, hörte er, daß ihn jemand außerhalb des Käfigs anrief. Er war so stumpfsinnig, daß er sich kaum entschließen konnte, die Augen dahin zu wenden, woher der Laut kam. »Wer ruft mich?« fragte er. – »Aber, Gorgo, kennst du mich denn nicht mehr? Ich bin es ja, Däumling, der mit den Wildgänsen flog.« – »Ist Akka auch gefangen?« fragte Gorgo in einem Ton, als strenge er sich an, nach einem langen Schlaf seine Gedanken zu sammeln. – »Nein, Akka und der weiße Gänserich und die ganze Schar fliegen jetzt wahrscheinlich wohlbehalten oben in Lappland herum,« antwortete der Junge. »Nur ich bin hier gefangen.«

Während der Junge sprach, sah er, daß Gorgo den Blick von ihm abwandte und in die Luft hinausstarrte so wie vorher. »Königsadler!« rief der Junge. »Ich habe nicht vergessen, daß du mich einmal zu den Wildgänsen zurückgetragen und daß du das Leben des weißen Gänserichs geschont hast. Sage mir doch, ob ich dir nicht auf irgendeine

Weise helfen kann!« Gorgo erhob kaum den Kopf. »Störe mich nicht, Däumling!« sagte er. »Ich sitze hier und träume, daß ich frei oben in der Luft umherschwebe. Ich mache mir nichts daraus, zu erwachen.« – »Du solltest dich ein wenig bewegen und achtgeben, was um dich her vorgeht,« ermahnte der Junge, »sonst, fürchte ich, wirst du bald ebenso elendig aussehen wie die anderen Adler.« – »Ich wollte, ich wäre schon so wie die. Sie gehen so völlig in ihren Träumen auf, daß sie nichts mehr stören kann,« sagte Gorgo.

Als die Nacht anbrach und alle Adler schliefen, vernahm man ein leises Kratzen an dem Stahldrahtnetz, das den Käfig überdachte. Die beiden alten, stumpfsinnigen Gefangenen ließen sich nicht durch das Geräusch stören, Gorgo aber erwachte. »Wer ist da? Wer ist da oben auf dem Dach?« fragte er.

»Ich bin es, Gorgo, – Däumling!« antwortete der Junge. »Ich sitze hier und feile den Draht durch, damit du hinausfliegen kannst.«

Der Adler hob den Kopf und konnte in der hellen Nacht sehen, wie der Junge dasaß und an dem Netz feilte, das über den Käfig gespannt war. Einen Augenblick huschte ein Schimmer von Hoffnung über sein Gesicht, gleich aber gewann die Hoffnungslosigkeit wieder die Überhand. »Ich bin ein großer Vogel, Däumling,« sagte er. »Wie glaubst du nur, daß du so viele Maschen durchfeilen kannst, daß ich entweichen könnte? Es ist am besten, wenn du aufhörst und mich in Frieden läßt.« – »Schlafe du nur weiter und kümmere dich nicht um mich!« erwiderte der Junge. »Ich werde weder heute nacht noch morgen nacht fertig, aber ich will trotzdem versuchen, dich zu befreien, denn hier gehst du ja ganz zugrunde.«

Gorgo schlief wieder ein, aber als er am nächsten Morgen erwachte, sah er gleich, daß eine Menge Maschen durchgefeilt waren. An dem Tage fühlte er sich gar nicht so schläfrig wie an den vorhergehenden Tagen. Er schlug mit den Flügeln und hüpfte auf den Ästen der Bäume umher, um die Steifheit aus den Gliedern zu vertreiben.

Eines Morgens in aller Frühe, gerade als das erste Morgenlicht am Himmel angezündet wurde, weckte Däumling den Adler. »Versuche jetzt einmal, Gorgo!« sagte er.

Der Adler sah in die Höhe. Däumling hatte wirklich so viele Maschen durchgefeilt, daß ein großes Loch in dem Stahldrahtnetz entstanden war. Gorgo schlug mit den Flügeln und schwang sich empor.

Ein paarmal mißlang der Versuch und er fiel in den Käfig zurück, schließlich aber gelangte er glücklich ins Freie.

In stolzem Flug stieg er hoch über die Wolken empor. Der kleine Däumling saß da und sah ihm mit wehmütiger Miene nach und wünschte, daß jemand käme und ihm die Freiheit schenkte.

Niels Holgersen war jetzt ganz heimisch auf Skansen. Er hatte Bekanntschaft mit allen Tieren gemacht, die da waren, und hatte viele Freunde unter ihnen. Und er mußte ja einräumen, daß hier viel zu sehen und zu lernen war, so daß es ihm nicht schwer wurde, sich die Zeit zu vertreiben. Trotzdem wanderten seine Gedanken jeden Tag voll Sehnsucht hinaus zu dem Gänserich Martin und den anderen Reisegefährten. »Wäre ich nur nicht durch mein Versprechen gebunden,« dachte er, »so würde ich schon einen Vogel finden, der mich zu den Wildgänsen trüge!«

Es mag vielleicht wunderlich erscheinen, daß Klement Larsson dem Jungen seine Freiheit nicht wiedergegeben hatte, aber man muß bedenken, wie verwirrt der kleine Spielmann war, als er Skansen verließ. An dem Morgen, an dem er abreiste, hatte er allerdings daran gedacht, dem Jungen sein Essen in einem blauen Napf hinzustellen, unglücklicherweise konnte er aber keinen solchen finden. Dann kamen alle die Leute von Skansen, die Lappen, die Dalekarlier, die Zimmerleute und die Gärtner, um ihm Lebewohl zu sagen, und da hatte er keine Zeit mehr gehabt, einen blauen Napf zu beschaffen. Die Stunde zur Abreise kam heran und schließlich wußte er keinen anderen Ausweg, als einen der Lappen zu bitten, ihm behilflich zu sein. »Du mußt nämlich wissen,« sagte Klement, »hier auf Skanien wohnt eins von den ›Männlein‹, und dem pflege ich jeden Morgen Essen hinzustellen. Hier hast du ein paar Groschen; willst du mir den Gefallen tun, einen blauen Napf dafür zu kaufen und ihn morgen früh mit etwas Grütze und Milch unter die Treppe der Bollnäshütte stellen?« Der Lappe machte ein erstauntes Gesicht, aber Klement hatte keine Zeit, ihm die Sache näher zu erklären, denn er mußte nach dem Bahnhof.

Der Lappe ging auch wirklich in die Stadt, um den Napf zu laufen, da er aber keinen blauen finden konnte, der ihm für den Zweck passend erschien, kaufte er einen weißen, und darin stellte er gewissenhaft jeden Morgen Milch und Grütze hin.

So kam es denn, daß Niels Holgersen nicht von seinem Versprechen entbunden wurde. Er wußte, daß Klement fort war, aber er selbst durfte nicht weggehen.

In dieser Nacht sehnte er sich noch mehr als sonst nach der Freiheit, und das kam daher, daß jetzt allen Ernstes Sommer geworden war. Auf der Reise hatte er oft sehr unter Sturm und Regen gelitten, und in der ersten Zeit auf Skansen hatte er oft gedacht, es sei am Ende gar nicht so übel, daß die Reise unterbrochen war, denn er würde gewiß erfroren sein, falls er im Mai mit nach Lappland hinaufgekommen wäre. Jetzt aber war die Luft warm, die Erde war mit frischem Grün bedeckt, Birken und Pappeln trugen ein seidenweiches Blättergewand, die Kirschbäume, ja alle möglichen Obstbäume standen mit Blüten übersät da, die Stachelbeerbüsche hatten schon ganz kleine grüne Beeren, die Eichen wickelten mit großer Vorsicht ihre Blätter aus, Erbsen, Kohl und Bohnen wuchsen üppig auf den Gemüsebeeten. »Jetzt ist es gewiß auch da oben in Lappland gut und warm,« dachte der Junge. »In einer so schönen Morgenstunde wie heute möchte ich wohl auf Gänserich Martins Rücken sitzen. Es muß herrlich sein, jetzt in der warmen, stillen Luft umherzureiten und auf die Erde hinabzusehen, die nun mit grünem Gras und bunten Blumen geschmückt da liegt.«

Er saß da und dachte an dies alles, als der Adler plötzlich aus der Luft herunterstieß und sich neben ihn auf das Dach des Käfigs niederließ. »Ich wollte nur meine Flügel einmal versuchen, um zu sehen, ob sie auch noch taugten,« sagte Gorgo. »Du hast doch nicht geglaubt, daß ich dich hier in der Gefangenschaft zurücklassen wollte? Setz' dich jetzt auf meinen Rücken, dann will ich dich zu deinen Reisegefährten zurückbringen.«

»Nein, das ist unmöglich,« sagte der Junge. »Ich habe mein Wort gegeben, daß ich hier bleiben wolle, bis man mich freigibt.«

»Was für Dummheiten sind das?« entgegnete Gorgo. »Erst hat man dich gegen deinen Willen hierhergebracht, und dann hat man dich gezwungen, hier zu bleiben! Du kannst doch begreifen, daß man so ein Versprechen nicht zu halten braucht!« – »Das muß ich aber doch tun,« sagte der Junge. »Hab' Dank, daß du es so gut mit nur meinst, aber helfen kannst du mir nicht.«

»Kann ich dir nicht helfen?« erwiderte Gorgo. »Das will ich dir bald beweisen.«

Und im selben Augenblick packte er Niels Holgersen mit seinen großen Fängen, schwang sich mit ihm zu den Wolken empor und verschwand in nördlicher Richtung.

XXXVIII. Über Gästrikland dahin

Der kostbare Gürtel.

Mittwoch, 15. Juli.

Ohne Aufenthalt flog der Adler nordwärts, bis er ein gutes Stück über Stockholm hinausgekommen war. Dort ließ er sich auf einen Hügel hinab und lockerte den Griff, mit dem er den Jungen hielt.

Aber kaum fühlte sich dieser frei, als er, so schnell er nur konnte, nach der Stadt zurücklief.

Da machte der Adler einen langen Sprung, holte Niels ein und legte seine Klaue auf ihn. »Ist es deine Absicht, wieder in dein Gefängnis zurückzukehren?« fragte er. – »Was geht das dich an? Ich kann doch wohl gehen, wohin ich will, ohne dich um Erlaubnis zu fragen,« sagte der Junge und versuchte zu entschlüpfen. Da packte ihn der Adler fest und sicher mit seinen starken Fängen, hob die Flügel und flog wieder nordwärts.

Nun flog der Adler mit dem Jungen über ganz Uppland hin und machte nicht eher halt, als bis er an einen großen Wasserfall bei Älvkarleby kam. Er ließ sich auf einem Stein nieder, der gerade unter dem brausenden Wasserfall lag, und ließ dann seinen Gefangenen wieder los.

Niels erkannte sogleich, daß es ganz unmöglich war, dem Adler hier zu entkommen. Von oben her kam die weiße Schaumwand auf sie herabgestürzt, und rings um sie brauste der Elf. Er war sehr erbost, daß er auf diese Weise gezwungen wurde, wortbrüchig zu werden. Er wandte dem Adler den Rücken zu und wollte kein Wort mit ihm reden.

Aber jetzt, wo der Adler den Jungen an eine Stelle niedergesetzt hatte, wo er ihm nicht entweichen konnte, erzählte er ihm, daß er von Akka von Kebbnekajse aufgezogen worden sei, daß aber jetzt Feindschaft zwischen ihm und seiner Pflegemutter herrsche. »Und nun verstehst du wohl, Däumling, weshalb ich dich zu den Wildgänsen zurückbringen will,« sagte er schließlich. »Ich habe sagen hören, du stündest in hoher

Gunst bei Akka, und nun wollte ich dich bitten, den Frieden zwischen uns beiden zu vermitteln.«

Sobald der Junge begriff, daß ihn der Adler nicht nur aus Eigensinn fortgetragen hatte, wurde er wieder freundlich gegen ihn. »Ich würde dir gern in dieser Angelegenheit helfen,« sagte er, »aber ich bin ja durch mein Versprechen gebunden.« Und nun erzählte er seinerseits dem Adler, wie er in die Gefangenschaft geraten war, und daß Klement Larsson Skansen verlassen hatte, ohne ihm seine Freiheit zu schenken.

Aber der Adler wollte seine Pläne nicht aufgeben. »Hör' einmal, was ich dir sagen werde, Däumling!« begann er. »Meine Flügel können dich tragen, wohin du willst, und meine Augen können erspähen, was du auch suchst. Erzähle mir, wie der Mann aussah, der dir das Versprechen abgenommen hat, und ich will ihn aufsuchen und dich zu ihm bringen! Dann ist es deine Sache, daß du ihn dazu bringst, dich freizugeben!«

Niels Holgersen fand, daß dieser Vorschlag gut war. »Man kann merken, daß du in Akka einen guten Vogel als Pflegemutter gehabt hast, Gorgo,« sagte er. Dann beschrieb er Klement Larsson ganz genau und fügte hinzu, er habe auf Skansen gehört, der kleine Spielmann sei aus Hälsingeland.

»Gut, dann suchen wir ganz Hälsingeland ab von Lingbo bis zum Mellansee, vom Storberg bis Hornsland,« sagte der Adler. »Morgen, noch bevor es Abend ist, sollst du mit dem Mann reden.« – »Jetzt versprichst du gewiß mehr, als du halten kannst,« meinte der Junge. – »Ich wäre ein schlechter Adler, wenn ich das nicht vermöchte,« entgegnete Gorgo.

Als Gorgo und Däumling von Älvkarleby aufbrachen, waren sie gute Freunde, und Niels setzte sich nun zum Reiten auf dem Rücken des Adlers zurecht. Auf diese Weise hatte er wieder Gelegenheit, etwas von den Gegenden zu sehen, über die sie dahinflogen. Solange der Adler ihn in seiner Klaue gepackt hatte, war ihm das unmöglich gewesen. Es war eigentlich ein Glück für ihn gewesen, daß er nicht gewußt hatte, wo er war, denn wenn ihm jemand erzählt hätte, daß er an jenem Tage über so schöne Orte wie die Uppsalaer Hügel, die große Österbyer Fabrik, die Grube von Dannemora und das alte Schloß Örbyhus hingeflogen war, so würde er sich gewiß sehr gegrämt haben, daß er von allem diesen nichts zu sehen bekommen hatte.

Der Adler trug ihn nun in schnellem Flug über Gästrikland hin. In dem südlichen Teil war nicht viel zu sehen, was seinen Blick hätte fesseln können. Dort breitete sich eine Ebene aus, die fast überall mit Tannenwäldern bestanden war. Aber weiter nach Norden zu zog sich quer durch das Land von der Dalagrenze bis an die botnische Bucht ein schöner Landstrich mit bewaldeten Hügeln, blanken Seen und brausenden Flüssen. Hier lagen dichtbevölkerte Kirchspiele rings um ihre weißen Kirchen herum, Landstraßen und Eisenbahnen kreuzten sich, grüne Bäume umgaben traulich die Häuser und blühende Gärten sandten liebliche Düfte bis hoch in die Luft hinauf.

An den Ufern der Flüsse lagen mehrere große Eisenhämmer, wie sie Niels im Bergwerkdistrikt gesehen hatte, in ungefähr gleichen Zwischenräumen in einer Reihe bis zum Meer hin. Dort aber breitete eine große Stadt ihre weißen Häusermassen aus. Nördlich von dieser dichtbevölkerten Gegend setzten die dunklen Wälder wieder ein; hier war jedoch das Land nicht flach, es erhob sich zu Hügeln und fiel in Tälern ab gleich einem aufgeregten Meer.

»Dies Land hat einen Rock aus Tannen und eine Jacke aus Feldsteinen,« dachte der Junge bei sich. »Um die Taille aber trägt es einen Gürtel, der an Kostbarkeit seinesgleichen nicht hat, denn er ist mit blauenden Seen und blumigen Hügeln bestickt, die großen Eisenhämmer schmücken ihn wie eine Reihe edler Steine, und als Schnalle dient ihm eine Stadt mit Schlössern und Kirchen und großen Häusergruppen.«

Als die Reisenden eine Strecke in die nördliche Waldgegend hineingelangt waren, ließ sich Gorgo oben auf dem Gipfel eines kahlen Felsens nieder, und sobald der Junge von seinem Rücken heruntergesprungen war, sagte der Adler: »Hier im Walde gibt es Wild, und ich glaube, ich kann die Gefangenschaft nicht vergessen, und mich so recht frei fühlen, ehe ich nicht einmal wieder auf Jagd gewesen bin. Du wirst wohl nicht bange, wenn ich fortfliege?« – »Nein, das glaube ich nicht,« sagte der Junge. – »Du kannst herumlaufen, so viel du willst, aber um Sonnenuntergang mußt du wieder hier sein,« sagte der Adler und flog davon.

Niels Holgersen fühlte sich recht einsam und verlassen, als er da auf einem Stein saß und über die kahlen Felsen und die großen Wälder, die ihn umgaben, hinschaute. Aber er hatte noch nicht lange dagesessen, als er von unten aus dem Walde Gesang vernahm und etwas Helles erblickte, das sich zwischen den Bäumen bewegte. Er war sich bald klar darüber, daß es eine blau-gelbe Fahne war, und aus dem Gesang und den fröhlichen Stimmen schloß er, daß die Fahne an der Spitze eines Zuges von Menschen getragen wurde, es währte jedoch lange, ehe er sehen konnte, was für eine Art von Zug es war. Die Fahne wurde auf gewundenen Wegen getragen, und er saß da und war sehr gespannt, welchen Weg sie und die Leute, die ihr folgten, einschlagen würden. Er konnte sich doch nicht denken, daß sie auf die häßliche, öde Bergebene, auf der er saß, hinaufkommen würden. Aber das taten sie dennoch. Jetzt tauchte die Fahne am Waldsaum auf und hinter ihr drein flutete ein Gewimmel von Menschen, denen sie den Weg gewiesen hatte. Auf dem ganzen Berge entstand Leben und Bewegung, und an diesem Tage hatte der Junge so viel zu sehen, daß er sich keinen Augenblick langweilte.

Der große Tag des Waldes

Auf dem breiten Gebirgsrücken, auf dem Gorgo Däumling zurückgelassen, hatte vor ungefähr zehn Jahren ein Waldbrand gewütet. Die verkohlten Bäume waren gefällt und weggefahren worden, und da, wo der große Brandplatz an den frischen Wald stieß, fing es schon wieder an zu grünen. Der größte Teil des Felsens aber lag unheimlich öde und kahl da. Schwarze Baumstümpfe waren zwischen den Steinen stehen geblieben als Zeugen dafür, daß einst ein großer und prächtiger Wald hier gestanden hatte, aber keine jungen Schößlinge sproßten aus dem Brandplatz hervor.

Die Leute wunderten sich darüber, daß es so lange dauerte, bis sich der Berg wieder mit Wald bekleidete, aber sie dachten nicht daran, daß es dem Erdboden, gerade als der Waldbrand wütete, nach einer langen Dürre an Feuchtigkeit gefehlt hatte. Daher waren nicht nur alle Bäume verbrannt, und alles was auf dem Waldboden wuchs: Heidekraut und Maiblumen und Moos und Preißelbeerengestrüpp verschwunden, sondern auch die schwarze Fruchterde, die den Felsengrund bedeckte, war nach dem Brande trocken und lose wie Asche geworden. Jeder Windhauch, der kam, wirbelte sie in die Luft auf, und da der Berg durch seine Lage, dem Wind sehr ausgesetzt war, wurde eine Felsplatte nach der andern reingefegt. Das Regenwasser trug natürlich dazu bei, die Erde wegzuschwemmen, und nachdem nun Wind und Wasser sich zehn Jahre lang redlich bemüht hatten, den Berg reinzufegen, sah er so kahl aus, daß man im Grunde denken mußte, er würde bis an den letzten Tag der Welt so öde da liegen.

Aber eines Tages zu Anfang des Sommers versammelten sich alle Kinder aus dem Kirchspiel, in dem der abgebrannte Berg lag, vor einer der Schulen. Jedes Kind trug eine Hacke oder einen Spaten auf der Schulter und ein Päckchen Butterbrot in der Hand. Sobald alle versammelt waren, zogen sie in einem langen Zuge nach dem Wald hinauf. Die Fahne wurde vorausgetragen, Lehrer und Lehrerinnen gingen nebenher, und den Beschluß machten ein Paar Waldwärter und ein Pferd, das eine Fuhre kleiner Tannen und Tannensamen zog.

Dieser Zug hielt in keinem der Birkenwälder, die dem Dorf zunächst lagen, nein, es ging hoch oben in den Wald hinauf, auf alten Sennpfaden, und die Füchse steckten die Köpfe aus ihrem Bau heraus und fanden, daß dies doch wunderliche Senner seien. Der Zug zog vorüber an alten Köhlerplätzen, wo ehedem in jedem Herbst Meiler errichtet waren, und die Kreuzschnabel wendeten den krummen Schnabel dem Zuge zu und konnten nicht begreifen, was für Köhler das waren, die da in den Wald eindrangen.

Dann kam der Zug endlich nach der großen, abgesengten Bergebene. Da lagen die Steine ganz nackt ohne die feinen Lineenranken, die sie einstmals bedeckt hatten, und die Felsplatten waren ihres schönen, silberweißen Mooses und der feinen, niedlichen Renntierflechten entkleidet. An den schwarzen Wassertümpeln, die sich in Felsspalten und Vertiefungen angesammelt hatten, wuchsen weder Kallablätter noch Sauerklee. In den kleinen Fleckchen Erde, die noch zwischen den Steinen und den Rissen zurückgeblieben waren, standen keine Farrenkräuter, keine Sternblumen, keine weißen Pyrolas, nirgends etwas von all dem Grünen und Roten und Weichen und Sanften und Feinen; das sonst den Waldboden bedeckt.

Es war, als husche plötzlich ein heller Schimmer über die graue Hochebene, als alle die Kinder aus den umliegenden Dörfern sich darüber ergossen. Das war doch wieder etwas Fröhliches und Feines, Frisches und Rosiges, etwas Junges, das im Wachsen begriffen war. Vielleicht konnten sie der armen, verlassenen Gegend wieder etwas Leben schenken!

Als die Kinder ausgeruht und gegessen hatten, griffen sie nach Hacken und Spaten und begannen zu arbeiten. Der Waldwärter zeigte ihnen, wie sie es machen mußten, und dann steckten sie ein kleines Pflänzchen nach dem andern in alle die kleinen Fleckchen Erde, die sie entdecken konnten.

Während die Kinder pflanzten, schwatzten sie ganz altklug miteinander darüber, wie die kleinen Pflanzen, die sie in die Erde hineinsteckten, das Erdreich festhalten würden, so daß es nicht weggeweht werden könne. Und nicht genug damit, denn es würde sich auch neue Fruchterde unter den Bäumen bilden. Und dahinein fiel dann der Same, und in wenigen Jahren würden sie hier, wo jetzt nichts war als kahles Felsgestein, Himbeeren und Heidelbeeren pflücken können. Und die kleinen Pflanzen, die sie hier einsetzten, würden so nach und nach zu großen Bäumen werden. Man konnte vielleicht einstmals große Häuser und stolze Schiffe daraus bauen.

Wären aber die Kinder nicht jetzt auf den Berg hinaufgekommen und hätten gepflanzt, so lange noch ein wenig Erde in den Felsspalten lag, so hätten der Wind und das Wasser jede Möglichkeit zerstört, und es würde nie wieder ein Wald auf dem Berge gewachsen sein.

»Ja, es war wirklich Zeit, daß wir heraufgekommen sind,« sagten die Kinder. »Es war die höchste Zeit!« Und sie kamen sich ungeheuer wichtig vor.

Während die Kinder oben auf dem Berge arbeiteten, waren Vater und Mutter daheim, und als eine Weile vergangen war, sehnten sie sich danach zu erfahren, wie es den Kindern wohl gehen möge. Es war ja natürlich nur Unsinn, daß Kinder einen Wald pflanzen sollten, aber es konnte doch auf alle Fälle ganz lustig sein zu sehen, wie es damit ging. Und siehe da, auf einmal waren Vater und Mutter auf dem Wege zum Walde hinauf. Als sie auf den Sennpfad kamen, begegneten sie mehreren von ihren Nachbarn. »Wollt' ihr zum Brandplatz hinauf?« – »Ja, dahin wollen wir.« – »Und euch nach den Kindern umsehen?« – »Ja, wir wollen einmal sehen, was sie treiben.« – »Es wird natürlich nichts als Spielerei sein!« – »Viele Bäume werden sie doch nicht pflanzen können!« – »Wir haben den Kaffeekessel mitgenommen, damit sie etwas Warmes bekommen können, sonst müßten sie ja den ganzen Tag von trockner Kost leben.«

So kamen denn Vater und Mutter auf den Berg hinauf, und zuerst dachten sie an nichts weiter, als wie hübsch es doch aussah mit allen den roten Wangen auf dem grauen Berge. Aber dann beobachteten sie, wie die Kinder arbeiteten, wie einige die Pflanzen hineinsetzten, während andere Furchen zogen und Samen säten, und wieder andere das Heidekraut herausrissen, damit es die jungen Bäumchen nicht ersticken sollte. Und sie sahen, daß die Kinder es ernsthaft mit der Arbeit nahmen, und so eifrig waren, daß sie kaum Zeit hatten, aufzusehen.

Der Vater stand eine Weile da und sah zu, dann fing auch er an, Heidekraut herauszureißen. Nur zum Scherz, natürlich! Die Kinder waren die Lehrmeister, denn jetzt kannten sie die Kunst, und sie mußten Vater und Mutter zeigen, wie sie es zu machen hatten.

Es endete damit, daß alle Erwachsenen, die gekommen waren, um nach den Kindern zu sehen, teil an der Arbeit nahmen. Nun wurde es natürlich noch lustiger als vorher. Und es währte nicht lange, da bekamen die Kinder noch mehr Hilfe.

Sie brauchten mehr Gerätschaften da oben, und ein paar Jungen mit langen Beinen wurden in das Dorf hinabgeschickt, um Hacken und Spaten zu holen. Als sie an den Häusern vorbeirannten, kamen die Leute, die daheim saßen, heraus und fragten: »Was ist da los? Ist ein Unglück geschehen?« – »Nein, nein, aber das ganze Dorf ist da oben auf dem Brandplatze und pflanzt Wald!« – »Wenn das ganze Dorf dort da oben ist, dann wollen wir auch nicht daheimbleiben!«

So strömten sie denn alle zusammen nach dem abgesengten Berg hinauf. Anfänglich standen sie nur da und sahen zu, dann aber konnten sie es nicht lassen, sich an der Arbeit zu beteiligen. Denn es kann ja vergnüglich sein im Frühling, auf das Feld zu gehen und die Saat auszustreuen und daran zu denken, wie sie nun aus dem Boden aufsprossen wird, aber dies hier war doch noch viel verlockender.

Aus dieser Saat sollten nicht nur schwache Halme emporsprossen, sondern starke Bäume mit hohen Stämmen und mächtigen Zweigen. Hier rief man nicht nur die Ernte eines Sommers hervor, sondern Wachstum für viele Jahre. Es handelte sich darum, Insektengesumm und Drosselgesang und Auerhahnbalzen und zahlloses Leben auf dem öden Brandplatze wachzurufen. Und außerdem war es gleichsam ein Denkmal, das man für die kommenden Geschlechter errichtete. Man hätte ihnen einen kahlen, nackten Berg als Erbe hinterlassen können, statt dessen erhielten sie nun einen stolzen Wald. Und wenn die Nachkommen das einst erkannten, dann würden sie verstehen, daß ihre Vorfahren gute und kluge Leute gewesen waren, und sie würden mit Ehrfurcht und Dankbarkeit ihrer gedenken.

XXXIX. Ein Tag in Hälsingeland

Ein großes, grünes Blatt.

Donnerstag, 16. Juni.

Am nächsten Tag flog Niels Holgersen über Hälsingeland. Mit lichtgrünen Schossen an den Nadelbäumen, frischbelaubten Birkengehölzen, jungem Gras auf den Wiesen und saftig sprossender Saat auf den Feldern lag es unter ihm. Es war ein hochgelegenes, bergiges Land, aber mitten hindurch zog sich ein offenes, helles Tal, und von diesem aus erstreckten sich nach beiden Seiten andere Täler, einige kurz und eng, andere breit und lang. »Dies Land werde ich wohl mit einem Blatt vergleichen müssen,« dachte Niels Holgersen, »denn es ist grün wie ein Blatt, und die Täler verzweigen sich ungefähr auf dieselbe Weise wie die Rippen in der Blattfläche.«

Von dem großen Haupttal zweigten sich zuerst zwei mächtige Seitentäler ab, eins nach Osten und eins nach Westen. Dann schickte es nur noch kleine Täler aus, bis es ziemlich hoch nach Norden kam. Dort streckte es wieder zwei starke Arme aus. Nun lief es noch ein gutes Stück länger hinauf, wurde dann aber immer schmäler und verlor sich schließlich in der Wildnis.

Mitten in dem großen Tal floß ein breiter, prächtiger Fluß, der sich an vielen Stellen zu Seen erweiterte. An dem Fluß entlang lagen Wiesen, die ganz mit kleinen, grauen Scheunen übersät waren, an diese Wiesen grenzten Äcker und an der Talgrenze, dort wo der Wald begann, lagen die Höfe. Sie waren groß und gut gebaut, und ein Hof lag neben dem andern in einer fast ununterbrochenen Reihe. Unten am Flußufer ragten Kirchen empor, und um diese scharten sich die Höfe zu großen Dörfern. Andere Häusergruppen lagen um die Bahnhöfe herum und bei den Sägewerken, die hier und da an Seen und Flüssen errichtet waren und die man an den Bretterstapeln, die sich rings um sie auftürmten, leicht erkennen konnte.

Die Seitentäler waren ebenso wie das mittlere Tal voll von Seen, Feldern, Dörfern und Höfen. Leicht und lächelnd glitten sie zwischen die dunklen Berge hinein, bis sie nach und nach von ihnen zusammengepreßt wurden und schließlich so schmal waren, daß sie nur noch für einen kleinen Bach Platz hatten.

Die Bergkuppen zwischen den Tälern waren mit Nadelwald bestanden. Der fand keinen ebenen Boden, in dem er wachsen konnte, eine Menge Felsblöcke lagen dort oben wild durcheinander, der Wald aber bedeckte das alles wie eine Pelzdecke, die über einen eckigen Körper gebreitet ist. Es war ein schönes Land, wenn man so darauf hinab sah. Und der Junge bekam auch ein gut Teil davon zu sehen, denn der Adler spähte nach dem alten Spielmann Klement Larsson aus und flog suchend von Tal zu Tal.

Als der Morgen anbrach, entstand Leben und Bewegung auf den Höfen. Die Türen der Kuhställe, die dort in der Gegend groß und hoch waren, und einen Schornstein wie auch hohe, breite Fenster hatten, wurden weit geöffnet, und man ließ die Kühe hinaus. Es waren schöne, weiße, feingebaute und geschmeidige Tiere, sicher auf den Füßen und so munter, daß sie die lustigsten Sprünge machten. Die Kälber und die Schafe kamen auch heraus, und man konnte sehen, daß sie in allerbester Laune waren.

Mit jedem Augenblick, der verging, wurde es lebhafter auf den Hofplätzen. Ein paar junge Mägde mit Ranzen auf dem Rücken gingen zwischen dem Vieh umher. Ein Junge mit einem langen Stecken in der Hand hielt die Schafe zusammen. Ein kleiner Hund lief zwischen den Kühen herum und kläffte sie bissig an, sobald sie stoßen wollten. Der Bauer spannte ein Pferd vor einen Karren, und belud ihn mit Butterkübeln, Käseformen und allerlei Lebensmitteln. Alles sang und lachte. Menschen wie Tiere waren so vergnügt, als sei ein großer Festtag angebrochen.

Bald darauf waren sie alle miteinander auf dem Wege zu den Wäldern hinauf. Eine der Mägde ging voran und lockte das Vieh mit wohlklingenden Jodlern. Hinter ihr kamen die Kühe in langer Reihenfolge. Der Hirtenjunge und der Hirtenhund liefen hin und her, um acht zu geben, daß keins der Tiere vom Pfad abwich. Den Beschluß machten der Bauer und sein Knecht. Sie gingen neben dem Karren her, um ihn am Umfallen zu verhindern, denn der Weg, den sie verfolgten, war nur ein schmaler, steiniger Waldpfad.

Entweder ist es Sitte, daß die Bauern in Hälsingeland ihr Vieh an ein und demselben Tage in die Wälder hinaufschicken, oder es traf sich nur in diesem Jahr so. Soviel aber ist sicher, Niels Holgersen sah die fröhlichen Züge von Menschen und Vieh aus jedem Tal und aus jedem Haus herausziehen, in den öden Wald einbiegen und ihn mit Leben erfüllen. Aus der dunklen Tiefe der Wälder vernahm er den ganzen Tag das Jodeln der Sennerinnen und den Klang der Glocken. Die meisten hatten einen langen, beschwerlichen Weg vor sich, und der Junge sah, wie sie mühselig über sumpfige Moore zogen und Umwege machen mußten, um Windfälle zu umgehen, während die Karren oft gegen Steine stießen und mit allem, was darin war, umstürzten. Aber die Senner begegneten allen Schwierigkeiten mit fröhlichem Lachen und bester Laune.

Im Laufe des Nachmittags langte der Zug auf ausgerodeten Plätzen im Walde an, wo ein niedriger Kuhstall und kleine, graue Hütten standen. Als die Kühe auf den Platz zwischen den Hütten kamen, brüllten sie vergnügt, als erkannten sie den Ort wieder, und machten sich gleich daran, von dem grünen, saftigen Gras zu fressen. Unter Scherzen und fröhlichem Geplauder holten die Leute Wasser und Brennholz und trugen alles, was sie auf dem Karren mitgebracht hatten, in die größte der Hütten. Bald stieg Rauch aus dem Schornstein auf. Und dann setzten sich die Sennerinnen, der Hirtenjunge und die erwachsenen Männer rings um einen flachen Stein und hielten draußen im Freien ihre Mahlzeit.

Der Adler Gorgo war fest überzeugt, daß er Klement Larsson unten den Leuten finden würde, die sich auf dem Weg in den Wald befanden. Sobald er einen Sennerzug erblickte, ließ er sich hinabsinken und untersuchte ihn mit scharfem Auge. Aber es verging Stunde auf Stunde, ehe er ihn fand.

Nach vielem Hin- und Herfliegen kam der Adler gegen Abend in eine bergige und einsame Gegend, die östlich von dem großen Haupttal lag. Wieder sah er eine Sennhütte unter sich. Die Leute und das Vieh waren schon angekommen. Die Männer waren damit beschäftigt, Holz zu hauen, und die Mägde molken die Kühe.

»Sieh doch!« sagte Gorgo. »Ich glaube, jetzt haben wir den Mann!«

Er ließ sich hinab, und Niels sah zu seiner großen Verwunderung, daß der Adler recht hatte. Da stand wirklich der kleine Klement Larsson und spaltete Holz auf der Wiese.

Gorgo flog in den dichten Wald, eine Strecke vom Hause entfernt, hinab. »Jetzt habe ich ausgeführt, was ich übernommen hatte,« sagte er und machte eine stolze Bewegung mit dem Kopf. »Nun mußt du sehen, daß du mit dem Manne sprichst. Ich werde mich da oben in den dichten Tannenwipfel setzen und auf dich warten.«

Die Neujahrsnacht der Tiere.

Auf der Sennhütte war die Arbeit beendet und das Abendbrot gegessen, aber die Leute blieben noch sitzen und plauderten. Es war lange her, seit sie eine Sommernacht im Walde zugebracht hatten, und sie fanden, es sei ein Jammer, sich hinzulegen und zu schlafen. Es war so hell wie am lichten Tage, und die Sennerinnen waren mit ihrer Handarbeit beschäftigt, von Zeit zu Zeit aber sahen sie auf, schauten in den Wald hinein und lächelten still vor sich hin. »Ja, nun sind wir wieder hier,« sagten sie. Das Dorf mit all seiner Unruhe entschwand aus ihrer Erinnerung und der tiefe Friede des Waldes umfing sie. Wenn sie daheim auf dem Hof daran dachten, daß sie den ganzen Sommer hier oben im Walde allein zubringen müßten, konnten sie kaum begreifen, wie sie das aushalten sollten, sobald sie aber in die Sennhütte hinaufgekommen waren, fühlten sie, daß dies ihre allerbeste Zeit war.

Von den in der Nähe gelegenen Sennhütten waren einige junge Mädchen und Burschen zu Besuch gekommen, so war es denn eine ganz stattliche Anzahl, die sich in dem Gras vor den Hütten gelagert hatte, aber es wollte keine richtige Unterhaltung in Gang kommen. Die Burschen mußten am nächsten Tag wieder in das Dorf hinab, und die Sennerinnen gaben ihnen allerlei kleine Aufträge und schickten Grüße an die zu Hause Gebliebenen durch sie ins Tal hinab. Viel mehr wurde nicht geredet.

Da sah die Älteste der Sennerinnen von ihrer Arbeit auf und sagte munter: »So still braucht es hier auf der Alm doch heute abend nicht zuzugehen, denn wir haben doch zwei Männer unter uns, die sonst gern etwas erzählen. Der eine ist Klement Larsson, der hier neben mir sitzt, und der andere ist Bernhard von Sunnansee, der da drüben steht und nach dem Blackaasen hinaufsieht. Ich finde wirklich, wir sollten sie bitten, daß uns jeder eine Geschichte erzählt, und wer die schönste erzählt, der soll das Halstuch haben, an dem ich hier stricke.«

Dieser Vorschlag fand großen Beifall. Die beiden, die miteinander wetteifern sollten, machten natürlich anfangs Einwendungen, fügten sich jedoch bald. Klement schlug vor, daß Bernhard beginnen sollte, und dieser hatte nichts dagegen. Er kannte Klement Larsson kaum, ging aber von der Voraussetzung aus, daß dieser irgendeine alte Geschichte von Gespenstern und Kobolden zum besten geben würde, und da er wußte, daß die Leute dergleichen gern hörten, hielt er es für das klügste, auch so etwas zu wählen.

»Vor mehreren hundert Jahren,« begann er, »geschah es, daß ein Propst hier in Delsbo in einer Neujahrsnacht mitten durch den dichten Wald ritt. Er saß in seinem Pelz und mit einer Pelzmütze auf seinem Pferd und an dem Sattelknopf hing eine Tasche, in der er die Altargeräte, die Agende und seinen Talar gepackt hatte. Spät am Abend war er zu einem Kranken tief drinnen im Walde geholt worden, und er hatte bis in die Nacht hinein bei ihm gesessen und mit ihm gesprochen. Jetzt befand er sich endlich auf dem Heimwege, aber er fürchtete, daß er erst weit nach Mitternacht den Propsthof wieder erreichen würde.

Wenn er nun doch einmal die Nacht auf dem Pferderücken zubringen sollte, statt ruhig in seinem Bett zu liegen, so war er wenigstens froh, daß die Nacht nicht gar zu arg war. Es war mildes Wetter und stille Luft bei bedecktem Himmel. Der Vollmond stand groß und rund hinter den Wolken und leuchtete, wenn er selbst auch nicht zu sehen war. Wäre das bißchen Mondschein nicht gewesen, so hätte er den Weg nur schwer von dem Erdboden unterscheiden können, denn es lag kein Schnee und alles hatte dieselbe graubraune Farbe.

Der Propst ritt in dieser Nacht ein Pferd, auf das er große Stücke hielt. Es war sowohl kräftig als auch ausdauernd und fast so klug wie ein Mensch. So hatte der Propst zum Beispiel wiederholt bemerkt, daß das Pferd von jedem beliebigen Ort in dem weiten Kirchspiel sich wieder nach Hause zurückfinden konnte. Darauf verließ er sich so fest, daß er sich eigentlich nie mehr die Mühe machte, an den Weg zu denken, wenn er dies Pferd ritt. Und so kam er auch jetzt mit schlaff herabhängendem Zügel mitten durch die graue Nacht und den wilden Wald geritten, während seine Gedanken weitab schweiften.

Während der Propst so dasaß, dachte er an die Predigt, die er am nächsten Tage halten wollte, und noch an mancherlei anderes, und es währte ziemlich lange, bis es ihm einfiel, sich klar darüber zu werden, wie weit es noch bis nach Hause sei. Als er dann schließlich aufsah und gewahrte, daß ihn der Wald noch ebenso dicht umgab wie zu Anfang des Rittes, fing er allmählich an, sich zu verwundern. Er war jetzt so lange unterwegs gewesen, daß er meinte, er müsse den bebauten Teil des Kirchspiels bereits erreicht haben.

Delsbo sah damals nicht so aus, wie heutzutage. Die Kirche und der Propsthof und alle die großen Höfe und Dörfer lagen in dem nördlichen

Teil des Kirchspiels um den Del herum, und im Süden gab es nichts als Berge und Wälder. Als der Propst sah, daß er sich noch in einer unbebauten Gegend befand, wußte er also, daß er in dem südlichen Teil des Kirchspiels war, und daß er, um nach Hause zu gelangen, nach Norden reiten mußte. Aber gerade das schien er nicht zu tun. Da waren weder Mond noch Sterne, nach denen er sich hätte richten können, aber er gehörte zu denen, die den Kompaß im Kopf haben, und er hatte das bestimmte Gefühl, daß er gen Süden oder vielleicht gen Osten reite.

Er war schon im Begriff, das Pferd zu wenden, aber dann besann er sich. Das Pferd war noch niemals irregegangen und tat es sicher auch jetzt nicht. Viel eher würde er selbst sich geirrt haben. Seine Gedanken waren ja weit abgeschweift, da hatte er des Weges wohl nicht geachtet. Er ließ das Pferd in der bisherigen Richtung weitergehen und versank bald wieder in seine Gedanken.

Gleich darauf aber traf ihn ein großer Zweig mit einer solchen Gewalt, daß er ihn fast vom Pferde gerissen hätte. Da sah er denn ein, daß er sich klar darüber werden müsse, wohin er geraten war.

Er guckte auf den Weg hinab und entdeckte, daß er über weichen Moorboden ritt, wo kein getretener Pfad zu entdecken war. Das Pferd ging aber ohne Zögern weiter. Doch so wie vorhin war der Propst auch jetzt überzeugt, daß er die verkehrte Richtung eingeschlagen hatte.

Diesmal entschloß er sich einzugreifen. Er griff fest in die Zügel, um das Tier zum Umkehren zu zwingen, und es gelang ihm auch, es auf den Weg zurückzutreiben. Kaum jedoch dort angelangt, benutzte das Pferd einen Richtpfad zwischen zwei Bäumen und lief geradeswegs wieder in den Wald hinein.

Der Propst war so fest überzeugt, daß die Richtung verkehrt war, wie man überhaupt nur von etwas überzeugt sein kann; da das Pferd aber so sicher zu sein schien, glaubte er, daß es jetzt vielleicht einen besseren Weg aufsuchen wolle, und so ließ er es denn laufen.

Das Pferd kam schnell vorwärts, obwohl es auf keinem Wege lief. Kam es an einen Bergabhang, so kletterte es geschickt wie eine Ziege hinauf, und wenn es dann wieder bergab ging, setzte es alle vier Füße dicht nebeneinander und rutschte die steile Bergwand hinab.

›Fände es doch nur bis zur Kirchzeit den Weg nach Hause,‹ dachte der Propst. ›Ich möchte wohl wissen, was meine Delsboer sagen würden, wenn ich nicht rechtzeitig in die Kirche käme.‹

Er hatte nicht lange Zeit, hierüber nachzudenken, denn plötzlich kam er an einen Ort, der ihm bekannt war. Es war ein kleiner, dunkler Waldsee, wo er im letzten Sommer gefischt hatte. Nun war er sich klar darüber, daß es sich wirklich so verhielt, wie er gefürchtet hatte. Er befand sich tief drinnen in den Wäldern, und das Pferd ging in südöstlicher Richtung weiter. Es schien, als sei es darauf versessen, ihn so weit wie möglich vom Pfarrhause wegzuführen.

Der Propst sprang augenblicklich aus dem Sattel. Er konnte sich nicht so von dem Pferd in die Wildnis tragen lassen. Er mußte nach Hause, und da das Pferd mit aller Macht irregehen wollte, beschloß er, zu Fuß zu gehen und das Pferd zu führen, bis sie auf bekannten Wegen angelangt waren. So wickelte er denn den Zügel um den Arm und trat die Wanderung an. Es war keine leichte Sache, in einem schweren Pelz durch den wilden Wald zu gehen, aber der Propst war ein starker und abgehärteter Mann, der sich vor nichts fürchtete.

Bald aber erschwerte ihm das Pferd von neuem die Wanderung. Es wollte ihm nicht folgen, sondern stemmte die Hufe fest gegen den Boden und sträubte sich.

Schließlich wurde der Propst zornig. Er pflegte sonst nie dies Pferd zu schlagen, darum wollte er auch jetzt nicht zu diesem Mittel greifen. Statt dessen warf er ihm die Zügel über den Hals und ging seiner Wege. ›Dann müssen wir uns hier wohl trennen‹, sagte er, ›da du deinen eigenen Weg gehen willst.‹

Kaum hatte er jedoch ein paar Schritte gemacht, als das Pferd hinter ihm dreinkam, ihn behutsam am Ärmel zupfte und ihn zurückzuhalten suchte. Der Propst wandte sich um und sah dem Pferd in die Augen, um zu erforschen, warum es sich so wunderlich gebärdete.

Später konnte der Propst nie recht begreifen, wie es möglich war, aber das steht fest, trotz der Dunkelheit konnte er das Gesicht des Pferdes ganz deutlich sehen und darin lesen, als sei es das Antlitz eines Menschen gewesen. Er konnte sehen, daß sich das Pferd in der fürchterlichsten Angst und Not befand. Es sah ihn mit einem zugleich flehenden und vorwurfsvollen Blick an. ›Ich habe dir gedient und dir Tag für Tag gehorcht,‹ schien es zu sagen, ›kannst du mir nicht diese eine Nacht folgen?‹

Der Propst wurde gerührt durch die Bitte, die er in den Augen des Tieres las. Es war klar, daß das Pferd in dieser Nacht in irgendeiner Weise seiner Hilfe bedurfte, und da er ein kühner und mutiger Mann war, beschloß er sofort, ihm zu folgen. Ohne zu zögern führte er das Pferd an einen Stein, um wieder aufzusteigen. ›Geh jetzt nur!‹ sagte er, ›ich will dich nicht verlassen, wenn du mich mithaben willst. Niemand soll dem Delsboer Propst nachsagen, daß er sich weigert, jemand zu folgen, der in Not ist.‹

Und fortan ließ er das Pferd laufen, wie es wollte, und dachte an nichts weiter, als sich im Sattel festzuhalten. Es wurde ein gefährlicher und anstrengender Ritt, und fast die ganze Zeit ging es bergauf. Der Wald war rings um ihn her so dicht, daß er kaum zwei Schritte weit sehen konnte, aber es schien ihm, als ritten sie einen sehr hohen Berg hinan. Das Pferd arbeitete sich die halsbrecherischsten Abhänge empor. Hätte der Propst selbst die Zügel geführt, so würde er es sich nicht im Traum haben einfallen lassen, ein Pferd einen solchen Weg bergan zu zwingen. ›Du hast doch wohl nicht die Absicht, dich auf den Blocksaas selbst hinaufzuwagen?‹ sagte der Propst zu dem Pferd und lachte. Er wußte, daß der Blacksaas dort in der Nähe lag, aber es war einer der höchsten Berge in Helsingeland.

Wie sie so weiterritten, merkte der Propst, daß er und das Pferd nicht die einzigen waren, die in dieser Nacht unterwegs waren. Er hörte Steine rollen und Zweige knacken. Es klang, als wenn sich große Tiere einen Weg durch den Wald bahnten. Er wußte, daß es dort in der Gegend von Wölfen wimmelte, und dachte, ob ihn das Pferd wohl zum Kampf gegen die wilden Tiere führen wolle.

Bergan ging es, beständig bergan, und je höher sie kamen, um so lichter wurde der Wald.

Endlich ritten sie an einem fast kahlen Bergrücken entlang, so daß der Propst nach allen Seiten um sich sehen konnte.

Er schaute über unermeßliche Strecken Landes hinaus, wo Felsklippen und Berggrate abwechselten, und die überall mit dunklen Wäldern bedeckt waren. Es war nicht leicht, sich in der Dunkelheit zurechtzufinden, bald aber konnte er nicht darüber in Zweifel sein, wo er sich befand.

›Ja, wahrlich,‹ dachte er, ›wahrlich, dies ist der Blacksaas, den ich hinanreite; es kann nicht anders sein. Nach Westen zu sehe ich den Järsöflack liegen und im Osten schimmert das Meer da draußen bei Agö. Nach Norden zu sehe ich auch etwas, das glitzert. Das ist gewiß der Del. Und hier tief unter mir sehe ich den weißen Schaumgischt des Niamfoß.

Ja, ich bin auf den Blacksaas hinaufgekommen. Das ist wahrlich ein Abenteuer!‹

Als sie auf den Gipfel des Berges hinaufkamen, blieb das Pferd hinter einer buschigen Tanne stehen, als wenn es sich da verbergen wolle. Der Propst beugte sich vor und bog die Zweige auseinander, so daß er eine freie Aussicht hatte.

Der kahle, flache Gipfel des Berges lag vor ihm ausgebreitet, aber es war dort nicht öde und leer, so wie er es sich gedacht hatte. Mitten auf dem offenen Platz lag ein großer Felsblock, und ringsherum war eine große Schar von Tieren versammelt. Es wollte dem Propst scheinen, als seien sie dahingekommen, um eine Art Ting abzuhalten.

Dem großen Stein zunächst sah der Propst die Bären, stark und schwer gebaut, so daß sie pelzbekleideten Felsblöcken glichen. Sie hatten sich hingelegt und blinzelten ungeduldig mit ihren kleinen Augen. Man konnte deutlich sehen, daß sie eben aus dem Winterschlaf aufgestanden waren, um zum Ting zu gehen, und daß es ihnen schwer wurde, sich wach zu halten. Hinter ihnen saßen einige hundert Wölfe in dichten Reihen. Sie waren nicht schläfrig, sondern mitten in dem winterlichen Dunkel viel lebhafter als jemals im Sommer. Sie saßen auf den Hinterfüßen wie Hunde, peitschten den Boden mit dem Schwanz und schnappten nach Luft, während ihnen die Zunge lang zum Rachen heraushing. Hinter den Wölfen schlichen die Luchse herum, steifbeinig und ungeschlacht, gleich großen, mißgestalteten Katzen. Sie schienen den anderen Tieren gegenüber scheu zu sein und fauchten, wenn jemand in ihre Nähe kam. In der Reihe hinter den Luchsen sah man die Vielfraße, die ein Hundegesicht und einen Bärenpelz hatten. Sie fühlten sich nicht wohl auf dem Erdboden, sondern stampften ungeduldig mit ihren breiten Füßen und sehnten sich danach, in die Bäume hinaufzukommen. Und wiederum hinter diesen, auf dem ganzen freien Platz bis an den Waldessaum wimmelte es von Füchsen, Wieseln, Mardern, klein und niedlich von Gestalt, aber mit noch wilderen und blutdürstigeren Augen als die größeren Tiere.

Der Propst konnte alle diese Tiere ganz deutlich sehen, denn der ganze Platz war erhellt. Auf dem hohen Stein in der Mitte stand nämlich der König des Waldes und hielt eine Fichtenfackel in der Hand, die mit einer hohen, roten Flamme brannte. Der König des Waldes war so groß wie der höchste Baum im Walde, er trug einen Mantel aus Tannenzweigen, und seine Haare waren aus Tannenzapfen. Er stand ganz still, das Gesicht dem Walde zugewendet. Er spähte und lauschte.

Obwohl der Propst das Ganze deutlich sah, war er so erstaunt, daß er sich förmlich dagegen sträubte und seinen Augen nicht recht trauen wollte. ›Dies ist ja ganz unmöglich,‹ dachte er. ›Ich muß nicht recht bei Verstand sein. Ich bin zu lange in dem dunklen Walde umhergeritten. Meine Phantasie ist mit mir durchgegangen.‹

Trotzdem beobachtete er alles mit der größten Aufmerksamkeit und wartete in Spannung auf das, was er zu sehen bekommen würde und was sich hier ereignen sollte.

Es vergingen nur ein paar Minuten, da vernahm er vom Walde her das Klingeln einer kleinen Kuhglocke. Und gleich darauf hörte er von neuem das Geräusch von Schritten und von knackenden Zweigen, als bahne sich ein großes Rudel von Tieren den Weg durch die Wildnis.

Es war eine große Schar Haustiere, die dahergewandert kamen. Sie gingen in derselben Ordnung, wie wenn sie sich auf dem Wege zur Alm hinauf befänden. Zuerst kam die Glockenkuh, dann der Stier, darauf kamen die anderen Kühe, und den Beschluß machten das Jungvieh und die Kälber. Dann folgten die Schafe in einer dichten Herde, dann die Ziegen und zu allerletzt ein paar Pferde und Füllen. Der Hirtenhund ging neben der Herde, aber da war weder ein Hirtenjunge noch eine Sennerin bei dem Vieh.

Es schnitt dem Propst ins Herz, als er die zahmen Tiere so geradeswegs auf die Raubtiere zukommen sah. Er war schon im Begriff, sich ihnen in den Weg zu stellen und ihnen zuzurufen, daß sie innehalten sollten, aber er sah ja ein, daß es in keines Menschen Macht stand, die Schritte der Tiere in dieser Nacht zu hemmen, und so verhielt er sich denn ruhig.

Es war ganz klar, daß die zahmen Tiere sich vor dem ängstigten, dem sie entgegengingen. Sie sahen bange und unglücklich aus. Selbst die Glockenkuh kam mit hängendem Kopf und zögerndem Schritt daher. Die Ziegen hatten weder Lust zum Spielen noch zum Bocken. Die Pferde bemühten sich, mutig zu scheinen, aber sie zitterten am ganzen Leibe vor Angst. Am jammervollsten aber sah der Hirtenhund aus. Er hatte den Schwanz eingezogen und kroch beinahe am Boden hin.

Die Glockenkuh führte die Schar bis dicht an den Waldkönig, der auf dem Felsblock oben auf dem Gipfel des Berges stand. Sie ging rings um ihn herum, kehrte dann aber um, ohne daß nur eines der wilden Tiere sie angerührt hätte. Auf die gleiche Weise wanderte die ganze Herde unangetastet an den wilden Tieren vorüber.

Und der Propst sah, daß der Waldgeist, als das Vieh an ihm vorüberzog, bald über dem einen, bald über dem andern seine Fackel senkte und abwärts kehrte.

Jedesmal, wenn sich dies wiederholte, stimmten die Raubtiere ein lautes und freudiges Gebrüll an, namentlich wenn sich die Fackel über einer Kuh oder sonst einem größeren Tier gesenkt hatte; das Tier aber, das die Fackel über sich herabsinken sah, stieß einen lauten, gellenden Schrei aus, als habe man ihm ein Messer in den Leib gepreßt, und die ganze Schar, zu der es gehörte, brach gleichfalls in ein Klagegeschrei aus.

Und plötzlich wurde es dem Propst klar, was er hier sah. Er hatte ja schon davon gehört, daß sich die Tiere in Delsbo in jeder Neujahrsnacht auf dem Blacksaasen versammelten, damit der Waldkönig die Haustiere bezeichnete, die im Laufe des Jahres die Beute der Raubtiere werden sollten. Er empfand das größte Mitleid mit dem armen Vieh, das sich in der Gewalt der wilden Tiere befand, obwohl es ja keinen andern Herrn haben sollte als den Menschen.

Kaum war die erste Herde abgezogen, als abermals Kuhglocken unten vom Walde her ertönten, und der Viehbestand eines anderen Hofes den Berg hinaufgewandert kam. Sie kamen in derselben Ordnung daher wie der erste Zug und gingen auf den Waldkönig zu, der strenge und ernsthaft dastand und ein Tier nach dem andern als dem Tode verfallen bezeichnete. Und dieser Herde folgte ohne Aufenthalt eine Schar nach der andern. Einige davon waren so klein, daß sie nur aus einer einzigen Kuh und einigen Schafen bestanden, andere nur aus ein paar Ziegen. Diese kamen offenbar aus armen, kleinen Waldhütten, aber zum Waldkönig hin mußten sie alle, und er schonte keine von ihnen.

Der Propst dachte an die Bauern in Delsbo, die ihre Haustiere so lieb hatten. ›Wenn sie dies nur wüßten, würden sie es sicher nicht so weiter gehen lassen,‹ dachte er. ›Sie würden eher ihr eigenes Leben wagen, als ihr Vieh zwischen Bären und Wölfen gehen lassen, um sich ihr Todesurteil von dem Waldkönig zu holen.‹

Die letzte Schar, die daherkam, war das Vieh vom Pfarrhofe. Der Propst konnte schon von weitem die Glocke der Glockenkuh erkennen, und das tat das Pferd offenbar ebenfalls. Es zitterte an allen Gliedern und stand in Schweiß gebadet da. ›Ja, jetzt kommt also die Reihe an dich an dem Waldkönig vorüberzugehen und dir dein Urteil zu holen,‹ sagte der

Propst zu dem Pferde. ›Fürchte dich aber nicht! Ich verstehe sehr wohl, warum du mich hierhergeführt hast, und ich werde dich nicht im Stich lassen.‹

Der schöne Viehbestand vom Pfarrhofe kam jetzt in einer langen Reihe aus dem Walde heraus und ging auf den Waldkönig und die wilden Tiere zu. Den Beschluß machte das Pferd, das seinen Herrn den Blacksaasen hinaufgetragen hatte. Der Propst stieg nicht ab, sondern blieb sitzen und ließ sich von dem Tier zu dem Waldkönig tragen.

Er hatte weder eine Flinte noch ein Messer, um sich zu verteidigen. Aber er hatte die Agende herausgeholt und drückte sie fest gegen seine Brust, als er sich nun auf den Kampf mit dem Zauberer einließ.

Zu Anfang schien es, als habe niemand ihn bemerkt. Ganz so wie die andere Herde wanderte auch das Vieh vom Pfarrhof an dem Waldkönig vorüber. Der Waldkönig ließ die Fackel auf keins der Tiere herabsinken. Erst als das kluge Pferd kam, machte er eine Bewegung, als wolle er es für den Tod kennzeichnen.

Im selben Augenblick aber hob der Propst die Agende in die Höhe, und der Fackelschein fiel auf das Kreuz, das den Einband des Buches zierte. Der Waldkönig stieß einen lauten, gellenden Schrei aus, die Fackel entfiel seiner Hand und lag am Erdboden.

Die Flamme erlosch augenblicklich, und in dem plötzlichen Übergang von Licht und Dunkel konnte der Propst nichts sehen. Er hörte auch nichts. Rings um ihn her herrschte dasselbe tiefe Schweigen wie immer im Winter in der Wildnis.

Da teilten sich plötzlich die schweren Wolken, die den Himmel bedeckten, und durch den Riß trat der Vollmond und warf seine Strahlen auf die Erde herab. Und nun sah der Propst, daß er und das Pferd ganz allein auf dem Gipfel des Blacksaasen standen. Nicht ein einziges von den wilden Tieren war mehr da. Die Erde war zerstampft von den vielen Viehherden, die darüber hingewandert waren. Er selbst aber saß da, die Agende in den ausgestreckten Händen, und das Pferd, das ihn trug, zitterte und war in Schweiß gebadet.

Als der Propst wieder den Berg hinabgeritten war und auf seinem Hof anlangte, wußte er nicht recht, ob das, was er gesehen hatte, ein Traum gewesen war oder eine Vision oder Wirklichkeit. Daß es aber eine Mahnung für ihn war, an das arme Vieh zu denken, das sich in der Gewalt der wilden Tiere befand, das verstand er. Und er predigte den Bauern von Delsbo so nachdrücklich, daß zu seiner Zeit alle Wölfe und

Bären hier im Kirchspiel ausgerottet wurden, – wenn sie auch vielleicht zurückgekommen sein können, nachdem er heimgegangen war.«

Hier endete Bernhard seine Geschichte. Alle fanden, daß sie ausgezeichnet war, und es schien eine abgemachte Sache, daß er den Preis bekommen würde. Die meisten fanden, daß Klement zu bedauern sei, weil er den Wettstreit mit Bernhard aufnehmen sollte.

Klement aber begann unverzagt: »Eines Tages ging ich auf Skansen vor Stockholm und hatte Heimweh,« sagte er, und dann erzählte er von dem Männlein, das er freigekauft hatte, damit es nicht in einen Käfig gesperrt und wie ein wildes Tier zur Schau gestellt werden solle. Und er erzählte weiter, wie er kaum diese gute Tat getan hatte, als er auch schon dafür belohnt wurde. Er erzählte und erzählte, und das Staunen der Zuhörer wuchs beständig und als er schließlich bis zu dem königlichen Lakai und dem schönen Buch kam, ließen alle Sennerinnen ihre Arbeit in den Schoß sinken und starrten unbeweglich Klement an, der so merkwürdige Dinge erlebt hatte.

Sobald Klement geendet hatte, sagte die Sennerin, er solle das Halstuch haben. »Bernhard hat etwas erzählt, was ein anderer erlebt hat, Klement aber hat selbst ein wirkliches Abenteuer erlebt, und das scheint mir mehr zu sein,« sagte sie.

Darin stimmten sie alle mit ihr überein. Sie betrachteten Klement nun, wo sie erfahren hatten, daß er mit dem König geredet hatte, mit ganz andern Augen als bisher, und der kleine Spielmann wagte kaum zu zeigen, wie stolz er sich fühlte. Aber mitten in der großen Begeisterung fragte ihn plötzlich jemand, was er denn mit dem kleinen Wicht gemacht habe.

»Ich hatte keine Zeit, ihm den blauen Napf selbst hinzustellen,« sagte Klement. »Aber ich habe den alten Lappen gebeten, es zu tun. Was später aus ihm geworden ist, weiß ich nicht.«

Kaum hatte Klement dies gesagt, als ein kleiner Tannenzapfen geflogen kam und ihn an die Nase traf. Er kam nicht aus den Bäumen, und er kam auch nicht von einem Menschen. Es war nicht zu begreifen, woher er kam.

»Ha, ha, Klement!« lachte die Sennerin. »Es scheint, daß die Männlein hören, was wir sprechen. Ihr hättet es gewiß nicht einem andern überlassen sollen, ihm das Essen in dem blauen Napf hinzustellen!«

XL. In Medelpad

Am nächsten Morgen waren der Adler und Niels Holgersen in aller Frühe unterwegs, und Gorgo hoffte, daß er an diesem Tage weit nach Västerbotten hinaufkommen würde, aber da geschah es, daß er den Jungen zu sich selbst sagen hörte, in so einem Lande wie dies, über das er nun hinfliege, müsse es doch für Menschen unmöglich sein zu leben. Das Land, das unter ihnen lag, war das südliche Medelpad, und sie sahen nicht das Geringste weiter als wilde Wälder. Sobald aber der Adler hörte, was Niels sagte, rief er sofort: »Hier oben ist der Wald der Äcker!«

Der Junge dachte darüber nach, welch großer Unterschied doch sei zwischen den hellen, gelben Roggenfeldern mit ihren weichen Halmen, die in einem Sommer in die Höhe schossen, und dem dunklen Nadelwald mit den harten Stämmen, die Jahre brauchten, ehe sie zur Ernte reiften. »Der muß eine gute Geduld haben, der sein Auskommen von so einem Acker haben will,« sagte er.

Mehr wurde nicht gesprochen, bis sie an einen Ort kamen, wo der Wald gefällt und die Erde nur mit Baumstümpfen und abgehauenen Zweigen bedeckt war. Als sie über dies Stoppelfeld hinflogen, hörte der Adler den Jungen zu sich selbst sagen, das sei doch eine schrecklich häßliche und armselige Gegend.

»Das ist ein Acker, der im letzten Winter gemäht wurde,« rief der Adler sofort.

Der Junge dachte daran, wie die Schnitter in seiner Heimat an den schönen, hellen Sommermorgen mit ihren Mähmaschinen hinausfuhren und in ganz kurzer Zeit ein Feld mähten. Aber der Waldacker wurde im Winter gemäht. Wenn der Schnee den Erdboden hoch bedeckte und die Kälte am strengsten war, zogen die Holzfäller in das Ödland hinaus. Es war ein hartes Stück Arbeit, nur einen einzigen Baum zu fällen, und um eine Waldstrecke, so groß wie diese, zu fällen, mußten sie sicher mehrere Wochen draußen im Walde gelegen haben. »Es müssen tüchtige Leute sein, die einen solchen Acker mähen können,« sagte er.

Nachdem der Adler ein paar Flügelschläge gemacht hatte, gewahrten sie eine kleine Hütte, die am Rande des gefällten Waldes lag. Sie war aus groben, unbehauenen Baumstämmen gebaut, hatte keine Fenster und als Tür nur ein paar lose Bretter. Das Dach war mit Baumrinde und Zweigen gedeckt gewesen, es war jetzt aber eingefallen, so daß der Junge sehen konnte, daß drinnen in der Hütte nur ein paar große Steine waren, die als Herd gedient hatten und einige breite, hölzerne Bänke. Als sie über die Hütte hinflogen, hörte der Adler den Jungen sich darüber wundern, wer wohl in einer so elenden Hütte gewohnt haben könne.

»Die Schnitter, die den Waldacker gemäht haben, sie haben hier gewohnt!« rief der Adler sogleich.

Der Junge dachte daran, wie die Schnitter daheim in seiner Gegend am Abend fröhlich und vergnügt von der Arbeit heimkehrten, und wie ihnen das Beste aufgetischt wurde, was seine Mutter in der Speisekammer hatte. Hier mußten sie sich nach der harten Arbeit in einer Hütte zur Ruhe legen, die schlechter war als ein Schuppen. Und was sie hier zu essen bekamen, das konnte er wirklich nicht begreifen. »Ich fürchte, für diese Schnitter werden keine Erntefeste gefeiert!« sagte er.

Etwas weiter hin sahen sie unter sich einen schrecklich schlechten Weg, der sich durch den Wald schlängelte. Er war schmal und schief, uneben und winklig, steinig und voller Löcher und an mehreren Stellen von Bächen durchschnitten. Als sie über den Waldweg hinflogen, hörte der Adler, daß sich der Junge darüber wunderte, was wohl auf einem solchen Wege gefahren sein könne.

»Auf diesem Wege ist die Ernte in Schober gefahren,« sagte der Adler. Wieder konnte der Junge nicht umhin daran zu denken, welch munteres Leben es daheim war, wenn die großen, mit zwei starken Pferden bespannten Erntewagen, das Korn vom Felde nach Hause brachten. Der Knecht, der fuhr, saß kerzengerade oben auf dem Fuder. Die Pferde warfen sich stolz in die Brust, und die Kinder, die Erlaubnis bekommen hatten, auf das Fuder hinaufzuklettern, saßen da oben und schrien laut, halb fröhlich, halb ängstlich. Hier aber wurden schwere Baumstämme auf steilen Hügeln hinauf und hinunter gefahren. Die Pferde mußten sich wie gerädert fühlen, und der Kutscher war gewiß manch liebes Mal in heller Verzweiflung! »Ich fürchte, man hört nicht viel muntere Reden hier auf diesem Wege,« sagte der Junge.

Der Adler schwang sich mit mächtigen Flügelschlägen durch die Luft, und nach einer Weile langten sie am Ufer eines Elfs an.

Hier sahen sie einen Platz, der ganz mit Spänen, Holzstücken und Baumrinde bedeckt war. Der Adler hörte, wie sich der Junge darüber wunderte, daß es dort unten so unordentlich aussah.

»Hier hat die Ernte in Schobern gestanden,« rief der Adler.

Der Junge dachte daran, wie die Kornschober daheim in seiner Gegend dicht neben den Höfen errichtet wurden, als seien sie ihre beste Zier. Hier fuhr man die Ernte an ein einsames Flußufer hinab und ließ sie da liegen. »Ich möchte wohl wissen, ob wohl jemand hier in die Wildnis hinauskommt und seine Schober zählt und sie mit denen des Nachbars vergleicht!« sagte er.

Nach einer Weile kamen sie an den großen Elf Ljungan, der in einem breiten Tal floß. Und wie mit einem Schlage war alles so verwandelt, daß sie hätten glauben können, sie seien in ein anderes Land gekommen. Der Nadelwald war auf den steilen Hügeln oberhalb des Tals zurückgelassen, und die Abhänge waren mit weißstämmigen Birken und mit Pappeln bewachsen. Das Tal war so breit, daß sich der Elf an vielen Stellen zu einem See erweitern konnte. Die Ufer waren mit großen, stattlichen Höfen dicht bebaut. Als sie über das Tal hinflogen, hörte der Adler, wie sich der Junge darüber wunderte, daß die Wiesen und Felder, die da lagen, für eine so große Bevölkerung ausreichen konnten.

»Hier wohnen die Schnitter, die den Waldacker mähen,« sagte der Adler.

Der Junge dachte an die niedrigen Häuser und die eng zusammengebauten Höfe in Schonen. Hier wohnten die Bauern gleichsam auf Herrenhöfen. »Es scheint, als lohne sich die Arbeit im Walde gut,« sagte er.

Der Adler hatte beabsichtigt, nordwärts, quer über den Ljungan zu fliegen, aber als er eine Strecke über den Elf hinausgekommen war, hörte er, wie sich der Junge sich darüber wunderte, wer sich wohl der gefällten Baumstämme annehme, nachdem sie am Flußufer in Schobern aufgeschichtet waren. Da machte Gorgo kehrt und flog in östlicher Richtung den Fluß hinab. »Der Elf nimmt sich der Baumstämme an und führt sie nach der Mühle hinab,« sagte er.

Der Junge dachte daran, wie sorgfältig man daheim acht gab, daß auch nicht ein Korn verloren ging. Hier kamen nun die großen Mengen gefällter Baumstämme den Elf hinabgeschwommen, ohne daß jemand für sie sorgte. Er war überzeugt, daß nicht mehr als die Hälfte davon anlangte, wohin sie sollten. Einige schwammen mitten in der Stromfurche, und für die ging es ganz leicht, aber da waren andere, die am Ufer entlang trieben, und die stießen gegen Landzungen an, oder sie blieben in dem stehenden Wasser der Buchten liegen. In den Seen sammelten sich die Baumstämme zu solchen Mengen, daß sie die ganze

Oberfläche bedeckten. Es sah so aus, als könnten sie da liegen und sich ausruhen, so lange sie wollten. An den Brücken stauten sie sich zuweilen, und in den Wasserfällen konnte es wohl geschehen, daß sie mitten durch brachen, in den Gießbächen gerieten sie zwischen den Steinen in die Klemme und türmten sich zu hohen, wackelnden Stapeln auf. »Ich möchte wohl wissen, wie lange diese Ernte gebraucht, um bis zur Mühle zu kommen,« sagte der Junge.

Der Adler flog langsam am Ljungan entlang. An vielen Stellen ruhte er auf den Flügeln, damit der Junge Zeit hatte zu sehen, wie die Erntearbeit hierzulande vor sich ging.

Als sie eine Strecke geflogen waren, kamen sie an einen Platz, wo die Flößer arbeiteten. Und der Adler hörte den Jungen zu sich selbst sagen, was das wohl für Leute seien, die dort am Ufer entlang liefen.

»Die sorgen für das Getreide, das unterwegs aufgehalten ist,« rief der Adler.

Der Junge dachte daran, wie ruhig und still die Leute ihr Korn daheim zur Mühle fuhren. Hier mußten Männer mit langen Bootshaken in den Händen am Ufer entlang laufen, und nur mit Not und Mühe brachten sie die Baumstämme wieder flott. Sie wateten ins Wasser hinaus und sie wurden von Kopf zu Fuß naß. Sie sprangen von Stein zu Stein weit in die Gießbäche hinein, sie spazierten auf den schaukelnden Baumstämmen so ruhig umher, als bewegten sie sich auf ebener Erde. Es waren kühne und umsichtige Männer. »Wenn ich dies sehe, muß ich an die Schmiede im Bergwerkdistrikt denken, die mit dem Feuer umgingen, als könne es nicht den geringsten Schaden anrichten,« sagte der Junge. »Diese Flößer spielen mit dem Wasser, als seien sie Herren darüber. Es sieht so aus, als hätten sie es unterjocht, so daß es ihnen nichts mehr anzuhaben wagt.«

Nach einer Weile hatten sie sich der Mündung des Elf genähert, und vor ihnen lag der Bottnische Meerbusen. Gorgo flog jedoch nicht geradeaus, sondern in nördlicher Richtung am Ufer entlang. Er war noch nicht weit geflogen, als sie unter sich ein Sägewerk sahen, das so groß war wie eine kleine Stadt. Während der Adler darüber hin und her schwebte, hörte er den Jungen zu sich selbst sagen, daß das ein großer und prächtiger Ort sei.

»Hier siehst du die große Sägemühle, die Svartrik heißt,« sagte der Adler.

Niels Holgersen dachte an die Windmühlen in seiner Heimat, die so friedlich mitten im Grünen lagen und ihre Flügel ganz langsam bewegten. Diese Mühle, wo die Walderute gemahlen werden sollte, lag dicht am Ufer. Auf der See davor schwammen eine Menge Baumstämme, die einer nach dem andern mit eisernen Ketten eine schräge Brücke hinauf und in ein Haus geschleppt wurden, das einer großen Scheune glich. Was da drinnen mit ihnen geschah, konnte Niels nicht sehen, aber er hörte ein lautes Klappern und Bullern, und auf der andern Seite des Hauses kamen kleine, mit weißen Brettern hochbeladene Wagen herausgerollt. Die Wagen liefen auf blanken Schienen nach dem Zimmerplatz, wo die Bretter zu Stapeln aufgeschichtet wurden, die Straßen bildeten, so wie die Häuser in einer Stadt. An einer Stelle wurden neue Stapel gebaut, an einer andern Stelle wurden die alten heruntergerissen, und die Bretter an Bord von ein paar großen Schiffen geschafft, die da lagen und auf Ladung warteten. Es wimmelte hier von Arbeitern, und hinter dem Zimmerplatz lagen die Häuser, in denen sie wohnten.

»Hier wird ja so gearbeitet, daß der ganze Wald in Medelpad schließlich zersägt werden wird!« sagte der Junge.

Der Adler bewegte die Flügel ein wenig, und bald sahen sie ein neues, großes Sägewerk, das mit Sägemühle, Zimmerplatz, Hafenmole und Arbeiterwohnungen dem ersten ganz ähnlich war.

»Hier siehst du noch eine von den großen Mühlen. Sie heißt Kubikenburg,« sagte der Adler.

»Ich sehe, der Wald gibt mehr Ertrag, als ich mir vorstellen konnte,« sagte Niels. »Aber mehr Holzmühlen gibt es doch wohl nicht?«

Der Adler bewegte leise die Flügel und flog an ein paar Sägewerken vorüber, bis sie an eine große Stadt gelangten. Als der Adler hörte, wie sich der Junge darüber wunderte, was für eine Stadt das wohl sein könne, rief er ihm zu: »Das ist Sundsvall. Das ist der Hauptplatz des Bezirks.«

Der Junge dachte an die Städte unten in Schonen, die so alt und ernsthaft und grau aussahen. Hier oben in dem kalten Norden lag Sundsvall ganz drinnen in einer schönen Bucht und sah so lustig und strahlend aus. Es lag etwas weit Vergnüglicheres über dieser Stadt, wenn man sie von oben sah, denn in der Mitte ragte eine Gruppe hoher, steinerner Häuser auf, so prächtig, daß sie kaum in Stockholm ihresgleichen haben konnten. Rings um die steinernen Häuser herum war ein leerer Raum, und dann kam ein Kranz von hölzernen Häusern, die so traulich und freundlich inmitten kleiner Gärten lagen, jedoch ganz genau zu wissen schienen, daß sie viel geringer waren als die steinernen Gebäude, so daß sie sich nicht in ihre Nähe hinwagen durften. »Dies ist wohl eine reiche und mächtige Stadt,« sagte Niels. »Es ist doch nicht möglich, daß der magere Waldboden dies alles hervorgebracht haben kann?«

Der Adler bewegte die Flügel und flog nach der Insel Alnö hinüber, die Sundsvall gerade gegenüber lag. Hier geriet der Junge ganz außer sich vor Verwunderung über alle die Sägewerke, die dort am Ufer entlang lagen, eins neben dem andern, und drüben auf dem Festlande lag auch Sägewerk neben Sägewerk; Zimmerplatz neben Zimmerplatz. Er zählte mindestens vierzig, aber er glaubte, daß es noch mehr seien. »Es ist doch sonderbar, daß es hier oben so aussehen kann,« sagte er. »So ein Leben und so eine Bewegung habe ich sonst nirgends auf der ganzen Reise gesehen. Unser Land ist doch ein wunderbares Land! Wohin ich auch komme, überall ist da etwas, wovon die Menschen leben können!«

XLI. Ein Morgen in Ångermanland.

Das Brot.

Sonnabend, 18. Juni.

Als der Adler am nächsten Morgen eine Strecke nach Ångermanland hineingekommen war, sagte er, heute sei er hungrig und müsse sich etwas zu fressen verschaffen. Er setzte Niels Holgersen auf einer mächtigen Tanne ab, die auf einem hohen Bergrücken stand, und flog davon.

Der Junge suchte sich einen guten Sitzplatz in einem gegabelten Ast und saß da und sah über Ångermanland hinab. Es war ein herrlicher Morgen, die Sonne vergoldete die Baumwipfel, ein leiser Wind bewegte die Nadeln wie im Spiel und der lieblichste Duft stieg aus dem Walde auf. Eine prachtvolle Landschaft lag vor Niels ausgebreitet, und ihm selber war froh und sorglos zumute. Niemand, meinte er, könne es besser haben, als er.

Er hatte eine freie Aussicht nach allen Seiten. Das Land westlich von ihm war voller Felsgipfel und Bergkuppen, die höher und wilder wurden, je ferner sie lagen. Östlich von ihm waren auch Bergabhänge, aber sie senkten sich und wurden niedriger, bis das Land unten am Meer ganz flach wurde. Überall blinkten Bäche und Flüsse, die, so lange sie zwischen den Bergen flossen, einen gefährlichen Lauf hatten mit Gießbächen und Wasserfällen, sich aber breit und blank ausdehnten, sobald sie sich dem Meeresufer näherten. Auch den Bottnischen Meerbusen konnte er sehen. In der Nähe des Landes war er mit Inseln übersät und von Landzungen ausgezackt, weiter draußen aber lag er klar und dunkelblau da wie ein Sommerhimmel.

»Dies Land sieht aus wie ein Bach, wenn es eben geregnet hat und eine Menge kleiner Rinnsale zu ihm hinabgelaufen kommen und Furchen in den Boden graben, die sich winden und krümmen und schließlich zusammenlaufen,« dachte der Junge. »Und schön ist es hier. Ich entsinne mich noch, daß der alte Lappe auf Skansen immer sagte, der liebe Gott habe Schweden, als er es auf der Erde ausbreitete, auf den Kopf gestellt. Die anderen lachten über ihn, aber er behauptete, wenn sie nur gesehen hätten, wie schön es da oben im Norden sei, so würden sie schon begreifen, daß es nicht von Anfang an beabsichtigt gewesen sei, daß ein solches Land so abseits liegen sollte. Und ich glaube wirklich, darin hat er recht gehabt.« Als der Junge sich an der Landschaft satt gesehen hatte, nahm er den Ränzel vom Rücken, holte ein Stück feines Weißbrot heraus und begann zu essen. »Ich glaube, ich habe niemals so gutes Brot gekostet,« sagte er. »Und wieviel ich noch davon habe! Das kann noch für mehrere Tage ausreichen. Gestern um diese Zeit ahnte ich nicht, daß ich in den Besitz eines solchen Reichtums kommen würde.«

Während er aß und kaute, dachte er daran, auf welche Weise er das Brot bekommen hatte. »Es schmeckt mir gewiß so gut, weil ich es auf eine so schöne Weise bekommen habe.«

Schon am vorhergehenden Abend hatte der Königsadler Medelpad verlassen, und kaum war er über die Grenze von Ångermanland gekommen, als Niels Holgersen ein Tal und einen Fluß erblickte, die an Größe alles übertrafen, was er bisher an Ähnlichem gesehen hatte.

Das Tal lag so breit zwischen den Bergrücken, daß der Junge auf den Gedanken kam, ob es nicht in früheren Zeiten von einem anderen Fluß gegraben sei, der viel größer und breiter war als der Elf, der es jetzt durchströmte. Das Tal mußte, als es fertig war, auf irgendeine Weise mit Sand und Erde angefüllt sein, nicht ganz, aber doch ein gutes Stück an den Bergen hinauf. Und durch den losen Sand hindurch hatte sich dann ein anderer Elf, der jetzt durch das Tal lief, und der ebenfalls sehr breit und wasserreich war, eine tiefe Furche gegraben. Er hatte seine Ufer auf das prächtigste zugeschnitten, bald waren es weiche Abhänge, die so köstlich blühten, daß es ganz bis zu dem Jungen hinauf rot und blau und gelb schimmerte, bald stiegen die Teile des Ufers, die so hart waren, daß das Wasser sie nicht wegwaschen konnte, gleich steilen Mauern und Türmen vom Flußufer auf.

Dort oben in der Höhe, wo Niels Holgersen flog, glaubte er auf einmal in drei verschiedene Arten Welten hinabsehen zu können. Ganz unten in der Tiefe des Tales, wo der Elf floß, war die eine Welt. Da wurden Baumstämme geflößt, da gingen Dampfschiffe von einer Brücke zur anderen, da klapperten Sägewerke, da wurden große Frachtschiffe beladen, da wurde der Lachs gefangen, da wurde gerudert und gesegelt, da flogen eine Menge Schwalben von ihren Nestern am Flußufer hin und her.

Aber ein Stockwerk höher, sozusagen zur ebenen Erde, das sich ganz bis an den Rand der Berge erstreckte, da war eine andere Welt. Da lagen Höfe, Dörfer, Kirchen, da bestellten die Bauern ihre Äcker, da graste das Vieh, da grünten die Wiesen, da waren die Frauen in ihren kleinen Gemüsegärten beschäftigt, da schlängelten sich die Landstraßen, da brausten Eisenbahnzüge dahin.

Und dann, weit entfernt von diesem allen, hoch oben auf den waldbedeckten Bergkuppen, erblickte er eine dritte Welt. Da lag das Auerhahnweibchen auf seinen Eiern, da stand der Elch versteckt in dem tiefen Waldesdickicht, da lauerte der Luchs, da knabberte das Eichhörnchen, da dufteten die Tannen, da standen die Blaubeeren in Blüte, da schlug die Drossel ihre Triller.

Als Niels Holgersen das reiche Flußtal erblickte, fing er an, über Hunger zu klagen. Zwei Tage lang hatte er nichts zu essen bekommen, sagte er, und nun sei er ganz ausgehungert.

Gorgo konnte sich nicht darein finden, daß gesagt werden könne, der Junge habe es schlechter gehabt, als er mit ihm gereist sei, als bei den Wildgänsen, und er flog sogleich langsamer. »Warum hast du nicht früher davon gesagt?« fragte er. »Du sollst soviel zu essen haben, wie du nur willst. Du brauchst nicht zu hungern, wenn du einen Adler zum Reisekameraden hast.«

Gleich darauf gewahrte der Adler einen Bauern, der ganz unten am Ufer des Flusses ein Feld besäte. Das Korn war in einem Korb, der dem Mann vorn auf der Brust herabhing, und jedesmal, wenn der Korb leer war, holte er neues Saatkorn aus einem Sack, der am Ackerrain stand. Der

Adler konnte sich wohl ausrechnen, daß der Sack voll von dem Besten war, was sich der Junge nur wünschen konnte, und er ließ sich hinabsinken.

Ehe aber der Adler noch den Boden erreicht hatte, entstand ein entsetzlicher Lärm rings um die beiden. Da kamen Krähen und Spatzen und Schwalben dahergeschossen und schrien ganz ohrenbetäubend, in dem Glauben, daß sich der Adler auf einen Vogel stürzen wolle. »Weg, weg, du Räuber! Weg, weg, du Vogelmörder!« riefen sie. Sie machten einen solchen Spektakel, daß der Bauer aufmerksam darauf wurde und herbeigelaufen kam. Da sah sich der Adler genötigt zu fliehen. Der Junge hatte nicht ein einziges Körnchen bekommen.

Es war ganz merkwürdig mit diesen kleinen Vögeln. Nicht genug, daß sie den Adler zwangen, zu fliehen, sie verfolgten ihn auch noch eine ganze Strecke das Tal entlang, und überall hörten die Leute ihr Geschrei, die Frauen kamen auf den Hofplatz hinaus und klatschten in die Hände, so daß es knallte wie Gewehrsalven, und die Männer kamen, die Büchse in der Hand, herbeigestürzt.

Und so erging es jedesmal, wenn sich der Adler auf die Erde herabsinken ließ. Der Junge hatte die Hoffnung, daß ihm der Adler Nahrung verschaffen könne, schon ganz aufgegeben. Er hatte nie gewußt, daß Gorgo so verhaßt und verabscheut war. Er war nahe daran, Mitleid mit ihm zu haben.

Nach einer Weile flogen sie über einen großen Bauerhof, wo die Hausfrau offenbar einen großen Backtag gehabt hatte. Sie hatte eine Platte mit frischgebackenem Weißbrot zum Abkühlen auf den Hofplatz gestellt, und stand selbst daneben und gab acht, daß weder der Hund noch die Katze kamen und die Brote stahlen.

Der Adler ließ sich auf den Hof hinab, aber er wagte nicht, sich gerade vor den Augen der Bäuerin niederzulassen. Er flog ratlos hin und her. Ein paarmal war er ganz dicht über dem Schornstein, flog aber wieder in die Höhe.

Aber dann gewahrte die Bäuerin den Adler. Sie erhob den Kopf und verfolgte ihn mit den Augen. »Wie sonderbar sich doch der Vogel gebärdet!« sagte sie. »Ich glaube, er will eins von meinen Weißbroten haben!«

Es war eine schöne Frau, groß und blond mit einem offenen und fröhlichen Gesicht. Sie lachte so herzlich, nahm ein Brot von der Platte und hielt es hoch über ihrem Kopf. »Wenn du das haben willst, so nimm es!« sagte sie.

Der Adler konnte nicht verstehen, was sie sagte, aber er war sich doch gleich klar darüber, daß sie ihm das Brot schenken wollte. In sausender Fahrt schoß er herunter, schnappte nach dem Brot und hob sich wieder in die Luft empor.

Als der Junge den Adler das Brot ergreifen sah, traten ihm Tränen in die Augen. Teils weinte er aus Freude, weil er nun mehrere Tage nicht zu hungern brauchte, teils war er gerührt darüber, daß die Bäuerin dem wilden Raubvogel ihr Brot gegeben hatte.

Und während er nun hier in dem Tannenwipfel saß, konnte er, sobald er nur wollte, die große, blonde Frau vor sich sehen, wie sie da auf dem Hofplatz stand und das Brot in die Höhe hob.

Sie wußte sicher, daß der große Vogel ein Königsadler war, ein Räuber, den die Leute sonst mit scharfen Schüssen begrüßten, und sie sah wohl auch den wunderlichen Wechselbalg, den er auf dem Rücken trug, aber sie hatte sich nicht daran gekehrt, wer sie waren; sobald sie begriff, daß sie hungrig waren, teilte sie ihr gutes Brot mit ihnen.

»Wenn ich jemals wieder ein Mensch werde,« dachte der Junge, »so will ich hinaufreisen und sehen, daß ich die schöne Bäuerin an dem großen Elf finde, und dann will ich ihr danken, weil sie so gut gegen uns gewesen ist.«

Waldbrand

Während Niels Holgersen noch mit seinem Frühstück beschäftigt war, spürte er einen schwachen Brandgeruch, der von Norden kam. Er wendete sich gleich nach dieser Seite um und sah eine ganz dünne Rauchsäule wie einen weißen Nebel von einer bewaldeten Bergkuppe aufsteigen, nicht von der nächsten, sondern von der zweiten aus der dahinterliegenden Bergreihe. Es sah merkwürdig aus, dieser Rauch mitten in dem wilden Wald, aber es war ja möglich, daß dort eine Sennhütte lag, und daß die Sennerinnen ihren Morgenkaffee kochten.

Sonderbar war es doch, wie der Rauch zunahm und sich ausbreitete. Von einer Sennhütte konnte er nicht kommen, aber es waren vielleicht Köhler im Walde. Auf Skansen hatte er eine Köhlerhütte und einen Kohlenmeiler gesehen, und er hatte gehört, daß es etliche davon hier in diesen Wäldern gäbe. Aber sonst hatten die Köhler doch nur im Herbst und im Winter brennende Meiler.

Der Rauch nahm mit jedem Augenblick zu. Jetzt wogte er über die ganze Bergkuppe hin. Es war ja gar nicht möglich, daß ein Kohlenmeiler so viel Rauch geben konnte! Irgendwo mußte eine Feuersbrunst sein, denn eine Menge Vögel flogen auf und zogen nach der nächsten Bergkuppe hinüber. Habichte und Auerhähne und andere Vögel, die so klein waren, daß man sie unmöglich erkennen konnte, flohen vor dem Brande.

Die kleine, weiße Rauchsäule war zu einer schweren, weißen Wolke herangewachsen, die sich über den Rand der Bergkuppe wälzte und in das Tal hinabsenkte. Und aus der Wolke heraus flogen Funken und Rußflocken, und hin und wieder konnte man drinnen in dem Rauch auch eine rote Flamme sehen. Es mußte eine gewaltige Feuersbrunst da drüben ausgebrochen sein. Aber was in aller Welt brannte denn dort? Es konnte doch unmöglich ein großer Bauerhof im Walde versteckt liegen? Aber es mußte auch mehr als ein Hof sein, was diese große Feuersbrunst verursachte. Jetzt kam nicht nur Rauch von der Bergkuppe herunter, sondern auch aus dem Tal, das er nicht sehen konnte, weil es von dem zunächstliegenden Bergrücken verdeckt wurde, stiegen große Rauchmassen auf. Es war nicht anders möglich, der Wald selbst mußte brennen.

Es ward dem Jungen schwer, den Gedanken in seinen Kopf hineinzubringen, daß der frische, grüne Wald brennen könne, aber es hing doch wohl so zusammen. Wenn der Wald aber wirklich brannte, da konnte das Feuer vielleicht auch zu ihm herüberkommen? Sehr wahrscheinlich war das ja nicht, aber es würde doch angenehm sein, wenn der Adler bald zurückkäme. Es war sicher am besten, hier wegzukommen. Schon allein der Brandgeruch, den er mit jedem Atemzuge einsaugen mußte, war unleidlich.

Welch ein entsetzliches Knattern und Krachen jetzt auf einmal! Es kam von der ihm zunächst liegenden Bergkuppe. Ganz oben stand dort eine Tanne, ebenso hoch wie die, auf der er saß. Sie war so hoch, daß sie über alle die andern Bäume herausragte. Eben noch stand sie errötend in der Morgensonne da, jetzt glühten auf einmal alle ihre Nadeln; das Feuer hatte sie erreicht. So schön war sie wohl nie zuvor gewesen, aber es war auch das letztemal, daß sie ihre Schönheit zeigen konnte. Sie war der erste Baum auf dieser Bergkuppe, der Feuer fing, und es war nicht zu begreifen, wie das Feuer bis zu ihr hatte gelangen können. War es auf roten Schwingen dahergeflogen, oder war es zischend am Boden entlang gekrochen wie eine Schlange? Das war nicht gut zu sagen, aber nun war es einmal da. Die ganze Tanne flammte auf wie ein Haufen Reisig. So! Nun schlug weißer Rauch an verschiedenen Stellen der Kuppe durch. Der Waldbrand war Vogel und Schlange zugleich. Er konnte sich ein weites Stück durch die Luft schleudern, wie auch am Erdboden entlangkriechen. Er zündete den ganzen Wald auf einmal an.

Die Vögel flohen in wilder Hast. Gleich großen Rußflocken kamen sie aus dem Rauch herausgeflattert, flogen quer über das Tal und kamen nach dem Berg hinüber, auf dem der Junge saß. Ein Uhu setzte sich neben ihn in die Tanne, und gerade über ihm ließ sich ein Habicht auf einem Zweig nieder. Zu andern Zeiten wären es gefährliche Nachbarn gewesen, aber jetzt sahen sie ihn nicht einmal. Sie starrten nur in das Feuer und konnten wohl nicht begreifen, was da im Walde vor sich ging. Ein Marder kam auch in den Wipfel der Tanne hinaufgesprungen, stellte sich auf die äußerste Spitze eines Zweiges und sah mit seinen blanken Augen nach der brennenden Waldkuppe hinüber. Dicht neben dem Marder saß ein Eichhörnchen, aber die beiden schienen einander gar nicht zu sehen.

Jetzt wälzte sich das Feuer den Abhang hinunter ins Tal. Es fauchte und dröhnte wie ein brausender Sturm. Durch den Rauch hindurch konnte man die Flammen von Baum zu Baum fliegen sehen. Ehe eine Tanne in Brand geriet, wurde sie erst in einen dünnen Rauchschleier gehüllt, dann wurden alle Nadeln auf einmal rot, und dann begann es zu knistern und zu brennen.

Unten im Tal unter ihm floß ein kleiner Bach, dessen Ufer mit Erlen und kleinen Birken bekränzt war. Es sah aus, als wolle das Feuer hier haltmachen. Die Laubbäume gerieten nicht so schnell in Brand wie die Nadelbäume. Der Waldbrand blieb hier stehen wie vor einer Mauer, und konnte nicht weiterkommen. Er glühte und sprühte Funken und versuchte, nach dem Fichtenwald auf der andern Seite des Baches hinüber zu springen; aber es gelang ihm nicht.

Für eine Weile war das Feuer zum Stillstand gebracht, dann aber sprang eine lange Flamme nach der großen, abgestorbenen Fichte hinüber, die am Abhang wuchs, und sofort stand sie in hellen Flammen. Und damit war das Feuer über den Bach hinübergelangt. Die Hitze war so stark, daß jeder Baum am ganzen Abhang bereit war, Feuer zu fangen. Und mit Brausen und Bullern wie der heftigste Sturm und der wildeste Wasserfall flog der Waldbrand zur Bergkuppe hinauf.

Da flogen der Habicht und der Uhu davon, und der Marder schoß von dem Baum herunter. In wenigen Augenblicken würde das Feuer den Wipfel der Fichte erreicht haben. Der Junge mußte wohl auch sehen, daß er herunterkam. Aber es war nicht leicht, an dem hohen, geraden Stamm der Tanne herabzuklettern. Er hielt sich daran fest, so gut er konnte; ließ sich lange Strecken wie von einem Zweig zum andern gleiten und stürzte schließlich heftig zu Boden. Aber er hatte keine Zeit, um nachzufühlen, ob er sich verletzt hatte. Es galt jetzt zu entkommen. Gleich einem zischenden Blitz schlug das Feuer in die Fichte. Der Boden unter ihm war heiß und fing an zu rauchen. An der einen Seite neben ihm rannte ein Luchs, an der andern ringelte sich eine lange Kreuzotter und dicht neben der Kreuzotter gluckte eine Birkhenne, die mit ihren kleinen flaumigen Jungen davon eilte.

Als die Flüchtlinge den Abhang hinunter und in das Tal gekommen waren, stießen sie auf Leute, die ausgezogen waren, um das Feuer zu löschen. Sie waren wohl schon lange dagewesen, aber der Junge hatte so beharrlich nach der andern Richtung gestarrt, aus der das Feuer kam, daß er sie nicht bemerkt hatte. Auch hier unten in diesem Tal floß ein Bach, den ein breiter Rand von Laubbäumen umsäumte, und in diesem Schutz arbeiteten die Leute. Sie fällten die Nadelbäume, die den Erlen zunächst standen, schöpften Wasser aus dem Bach und gossen es auf den Erdboden und rissen Heidekraut und Maiblumen aus, damit sich das Feuer nicht durch das Gestrüpp seinen Weg bahnen sollte.

Auch sie dachten an nichts anderes als an den Waldbrand, der sich ihnen entgegenwälzte. Die fliehenden Tiere liefen ihnen zwischen den Beinen durch, aber sie sahen sie nicht. Sie schlugen nicht nach der Kreuzotter, sie suchten nicht die Birkhenne zu fangen, die dort am Bach mit den kleinen piepsenden Jungen hin und her lief, sie beachteten nicht einmal Däumling. Sie standen mit großen Fichtenzweigen da, die sie in den Bach getaucht hatten, und die sie offenbar als Waffen gegen das Feuer gebrauchen wollten. Es waren ihrer nicht gar viele. Es war ein merkwürdiger Anblick, wie sie so dastanden, um zu kämpfen, während alles andere flüchtete.

Als das Feuer mit Bullern und Dröhnen und unleidlicher Hitze und erstickendem Rauch den Abhang hinunterkam, bereit, über den Bach mit seiner Mauer aus Laubbäumen zu springen und nach dem andern Ufer hinüber zu gelangen, ohne auch nur haltzumachen, da wichen im ersten Augenblick die Menschen zurück, als könnten sie ihm keinen Einhalt gebieten. Aber sie flohen nicht weit; sie kehrten wieder um.

Mit gewaltiger Kraft stürmte der Waldbrand drauf los. Die Funken stürzten wie ein Feuerregen auf die Laubbäume nieder, die langen Flammen schlugen zischend aus dem Rauch heraus, als wenn der Wald sie auf der andern Seite einsöge.

Aber die Laubbäume hemmten das Feuer, und hinter ihnen arbeiteten die Menschen. Wo die Erde zu rauchen begann, holten sie Wasser in ihren Eimern und kühlten sie ab. Wenn ein Baum in Rauch eingehüllt wurde, griffen sie ihn mit eiligen Axtschlägen an, hieben ihn um und löschten die Flammen. Wo das Feuer im Heidekraut schwälte, schlugen sie es mit den nassen Fichtenzweigen nieder und erstickten es.

Der Rauch wurde so dicht, daß er alles einhüllte. Es war nicht zu sehen, wie es mit dem Kampf vorwärts ging, aber man konnte ja freilich wissen, daß er hart werden würde, und mehrmals war es nahe daran, daß der Brand sich weiter ausbreiten würde.

Aber endlich, nach einer Weile, nahm das heftige Knistern des Feuers ab, und der Rauch verteilte sich ein wenig. Da hatten die Laubbäume alle ihre Blätter verloren, die Erde unter ihnen war versengt, die Menschen waren schwarz von Rauch und in Feuer gebadet, aber dem Waldbrand war Einhalt getan. Er flammte nicht mehr. Weiß und weich glitt der Rauch am Boden hin, und eine Menge schwarzer Stangen tauchten daraus auf. Das war alles, was von dem prächtigen Wald übriggeblieben war.

Der Junge war auf einen Stein hinaufgeklettert, und dort hatte er gestanden und zugesehen, wie das Feuer gelöscht wurde. Aber jetzt, wo der Wald gerettet war, begann für ihn die Gefahr; der Uhu und der Habicht richteten auf einmal ihre Blicke auf ihn.

Da hörte er eine wohlbekannte Stimme seinen Namen rufen. Der Königsadler Gorgo kam durch den Wald heruntergesaust. Und bald schaukelte der Junge hoch oben in den Wolken, von jeder Gefahr erlöst.

XLII. Västerbotten und Lappland

Die fünf Kundschafter.

Als Niels Holgersen noch auf Skansen war, saß er einmal unter der Treppe, die nach dem Bollnäshause hinaufführte und hörte Klement und den alten Lappen von Norrland reden. Sie waren sich darin einig, daß es der beste Teil von ganz Schweden sei, aber Klement Larsson gab den Landschaften südlich vom Angermanelf den Vorzug, während der Lappe behauptete, daß die nördlich von diesem Fluß gelegenen die wichtigsten seien.

Wie sie so dasaßen und darüber sprachen, kam es heraus, daß Klement nie nördlicher als in Hernosand gewesen war, und da konnte sich denn der Lappe nicht anhalten, darüber zu lachen, daß er sich mit so großer Bestimmtheit über Gegenden äußerte, die er niemals gesehen hatte. »Ich muß dir wohl eine Geschichte erzählen, Klement, damit du Bescheid weißt, wie es in Västerbotten und in Lappland, in dem großen Sameland, aussieht, wo du noch niemals gewesen bist,« – »Das soll niemand von mir sagen, daß ich eine Geschichte nicht hätte hören wollen, ebenso wenig, wie man von dir sagen kann, daß du eine Tasse Kaffee ausgeschlagen hättest,« entgegnete Klement, und der alte Lappe begann, seine Geschichte zu erzählen.

»Einstmals, Klement, geschah es, daß die Vögel, die unten in Schweden, südlich von dem Sameland wohnten, fanden, daß es ihnen an Wohnraum gebrach, und da dachten sie daran, weiter nordwärts zu ziehen.

Sie versammelten sich und hielten Rat. Die Jungen und Eifrigen wollten sogleich umziehen, aber die Alten und Klugen setzten es durch, daß zuerst Kundschafter ausgesandt würden, um das fremde Land zu erforschen. ›Jedes von den fünf großen Vogelvölkern soll einen Kundschafter aussenden,‹ sagten die Klugen, ›damit wir erfahren können, ob wir da oben im Norden Brutplätze, Nahrung und Schlupfwinkel finden können‹.«

Die fünf großen Vogelvölker wählten sogleich fünf gute und kluge Vögel. Die Waldvögel wählten einen Auerhahn, die Vögel aus der Ebene eine Lerche, die Seevögel eine Fischmöwe, die Süßwasservögel eine Lumme und die Bergvögel einen Schneesperling.

Als diese fünf die Reise antreten wollten, sagte der Auerhahn, der der Größte und Gebieterischste war: ›Es sind große Länderstrecken, die vor uns liegen. Wenn wir zusammen reisen, so währt es lange, bis wir über all das Land hingeflogen sind, das wir erforschen sollen. Fliegt dahingegen ein jeder von uns für sich allein und untersucht seinen Teil des Landes, so kann unser Auftrag im Laufe von ein paar Tagen ausgeführt sein.‹

Die vier andern Kundschafter fanden, daß dies ein guter Vorschlag war und richteten sich danach. Sie einigten sich dahin, daß der Auerhahn den mittleren Teil des Landes untersuchen sollte, die Lerche sollte ein Stück weiter östlich fliegen, und die Fischmöwe noch weiter gen Osten, da, wo das Land nach dem Meere zu abfällt. Die Lumme übernahm es, eine Strecke östlicher zu fliegen als der Auerhahn, und der Schneesperling sollte am allerweitesten nach Westen zu, an der Landesgrenze entlang fliegen.

In dieser Ordnung flogen die fünf Vögel gen Norden, soweit das Land reichte. Dann kehrten sie zurück und erzählten den versammelten Vögeln, was sie gesehen hatten.

Die Fischmöwe, die am Strande entlang geflogen war, ergriff zuerst das Wort.

›Es ist ein gutes Land da oben im Norden,‹ sagte sie, ›Es besteht aus nichts weiter als einer einzigen Reihe von Schären. Es wimmelt dort von fischreichen Sunden und bevölkerten Landzungen und Inseln. Die meisten von den Inseln sind unbewohnt, und die Seevögel werden dort Brutplätze in reicher Menge finden. Die Menschen treiben ein wenig Fischfang und Seefahrt in den Sunden, doch nicht so viel, daß es uns Vögel stören könnte. Wenn das Volk der Seevögel meinem Rate folgen will, sollte es unverzüglich gen Norden ziehen.‹

Nach der Fischmöwe sprach die Lerche, die das Land innerhalb der Küste untersucht hatte.

›Ich kann nicht begreifen, was die Möwe mit ihren Inseln und Landzungen meint,‹ sagte sie. ›Ich habe nichts weiter gesehen als große Felder und liebliche, blühende Wiesen. Nie im Leben habe ich ein Land gesehen, daß von so vielen, großen Flüssen durchschnitten ist. Es war eine Wonne, sie in all ihrer breiten Gewalt durch die flachen Ebenen so ruhig und gleichmäßig strömen zu sehen. An den Ufern der Flüsse liegen die Höfe so dicht wie die Häuser in einer Straße, und an den Mündungen der Elfe sind Städte, sonst aber ist das Land sehr spärlich bebaut. Wenn die Vögel der Ebene meinem Rat folgen wollen, so ziehen sie sogleich gen Norden.‹

Nach der Lerche kam der Auerhahn, der über den mittleren Teil des Landes hinweggeflogen war.

›Ich begreife weder, was die Lerche mit ihren Wiesen, noch was die Fischmöve mit ihren Schären meint,‹ sagte er. ›Ich habe auf der ganzen Reise nichts anderes gesehen als Fichtenwälder und Tannenwälder. Eine Menge großer Moore, und viele brausende und reißende Elfe gibt es dort auch, aber alles, was nicht Moor oder Elf ist, das ist dunkler Tannenwald. Weder Felder noch menschliche Wohnungen habe ich gesehen. Wenn die Waldvögel meinem Rat folgen wollen, so ziehen sie sogleich nordwärts.‹

Nach dem Auerhahn berichtete die Lumme, die den Landstrich jenseits der Waldgegend untersucht hatte.

›Ich begreife nicht, was der Auerhahn mit seinen Wäldern meint, und ich begreife auch nicht, wo die Lerche und die Fischmöve ihre Augen gehabt haben. Es ist fast kein Land dort oben; nichts als große Seen. Dunkelblaue Bergseen, von schönen Ufern umgeben, und hin und wieder wird der See zu einem brausenden Wasserfall. Ich habe an einigen dieser Seen Kirchen gesehen und große Dörfer, andre aber lagen einsam und friedlich da. Wenn die Süßwasservögel meinen Rat befolgen wollen, ziehen sie sogleich gen Norden.‹

Schließlich sprach der Schneesperling, der an der Landesgrenze entlang geflogen war.

›Ich begreife nicht, was die Lumme mit ihren Seen meint, und es ist mir auch unmöglich zu begreifen, was für ein Land der Auerhahn und die Lerche und die Fischmöve gesehen haben,‹ sagte er.

›Ich fand ein großes Gebirgsland da oben im Norden. Ich habe keine Ebene angetroffen und auch keine großen Wälder, dahingegen einen Berggipfel nach dem andern, eine Felsenfläche nach der andern. Ich habe Eisfelder gesehen und Schnee und Gebirgsbäche mit Wasser so weiß wie Milch. Keine Felder, keine Wiesen erblickte mein Auge, nur große, mit Weiden, Zwergbirken und Renntiermoos bedeckte Flächen. Keine Haustiere, keine Bauern, keine Höfe traf ich hier an, dahingegen Lappen, Renntiere und Lappenzelte. Wenn die Gebirgsvögel meinem Rate folgen wollen, so ziehen sie unverzüglich gen Norden!‹

Nachdem die fünf Kundschafter also gesprochen hatten, schalten sie sich gegenseitig Lügen und waren schon im Begriff, einander in die Federn zu fahren und zu kämpfen, um die Wahrheit ihrer Worte zu beweisen, Aber die alten, klugen Vögel, die sie ausgesandt, hatten voll Freude gehört, was sie erzählten. Sie beruhigten die Kampflustigen. ›Streitet euch nicht,‹ sagten sie. ›Soviel haben wir aus euren Worten erfahren, daß da oben im Norden großes Gebirgsland und großes Seenland und großes Waldland und große Ebenen und große Schären sind. Das ist mehr als wir erwartet hatten. Nicht viele große Königreiche können sich rühmen, so viel in ihren Grenzen zu besitzen.«

Das wandernde Land.

Sonnabend, 18. Juni.

Jetzt, wo Niels Holgersen selbst über das Land hinflog, von dem der alte Lappe erzählt hatte, mußte er an diese Geschichte denken. Der Adler hatte ihm gesagt, daß der flache Küstenstrich, der unter ihnen ausgebreitet lag, Västerbotten sei, und daß die blauenden Bergkuppen weit hinten im Westen in Lappland lägen.

Schon allein das Bewußtsein, nach all der Angst, die er während des Waldbrandes ausgestanden hatte, wieder wohlbehalten auf Gorgos Rücken zu sitzen, war ein Glück, aber die Reise selbst war auch wunderbar schön. Am Morgen war Nordwind gewesen, aber jetzt hatte sich der Wind gedreht, so daß sie mit ihm flogen, und keinen Zug spürten. Der Flug war so gleichmäßig, daß es zuweilen schien, als stünden sie ganz still in der Luft. Der Junge hatte ein Gefühl, als schlage der Adler fortwährend mit den Flügeln, ohne vom Fleck zu kommen. Und doch war unter ihnen alles in Bewegung. Die ganze Erde, und alles darauf glitt langsam südwärts. Die Wälder, die Häuser, die Wiesen, die Zäune, die Elfe, die Städte, die Schäreninseln, die Sägewerke, alles war auf der Wanderschaft. Er überlegte, wohin das wohl alles wollte. War es müde geworden, so hoch oben im Norden zu wohnen, und wollte es südwärts ziehen?

Zwischen alledem, was sich bewegte und gen Süden zog, sah er nur eins, was still stand, und das war ein Eisenbahnzug. Er stand gerade unter ihnen, und es ging dem Zuge genau so wie Gorgo, er konnte nicht vom Fleck kommen. Die Lokomotive spie Rauch und Funken aus, bis oben hinauf zu dem Jungen konnte man hören, wie die Räder auf den Schienen rasselten, aber der Zug rührte sich nicht. Die Wälder glitten an ihm vorbei, die Bahnwärterhäuschen glitten daran vorüber, Schlagbäume und Telegraphenstangen glitten vorüber, aber der Zug stand still. Ein breiter Elf mit einer langen Brücke kam ihm entgegen, aber der Elf und die Brücke glitten ohne die geringste Schwierigkeit unter dem Zuge durch. Schließlich kam ein Bahnhof dahergelaufen. Der Stationsvorsteher stand mit seiner roten Fahne in der Hand auf dem Bahnsteig und glitt ganz langsam an den Zug heran. Als er die kleine Fahne schwenkte, entsandte die Lokomotive einige Rauchwirbel in die Luft, die noch schwärzer waren als vorher, und pfiff jämmerlich, als wolle sie sich darüber beklagen, daß sie nicht vorwärtskommen könne. Aber im selben Augenblick fing sie an zu gehen. Ebenso wie der Bahnhof und all das andere glitt sie südwärts dahin. Der Junge sah, wie die Wagentüren geöffnet wurden und die Reisenden ausstiegen, während sich sowohl der Zug, als auch die Reisenden in südlicher Richtung weiter bewegten. Da aber wandte Niels Holgersen seine Augen von der Erde ab und versuchte geradeaus zu sehen. Er hatte ein Gefühl, als werde er ganz schwindlig, wenn er diesen wunderlichen Eisenbahnzug ansah.

Als jedoch der Junge eine Weile dagesessen und eine kleine weiße Wolke angestarrt hatte, wurde er auch davon müde und sah wieder hinunter. Noch immer war es, als wenn er und der Adler sich nicht bewegten, während alles andere südwärts sauste. Wie er da so auf dem Rücken des Adlers saß und zu seiner Unterhaltung nichts hatte als seine eigenen Gedanken, schien es ihm spaßhaft zu denken, wie es sein würde, wenn ganz Västerbotten in Bewegung geriet und gen Süden zog. Wenn nun das Feld, das gerade in diesem Augenblick unter ihm dahinglitt, und das wohl eben erst bestellt war, denn er konnte nicht einen einzigen grünen Halm darauf erblicken, – nach der Südebene in Schonen hinuntersauste, wo der Roggen um diese Zeit schon Ähren angesetzt hatte!

Die Tannenwälder sahen hier oben ganz anders aus. Die Bäume standen weit auseinander, die Zweige waren kurz, die Nadeln waren fast schwarz, viele Bäume waren an den Wipfeln verdorrt und sahen krank aus. Die Erde unter ihnen war mit alten Stämmen bedeckt, die wegzuschaffen sich niemand die Mühe gemacht hatte. Wenn nun ein solcher Wald so weit käme, daß er den Kolmården sehen konnte! Da würde er sich gewiß sehr ärmlich vorkommen.

Und der Garten, den er jetzt unter sich sah! Es waren schöne Bäume darin, aber weder Obstbäume noch edle Linden und Kastanien, nur Ebereschen und Birken. Es waren schöne Büsche darin, aber weder

Goldregen noch Flieder, nur Faulbäume und Hollunder. Gemüsebeete waren auch da, aber sie waren noch nicht umgegraben und bepflanzt. Wenn nun so ein Küchengarten ganz nach einem Schloßgarten in Sörmland angefahren käme! Da würde er sicher von sich selbst denken, daß er nichts weiter sei als eine Einöde.

Oder die Wiese dort, die mit so vielen kleinen, grauen Scheunen bedeckt war, daß man glauben sollte, die halbe Erde sei zu Bauplätzen geworden! Wenn die nach der Ostgötaebene hinunter triebe, da würden alle Bäume dort unten wahrlich große Augen machen.

Aber wenn das große Moos, das nun unter ihm lag, ganz mit Fichten bewachsen wäre, die nicht steif und kerzengerade daständen wie in gewöhnlichen Wäldern, sondern buschige Zweige und üppige Kronen hätten und sich in anmutigen Gruppen auf dem schönsten Teppich aus weißem Renntiermoos aufgestellt hätten, wenn dies Moos dann den Weg nach dem Ovedkloster-Park hinab einschlüge, da würde der prächtige Park schon einräumen müssen, daß er seinesgleichen gefunden habe.

Und wenn die hölzerne Kirche da unten unter ihm mit ihren mit rotem Holz bekleideten Wänden, mit dem buntbemalten Glockenturm und mit einer ganzen kleinen Stadt von grauen »Kirchenbuden« daneben an einer der gotländischen Kirchen mit ihren dicken Ziegelsteinmauern vorbeigesaust kämen! Die mußten einander wirklich viel zu erzählen haben.

Aber der Stolz und die Ehre der ganzen Landschaft waren die gewaltigen, finsteren Elfe mit ihren prächtigen Tälern voll von Höfen, ihren Unmengen von Bauholz, ihren Sägewerken, ihren Städten mit dem Gewimmel von Dampfschiffen an den Mündungen. Ließ sich so ein Elf unten im Lande blicken, so würden alle Bäche und Elfe südlich vom Dalelf vor Scham in die Erde versinken.

Und wenn so eine unermeßlich große Ebene, die so gut gelegen und so leicht zu bebauen war, vor den Augen der armen Bauern in Småland dahergeglitten käme! Da würden sie von ihren mageren Grundstücken und den kleinen, steinigen Äckern herbeigestürzt kommen, um sie zu roden und zu bestellen.

Etwas aber war da, woran diese Landschaft reicher war als alle anderen, nämlich an Licht. Die Kraniche schliefen stehend auf den Mooren, die Nacht mußte gekommen sein, aber das Licht war noch da. Die Sonne war noch nicht südwärts gewandert wie alles übrige. Dahingegen war sie nun so weit nach Norden gegangen, daß sie dastand und ihm gerade ins Gesicht schien. Und sie schien gar nicht die Absicht zu haben, über Nacht noch bis an den Horizont hinabzusinken. Wenn dies Licht und diese Sonne auf Vester Vemmenhög herabschienen! Das würde etwas für den Häusler Holger Nielssen und seine Frau sein, – ein Arbeitstag, der vierundzwanzig Stunden lang war!

Der Traum.

Sonntag, 19. Juni.

Niels Holgersen hob den Kopf und sah sich um, auf einmal ganz wach. Das war doch sonderbar! Hier lag er und hatte an einem Ort geschlafen, wo er nie zuvor gewesen war. Nein, er hatte noch nie das Tal gesehen, in dem er lag, und auch nie die Berge, die ihn umgaben. Er kannte nicht den runden See, der mitten in dem Tal lag und hatte nie im Leben solche armselige und verkrüppelte Birken gesehen wie die, unter denen er jetzt lag.

Und wo war der Adler? Er konnte ihn nirgends entdecken. Gorgo mußte ihn verlassen haben. Welch ein Abenteuer!

Der Junge legte sich wieder an die Erde nieder, schloß die Augen und versuchte sich darauf zu besinnen, wie alles gewesen war, ehe er einschlief.

Er erinnerte sich, daß es ihm die ganze Zeit, während er über den Västerbotten dahinflog, so gewesen war, als stünden er und der Adler da oben in der Luft ganz still auf demselben Fleck, während das Land unter ihnen gen Süden zog. Aber dann bog der Adler nach Nordwesten ab, sie bekamen den Wind von der Seite, er konnte wieder den Luftzug spüren, und im selben Augenblick stand das Land da unten still, und er fühlte, daß der Adler ihn mit Windeseile davontrug.

»Jetzt fliegen wir nach Lappland hinein!« sagte Gorgo, und der Junge beugte sich vor, um die Landschaft zu sehen, von der er so viel gehört hatte.

Er fühlte sich jedoch ziemlich enttäuscht, als er nichts weiter sah als große Wälder und weite Moore. Da war Wald und Moor und Moor und Wald bis ins Unendliche. Die große Einförmigkeit machte ihn schließlich so schläfrig, daß er nahe daran war, herunterzustürzen.

Da sagte er zu Gorgo, daß er es nicht länger aushalten könne, auf dem Adlerrücken zu sitzen, er müsse durchaus ein wenig schlafen. Gorgo ließ sich sofort auf die Erde herabsinken, und der Junge warf sich auf das Moos, dann aber packte ihn Gorgo mit den Fängen und schwang sich mit ihm in die Luft empor. »Schlafe du nur, Däumling!« rief er. »Mich hält der Sonnenschein wach, und ich will die Reise fortsetzen.«

Und obwohl der Junge höchst unbequem zwischen den Fängen des Adlers hing, schlief er wirklich ein und im Schlaf hatte er einen Traum. Es war ihm, als sei er auf einer breiten Landstraße unten in dem südlichen Schweden und als laufe er so schnell, wie seine kleinen Beine ihn tragen konnten. Er war nicht allein, sondern eine Menge anderer zogen desselben Weges. Dicht neben ihm kamen die Roggenhalme mit schweren Ähren an der Spitze und mit Kornblumen vermischt dahermarschiert, die Apfelbäume keuchten schwer von Früchten und ihnen folgten Bohnen und Erbsen voller Schoten, große Büsche Margeriten und ein ganzes Gehege von Obststräuchern. Große Laubbäume, Eichen und Eschen und Linden, gingen in Ruhe und Gemächlichkeit mitten auf der Landstraße, stolz rauschten sie mit ihren Kronen und gingen niemand aus dem Wege. Zwischen seinen Beinen kamen die kleinen Pflanzen gelaufen: Erdbeeren, Anemonen, Löwenzahn, Klee und Vergißmeinnicht. Zuerst meinte er, daß es nur Pflanzen waren, die so des Weges dahinzogen, bald aber entdeckte er, daß sowohl Menschen als auch Tiere mit dabei waren. Die Insekten umsummten die dahineilenden Pflanzen, in den Gräben schwammen Fische, die Vögel saßen in den dahinwandernden Bäumen und sangen, zahme und wilde Tiere liefen um die Wette, und mitten zwischen all diesem Gewimmel gingen Menschen mit Spaten und Sensen, andere mit Äxten, wieder andere mit Flinten und einige mit Angelruten.

Der Zug bewegte sich munter und fröhlich, und das verwunderte ihn gar nicht, als er sah, wer ihn anführte. Es war niemand Geringeres als die Sonne selbst. Sie kam die Straße dahergerollt wie ein großer, schimmernder Kopf mit Haar aus vielfarbigen Strahlen und einem Gesicht, das vor Frohsinn und Güte strahlte. »Vorwärts!« rief sie ununterbrochen. »Niemand braucht bange zu sein, wenn ich dabei bin! Vorwärts! Vorwärts!«

»Ich möchte wohl wissen, wohin uns die Sonne führen will,« sagte der Junge vor sich hin. Aber der Roggenhalm, der neben ihm ging, hatte gehört, was er sagte, und antwortete sogleich: »Sie will uns nach Lappland führen, um gegen den großen Versteinerer zu kämpfen.«

Niels Holgersen sah bald, daß mehrere von den Fußgängern bedenklich wurden, ihre Schritte mäßigten und schließlich zurückblieben. Er sah, daß die große Buche stehen blieb, das Reh und der Weizen blieben am Grabenrand stehen und ebenso die Brombeerbüsche, die großen gelben Sumpfdotterblumen, die Kastanienbäume und die Rebhühner.

Er sah sich um, denn er wollte ergründen, warum so viele zurückblieben. Da gewahrte er, daß er sich nicht mehr in dem südlichen Schweden befand; die Wanderung war so schnell vor sich gegangen, daß sie schon in Svealand angelangt waren.

Hier oben begann die Eiche zurückzubleiben. Sie blieb ein wenig stehen, machte einige zögernde Schritte und stand dann ganz still. »Warum kommt die Eiche nicht mehr mit?« fragte der Junge. »Sie ist bange vor dem großen Versteinerer,« sagte eine hellgrüne junge Birke, die so keck und fröhlich dahinschritt, daß es eine Lust zu sehen war.

Aber obwohl viele zurückgeblieben waren, setzte doch noch eine große Schar frischen Mutes die Wanderung fort. Und der Sonnenkopf rollte die ganze Zeit vor dem Zuge her und rief: »Vorwärts! Vorwärts! Niemand braucht bange zu sein, solange ich dabei bin!«

Der Zug ging mit derselben Geschwindigkeit weiter. Bald war er oben in Norrland angelangt, aber jetzt half es nichts mehr, wieviel auch die Sonne bat und ermunterte. Der Apfelbaum wollte nicht weiter, auch der Kirschbaum nicht und der Hafer blieb stehen. Die Fischschwärme in den Gräben lichteten sich. Der Junge wandte sich an die Zurückbleibenden: »Warum wollt ihr nicht mit? Warum laßt ihr die Sonne im Stich?« fragte er. – »Wir wagen es nicht. Wir sind bange vor dem großen Versteinerer, der da oben in Lappland wohnt,« antworteten sie.

Bald hatte der Junge die Empfindung, als seien sie ganz hoch oben in Lappland angelangt, und hier wurden die wandernden Scharen beständig dünner. Der Roggen, die Gerste, die Erdbeere, die Blaubeere, die Erbsen, die Johannisbeerbüsche waren bis hierher mitgekommen. Das Elentier und die Kuh waren Seite an Seite gewandert, aber jetzt blieben sie alle zurück. Die Menschen gingen noch eine Strecke weiter mit, aber dann blieben auch sie stehen. Die Sonne würde fast ganz allein geblieben sein, wenn nicht neue Reisegenossen hinzugekommen wären. Weidensträuche und eine Menge anderes Gestrüpp schlossen sich dem Zuge an, ebenso Lappen und Renntiere, Bergeulen und Füchse und Schneehühner.

Jetzt hörte der Junge etwas, das ihnen entgegenkam. Es waren dies eine Menge Flüsse und Bäche, die mit gewaltigem Sausen und Brausen daherstürzten. »Warum habt ihr es so eilig?« fragte er. – »Sie fliehen vor dem großen Versteinerer, der hoch oben auf den Bergen wohnt,« antwortete das Schneehuhn.

Da sah Niels Holgersen auf einmal, daß sich vor ihnen eine hohe, finstere Mauer mit gezackter Mauerkrone auftürmte. Beim Anblick dieser Mauer schienen alle zurückzuweichen, schnell aber wendete die Sonne ihr strahlendes Antlitz der Mauer zu und goß ihr Licht darüber aus. Da stellte es sich heraus, daß keine Mauer ihnen im Wege stand, sondern daß sich die allerschönsten Berge vor ihnen erhoben, einer hinter dem anderen. Die Gipfel röteten sich im Sonnenschein, die Abhänge lagen hellblau mit goldenen Streifen da. »Vorwärts! Vorwärts! Keine Gefahr, solange ich dabei bin!« rief die Sonne und rollte an den steilen Bergwänden hinauf.

Aber auf dem Wege den Berg hinan wurde die Sonne von der tapferen jungen Birke, der starken Fichte und der standhaften Tanne verlassen. Hier verließen auch das Renntier, der Lappe und der Weidenbusch sie. Als sie schließlich den Gipfel des Berges erreicht hatte, war in ihrem Gefolge niemand mehr als der kleine Niels Holgersen.

Die Sonne rollte in eine Schlucht hinein, in der die Wände mit Eis bedeckt waren, und Niels Holgersen wollte ihr auch da hinein folgen, aber er kam nicht weiter als bis an den Eingang der Schlucht, denn da sah er etwas Fürchterliches. Ganz tief im Innersten der Schlucht saß ein alter Troll; sein Körper war aus Eis, sein Haar aus Eiszapfen und sein Mantel aus Schnee. Vor dem Troll lagen mehrere schwarze Wölfe, die sich aufrichteten und den Rachen aufsperrten, sobald die Sonne sich blicken ließ. Und aus dem einen Wolfsrachen stieg die bittere Kälte hervor, aus dem anderen kam der beißende Nordwind und aus dem dritten die schwarze Finsternis. »Da haben wir wohl den großen Versteinerer!« dachte der Junge. Er war sich klar darüber, daß er am besten tun würde, wenn er floh, aber er war so neugierig zu sehen, wie die Begegnung zwischen dem Troll und der Sonne ablaufen würde, daß er stehen blieb.

Der Troll rührte sich nicht, sondern starrte nur die Sonne mit seinem ekelhaften Eisgesicht an, und die Sonne stand ebenfalls still und lachte und strahlte nur. So ging es eine Weile weiter, und der Junge meinte hören zu können, daß der Troll zu seufzen und zu klagen begann. Der

Schneemantel glitt zu Boden und die drei fürchterlichen Wölfe heulten nicht mehr so schrecklich. Plötzlich aber rief die Sonne: »Jetzt ist meine Zeit vorbei!« und rückwärts rollte sie aus der Schlucht heraus. Da ließ der Troll seine drei Wölfe los, und auf einmal kamen der Nordwind, die Kälte und die Finsternis aus der Schlucht herausgestürzt und machten Jagd auf die Sonne. »Weg mit ihr! Weg mit ihr!« rief der Troll. »Jagt sie so weg, daß sie nie wiederkommt! Wir wollen sie lehren, daß Lappland mir gehört!«

Aber als Niels Holgersen hörte, daß die Sonne aus Lappland verjagt werden sollte, erschrak er so, daß er mit einem Schrei erwachte.

Und als er sich wieder ein wenig besonnen hatte, sah er, daß er auf dem Grunde des großen Felsentals lag. Wo aber war Gorgo, und wie sollte er ausfindig machen, wo er selber war?

Er richtete sich auf und sah um sich. Da fiel sein Blick auf ein wunderliches Gebäude aus Fichtenzweigen, das auf einen Felsenabsatz stand. »Das ist gewiß so ein Adlerhorst, wie Gorgo ...«

Er dachte den Gedanken nicht zu Ende. Statt dessen riß er seine Mütze vom Kopf, schwenkte sie in der Luft und schrie: »Hurra!« Er begriff jetzt, wohin ihn Gorgo geführt hatte. Hier war das Tal, in dem die Adler auf dem Felsenabsatz und die Wildgänse unten im Grunde wohnten. Er war am Ziel! Im nächsten Augenblick würde er den Gänserich Martin und Akka und alle die Reisekameraden wiedersehen.

Am Ziel.

Niels Holgersen ging ganz leise umher und suchte nach seinen Freunden. Tiefe Stille herrschte im ganzen Tal. Die Sonne war noch nicht über die Felswände hinaufgelangt, und der Junge sah, es war noch so früh am Tage, daß die Wildgänse noch nicht aufgewacht waren. Kaum hatte er einige Schritte gemacht, als er stehen blieb und lächelte, denn er sah etwas, das gar schön war. In einem kleinen Nest am Boden lag eine Wildgans und schlief, und neben ihr stand der Gänserich. Er schlief auch, aber offenbar hatte er sich so dicht neben sie gestellt, um gleich zur Hand zu sein, falls eine Gefahr im Anzug sein sollte.

Der Junge ging weiter, ohne sie zu stören, und lugte zwischen die kleinen Weidenbüsche hinein, die den Erdboden bedeckten. Es währte nicht lange, bis er ein neues Gänsepaar entdeckte. Es gehörte nicht zu seiner Schar: es waren fremde, aber er freute sich doch so sehr, daß er eine Melodie vor sich hinzusummen begann, nur weil er wilde Gänse angetroffen hatte.

Er guckte in ein neues Weidengestrüpp hinein, und dort sah er schließlich ein Paar, das er kannte. Es war ganz sicher Neljä, die auf Eiern lag, und der Gänserich, der neben ihr stand, war Kolme. Ja, so war es! Ein Irrtum war ausgeschlossen

Der Junge hatte die größte Lust, sie zu wecken, aber er ließ sie schlafen und ging weiter.

Im nächsten Gestrüpp sah er Viisi und Kuusi und nicht weit davon fand er Aksi und Kaksi. Sie schliefen alle vier, und der Junge ging vorüber, ohne sie zu wecken.

Als er in die Nähe des nächsten Gestrüppes kam, glaubte er etwas Weißes zwischen den Büschen hindurchschimmern zu sehen, und das Herz begann vor lauter Freude laut in seiner Brust zu klopfen. Ja, es war, wie er erwartet hatte. Da drinnen lag Daunenfein noch so niedlich auf Eiern und neben ihr stand der weiße Gänserich. Der Junge glaubte, ihm sogar im Schlaf ansehen zu können, wie stolz er war, hier in den lappländischen Bergen zu stehen und Wache bei seiner Frau zu halten.

Aber auch den weißen Gänserich wollte Niels Holgersen nicht wecken, so ging er denn weiter.

Er mußte ziemlich lange suchen, bis er auf weitere Wildgänse stieß. Aber da entdeckte er auf einem kleinen Hügel etwas, das einem grauen Erdhaufen glich. Und als er an dem Fuß des Hügels angelangt war, sah er, daß der graue Erdhaufe nichts Geringeres war als Akka von Kebnekajse, die dort ganz wach stand und sich umsah, als halte sie Wache über das ganze Tal.

»Guten Tag, Mutter Akka,« sagte der Junge. »Wie schön; daß Ihr wach seid! Wartet, bitte, ein wenig, ehe Ihr die anderen weckt, denn ich möchte gern mit Euch allein sprechen.«

Die alte Führergans stürzte von dem Hügel herunter, zu dem Knaben hin. Zuerst packte sie ihn und schüttelte ihn, dann strich sie ihm mit dem Schnabel am ganzen Körper auf und nieder, und schließlich schüttelte sie ihn noch einmal. Sie sagte aber nichts, denn er hatte sie ja gebeten, die anderen nicht zu wecken.

Däumling küßte die alte Mutter Akke auf beide Wangen, und dann fing er an zu erzählen, wie er nach Skansen gebracht und dort gefangen gehalten war.

»Und nun kann ich Euch erzählen, daß Reineke Fuchs mit dem abgebissenen Ohr in dem Fuchsbau auf Skansen gefangen saß.« sagte der Junge. »Und obwohl er sehr häßlich gegen uns gewesen ist, konnte ich doch nicht umhin, Mitleid mit ihm zu haben. Da waren viele andere Füchse in dem großen Fuchsbau, und sie schienen sich ganz wohl da zu fühlen, aber Reineke saß immer so betrübt da und sehnte sich nach der Freiheit. Ich hatte viele gute Freunde da oben bekommen, und eines Tages hörte ich von dem Lappenbund, daß ein Mann nach Skansen gekommen sei, um Füchse zu kaufen. Er wäre von einer Insel weit draußen im Meer. Sie hatten alle Füchse auf seiner Insel ausgerottet, aber die Folge war, daß es dort jetzt nicht vor Ratten auszuhalten sei, daher wünschten sie nur die Füchse wieder zurück. Sobald ich das erfahren hatte, ging ich an Reinekes Käfig und sagte zu ihm: ›Reineke, morgen kommen Leute hier heraus, um ein paar Füchse zu holen. Verkriech' dich dann nicht, sondern sorge dafür, daß du gefangen wirst, dann hast du deine Freiheit wieder!‹ Und er befolgte meinen Rat, und nun läuft er frei auf der Insel herum. Was sagt Ihr dazu, Mutter Akka? War das nach Eurem Sinn gehandelt?«

»Wäre ich es selbst gewesen, so hätte ich es nicht besser machen können,« sagte die Führergans.

»Nur gut, daß Ihr mit mir zufrieden seid,« sagte Niels Holgersen. »Und dann ist da noch etwas, wonach ich Euch fragen muß. Eines Tages sah ich, daß der Adler Gorgo, derselbe, der mit dem Gänserich Martin kämpfte, als Gefangener nach Skansen geführt und in einen Adlerkäfig gesetzt wurde. Er sah jammervoll und elend aus, und manchmal dachte ich, ich müßte in das Stahldrahtdach über seinem Kopf ein Loch feilen und ihn hinausfliegen lassen. Aber dann dachte ich wieder, daß er ja ein gefährlicher Räuber und Vogelfresser ist. Ich wußte nicht, ob es richtig sei, so einen Missetäter herauszulassen, und ich dachte, daß es wohl am besten wäre, wenn ich ihn bleiben ließ, wo er war. Was sagt Ihr dazu, Mutter Akka! Habe ich richtig gedacht?«

»Nein, da hast du nicht richtig gedacht,« sagte Akka. »Man kann über die Adler denken, wie man will, aber sie sind stolzer und freiheits-liebender als andere Tiere, und es ist sehr unrecht, sie in Gefangenschaft zu halten. Weißt du, was ich dir vorschlagen will? Sobald du dich ausgeruht hast, reisen wir beide nach dem großen Vogelgefängnis hinunter und befreien Gorgo.«

»Diese Worte habe ich von Euch erwartet, Mutter Akka,« sagte der Junge. »Es gibt welche, die sagen, daß Ihr keine Liebe mehr für den hättet, den Ihr mit so großer Mühe aufgezogen habt, weil er so lebt, wie ein Adler leben muß. Aber jetzt höre ich, daß es nicht wahr ist. Nun will ich hingehen und sehen, ob der Gänserich Martin noch nicht aufgewacht ist, wollt Ihr dann inzwischen dem ein Wort des Dankes sagen, der mich zu Euch zurückgebracht hat, dann findet Ihr ihn wahrscheinlich oben auf dem Felsenabsatz, da wo Ihr einstmals einen hilflosen jungen Adler gefunden habt.«

XLIII. Das Gänsemädchen Aase und der kleine Mads

Die Krankheit.

In dem Jahr, wo Niels Holgersen mit den Wildgänsen umherflog, war viel die Rede von ein Paar Kindern, einem Jungen und einem Mädchen, die durch das Land wanderten. Sie waren aus Smaaland, aus dem Bezirk Sunderbo, und sie hatten einmal mit ihren Eltern und vier Geschwistern in einem kleinen Haus draußen auf einer großen Heide gewohnt. Als die Kinder noch ganz klein waren, kam einmal spät am Abend eine arme Frau und klopfte an und bat um Obdach. Obwohl die Stube kaum die Menschen fassen konnte, die dort wohnten, ließen sie sie ein, und die Mutter bereitete ihr ein Lager auf dem Fußboden. Die ganze Nacht hindurch lag sie da und hustete so arg, daß die Kinder meinten, das ganze Haus bebe, und am Morgen wurde sie so krank, daß sie nicht imstande war, ihre Wanderung fortzusetzen.

Der Mann und die Frau waren so gut gegen sie wie nur möglich. Sie gaben ihr ihr eigenes Bett und lagen selbst auf dem Fußboden, und der Mann ging zum Doktor und holte Tropfen für sie. Die ersten Tage war die Kranke wie von Sinnen und Verstand, tat nichts weiter als fordern und verlangen und hatte kein Wort des Dankes, nach und nach aber taute sie auf und wurde demütig und dankbar. Schließlich bat und bettelte sie fortwährend, sie möchten sie aus dem Hause hinaustragen auf die Heide, so daß sie da liegen und sterben könne. Als die Leute ihr hierin nicht ihren Willen tun wollten, erzählte sie ihnen, sie sei im letzten Jahr mit einer Zigeunertruppe umhergezogen. Sie selber stamme nicht von Zigeunern ab, sie sei die Tochter eines Hofbesitzers, aber sie sei von

Hause weggelaufen und mit den Zigeunern umhergezogen. Und nun glaube sie, daß ein Zigeunerweib, das böse auf sie geworden war, ihr diese Krankheit geschickt habe. Aber nicht genug damit: die Zigeunerin habe ihr gedroht und gesagt, ebenso schlimm, wie es ihr selbst ergehe, solle es allen ergehen, die ihr Obdach gewährten und gut gegen sie seien. Daran glaube sie und deshalb bitte sie, daß man sie zum Hause hinausjagen und sich nicht um sie kümmern möge. Sie wolle kein Unglück über so gute Menschen bringen. Aber die Eltern hatten nicht getan, um was sie sie bat. Es ist nicht unmöglich, daß sie nicht ein wenig bange geworden waren, aber sie konnten es nicht übers Herz bringen, eine arme, totkranke Person zur Tür hinauszujagen.

Bald darauf starb sie und dann begann das Unglück. Bisher hatten sie dort im Häuschen nichts als Freude gekannt. Arm waren sie ja freilich, aber ganz verarmt waren sie denn doch nicht. Der Vater verfertigte Webekämme, und die Mutter und die Kinder halfen ihm bei der Arbeit. Der Vater schnitzte selbst die Kämme, und die Mutter und die große Schwester fügten sie zusammen. Die kleineren Kinder hobelten die Zähne und schnitzten sie zurecht. Sie arbeiteten vom Morgen bis zum Abend, aber sie waren immer fröhlich und guter Dinge, namentlich wenn der Vater von der Zeit erzählte, als er in fernen Ländern umhergewandert war und Webekämme verkauft hatte. Der Vater hatte einen köstlichen Humor und erzählte oft so lustig, daß die Mutter und alle Kinder sich beinahe krank lachten.

Die Zeit nach dem Tode der armen Frau erschien den Kindern wie ein böser Traum. Sie wußten nicht, ob sie kurz oder lang gewesen war; sie wußten nur noch, daß daheim ein Begräbnis dem andern gefolgt war. Ihre Geschwister starben und wurden zu Grabe getragen, eins nach dem andern. Sie hatten ja nicht mehr als vier Geschwister gehabt, folglich konnten es nicht mehr als vier Begräbnisse gewesen sein, aber den Kindern kam es so vor, als seien es viel mehr gewesen. Schließlich war es so still und drückend daheim in der Stube gewesen. Es war, als würde jeden Tag ein Begräbnis abgehalten.

Die Mutter hielt den Mut einigermaßen aufrecht, aber der Vater war wie umgewandelt. Er konnte weder mehr scherzen noch arbeiten, sondern saß vom Morgen bis zum Abend da, den Kopf in den Händen und grübelte.

Einmal – es war nach dem dritten Begräbnis – brach er in wilde, verzweifelte Worte aus, die die Kinder bange machten. Er könne nicht verstehen, sagte er, warum so ein Unglück über sie kommen müsse. Sie hatten ja doch ein gutes Werk getan, als sie der Kranken beistanden. War denn das Böse hier in der Welt mächtiger als das Gute? Die Mutter hatte versucht, ihn zur Vernunft zu bringen, aber es war ihr nicht möglich, ihn ruhig und ergeben in sein Schicksal zu machen, so wie sie selbst es war. Ein paar Tage später verloren sie den Vater. Aber er starb nicht; er ging davon. Es kam so, daß die älteste Schwester krank wurde, und die hatte der Vater immer am meisten geliebt. Und als er sah, daß auch sie sterben mußte, entfloh er dem ganzen Elend. Die Mutter sagte nur, es sei am besten für den Vater, daß er fort sei. Sie wäre bange, daß er sonst verrückt geworden wäre. Er grübele sich ja von Sinn und Verstand, indem er fortwährend darüber nachdachte, warum Gott es einem bösen Menschen erlauben könne, all dies Unglück über sie zu bringen.

Als der Vater auf und davon gegangen war, wurden sie sehr arm. Anfangs schickte er ihnen Geld, aber dann war es ihm wohl schlecht ergangen, und er schickte nichts mehr. Und an dem Tage, als die älteste Schwester begraben wurde, schloß die Mutter das Haus ab und verließ mit den beiden Kindern, die ihr noch geblieben waren, die Heimat. Sie ging nach Schonen, um Arbeit auf den Rübenfeldern zu suchen und bekam einen Platz in der Jordbergaer Zuckerfabrik. Die Mutter war eine tüchtige Arbeiterin und hatte ein munteres und offenes Wesen. Alle hatten sie gern. Viele wunderten sich, daß sie so ruhig sein konnte nach allem, was sie durchgemacht hatte. Aber sie war sehr stark und geduldig. Wenn jemand mit ihr über ihre beiden prächtigen Kinder sprach, sagte sie nur: »Die sterben auch bald.« Das sagte sie, ohne daß ihre Stimme zitterte und ohne daß ihr Tränen in die Augen traten. Sie hatte sich daran gewöhnt, nichts anderes mehr zu erwarten.

Aber es kam nicht so, wie sie erwartete. Statt dessen wurde sie selbst krank. Es ging schnell mit ihr, noch schneller als mit den kleinen Geschwistern. Sie war zu Anfang des Sommers nach Schonen gekommen, und als der Herbst kam, waren die Kinder allein.

Während die Mutter krank lag, sagte sie oft zu den Kindern, sie sollten stets daran denken, daß sie niemals bereut habe, die kranke Frau bei sich aufzunehmen. Denn es sei nicht schwer zu sterben, wenn man recht gehandelt habe, sagte sie. Alle Menschen müßten sterben, dem könne man nicht entgehen. Aber man könne selbst darüber bestimmen, ob man mit einem guten Gewissen sterben wolle oder mit einem schlechten.

Ehe die Mutter starb, suchte sie noch ein wenig für die Kinder zu sorgen. Sie bat, daß die Kinder in der Kammer bleiben dürften, in der sie alle drei den Sommer über gewohnt hatten. Wenn die Kinder nur eine Stelle hätten, wo sie wohnen konnten, würden sie niemand zur Last fallen. Sie könnten sich selbst versorgen, das wisse sie. Die Kinder erhielten die Erlaubnis, die Kammer zu behalten, wenn sie dafür versprechen wollten, die Gänse zu hüten, denn es ist immer schwer, Kinder zu finden, die diese Arbeit übernehmen wollen. Es ging wirklich so, wie die Mutter gesagt hatte: sie versorgten sich selbst. Das kleine Mädchen konnte Brustzucker kochen, und der Junge konnte allerlei Spielzeug aus Holz anfertigen, das er ringsumher auf den Bauernhöfen verkaufte. Sie hatten Handelstalent, und es währte nicht lange, und da fingen sie an, bei den Bauern Butter und Eier zu kaufen, die sie dann an die Arbeiter in der Zuckerfabrik wieder verkauften. Sie waren so ordentlich und zuverlässig, daß man ihnen alles anvertrauen konnte, was es auch war. Das Mädchen war die Ältere, und mit dreizehn Jahren war sie schon so zuverlässig wie ein erwachsener Mensch. Sie war still und ernsthaft, der Junge aber war redselig und munter. Die Schwester pflegte von ihm zu sagen, er schnattere um die Wette mit den Gänsen draußen auf dem Felde.

Als die Kinder ein paar Jahre in Jordberga gewohnt hatten, wurde eines Abends in der Schule ein Vortrag gehalten. Der Vortrag war wohl im Grunde für Erwachsene bestimmt, aber die beiden smaaländer Kinder saßen auch unter den Zuhörern. Sie rechneten sich selbst nicht zu den Kindern, und kaum taten die Erwachsenen das. Der Redner sprach über die traurige Krankheit, die Tuberkulose, die alljährlich so viele Menschen in Schweden töte. Er sprach sehr klar und leicht verständlich, und die Kinder verstanden jedes Wort.

Nach dem Vortrag blieben sie draußen vor der Schule stehen und warteten. Als der Redner kam, gingen sie Hand in Hand feierlich auf ihn zu und baten, mit ihm reden zu dürfen.

Der Redner sah die beiden ja ein wenig verwundert an, die da mit runden und rotwangigen Kindergesichtern standen und mit einem Ernst redeten, der dreimal so alten Leuten angestanden haben würde. Er hörte sie aber sehr freundlich an.

Die Kinder erzählten, was sie daheim in ihrem Hause erlebt hatten, und sie fragten nun den Redner, ob er glaube, daß ihre Mutter und die

Geschwister an der Krankheit gestorben seien, die er geschildert hatte. Es könne ja kaum eine andere Krankheit gewesen sein.

Aber wenn nun ihre Mutter und ihr Vater das gewußt hätten, was die Kinder heute abend gehört hatten, so hätten sie sich ja in acht nehmen können. Falls sie die Kleider der kranken Frau verbrannt und das Haus gründlich gescheuert und die Betten nicht mehr benutzt hätten, würden dann vielleicht noch alle die am Leben sein, um die die Kinder jetzt trauerten?

Der Redner sagte, eine bestimmte Antwort könne niemand darauf geben, aber es wäre höchstwahrscheinlich, daß keins von ihren Angehörigen hätte zu sterben brauchen, wenn sie es verstanden hätten, sich gegen die Krankheit zu schützen.

Nun besannen sich die Kinder ein wenig auf die nächste Frage, aber sie rührten sich nicht vom Fleck, denn das, worauf sie jetzt eine Antwort haben wollten, war das Allerwichtigste. War es denn nicht wahr, daß das Zigeunerweib die Krankheit über sie gebracht hatte, weil sie der geholfen hatten, auf die sie böse war? War es nicht etwas Besonderes, das niemand als nur sie getroffen hatte? – Nein, das war nicht der Fall, dessen konnte der Redner sie getrost versichern. Kein Mensch besaß die Macht, auf solche Weise Krankheit über einen andern zu bringen. Und sie wüßten ja doch, daß die Krankheit im ganzen Lande verbreitet sei. Sie habe ihren Besuch in fast allen Häusern abgestattet, wenn sie auch nicht überall so viele hingerafft habe wie bei ihnen.

Und dann bedankten sich die Kinder und gingen nach Hause. An diesem Abend sprachen sie noch lange miteinander.

Am nächsten Tage gingen sie hin und kündigten ihre Stelle. Sie könnten in diesem Jahr die Gänse nicht hüten, sie müßten anderswo hin. Wohin sie denn wollten? – Sie wollten sich aufmachen und ihren Vater suchen. Sie *müßten* ihm sagen, daß ihre Mutter und die Geschwister an einer gewöhnlichen Krankheit gestorben seien, und daß es nichts sei, was von bösen Menschen über sie gebracht worden war. Sie wären so froh darüber, daß sie das erfahren hatten. Und nun fanden sie, es sei ihre Pflicht, es ihrem Vater zu erzählen, denn er grüble gewiß noch heutigen Tages darüber nach.

Zuerst gingen die Kinder nach ihrer alten Heimat auf der Heide bei Sunnerbo, und zu ihrer großen Verwunderung fanden sie das Haus in hellen Flammen stehen.

Dann gingen sie nach dem Pfarrhaus, und dort hörten sie, daß ein Mann, der bei der Eisenbahn angestellt war, ihren Vater bei Malmberget hoch oben in Lappland gesehen habe. Damals habe er in der Erzgrube gearbeitet, und das tue er vielleicht noch, aber ganz sicher sei es ja nicht.

Als der Pfarrer hörte, daß die Kinder ausziehen wollten, um ihren Vater zu suchen, holte er eine Landkarte und zeigte ihnen, wie weit es bis Malmberget war, und riet ihnen von der Reise ab. Aber die Kinder sagten, es sei ganz notwendig, daß sie versuchten, ihren Vater zu finden. Er sei von Hause fortgegangen, weil er etwas glaubte, was nicht wahr sei. Nun müßten sie ihm sagen, daß er sich geirrt habe.

Die Kinder hatten ein wenig Geld mit ihrem Handel verdient, das wollten sie jedoch nicht ausgeben, um Fahrkarten dafür zu kaufen, sondern sie entschlossen sich, den ganzen Weg zu Fuß zu gehen. Und das bereuten sie nicht. Sie hatten eine so wunderbar schöne Wanderung. Ehe sie noch aus Smaaland herausgekommen waren, gingen sie eines Tages in einen Bauernhof hinein, um etwas zu essen zu kaufen. Die Bäuerin war munter und redselig. Sie fragte die Kinder, wer sie seien und woher sie kämen, und die Kinder erzählten ihr ihre ganze Geschichte. »Aber nein! Aber nein!« sagte die Frau mehrmals, während sie erzählten. Dann tischte sie ihnen viel gutes Essen auf, und sie durften durchaus nichts dafür bezahlen. Als sie aufstanden, um sich zu bedanken und weiterzugehen, fragte die Bäuerin, ob sie nicht im nächsten Dorf bei ihrem Bruder einkehren wollten, und sie sagte ihnen, wie er hieß und wo er wohnte. Ja, das wollten die Kinder natürlich gern. »Ihr müßt von mir grüßen und erzählen, was ihr erlebt habt,« sagte die Bäuerin.

Das taten die Kinder, und der Bruder nahm sie freundlich auf. Er fuhr sie nach einem Hof im nächsten Dorf, und auch dort ward ihnen eine gute Aufnahme zuteil. Jedesmal, wenn sie nun von einem Hof weggingen, hieß es immer: »Wenn ihr in diese oder jene Gegend kommt, so geht nur da oder dorthin und erzählt, was ihr erlebt habt.«

Auf den Höfen, wohin die Kinder gewiesen wurden, war immer jemand brustkrank. Und ohne daß sie selbst es wußten, wanderten nun diese beiden Kinder durch das Land und belehrten die Leute darüber, was für eine gefährliche Krankheit es war, die sich in die Familien eingeschlichen hatte, und wie sie sie am besten bekämpfen konnten.

In alter Zeit, als die Pest, die der schwarze Tod genannt wurde, das Land verheerte, sollen, wie man erzählt, ein Junge und ein Mädchen von einem Hof zum andern gegangen sein.

Der Junge hatte einen Rechen in der Hand, und wenn er vor ein Haus kam und dort harkte, so bedeutete das, daß viele dadrinnen sterben würden, aber nicht alle, denn die Zähne eines Rechens stehen weit von einander und nehmen nicht alles mit. Das Mädchen hatte einen Besen in der Hand, und kam sie und kehrte vor einer Tür, so bedeutete dies, daß alle, die hinter der Tür wohnten, sterben müßten, denn der Besen ist ein Gerät, das reinen Tisch macht.

War es nun nicht merkwürdig, daß in unsern Tagen zwei Kinder um einer schweren und gefährlichen Krankheit willen durch das Land ziehen mußten? Aber diese Kinder schreckten die Leute nicht mit Rechen und Besen; sie sagten im Gegenteil: »Ihr sollt euch nicht damit begnügen, nur den Hof zu harken und den Fußboden zu fegen. Ihr müßt auch den Schrubber und die Scheuerbürste und Seife gebrauchen. Wir müssen es rein vor unserer Tür und rein innerhalb derselben halten, und wir müssen selbst rein sein. Auf die Weise werden wir schließlich Herr über die Krankheit werden.«

Das Begräbnis des kleinen Mads.

Der kleine Mads war tot. Das erschien allen denen, die ihn noch vor ein paar Stunden frisch und fröhlich gesehen hatten, unglaublich. Und doch war es so. Der kleine Mads war tot und sollte begraben werden.

Der kleine Mads starb eines Morgens in der Frühe und niemand weiter als seine Schwester Aase war in der Stube und sah ihn sterben. »Hole niemand,« sagte der kleine Mads, als es zu Ende ging, und die Schwester tat, was er sagte. »Ich freue mich nur, daß ich nicht an der Krankheit sterbe, Aase,« sagte der kleine Mads. »Du nicht auch?« Und als Aase nichts erwiderte, fuhr er fort: »Ich finde, es macht gar nichts, daß ich sterbe, wenn ich nur nicht auf dieselbe Weise sterben muß, wie die Mutter und die Geschwister. Wäre das geschehen, so, glaube ich, würde es dir nie gelungen sein, den Vater zu überzeugen, daß nur eine gewöhnliche Krankheit sie hingerafft hat, aber du sollst sehen, jetzt wird es schon gehen.«

Als alles vorüber war, saß Aase lange da und dachte darüber nach, was ihr Bruder, der kleine Mads, während er auf dieser Erde lebte, hatte durchmachen müssen. Es war ihr, als habe er alles Ungemach mit dem Mut eines Erwachsenen getragen. Sie dachte an seine letzten Worte. So tapfer war er immer gewesen. Und sie war sich ganz klar darüber, daß, wenn der kleine Mads nun in die Erde gesenkt werden würde, er mit denselben Ehren begraben werden müsse, wie ein erwachsener Mensch. Sie sah sehr wohl ein, daß es schwer werden würde, dies durchzusetzen, aber sie wollte es doch so gern. Sie mußte ihr Äußerstes für den kleinen Mads tun.

Das Gänsemädchen Aase war zu jener Zeit hoch oben in Lappland bei dem großen Grubenfeld, das Malmberget genannt wird. Es war ein merkwürdiger Ort, aber es war vielleicht gerade gut für sie, so wie es war.

Ehe sie soweit gelangt waren, hatten sie und der kleine Mads große, endlose Waldgegenden durchwandert.

Mehrere Tage lang hatten sie weder Felder noch Höfe gesehen, nur kleine, elende Poststationen, bis sie auf einmal nach dem großen Dorf Gellivare gekommen waren. Es lag mit seiner Kirche und seinem Bahnhof, seinem Gerichtsgebäude, der Bank, der Apotheke und den Gasthäusern am Fuße eines hohen Berges, der noch jetzt zur Sommerzeit, als die Kinder dahergewandert kamen, mit Schneestreifen bedeckt war. Fast alle Häuser in Gellivare waren neu, aber sie waren gut und solide gebaut und wären nicht die Schneeflocken oben auf den Bergen gewesen und hätten die Birken nicht ganz kahl dagestanden, so würden die Kinder nicht daran gedacht haben, daß die Stadt hoch oben in Lappland lag. Und doch sollten sie nicht in Gellivare nach ihrem Vater suchen, sondern in Malmberget, das noch eine Strecke weiter nördlich lag, und dort sah es nicht so ordentlich aus.

Das kam daher, daß, obwohl die Leute schon lange gewußt hatten, daß in der Nähe von Gellivare viel Erz zu finden sei, man erst, als die Eisenbahn vor ein paar Jahren fertig geworden, dazu gekommen war, dies richtig auszubeuten. Da strömten mehrere tausend Menschen auf einmal da hinauf, und da war Arbeit genug für sie, aber keine Häuser; die mußten sie sich dann selbst schaffen, so gut sie konnten. Einige zimmerten sich Hütten aus unbehauenen Balken, andere wohnten in Schuppen, die sie sich aus Kisten und leeren Dynamitbehältern bauten, indem sie diese wie Ziegelsteine aufeinander legten. Jetzt hatte man allmählich eine ganze Menge ordentlicher Häuser gebaut, aber der ganze Ort sah trotzdem höchst wunderlich aus. Da waren große Viertel mit schönen, hellen Häusern, aber mitten dazwischen stieß man auf ungerodeten Waldboden mit Baumstümpfen und Steinen. Da waren große, schöne Villen für den Inspektor und die Ingenieure, und da waren niedrige, komische Hütten, die aus der ersten Zeit stehen geblieben waren. Da waren Eisenbahnen und elektrisches Licht und große Maschinenhäuser; man konnte mit der Straßenbahn durch einen mit Glühlichtern erleuchteten Tunnel tief in die Berge hineinfahren. Überall herrschte ein gewaltiges Treiben, und ein Zug nach dem anderen verließ erzbeladen den Bahnhof. Aber ringsumher lag noch das große Ödeland, wo kein Acker gepflügt und kein Haus gebaut wurde, wo nichts weiter war als Lappen, die mit ihren Renntieren umherzogen.

Nun saß Aase da und dachte darüber nach, daß das Leben hier ebenso war wie der Ort. Meistens ging es ja wohl ganz ordentlich und friedlich zu, aber sie hatte doch so mancherlei gesehen, was wild und sonderbar war. Sie hatte ein Gefühl, daß es hier vielleicht leichter sein würde, etwas durchzusetzen, was außerhalb des Gewöhnlichen lag, als an anderen Orten.

Sie dachte daran, wie es ihnen ergangen war, als sie nach Malmberget kamen und nach einem Arbeiter fragten, der Jon Assarsson hieß und zusammengewachsene Augenbrauen hatte. Diese zusammen-gewachsenen Augenbrauen waren das Auffallendste in dem Äußern des Vaters. Sie bewirkten, daß sich die Leute seiner leicht erinnerten. Die Kinder erfuhren auch, daß ihr Vater mehrere Jahre in Malmberget gearbeitet hatte, jetzt aber auf die Wanderschaft gegangen sei. Es geschah oft, daß er auf die Wanderschaft ging, wenn die Unruhe über ihn kam. Wohin er gegangen war, wußte niemand, aber sie waren alle fest überzeugt, daß er in einigen Wochen wiederkommen würde. Und da sie Jon Assarssons Kinder waren, könnten sie ja, während sie auf ihn warteten, gern in der Hütte wohnen, die er bewohnt hatte. Und dann holte einer den Haustürschlüssel hervor, der unter der Türschwelle lag und ließ die Kinder hinein. Niemand wunderte sich darüber, daß sie gekommen waren, und niemand schien sich darüber zu wundern, daß ihr Vater bisweilen in die Einöde ging. Hier oben waren sie wohl daran gewöhnt, daß jeder nach seinem eigenen Kopf handelte.

Aase war bald mit sich im reinen, wie sie das Begräbnis haben wollte. Am letzten Sonntag hatte sie gesehen, wie einer der Grubenaufseher beerdigt wurde. Er war von des Inspektors eigenen Pferden nach der Kirche in Gellivare gefahren worden, und ein langer Zug von Grubenarbeitern war dem Sarge gefolgt. Am Grabe hatte eine Musikkapelle gespielt und ein Singchor gesungen. Und nach dem Begräbnis wurden alle, die mit in der Kirche gewesen waren, zum

Kaffee in die Schule geladen. Etwas Ähnliches wünschte das Gänsemädchen Aase für ihren kleinen Bruder Mads.

Sie hatte sich schon so lebhaft dahinein gedacht, daß sie beinahe den ganzen Leichenzug vor Augen sah, aber dann sank ihr Mut wieder, und sie sagte sich selbst, daß es wohl nicht so werden könne, wie sie es wünschte. Nicht weil es zu teuer geworden wäre. Sie hatten soviel Geld zusammengespart, sie und der kleine Mads, daß sie ihm ein so schönes Begräbnis bereiten konnte, wie sie es nur wünschen mochte. Die Schwierigkeit lag darin, daß erwachsene Menschen – das wußte sie – sich nie nach einem Kinde richten würden. Sie war nur ein Jahr älter als der kleine Mads, der so klein und schmächtig aussah, wie er da tot neben ihr lag. Und sie selber war ja auch nur ein Kind.

Die erste, mit der sie über das Begräbnis sprach, war die Krankenpflegerin. Schwester Hilma kam gleich nachdem der kleine Mads gestorben war, und schon ehe sie die Tür öffnete, wußte sie, daß es um diese Zeit vorbei sein mußte. Am vorhergehenden Nachmittag war der kleine Mads in der Nähe der Gruben umhergelaufen. Er war einem großen Luftschacht zu nahe gekommen, als gerade eine Sprengung vorgenommen wurde, und einige Steine hatten ihn getroffen. Er war ganz allein und blieb lange bewußtlos am Boden liegen, ohne daß jemand wußte, was geschehen war. Schließlich bekamen einige Männer, die unter dem Luftschacht arbeiteten, auf eine wunderliche Weise Kenntnis davon. Sie behaupteten, ein kleiner Wicht, der nicht viel größer als eine Spanne hoch gewesen, an den Rand der Grube gekommen sei und ihnen zugerufen habe, sie sollten dem kleinen Mads schleunigst zu Hilfe kommen, er liege oben vor der Grube und sei nahe daran, zu verbluten. Darauf wurde der kleine Mads nach Hause getragen und verbunden, aber es war schon zu spät. Er hatte einen so großen Blutverlust erlitten, daß er nicht mehr leben konnte.

Als die Krankenpflegerin ins Zimmer trat, dachte sie nicht so sehr an den kleinen Mads als an seine Schwester. »Was soll ich nur mit dem armen Kinde anfangen?« fragte sie sich, »Sie ist gewiß ganz untröstlich.«

Aber Schwester Hilma sah, daß Aase weder weinte noch klagte, sie half ihr ganz ruhig bei allem, was getan werden mußte. Die Krankenpflegerin wunderte sich sehr darüber, aber sie erhielt Aufklärung, als Aase mit ihr über das Begräbnis zu sprechen begann.

»Wenn man mit jemand, wie der kleine Mads, zusammengewesen ist,« sagte Aase, die sich gern ein wenig altklug und feierlich ausdrückte, »so muß man vor allem daran denken, wie man ihn ehren kann. Hinterher ist Zeit genug zum Trauern.«

Und dann bat sie die Krankenpflegerin, ihr behilflich zu sein, dem kleinen Mads ein ehrenvolles Begräbnis zu verschaffen. Niemand habe das mehr verdient als er.

Die Krankenpflegerin meinte, daß, wenn das arme, verlassene Kind darin Trost finden könne, dies nur ein Glück sei. Sie versprach ihr zu helfen, und das war eine große Sache für Aase. Jetzt war es ihr, als sei das Ziel fast erreicht, denn Schwester Hilma hatte viel zu sagen. In dem großen Grubenfeld, wo die Sprengschüsse jeden Tag ertönen, wußte ja jeder Arbeiter, daß er jeden Augenblick von einem Stein oder von einem herabstürzenden Felsblock getroffen werden könne, und darum wollten sich alle gern gut mit der Krankenschwester stellen.

Als daher Schwester Hilma und Aase bei den Grubenarbeitern herumgingen und baten, ob sie nicht am nächsten Sonntag dem kleinen Mads das letzte Geleite geben wollten, waren da nicht viele, die nein sagten. »Ja, wenn Schwester Hilma uns darum bittet, dann wollen wir es schon tun,« sagten sie.

Die Krankenpflegerin brachte auch die Sache mit dem Quartett von Blasinstrumenten, das am Grabe spielen sollte und mit dem kleinen Singechor glücklich in Ordnung. Dahingegen tat sie keine Schritte wegen des Schulhauses; da noch das schönste Sommerwetter war, wurde beschlossen, daß das Trauergefolge draußen im Freien Kaffee trinken sollte. Bänke und Tische sollten aus dem Goodtemplersaal geliehen werden und Tassen und Teller von den Kaufleuten. Einige Arbeiterfrauen, die in ihren Truhen allerlei Sachen hatten, die sie nicht benutzten, solange sie hier in der Einöde wohnten, holten der Schwester zuliebe ihre feinen Gedecke hervor, um sie auf den Kaffeetischen auszubreiten.

Dann wurden Zwieback und Kringel bei einem Bäcker in Boden bestellt und schwarz-weißes Konfekt bei einem Konditor in Luleå.

Es herrschte eine solche Aufregung aus Anlaß des Begräbnisses, das Aase für ihren kleinen Bruder veranstalten wollte, daß ganz Malmberget davon sprach. Und schließlich erfuhr auch der Inspektor, was im Schwange war.

Als er hörte, daß fünfzig Grubenarbeiter einen zwölfjährigen Knaben zu Grabe geleiten wollten, obwohl dieser, soviel er wußte, nur ein umherstreifender Betteljunge gewesen war, fand er, daß das der reine Wahnsinn sei. Und Gesang und Musik und Kaffeegesellschaft wollten sie haben, und das Grab sollte mit Grün bekleidet werden, und Konfekt aus Luleå! Er schickte sofort zu der Krankenpflegerin und bat sie, dies alles zu verhindern. »Es ist unrecht, ein armes Kind sein Geld so vergeuden zu lassen,« sagte er. »Es kann ja nicht angehen, daß sich erwachsene Menschen nach dem Einfall eines Kindes richten. Sie machen sich ja alle miteinander lächerlich!«

Der Inspektor war weder zornig noch heftig. Er sprach ganz ruhig und bat die Krankenpflegerin, den Gesang und die Musik und das lange Leichengefolge abzubestellen. Es würde ja genügen, wenn ein Dutzend Menschen den Jungen zu Grabe geleiteten. Und die Krankenpflegerin widersprach dem Inspektor mit keinem Wort, teils aus Respekt und teils weil sie selbst fühlte, daß er recht hatte. Es war zu viel Wesens von so einem Betteljungen machen! Aus Mitleid mit dem armen Mädchen war ihr Herz mit dem Verstand durchgegangen.

Von der Villa des Inspektors ging die Krankenpflegerin nach dem Barackenviertel, um Aase zu sagen, daß sie es nicht so ausrichten könne, wie sie es wünschte, aber sie tat das nicht leichten Herzens, denn niemand wußte besser als sie, was dies Begräbnis für das arme Kind bedeutete. Auf dem Wege begegnete sie ein paar Arbeiterfrauen und sprach mit ihnen über diese Schwierigkeiten. Sie sagten sofort, sie fänden, daß der Inspektor recht habe. Es sei ein Unsinn, so viel Aufhebens von einem Betteljungen zu machen. Natürlich tue ihnen das kleine Mädchen leid, aber es sei widersinnig, daß ein Kind auf diese Weise alles ordnen und einrichten wolle. Es wäre gut, daß aus dem Ganzen nichts würde.

Die Frauen gingen nach Hause und erzählten es weiter, und bald lief das Gerücht, daß aus dem großen Begräbnis für den kleinen Mads nichts werden könne, vom Barackenviertel bis zum Grubenschacht. Und alle stimmten darin überein, daß es das einzig Richtige sei.

In ganz Malmberget war wohl nur eine, die anderer Ansicht war, nämlich das Gänsemädchen Aase. Die Krankenpflegerin hatte wirklich einen harten Kampf mit ihr zu bestehen. Aase weinte weder, noch klagte sie, aber sie wollte sich nicht fügen. Sie sagte, sie habe den Inspektor nicht um Hilfe gebeten, folglich habe er auch nichts mit der Sache zu tun. Er könne ihr ja nicht verbieten, ihren Bruder so zu begraben, wie sie wollte.

Erst als mehrere von den Frauen bei ihr gewesen waren und ihr erklärt hatten, daß jetzt, wo der Inspektor nichts davon wissen wolle, niemand zum Begräbnis kommen werde, wurde es ihr klar, daß sie seine Erlaubnis haben mußte.

Sie saß einen Augenblick da und überlegte, dann stand sie plötzlich auf. »Wo willst du hin?« fragte die Krankenpflegerin. »Ich muß zu dem Inspektor gehen und selbst mit ihm reden,« erwiderte Aase. – »Du glaubst doch wohl nicht, daß er sich an das kehrt, was du sagst?« meinten die Frauen. – »Ich glaube, der kleine Mads will, daß ich zu ihm gehen soll,« antwortete Aase. »Der Inspektor hat wahrscheinlich nie gehört, was für ein Mensch er gewesen ist.«

Das Gänsemädchen Aase machte sich schnell fertig und war bald auf dem Wege zum Inspektor. Es erschien nun aber allen ganz unglaublich, daß ein Kind wie sie daran denken konnte, den Inspektor, den mächtigsten Mann in ganz Malmberget, von dem abzubringen, was er einmal als seinen Willen geäußert hatte. Und die Krankenpflegerin wie auch die andern Frauen konnten es sich nicht versagen, ihr aus der Entfernung zu folgen, um zu sehen, ob sie wirklich den Mut hatte, zu ihm zu gehen.

Das Gänsemädchen Aase ging mitten auf dem Wege, und während sie so dahin schritt, lag etwas über ihr, das die Menschen veranlaßte, sich nach ihr umzusehen. Sie kam so ernsthaft und würdig dahergegangen, wie ein junges Mädchen, das an ihrem Konfirmationstag durch die Kirche schreitet. Auf dem Kopf hatte sie ein großes schwarzseidenes Tuch, ein Erbstück von ihrer Mutter, in der Rechten trug sie ein zusammengefaltetes Taschentuch und in der Linken einen Korb mit Spielzeug, das der kleine Mads verfertigt hatte.

Als die Kinder, die auf dem Wege spielten, sie kommen sahen, liefen sie hinter ihr drein und riefen: »Wo willst du hin, Aase? Wo willst du hin?« Aber Aase antwortete nicht. Sie hatte ihre Fragen nicht einmal gehört. Sie ging nur weiter. Und als die Kinder wieder und wieder fragten, und an ihrem Rock zerrten, packten die Frauen, die hinter ihr hergingen, die Kinder beim Arm und hielten sie zurück. – »Laßt sie gehen,« sagten sie. »Sie will zum Inspektor und bitten, ob sie nicht ein großes Begräbnis für ihren Bruder, den kleinen Mads veranstalten darf.« Da wurden auch die Kinder von Erstaunen ergriffen, daß sich Aase auf etwas so Verwegenes einlassen wollte, und eine kleine Schar von ihnen lief mit, um zu sehen, wie es ihr ergehen werde.

Dies trug sich gegen sechs Uhr nachmittags zu, als die Arbeit in den Gruben beendet war, und als Aase eine Strecke gegangen war, kamen mehrere hundert Arbeiter mit langen, hastigen Schritten des Weges daher. Sie pflegten sonst weder nach recht noch nach links zu sehen, wenn sie von der Arbeit kamen, als sie aber Aase begegneten, konnten einige von ihnen merken, daß hier etwas Besonderes vor sich ging, und sie fragten sie, was ihr fehle. Aase erwiderte kein Wort, aber die andern Kinder riefen laut durcheinander, wohin sie wollte. Da fanden auch einige von den Arbeitern, daß dies ein sehr mutiges Vorhaben für ein Kind sei, und sie gingen mit, um zu sehen, wie die Sache ablaufen würde.

Aase ging nach dem Kontorgebäude, wo der Inspektor um diese Zeit noch bei seiner Arbeit zu sitzen pflegte. Als sie in den Flur trat, öffnete sich eine Tür, und der Inspektor stand, den Hut auf dem Kopf und den Stock in der Hand, vor ihr, auf dem Wege zu seiner Wohnung, um zu Mittag zu essen. »Mit wem willst du sprechen?« fragte er, als er das kleine Mädchen sah, das so feierlich daherkam mit dem seidnen Tuch um den Kopf und dem zusammengefalteten Taschentuch. »Ich möchte gern mit dem Herrn Inspektor selbst sprechen,« sagte Aase. – »Du willst mit mir sprechen? Ja, dann komm nur herein!« sagte der Inspektor und trat wieder in das Kontor. Er ließ die Tür offen stehen, denn es kam ihm nicht in den Sinn, daß das kleine Mädchen lange dableiben würde. So ging es zu, daß alle, die dem Gänsemädchen Aase gefolgt waren und nun in dem Flur und auf der Treppe standen, hörten, was im Kontor vor sich ging.

Als das Gänsemädchen Aase da hinein kam, richtete sie sich auf, schob ihr Kopftuch zurück und sah den Inspektor mit ihren runden Kinderaugen an, die einen so ernsten Blick hatten, daß es einem ins Herz schnitt. »Der kleine Mads ist tot,« sagte sie, und ihre Stimme bebte, so daß sie nicht weiter sprechen konnte. Aber nun wußte der Inspektor, wen er vor sich hatte. »Ach, du bist das kleine Mädchen, das das große Begräbnis veranstalten will,« sagte er freundlich. »Das darfst du wirklich nicht tun, mein Kind. Die Sache wird zu teuer für dich. Hätte ich nur früher davon gehört, so würde ich es gleich verhindert haben.«

Es zuckte in dem Gesicht des kleinen Mädchens, und der Inspektor glaubte, nun würde sie zu weinen anfangen, aber statt dessen sagte sie:

»Ich möchte fragen, ob ich dem Herrn Inspektor ein wenig von dem kleinen Mads erzählen darf?«

»Ich habe eure Geschichte schon gehört,« sagte der Inspektor in seiner gewöhnlichen ruhigen, sanften Weise. »Du tust mir sehr leid, das kannst du mir glauben. Aber ich will nur dein Bestes.«

Da richtete sich das Gänsemädchen Aase noch straffer auf und fügte mit lauter, klarer Stimme: »Seit der kleine Mads neun Jahre alt war, hat er weder Vater noch Mutter gehabt und hat ganz für sich selbst sorgen müssen wie ein erwachsener Mensch. Er hat sich für zu gut gehalten, auch nur um eine Mahlzeit zu betteln, er wollte immer alles bezahlen. Er sagte, es schicke sich nicht für einen Mann zu betteln. Er ging auf dem Lande herum und kaufte Eier und Butter auf, und er war so gewiegt im Handeln wie ein alter Kaufmann. Er war nie fahrlässig und er steckte nie auch nur einen Pfennig beiseite, sondern brachte mir alles. Der kleine Mads nahm seine Arbeit mit, wenn er Gänse auf dem Felde hütete und war so fleißig, als wäre er ein erwachsener Mann. Die Bauern da unten in Schonen gaben dem kleinen Mads oft viel Geld mit, wenn er von einem Hof zum andern ging, denn sie wußten, daß sie sich auf ihn verlassen konnten wie auf sich selbst. Darum ist es nicht richtig zu sagen, daß der kleine Mads nur ein Kind gewesen sei, denn es gibt viele Erwachsene, die nicht —«

Der Inspektor stand da und sah zu Boden; keine Muskel in seinem Gesicht bewegte sich, und das Gänsemädchen Aase schwieg, denn sie glaubte, daß ihre Worte keinen Eindruck auf ihn machten. Daheim war es ihr gewesen, als hätte sie so viel von dem kleinen Mads zu sagen, aber jetzt erschien es ihr so gar wenig. Wie sollte sie dem Inspektor begreiflich machen, daß der kleine Mads es verdiente, mit denselben Ehren begraben zu werden wie ein Erwachsener?

»Und wenn ich doch das ganze Begräbnis selbst bezahlen will ...« sagte Aase und dann schwieg sie wieder.

Da erhob der Inspektor den Kopf und sah dem Gänsemädchen Aase in die Augen. Er maß und wog sie, wie es der zu tun pflegt, der viele Menschen unter sich hat. Er dachte daran, was sie alles durchgemacht hatte, indem sie ihr Heim und die Eltern und Geschwister verlor; aber das hatte ihren Mut nicht gebrochen, und es würde sicher ein prächtiges Menschenkind aus ihr werden. Er wagte nicht, der Last, die sie zu tragen hatte, noch mehr hinzuzufügen, denn es könnte ja sein, daß dies der Strohhalm würde, unter dem sie zusammenbrach. Er begriff, welch

Entschluß es sie gekostet hatte, zu ihm zu kommen, um mit ihm zu reden. Sie mußte diesen Bruder ja über alles in der Welt geliebt haben. Einer solchen Liebe durfte man nicht mit einem Abschlag begegnen. »Es geschehe, wie du willst,« sagte der Inspektor.

XLIV. Bei den Lappen

Die Beerdigung war vorüber. Alle Gäste des Gänsemädchens Aase waren gegangen, und sie saß allein in der kleinen Hütte, die ihrem Vater gehört hatte. Sie hatte die Tür abgeschlossen, um Ruhe zu haben und an ihren Bruder denken zu können. Sie dachte an alles, was der kleine Mads gesagt und getan hatte, an eins nach dem andern, und das war so viel, daß sie vergaß zu Bett zu gehen und nicht nur den ganzen Abend, sondern bis spät in die Nacht sitzen blieb. Je mehr sie an den Bruder dachte, um so klarer wurde es ihr, wie schwer es sein würde, ohne ihn zu leben, und schließlich legte sie den Kopf auf den Tisch und weinte bitterlich. »Was soll aus mir werden, wenn ich den kleinen Mads nicht mehr habe,« schluchzte sie.

Es war, wie gesagt, spät in der Nacht, und das Gänsemädchen Aase hatte einen anstrengenden Tag gehabt, da war es denn nicht verwunderlich, daß der Schlaf sie übermannte, sobald sie den Kopf senkte. Und es war ja auch nicht verwunderlich, daß sie von dem träumte, an den sie fortwährend gedacht hatte. Es war ihr, als komme der kleine Mads leibhaftig zu ihr ins Zimmer herein. »Aase, jetzt mußt du dich aufmachen und versuchen, unsern Vater zu finden,« sagte er. – »Wie kann ich das nur, ich weiß ja nicht einmal, wo ich ihn suchen soll,« schien sie zu antworten. – »Darüber sollst du dir keine Sorgen machen,« entgegnete der kleine Mads frisch und fröhlich, wie es eine Art war. »Ich will dir schon jemand schicken, der dir helfen kann.«

Während das Gänsemädchen Aase träumte, daß der kleine Mads dies sagte, klopfte es an ihre Kammertür. Es war ein wirkliches Klopfen und nicht etwas, was sie träumte. Aber sie war in dem Maße von ihrem Traum befangen, daß sie nicht zu unterscheiden vermochte, was Wirklichkeit war und was Einbildung, und als sie hinging, um die Tür zu öffnen, dachte sie: ›Nun kommt ganz sicher der Helfer, den der kleine Mads mir zu schicken versprochen hat.‹

Hätte nun Schwester Hilma oder irgendein anderer richtiger Mensch auf der Schwelle gestanden, als das Gänsemädchen Aase die Tür öffnete, so würde sie gleich gemerkt haben, daß der Traum aus war, aber es war kein Mensch. Der geklopft hatte, war ein kleiner Wicht, nicht viel größer als eine Spanne hoch. Obgleich es spät in der Nacht war, war es doch noch so hell wie am Tage, und Aase sah sogleich, daß es derselbe kleine Bursche war, den sie und der kleine Mads, während sie das Land durchwanderten, ein paarmal getroffen hatten. Damals war sie bange vor ihm, und das würde sie auch jetzt gewesen sein falls sie richtig wach gewesen wäre. Aber sie hatte ein Gefühl, als träume sie noch, und darum blieb sie ruhig stehen. ›Dacht' ich mir's doch, daß es der sei, den der kleine Mads mir schicken wollte, der mir behilflich sein sollte, den Vater zu finden,‹ dachte sie.

Und darin hatte sie nicht unrecht, denn der kleine Kerl kam gerade, um mit ihr über ihren Vater zu sprechen. Als er sah, daß sie nicht bange vor ihm war, erzählte er ihr mit wenigen Worten, wo der Vater zu finden sei, wie auch, was sie tun müsse, um zu ihm zu gelangen.

Aber während er sprach, erwachte das Gänsemädchen Aase allmählich zu vollem Bewußtsein, und als er geendet hatte, war sie ganz wach. Und da erschrak sie so darüber, daß sie hier stand und mit einem sprach, der nicht ihrer Welt angehörte, daß sie kein Wort über ihre Lippen zu bringen vermochte, nicht einmal einen Dank. Im Gegenteil, sie lief schnell in die Stube hinein und schlug die Tür hart hinter sich zu. Es war ihr freilich, als könne sie sehen, daß das Gesicht des Kleinen einen sehr betrübten Ausdruck annahm, als sie das tat; aber sie konnte nicht anders. Sie war ganz außer sich vor Entsetzen und kroch schnell in das Bett und zog die Decke über den Kopf.

Aber obwohl sie so bange vor dem Kleinen geworden war, begriff sie doch, daß er nur ihr Bestes gewollt hatte, und am nächsten Tage beeilte sie sich, das zu tun, wozu er ihr geraten hatte.

Auf dem linken Ufer des Luossojaure, eines kleinen Sees, der noch viele Meilen nördlicher liegt als Malmberget, war ein kleines Lappenlager. An dem südlichen Ende des Sees ragt ein mächtiger Bergkegel auf, der Kirunavåra heißt und der, wie man erzählte, aus lauter Eisenerz bestehen soll. Auf der nordöstlichen Seite lag ein anderer Berg, der Luossovåra hieß, und das war auch ein reicher Eisenberg. Man war jetzt im Begriff, eine Eisenbahn von Gellivare zu diesen Bergen hinauf zu führen, und in der Nähe von Kirunavåra wurden ein Bahnhof, ein Hotel und eine

Menge Wohnungen für die Ingenieure und Arbeiter gebaut, die hier wohnen würden, wenn der Gewinn des Erzes erst ordentlich in Gang gekommen war. Es war dies eine ganze Stadt mit hübschen und gemütlichen Häusern, die dort hoch oben entstand, und zwar in einer Gegend, die so weit nördlich gelegen war, daß die kleinen, verkrüppelten Birken, die den Erdboden bedeckten, erst nach dem Hochsommer ihre Blätter aus den Knospen entfalten konnten.

Westlich von dem See lag das Land frei und offen, und da hatten, wie gesagt, ein paar Lappenfamilien ihr Lager aufgeschlagen. Sie waren vor einem Monat hierhergekommen und hatten nicht viel Zeit gebraucht, um ihre Wohnung in Ordnung zu bringen. Sie hatten weder Felsen sprengen noch zu mauern brauchen, um guten und ebenen Baugrund zu schaffen, sondern sobald sie einen trockenen und guten Platz in der Nähe des Sees gefunden, hatten sie nichts weiter zu tun gebraucht, als ein wenig Weidengestrüpp wegzuhauen und einige Erdhügel zu ebnen, um den Bauplatz herzurichten. Auch hatten sie nicht lange gezimmert und gehämmert, um feste Wände aus Balken herzustellen, und sie hatten sich keine Mühe damit gemacht, das Dach aufzurichten und es gut zu decken, oder die Wände inwendig mit Brettern zu bekleiden und Fenster einzusetzen; ja, nicht einmal um Türen und Schlösser hatten sie sich bekümmert. Sie brauchten nichts weiter zu tun, als die Zeltpfähle tüchtig fest in den Boden zu rammen und Leinwand darüber zu hängen, dann war ihr Haus so gut wie fertig. Auch mit dem Hineinschaffen der Möbel hatten sie sich keine großen Umstände gemacht. Das Wichtigste war, einige Felle und Tannenzweige auf dem Boden auszubreiten und den großen Kessel, in dem sie ihr Renntierfleisch kochten, an einer eisernen Kette aufzuhängen, die oben an den Zeltstangen befestigt wurde.

Die Ansiedler auf der östlichen Seite des Sees, die sich aus Leibeskräften damit abmühten, ihre Häuser fertig zu schaffen, ehe der strenge Winter hereinbrach, wunderten sich über die Lappen, die seit vielen, vielen Hunderten von Jahren hier in dem kalten Norden umhergestreift waren, ohne daran zu denken, daß man andern Schutz gegen Sturm und Kälte haben könne, als ein paar dünne Zeltwände. Und die Lappen wunderten sich über die Ansiedler, die sich alle diese schwere und mühselige Arbeit machten, da zum Leben doch nichts weiter nötig war als der Besitz von einigen Renntieren und einem Zelt.

Eines Nachmittags im Juli regnete es dort oben am Luossojaure ganz fürchterlich, und die Lappen, die sich sonst zur Sommerzeit nicht viel innerhalb ihrer Zeltwände aufhielten, waren alle miteinander in eins der Zelte gekrochen und kauerten dort um das Feuer und tranken Kaffee.

Während sie da saßen und noch so vergnüglich bei der Kaffeetasse plauderten, kam ein Boot von der Kirunaerseite herübergerudert und legte bei dem Lappenlager an. In dem Boot saßen ein Arbeiter und ein kleines Mädchen, das wohl dreizehn bis vierzehn Jahre alt sein mochte; sie stiegen bei dem Lager aus. Die Hunde fuhren mit heftigem Gebell auf sie ein, und einer der Lappen steckte den Kopf zur Zeltöffnung heraus, um zu sehen, was es gäbe. Er war sehr erfreut, als er den Arbeiter sah, denn der war ein guter Freund der Lappen, ein munterer und redseliger Mann, der die Sprache der Lappen sprechen konnte. Der Lappe rief ihm gleich zu, er solle ins Zelt hineinkommen. »Du kommst wie gerufen, Söderberg,« rief er. »Der Kaffeekessel hängt über dem Feuer; bei diesem Regenwetter kann doch niemand etwas anfangen. Komm herein und erzähle uns etwas Neues.«

Der Arbeiter kroch zu den Lappen hinein, und mit viel Mühe, aber unter lustigem Scherzen und Lachen, gelang es, für ihn und das kleine Mädchen Platz in dem Zelt zu schaffen, das schon ganz voll von Menschen war. Der Mann begann sofort lappländisch mit seinen Wirten zu sprechen. Währenddessen saß das Mädchen, das mit ihm gekommen war, und das nichts von der Unterhaltung verstand, ganz stumm da und betrachtete erstaunt den Kochtopf und den Kaffeekessel, das Feuer und den Rauch, die Lappen und die Lappenfrauen, die Kinder und die Hunde, die Wände und den Fußboden, die Kaffeetassen und die Tabakpfeifen, die bunten Kleider und die geschnitzten Gerätschaften.

Aber auf einmal hielt sie mit ihrer Untersuchung inne und schlug die Augen nieder, denn sie merkte, daß alle im Zelt sie ansahen. Söderberg mußte etwas von ihr erzählt haben, denn sowohl die Lappen als auch die Lappenfrauen nahmen ihre kurzen Tabakpfeifen aus dem Munde und starrten sie an. Der ihr zunächstsitzende Lappe klopfte ihr auf die Schulter und sagte auf schwedisch: »Gut! Gut!« Eine Lappenfrau schenkte eine große Tasse Kaffee ein, die ihr mit vieler Mühe hinübergereicht wurde, und ein Lappenjunge in ihrem Alter kroch zu ihr hinüber. Da blieb er liegen und glotzte sie an.

Sie erriet, daß Söderberg den Lappen erzählt haben mußte, wie sie das große Begräbnis für ihren Bruder, den kleinen Mads, veranstaltet hatte, aber sie saß da und wünschte, daß er nicht so viel von ihr erzählen möge, sondern die Lappen fragen wollte, ob sie nichts von ihrem Vater wüßten.

Der kleine Wicht hatte gesagt, daß er sich bei den Lappen aufhalte, die ihr Lager westlich vom Luossojaure aufgeschlagen hätten, und da hatte sie um Erlaubnis gebeten, mit einem Kieszug da hinauf zu fahren – denn richtige Züge gingen noch nicht auf der Bahn – um nach ihrem Vater suchen zu kommen. Alle, die Aufseher wie auch die Arbeiter taten ihr Bestes, um ihr zu helfen, und in Kiruna hatte ein Ingenieur Söderberg, der Lappisch sprechen konnte, mit ihr über den See geschickt, um sich nach dem Vater zu erkundigen.

Sie hatte gehofft, daß sie ihn treffen würde, sobald sie hier ankäme, und sie hatte ein Gesicht nach dem andern im Zelt angesehen, konnte aber gar nicht in Zweifel sein, daß sie alle dem Lappenvolk angehörten. Der Vater war nicht unter ihnen.

Sie sah, daß die Lappen und Söderberg immer ernsthafter wurden, je länger sie miteinander redeten, und die Lappen schüttelten die Köpfe und klopften sich an die Stirn, als sprächen sie von jemand, der nicht ganz bei Verstand sei. Da wurde sie so unruhig, daß sie es nicht länger aushalten konnte, still zu sitzen und zu warten, und sie fragte Söderberg, was die Lappen von ihrem Vater wüßten.

»Sie sagen, er ist fortgegangen, um zu fischen,« antwortete der Arbeiter. »Sie wissen nicht, ob er heute abend noch ins Lager zurückkommt, aber sobald das Wetter ein wenig besser wird, will einer von ihnen ausgehen und nach ihm suchen.«

Dann wandte er sich wieder an die Lappen und sprach eifrig mit ihnen weiter. Er wollte offenbar nicht, daß Aase noch mehr Fragen über ihren Vater an ihn richtete.

*

Am nächsten Morgen war schönes Wetter. Ola Serka selbst, der vornehmste unter den Lappen, hatte gesagt, er wolle ausgehen und nach Aases Vater suchen. Aber er beeilte sich nicht; er kauerte vor dem Zelte, dachte an Jon Assarson und überlegte, wie er ihm die Nachricht beibringen sollte, daß seine Tochter gekommen war, um ihn zu suchen. Es handelte sich nämlich darum, dies so zu bewerkstelligen, daß Jon Assarson nicht erschrak und entfloh, denn er war ein sonderbarer Mann, den der Anblick von Kindern bange machte. Er pflegte zu sagen, ihn befielen so trübe Gedanken, wenn er sie sähe, und das könne er nicht ertragen.

Während Ola Serka hierüber nachdachte, saßen das Gänsemädchen Aase und Aslak, der Lappenjunge, der am vorhergehenden Abend vor ihr gelegen und sie angeglotzt hatte, auf dem freien Platz vor dem Zelt und plauderten miteinander. Aslak war zur Schule gegangen und konnte Schwedisch sprechen. Er erzählte Aase von dem Leben der Lappen und versicherte sie, daß sie besser dran seien als alle andern Menschen. Aase fand, daß ihr Leben schrecklich sei, und das sagte sie. »Du weißt nicht, was du sprichst,« sagte Aslak. »Bleibe nur eine Woche bei uns, und du wirst sehen, daß wir das glücklichste Volk auf der ganzen Erde sind.«

»Wenn ich noch eine Woche hierbleibe, so fürchte ich, daß ich von all dem Rauch da drinnen im Zelt erstickt werde,« sagte Aase. – »So darfst du nicht reden,« sagte der Lappenjunge. »Du weißt nichts von uns. Ich will dir eine Geschichte erzählen, daraus kannst du sehen, daß du immer lieber bei uns sein wirst, je länger du hier bist.«

Und dann begann Aslak, Aase von der Zeit zu erzählen, wo die große Krankheit, die man den schwarzen Tod nannte, durch das Land ging. Er wußte nicht, ob sie hier oben in dem richtigen Lappland, wo sie sich jetzt befanden, gewütet hatte, aber in Jämtland hatte sie so arg gehaust, daß alle Lappen, die dort im Gebirge und in den Wäldern wohnten, bis auf einen Jungen von fünfzehn Jahren gestorben waren, und von den Schweden, die in der Flußtälern wohnten, blieb auch nur ein Mädchen am Leben, das ebenfalls fünfzehn Jahre alt war.

»Der Junge und das Mädchen waren einen ganzen Winter in dem öden Lande umhergewandert, um nach Menschen zu suchen, und als der Frühling kam, stießen sie endlich aufeinander,« erzählte Aslak weiter. »Da bat das schwedische Mädchen den Lappenjungen, mit ihr südwärts zu ziehen, damit sie zu Leuten ihres eigenen Stammes kämen. Sie wolle nicht in Jämtland bleiben, wo alles ausgestorben war. ›Ich will dich führen, wohin du willst,‹ sagte der Junge, ›aber nicht vor dem Winter. Jetzt ist es Frühling, und du weißt, daß wir, die wir zu dem Lappenvolk gehören, dahin gehen müssen, wohin unsere Rentiere uns führen.‹

Das schwedische Mädchen war das Kind reicher Eltern. Sie war daran gewöhnt, unter einem Dach zu wohnen, in einem Bett zu schlafen und an einem Tisch zu essen. Sie hatte die armen Gebirgsbewohner immer verachtet und meinte, daß die, so da unter offenem Himmel wohnten, sehr unglücklich sein müßten. Aber sie fürchtete sich, in ihr Heim zurückzukehren, wo nichts war als tote Menschen. ›Ja, dann laß mich aber mit dir auf die Berge hinaufziehen,‹ sagte sie zu dem Jungen, ›dann brauche ich doch nicht hier allein umherzuwandern, ohne je eine menschliche Stimme zu hören.‹ Darauf ging der Junge gern ein, und so kam es, daß das Mädchen die Renntiere auf ihrer Wanderung ins Gebirge begleitete. Die Herde sehnte sich nach den guten Bergweiden und legte an jedem Tage eine lange Strecke zurück. Da war keine Zeit, ein Zelt aufzuschlagen. Es blieb ihnen nichts weiter übrig, als sich auf den Schnee zu werfen und ein wenig zu ruhen, während die Renntiere Rast machten, um zu weiden. Die Tiere fühlten den Südwind durch ihren Pelz wehen; sie wußten, daß er im Laufe weniger Tage den Schnee von den Berghängen wegfegen würde. Das Mädchen und der Junge mußten ihnen durch schmelzenden Schnee und über brechendes Eis nacheilen. Als sie endlich so hoch ins Gebirge hinaufgekommen waren, daß der Nadelwald aufhörte, und die verkrüppelten Birken begannen, rasteten sie einige Wochen und warteten, daß der Schnee auf den obersten Berghalden schmelzen sollte; dann zogen sie da hinauf. Das Mädchen jammerte, keuchte und stöhnte und sagte wieder und wieder, sie sei müde, sie müsse umkehren und wieder ins Tal hinabsteigen, aber sie ging trotzdem lieber mit als daß sie allein blieb, ohne eine Menschenseele, mit der sie ein Wort sprechen konnte.

Als sie die Gebirgsebene erreicht hatten, schlug der Junge auf einem schönen, grünen Platz, der zu einem Gebirgsbach sanft abfiel, ein Zelt für das Mädchen auf. Am Abend fing er die Renntierkühe mit einer Wurfleine ein, molk sie und gab ihr Renntiermilch zu trinken. Er fand auch ein wenig Renntierkäse und getrocknetes Renntierfleisch, das seine Leute, als sie im vorigen Sommer dort lagerten, oben auf dem Berge versteckt hatten. Aber das Mädchen jammerte immer und war nie zufrieden. Sie wollte weder Renntierkäse noch getrocknetes Renntierfleisch essen, auch wollte sie keine Renntiermilch trinken. Sie konnte sich nicht darin finden, im Zelt zu kauern oder im Freien mit ein paar Zweigen unter sich und nur mit einem Renntierfell bedeckt, zu schlafen. Aber der Sohn des Gebirgsvolks lachte nur über all ihr Gejammer und fuhr fort, gut gegen sie zu sein.

Nach Verlauf einiger Tage kam das Mädchen zu dem Jungen, als er dasaß und die Renntiere molk und bat, ob sie ihm nicht helfen dürfe. Sie übernahm es auch, Feuer unter dem Kessel anzuzünden, wenn Renntierfleisch gekocht werden sollte, Wasser zu tragen und Käse zu machen. Nun kam bald eine schöne Zeit, das Wetter war warm, und es war leicht, Essen zu beschaffen. Sie gingen zusammen aus und legten Vogelschlingen, fischten Lachsforellen in den Bächen und pflückten Multebeeren in den Mooren.

Als der Sommer vorüber war, zogen sie so tief vom Gebirge herab, daß sie die Grenze zwischen Nadel- und Laubwald erreichten. Dort schlugen sie wieder ihr Lager auf. Es war jetzt Schlachtzeit, und sie mußten jeden Tag hart arbeiten, aber es war auch eine gute Zeit, denn sie konnten sich noch bessere Nahrung verschaffen als im Sommer. Als der Schnee kam und das Eis anfing, die Seen zu bedecken, zogen sie weiter ostwärts in den dichten Tannenwald hinab. Sobald sie ihr Zelt errichtet hatten, begannen sie mit den Winterarbeiten. Der Junge lehrte das Mädchen, Fäden aus Renntiersehnen zu drehen, die Felle zu bereiten, Kleider und Schuhe daraus zu nähen, Kämme und allerlei Gerät aus dem Geweih der Renntiere anzufertigen, auf Schneeschuhen zu laufen und im Renntierschlitten zu fahren. Als der dunkle Winter vergangen war und die Sonne wieder warm zu scheinen anfing, sagte der Junge zu dem Mädchen, jetzt wolle er sie nach dem Süden begleiten, damit sie ihr Volk und ihren eigenen Stamm finden könne. Da sah ihn das Mädchen verwundert an: »Warum willst du mich wegschicken?« fragte sie. »Sehnst du dich danach, mit deinen Renntieren allein zu sein?« – »Ich dachte, du sehntest dich fort,« sagte der Junge. – »Ich habe nun fast ein Jahr das Leben des Lappenvolkes gelebt,« erwiderte das Mädchen. »Ich kann nicht mehr zu meinem Volk zurückkehren und in engen Wohnungen leben, nachdem ich frei in den Bergen und Wäldern umhergewandelt bin. Jage mich nicht weg, laß mich hier bleiben, denn euer Leben ist besser als das unsere.«

Und das Mädchen blieb ihr ganzes Leben lang bei dem Jungen und sehnte sich nie wieder nach ihrem Volk und dem Leben in den Tälern. »Und wenn du, Aase, nur einen Monat hier bleiben wolltest, so würdest du dich auch nie mehr von uns trennen wollen.«

Mit diesen Worten schloß der Lappenjunge Aslak seine Erzählung, und im selben Augenblick nahm sein Vater, Ola Serka, die Pfeife aus dem Mund und erhob sich. Der alte Ola verstand mehr Schwedisch, als er zugeben wollte, und er hatte die Worte des Sohnes verstanden. Und während er ihnen lauschte, war es ihm plötzlich klar geworden, wie er es machen müsse, um Jon Assarson mitzuteilen, daß seine Tochter gekommen sei, um ihn zu suchen.

*

Ola Serka ging an den Luossojaure hinab und wanderte am Ufer entlang, bis er einen Mann antraf, der auf einem Stein saß und angelte. Der Fischer hatte graues Haar und seine Haltung war gebückt. Die Augen sahen müde aus, und es lag etwas Schlaffes und Hilfloses über seiner ganzen Erscheinung; er sah aus wie jemand, der versucht hat, etwas zu tragen, das zu schwer für ihn war, oder etwas zu ergründen, was zu schwierig war, und der nun gebrochen ist und mißmutig, weil ihm das nicht gelungen ist.

»Du hast scheinbar Glück bei deinem Fischfang gehabt, Jon, da du die ganze Nacht hier gesessen und geangelt hast,« sagte der Bergbewohner auf Lappländisch, indem er herantrat.

Der andere fuhr zusammen und sah auf. Der Köder an seiner Angel war weg, und es lag nicht ein einziger Fisch neben ihm. Er befestigte schnell einen neuen Köder an dem Angelhaken und warf die Leine wieder aus. Ola Serka hatte sich indessen neben ihn gesetzt.

»Ich möchte gern mit dir über etwas reden,« begann er. »Du weißt, daß ich eine Tochter hatte, die im vergangenen Jahr gestorben ist, und wir haben sie seither immer vermißt.« – »Ja, das weiß ich,« erwiderte der Fischer kurz, als sei es ihm unangenehm, an ein verstorbenes Kind erinnert zu werden. Er sprach gut Lappländisch. – »Aber es hat keinen Zweck, das Leben zu vertrauern,« fuhr der Lappe fort. – »Nein, das hat wohl keinen Zweck.« – »Und nun habe ich gedacht, ich wollte ein anderes Kind annehmen. Meinst du nicht auch, daß das klug wäre?« – »Es kommt darauf an, was für ein Kind es ist, Ola.«

»Ich will dir erzählen, was ich von dem Mädchen weiß, Jon!« sagte Ola, und dann erzählte er dem Fischer, zur Hochsommerzeit seien ein paar fremde Kinder, ein Junge und ein Mädchen, zu Fuß nach Malmberget gekommen, um ihren Vater zu suchen, und als sie hörten, daß der Vater abwesend sei, seien sie dageblieben, um auf ihn zu warten. Aber während sie sich dort aufhielten, sei der Junge bei einer Minensprengung ums Leben gekommen, und da habe das Mädchen durchaus gewollt, daß ein großes Begräbnis ihm zu Ehren veranstaltet werde. Darauf beschrieb Ola sehr schön, wie das arme Mädchen alle Menschen bewogen habe, ihr zu helfen, und wie sie zum Inspektor gegangen war, um mit ihm zu reden.

»Ist dies das Mädchen, das du zu dir nehmen willst, Ola?« fragte der Fischer. – »Ja,« sagte der Lappe. »Als wir von ihr hörten, mußten wir alle miteinander weinen, und wir waren uns alle darin einig, daß, wer eine so gute Schwester gewesen, auch eine gute Tochter sein müsse, und wir wünschten, daß sie zu uns kommen möge.« – Der andere saß eine

Weile stumm da. Es war klar, daß er die Unterhaltung nur fortsetzte, um seinem Freund, dem Lappen, eine Freude zu bereiten.

»Es ist wohl von deinem eigenen Stamm, dies Mädchen?« – »Nein, es gehört nicht zum Lappenvolk.« – »Dann ist sie aber doch wohl eine Tochter von Ansiedlern, so daß sie an das Leben hier im Norden gewöhnt ist?« – »Nein, sie stammt weit her aus dem Süden,« sagte Ola und sah dabei aus, als habe das gar nichts mit der Sache zu tun. Aber nun wurde der Fischer eifriger. »Dann glaube ich nicht, daß du sie zu dir nehmen solltest,« sagte er. »Sie kann es gewiß nicht vertragen, zur Winterzeit in einem Lappenzelt zu wohnen, wenn sie nicht von Geburt an daran gewöhnt ist.« – »Sie bekommt gute Eltern und gute Geschwister im Lappenzelt,« fuhr Ola Serka beharrlich fort. »Es ist schlimmer allein zu sein, als zu frieren.«

Aber es schien so, als wenn der Fischer immer eifriger würde, die Sache zu verhindern. Es war, als könne er sich nicht mit dem Gedanken aussöhnen, daß ein Kind, das schwedische Eltern hatte, unter den Lappen aufgenommen werden sollte. »Du sagtest doch, sie hatte einen Vater in Malmberget?« – »Er ist tot,« sagte der Lappe kurz. – »Bist du dessen auch ganz sicher, Ola?« – »Da braucht man doch nicht mehr zu fragen!« entgegnete der Lappe verächtlich. »Das ist doch ganz selbstverständlich. Das Mädchen und ihr Bruder hätten doch nicht nötig gehabt, allein durch das Land zu wandern, wenn ihr Vater noch am Leben gewesen wäre! Sollten zwei kleine Kinder gezwungen sein, sich selbst zu versorgen, wenn sie einen Vater hätten? Sollte das kleine Mädchen es nötig gehabt haben, selbst zu dem Inspektor zu gehen und mit ihm zu reden, wenn ihr Vater noch gelebt hätte? Meinst du, sie würde jetzt auch nur einen Augenblick verlassen sein, jetzt, wo ganz Lappland davon spricht, was für ein tüchtiges kleines Mädchen sie ist, wenn ihr Vater nicht tot wäre?«

Der Mann mit den müden Augen wandte sich nach dem Lappen um. »Wie heißt sie, Ola?« fragte er. Der Lappe dachte einen Augenblick nach. »Ich weiß es nicht mehr. Aber ich will sie fragen.« – »Du willst sie fragen? Ist sie denn schon hier?« – »Ja, sie ist da oben im Zelt.« – »Wie, Ola, hast du sie schon zu dir genommen ehe du noch weißt, was ihr Vater dazu sagen wird?« – »Ich brauche mich doch nicht an ihren Vater zu kehren. Ist er nicht tot, dann will er jedenfalls nichts von seinem Kinde wissen. Er kann ja nur froh sein, daß sich ein anderer ihrer annehmen will.«

Der Fischer warf seine Angelrute hin und richtete sich auf. Es war Bewegung in ihn gekommen, als sei das Leben von neuem in ihm erwacht. »Der Vater ist wohl nicht so wie andere Menschen,« fuhr der Lappe fort. »Er ist vielleicht einer von denen, die von finsteren Gedanken verfolgt werden, so daß sie es bei keiner Arbeit aushalten können. Ist das ein Vater, den es sich verlohnt zu haben? Das Mädchen selbst glaubt, daß er lebt, aber ich sage, er muß tot sein.«

Während Ola dies sagte, stand der Fischer auf und ging am See entlang. »Wo willst du hin?« fragte der Lappe. – »Ich will mir deine Pflegetochter ansehen, Ola!« – »Das ist gut.« sagte der Lappe. »Komm nur und sieh sie dir an! Ich glaube, du wirst finden, daß ich eine gute Tochter bekomme.«

Der Schwede ging so schnell, daß der alte Ola kaum Schritt mit ihm halten konnte. Als sie eine Strecke zurückgelegt hatten, sagte Ola zu seinem Kameraden: »Jetzt fällt mir ein, daß sie Aase Jonsdatter heißt, die Kleine, die ich zu mir nehmen will.« Der andere beschleunigte nur seine Schritte, und der alte Ola war so froh, daß er gern laut gejubelt hätte. Als sie soweit gekommen waren, daß sie die Zelte sehen konnten, sagte Ola noch ein paar Worte: »Sie ist hierher gekommen, um ihren Vater zu suchen, nicht um meine Pflegetochter zu werden; findet sie ihn aber nicht, so will ich sie gern in meinem Zelt behalten.« Der andere eilte nur mit noch größerer Hast vorwärts. »Dacht' ich mir's doch, daß er erschrecken würde, wenn er hörte, daß ich seine Tochter unter die Lappen aufnehmen wollte!« sagte Ola vor sich hin.

Als der Mann aus Kiruna, der Aase nach dem Lappenlager hinübergerudert hatte späterhin am Tage wieder zurückruderte, hatte er zwei Menschen in seinem Boot, die dicht nebeneinander saßen und sich so fest an der Hand hielten, als ob sie sich nie wieder trennen wollten. Es waren Jon Assarson und seine Tochter. Sie sahen beide ganz anders aus als vor ein paar Stunden. Jon Assarson machte längst nicht mehr einen so müden und gebeugten Eindruck, und seine Augen waren klar und gut, als habe er nun eine Antwort auf das bekommen, was ihn solange bekümmert hatte; und das Gänsemädchen Aase sah nicht mehr mit dem altklugen, vorsichtigen Blick um sich, der ihr bisher eigen gewesen war. Sie hatte jetzt jemand, auf den sie sich stützen, auf den sie sich verlassen konnte, und es sah so aus, als sei sie auf dem Wege, wieder ein Kind zu werden.

XLV. Gen Süden! Gen Süden!

Der erste Reisetag.

Sonnabend, 1. Oktober.

Niels Holgersen saß auf dem Rücken des weißen Gänserichs und sauste hoch oben in den Wolken dahin. Einunddreißig Wildgänse flogen in wohlgeordneter Folge schnell gen Süden. Es rauschte in ihren Federn, und die vielen Flügel peitschten die Luft mit einem kreischenden Laut, daß man kaum sein eigenes Wort verstehen konnte. Akka von Kebnekajse flog an der Spitze, hinter ihr kamen Yksi und Kaksi, Kalme und Neljä, Viisi und Kuusi, der Gänserich Martin und Daunenfein. Die sechs jungen Gössel, die sich im Herbst der Schar angeschlossen, hatten sie jetzt verlassen, um ihr Glück auf eigene Faust zu versuchen. Statt dessen hatten die alten Gänse zweiundzwanzig Gössel bei sich, die im Laufe des Sommers im Felsental herangewachsen waren. Elf davon flogen rechts und elf links, und sie gaben sich redliche Mühe, um denselben Abstand untereinander innezuhalten wie die großen Gänse.

Die armen Jungen hatten noch nie eine lange Reise gemacht, und im Anfang wurde es ihnen schwer, dem schnellen Flug zu folgen. »Akka von Kebnekajse! Akka von Kebnekajse!« riefen sie in jämmerlichem Ton. – »Was gibt's?« fragte die Führergans. – »Unsere Flügel sind müde von dem vielen Bewegen! Unsere Flügel sind müde von dem vielen Bewegen!« schrien die Jungen. – »Je länger ihr weiterfliegt, um so besser wird es gehen!« antwortete die Führergans und flog auch nicht im geringsten langsamer, sondern ebenso schnell wie bisher. Und es schien wirklich, als solle sie recht bekommen, denn als die Gössel ein paar Stunden geflogen waren, klagten sie nicht mehr über Müdigkeit. Im Felstal waren sie aber gewöhnt gewesen, den ganzen Tag zu fressen, und so währte es denn nicht lange, bis sie sich nach Nahrung sehnten.

»Akka, Akka, Akka von Kebnekajse!« riefen die jungen Gänse mir kläglicher Stimme. – »Was gibt's denn jetzt schon wieder?« fragte die Führergans. – »Wir sind so hungrig, daß wir nicht weiter fliegen können,« schrien die Jungen. »Wir sind so hungrig, daß wir nicht weiter fliegen können.« – »Wilde Gänse müssen es lernen, Luft zu essen und Wind zu trinken,« antwortete die Führergans und hielt nicht an, sondern setzte ihren Flug genau so fort wie bisher.

Es schien auch fast, als lernten die Jungen, von Luft und Wind zu leben, denn als sie eine Weile geflogen waren, klagten sie nicht mehr über Hunger. Die Schar der wilden Gänse war noch oben zwischen den Bergen, und die alten Gänse riefen mit lauter Stimme den Namen aller Berggipfel, an denen sie vorüberflogen, damit die Jungen lernen sollten, wie sie hießen. Aber als sie eine Zeitlang gerufen hatten: »Das ist Porsutjåkko, das ist Sarjektjåkko, das ist Sulitelma!« wurden die Jungen wieder ungeduldig.

»Akka, Akka, Akka!« riefen sie mit herzzerreißender Stimme. – »Was gibt's denn?« fragte die Führergans. – »Wir haben keinen Platz für mehr Namen in unserm Kopf!« schrien die Jungen. »Wir haben keinen Platz für mehr Namen in unserm Kopf!« – »Je mehr in einen Kopf hineinkommt, um so besser Platz wird darin!« antwortete die Führergans und fuhr fort, die merkwürdigen Namen geradeso zu rufen wie bisher.

Niels Holgersen dachte bei sich, es sei wirklich an der Zeit, daß die Wildgänse gen Süden zögen, denn da war so viel Schnee gefallen, daß die Erde, so weit man sehen konnte, ganz weiß war. Es ließ sich auch nicht leugnen, daß es in der letzten Zeit im Felsental recht ungemütlich gewesen war. Regen und Sturm und dichter Nebel hatten unablässig miteinander abgewechselt, und klarte sich das Wetter ausnahmsweise einmal auf, so trat sofort Frost ein. Beeren und Pilze, von denen der Junge während des Sommers gelebt hatte, erfroren oder verfaulten, so daß er schließlich rohe Fische essen mußte, und das mochte er gar nicht gern. Die Tage waren kurz, und die langen Abende und der späte Tagesanbruch waren zu trübselig und langweilig für ihn gewesen, der nicht genau so lange schlafen konnte, wie die Sonne vom Himmel verschwunden war.

Jetzt hatten die Gössel endlich so große Flügel bekommen, daß die Reise gen Süden angetreten werden konnte, und der Junge war so froh darüber, daß er fortwährend lachte und sang, wie er auf dem Rücken des Gänserichs dahinflog. Aber nicht nur, weil es dunkel und kalt und mit der Nahrung karg bestellt gewesen, hatte er sich von Lappland fortgesehnt, nein, er hatte auch noch andere Gründe.

In den ersten Wochen, die er dort war, hatte er wahrlich kein Heimweh gehabt. Es war ihm, als sei er nie in einem so schönen Lande gewesen, und er hatte keine andere Sorgen, als achtzugeben, daß die Mückenschwärme ihn nicht ganz auffraßen. Der Junge hatte nicht viel Freude von dem Gänserich Martin, denn der große Weiße hatte keinen andern Gedanken, als für Daunenfein zu sorgen, und wich keinen Schritt von ihr. Aber dann hatte er sich an die alte Akka und an den Adler Gorgo gehalten, und die drei hatten manch eine vergnügte Stunde miteinander verbracht. Sie nahmen ihn auf lange Flüge mit. Der Junge hatte auf dem Gipfel des schneebedeckten Kebnekajse gestanden und auf die Gletscher hinabgesehen, die sich unterhalb des steilen, weißen Bergkegels ausbreiteten, und er war auch auf vielen anderen hohen Bergspitzen gewesen, die nur selten der Fuß eines Menschen betreten hat. Akka zeigte ihm verborgene Täler mitten zwischen den Bergen und ließ ihn in Felsschluchten hineinlugen, wo die Wölfinnen ihre Jungen großzogen. Es versteht sich von selbst, daß er auch die Bekanntschaft der zahmen Renntiere machte, die in großen Herden am Ufer des schönen Torne Träsk weideten, und daß er unten am Stora Sjöfall gewesen war und den Bären, die dort in der Gegend wohnten, Grüße von ihren Verwandten im Bergdistrikt gebracht hatte. Wohin er auch kam, überall war das Land schön und herrlich. Er war auch von Herzen froh darüber, daß er es hatte sehen dürfen, aber er hatte gerade keine Lust, dort zu wohnen. Er konnte nicht umhin, Akka recht zu geben, wenn sie sagte, dies Land könnten die schwedischen Ansiedler verschonen und es den Bären, Wölfen, Renntieren, Wildgänsen und Bergvögeln überlassen und den Wanderratten und den Lappen, die dazu geschaffen sind, dort zu leben.

Eines Tages war Akka mit ihm nach einer der großen Grubenstädte geflogen, und da fand er den kleinen Mads von einem Sprengschuß zerschmettert an einer Grubenöffnung liegen. In den folgenden Tagen dachte der Junge an nichts weiter, als wie er dem armen Gänsemädchen Aase helfen könne, aber als sie dann ihren Vater gefunden hatte und er nichts mehr für sie zu tun brauchte, streifte er am liebsten in dem Felstal umher, und von nun an sehnte er sich nach dem Tage, wo er mit dem Gänserich Martin heimkehren und wieder ein Mensch werden würde. Er wollte doch gern so werden, daß das Gänsemädchen Aase wieder mit ihm zu sprechen wagte und ihm nicht die Tür gerade vor der Nase zuschlug.

Ja, er war wirklich selig, als es jetzt gen Süden ging. Er schwenkte die Mütze und rief Hurra, als er den ersten Tannenwald sah, und ebenso begrüßte er das erste graue Ansiedlerhaus, die erste Ziege, die erste Katze und die ersten Hühner. Er flog über prachtvolle Wasserfälle hin, und zu seiner Rechten sah er schöne Berge liegen, aber an all dergleichen war er jetzt so gewohnt, daß er sich kaum die Mühe machte, einen Blick darauf zu werfen. Etwas ganz anderes war es, als er gleich im Osten der Berge die Korickjocker Kapelle mit dem kleinen Pfarrhaus und dem kleinen Dorf liegen sah. Er fand das so schön, daß ihm Tränen in die Augen traten.

Während der ganzen Zeit trafen sie Zugvögel, die jetzt in weit größeren Scharen als im Frühling dahergeflogen kamen. ›Wo wollt ihr hin, Wildgänse?‹ riefen die Zugvögel. ›Wo wollt ihr hin?‹ – ›Wir wollen ins Ausland, ebenso wie ihr,‹ antworteten die Wildgänse. – ›Die Jungen sind ja noch nicht ordentlich flügge,‹ riefen die anderen. ›Die kommen niemals übers Meer mit so kleinen Flügeln!‹

Auch Lappen und Renntiere zogen nun geschäftig aus dem Gebirge herab. Sie kamen in guter Ordnung daher: ein Lappe ging an der Spitze des Zuges, dann kam die Herde mit den großen Renntieren in der ersten Reihe, darauf eine Reihe Lastrenntiere, die die Zelte und andere Habseligkeiten der Lappen trugen, und schließlich sieben bis acht Menschen. Als die Wildgänse die Renntiere erblickten, ließen sie sich hinabsinken und riefen: ›Schönen Dank für den Sommer! Schönen Dank für den Sommer!‹ – ›Glückliche Reise und auf Wiedersehn im nächsten Jahr!‹ antworteten die Renntiere.

Aber als die Bären die Wildgänse sahen, zeigten sie mit den Tatzen auf sie, damit die Jungen sie sehen sollten, und brummten: ›Seht euch die an! Sie sind so bange vor ein wenig Kälte, daß sie nicht wagen, den Winter über hierzubleiben!‹ Und die alten Wildgänse blieben ihnen die Antwort nicht schuldig, sondern sie riefen den Gösseln zu: ›Seht euch die an! Sie liegen lieber das halbe Jahr und schlafen, statt sich die Mühe zu machen gen Süden zu ziehen!‹

Unten in den Tannenwäldern saßen die jungen Auerhähne dicht zusammengekrochen, zerzaust und verfroren und sahen sehnsüchtig allen den großen Vogelscharen nach, die mit Jubel und Freude südwärts zogen. ›Wann kommt die Reihe an uns?‹ fragten sie die Auerhenne. ›Wann kommt die Reihe an uns?‹ – ›Ihr müßt daheim bleiben bei Mutter und Vater,‹ antwortete die Auerhenne. ›Ihr müßt daheim bleiben bei Mutter und Vater.‹

Auf dem Ostberge.

Wer sich in Gebirgsgegenden aufgehalten hat, weiß, wie beschwerlich der Nebel sein kann, der dahergewälzt kommt und die Aussicht verhüllt, so daß man nichts von allen den schönen Bergen zu sehen bekommt, die ringsumher aufragen. Der Nebel kann einen mitten im Sommer überfallen, und im Herbst, kann man wohl sagen, ist es ganz unmöglich, ihm zu entgehen. Niels Holgersen hatte eigentlich immer gutes Wetter gehabt, solange er in Lappland gewesen war, kaum aber hatten die Wildgänse ausgerufen, daß sie jetzt nach Jämtland hineinflögen, als sich die Nebel so dicht um sie zusammenzogen, daß er nicht das geringste von dem Lande sehen konnte. Er reiste einen ganzen Tag darüber hin, ohne zu wissen, ob er in ein Gebirgsland oder in ein Flachland gekommen war.

Gegen Abend ließen sich die Wildgänse auf einem grünen Platz nieder, der nach allen Seiten sanft abfiel, da war es ihm denn klar, daß er sich auf dem Gipfel eines Hügels befand, aber ob dieser groß oder klein war, konnte er nicht erkennen. Er dachte, daß sie sich in einer bewohnten Gegend befinden müßten, denn es war ihm, als könne er sowohl Menschenstimmen als auch das Rasseln von Wagen unterscheiden, die auf einem Wege dahinrollten, aber ganz sicher war er seiner Sache nicht. Er hätte schrecklich gern versucht, einen Hof zu finden, aber er fürchtete, sich im Nebel zu verirren, und so wagte er denn nicht, die Wildgänse zu verlassen. Alles tropfte von Nässe und Feuchtigkeit. An jedem Grashalm und an jedem kleinsten Kraut hingen kleine Tropfen, so daß er eine Regendusche bekam, sobald er sich nur rührte. »Dies ist ja nicht viel besser als da oben im Felstal,« dachte er.

Aber ein Paar Schritte wagte er denn doch zu gehen, und nun konnte er dicht vor sich ein Gebäude unterscheiden. Es war nicht gerade groß, wohl aber viele Stockwerke hoch, das Dach konnte er nicht sehen. Die Tür war verschlossen und das ganze Haus schien unbewohnt zu sein. Er begriff, daß es nur ein Aussichtsturm war, und daß es dort weder Essen noch Wärme für ihn gab. Er eilte aber trotzdem, so schnell er konnte, zu den Wildgänsen zurück. »Lieber Gänserich Martin,« sagte er, »nimm mich auf den Rücken und trage mich auf die Spitze des Turmes da drüben hinauf! Hier ist es so naß, daß ich nicht schlafen kann, aber da könnte ich vielleicht ein trockenes Plätzchen finden, wo ich schlafen könnte.«

Der Gänserich Martin war sogleich bereit, ihm zu helfen; er setzte ihn auf der Turmgalerie ab, und dort schlief der Junge in guter Ruhe, bis die Morgensonne ihn weckte.

Als er nun aber seine Augen aufschlug und sich umsah, konnte er anfangs nicht begreifen, was er sah und wo er sich befand. Er war einmal auf einem Jahrmarkt in einem Zelt gewesen und hatte ein großes Panorama gesehen, und nun war es ihm, als stünde er wieder mitten in so einem großen, runden Zelt, das eine feine, rote Decke hatte, während an den Wänden und am Fußboden eine ausgedehnte Landschaft gemalt war, mit großen Dörfern und Kirchen, Marktplätzen und Landstraßen, ja sogar mit einer Stadt. Es ward ihm ja bald klar, daß es sich nicht wirklich so verhielt, sondern daß er oben auf einem Aussichtsturm stand, den roten Morgenhimmel über sich und ein wirkliches Land ringsumher. Aber es war nun so lange her, seit er etwas anderes als öde Gegenden gesehen hatte, und da war es denn nicht zu verwundern, daß er das, was er jetzt sah, und was eine dicht bebaute Gegend war, für ein Gemälde hielt.

Auch noch etwas anderes bewirkte, daß der Junge alles, was er sah, für ein Gemälde hielt: es hatte nämlich nichts seine richtige Farbe. Der Aussichtsturm, auf dem er stand, war auf einem Berg erbaut, der Berg lag auf einer Insel und die Insel lag dicht an dem östlichen Ufer eines großen Sees. Aber dieser See war nicht grau, wie es Binnenseen sonst zu sein pflegen, sondern ein großer Teil seiner Fläche war ebenso rot wie der Morgenhimmel, und in den vielen, tiefen Buchten schimmerte das Wasser fast schwarz. Und dann war das Land rings um den See nicht grün, sondern es schimmerte hellgelb mit allen den Stoppelfeldern und dem gelben Birkenwald an den Ufern. Rings um das Gelbe aber zog sich ein breiter Gürtel aus schwarzem Nadelwald. Vielleicht weil der Laubwald innerhalb des dunklen Fichtenwaldes so hell erschien, meinte der Junge, noch nie einen so schwarzen Wald gesehen zu haben wie an diesem Morgen. Jenseits dieses Schwarzen sah man im Osten licht blauende Höhen, aber am ganzen westlichen Horizont entlang erstreckte sich ein langer, glänzender Bogen aus zackigen, verschieden gestalteten Bergen, die eine so feine und sanfte und strahlende Farbe hatten, daß er sie nicht rot und auch nicht weiß und auch nicht blau nennen konnte. Es gab gar keine Bezeichnung dafür.

Aber der Junge wandte den Blick ab von den Bergen und Nadelwäldern, um die nähere Umgebung besser in Augenschein zu nehmen. Rings um den See herum, in dem gelben Gürtel, konnte er allmählich ein rotes Dorf erkennen und eine weiße Kirche nach der anderen, und ganz im Osten, jenseits des schmalen Sundes, der die Insel von dem Festlande trennte, lag eine Stadt. Die streckte sich am Seeufer aus, dahinter stand ein Berg und beschützte sie, und ringsumher lag eine reiche und bevölkerte Gegend. »Die Stadt hat es wirklich verstanden, sich eine gute Lage zu schaffen,« dachte der Junge. »Ich möchte wohl wissen, wie sie heißt.«

Im selben Augenblick fuhr er heftig zusammen und sah sich um. Er war völlig von der Betrachtung der Gegend in Anspruch genommen gewesen und hatte nicht bemerkt, daß Menschen auf den Aussichtsturm gekommen waren.

Sie kamen jetzt die Treppe hinaufgelaufen. Der Junge hatte gerade noch Zeit, sich nach einem Versteck umzusehen, um sich dort zu verbergen, da waren sie auch schon oben.

Es war eine Schar junger Leute, die sich auf einer Fußwanderung befanden. Sie sprachen davon, daß sie ganz Jämtland durchstreift hatten und freuten sich nun, daß sie Östersund noch am vorhergehenden Abend erreicht hatten, und daß sie einen so schönen, klaren Morgen hatten, um die weite Aussicht vom Östberge hier auf dem Frösö genießen zu können. Von hier aus konnten sie über zwanzig Meilen nach allen Seiten sehen, und noch einen letzten Blick auf ihr liebes Jämtland werfen, ehe sie von dannen zogen. Sie zeigten einander die vielen Kirchen, die rings um den See lagen. »Dort unten haben wir Sunnek,« sagten sie, »und da liegt Marby und da drüben Hallen. Die Kirche hier im Norden ist die Bödöerkirche und die dort an der Eisenbahn die von Frösö.« Dann begannen sie, von den Bergen zu sprechen. Die zunächstgelegenen waren die Oviksfjelde. Darin waren sie sich alle einig. Aber dann waren sie sich nicht klar darüber, welches wohl der Klövsjöfjeld sei, und welcher Gipfel der Anarisfjeld sein könne, und wo der Vesterfjeld und der Almåsaberg und der Åreskutan lägen.

Während sie hierüber redeten, holte ein junges Mädchen eine Karte heraus, breitete sie auf ihrem Schoß aus und begann, sie zu studieren. Plötzlich sah sie auf. »Wenn ich Jämtland so auf der Karte sehe,« sagte sie, »so finde ich, daß es einem großen, stolzen Felsen gleicht. Ich denke mir immer, daß ich eines schönen Tages hören werde, Jämtland hat einstmals ganz aufrecht dagestanden und geradeswegs zum Himmel hinauf gezeigt.« – »Das müßte wahrlich ein riesiger Felsen sein,« meinte ein anderer und lachte sie aus. »Freilich, und darum ist er auch wohl umgefallen. Seht aber doch selbst einmal, gleicht Jämtland nicht einem richtigen Hochgebirge mit breitem Fuß und spitzem Gipfel?« – »Es paßt gar nicht schlecht für ein Gebirgsland, selbst auszusehen wie ein Felsen,« sagte einer von den jungen Leuten. »Aber obwohl ich andere Sagen von Jämtland gehört habe, so habe ich doch niemals ...« – »Hast du Sagen von Jämtland gehört?« rief das junge Mädchen, und ließ ihm nicht einmal Zeit, den Satz zu vollenden. »Dann mußt du sie uns gleich erzählen. Das paßt nirgends besser als hier oben, wo man das ganze Land sehen kann.«

Alle stimmten darin überein, und der junge Mann ließ sich nicht lange nötigen, sondern begann sogleich:

Die Sage von Jämtland.

»Zu jenen Zeiten, als es noch Riesen in Jämtland gab, geschah es einmal, daß ein alter Bergriese auf dem Hof vor seinem Hause stand und seine Pferde striegelte. Während er hiermit beschäftigt war, sah er, daß die Pferde vor Angst zu zittern begannen. ›Was fehlt euch nur einmal, meine Pferde?‹ sagte der Riese und sah sich um; er wollte gern wissen, was die Pferde so erschreckt haben konnte. Es waren jedoch weder Wölfe noch Bären in der Nähe zu entdecken. Das einzige, was er sehen konnte, war ein Wandersmann, der lange nicht so groß und stark war, wie er selbst, der aber doch recht ansehnlich war und gute Kräfte zu haben schien. Er war im Begriff, die Leiter hinaufzuklettern, die zu der Berghütte des Riesen führte. Kaum hatte der alte Bergriese den Wandersmann erblickt, als er von Kopf zu Fuß zitterte, so wie die Pferde. Er ließ sich nicht die Zeit, seine Arbeit zu vollenden, sondern eilte in die gute Stube zu dem Riesenweib, das dasaß und Werg auf einer Handspindel spann.

›Was hast du nur?‹ fragte das Weib. ›Du bist ja so bleich wie ein Schneeberg.‹ – ›Sollte ich nicht bleich sein?‹ entgegnete der Riese. ›Da kommt ein Wandersmann unten vom Wege herauf, und ich bin ebenso sicher, daß es Asa-Thor ist, wie du mein Weib bist.‹ – ›Das ist gerade kein willkommener Besuch,‹ meinte das Weib. ›Kannst du seine Augen nicht verhexen, so daß er den ganzen Hof für einen Berg hält und an unserer Tür vorübergeht?‹ – ›Jetzt ist es zu spät, das Zaubermittel anzuwenden,‹ sagte der Riese. ›Ich kann hören, daß er die Pforte öffnet und den Hof betritt!‹ – ›Dann will ich dir raten, daß du dich verborgen hältst, so daß ich ihn allein in Empfang nehmen kann,‹ sagte das Riesenweib schnell. ›Ich will mein Bestes tun, daß er nicht so bald wiederkommt.‹

Der Riese fand, daß dies ein außerordentlich guter Vorschlag war. Er ging in die Kammer, während die Frau in der guten Stube auf der Frauenbank sitzen blieb und so ruhig spann, als ahne sie keine Gefahr.

Man muß nun wissen, daß es in jenen Zeiten in Jämtland ganz anders aussah als heutigen Tages. Das ganze Land war nichts weiter als eine einzige große, flache Hochebene, die so kahl und nackt dalag, daß nicht einmal Tannenwald darauf wachsen konnte. Da war kein See, kein Fluß, da gab es keine Felder, in denen der Pflug gehen konnte. Nicht einmal die Berge und Felsenmassen, die jetzt über das ganze Land zerstreut liegen, waren zu jenen Zeiten da; sie standen alle weit weg, drüben im Westen aufgestellt. Menschen konnten nirgends in dem großen Lande leben, aber die Riesen fühlten sich dort um so wohler. Es war wohl kaum ohne ihren Willen und ihr Zutun; daß das Land so öde und ungastlich dalag, und es hatte sicher seine guten Gründe, wenn der Bergriese so beunruhigt wurde, als er Asa-Thor auf sein Haus zukommen sah. Er wußte, daß die Asen denen nicht hold waren, die Kälte, Finsternis und Öde um sich verbreiteten und die Erde hinderte, reich und fruchtbar zu werden und sich mit menschlichen Wohnungen zu schmücken.

Das Riesenweib brauchte nicht lange zu warten, denn draußen vor dem Hause ertönten feste Schritte, und der Wanderer, den der Riese auf dem Wege gesehen hatte, riß die Tür auf und trat in die Stube. Der Fremde blieb nicht an der Tür stehen, wie die umherziehenden Leute zu tun pflegen, sondern er ging geradeswegs auf die Frau zu, die im Innern der Stube an der Giebelwand saß. Es begab sich aber so, daß, als er glaubte, er sei ein gutes Stück gegangen, er nicht weiter als ein paar Schritte von der Tür entfernt war und noch eine lange Strecke bis zu der Feuerstätte hatte, die mitten in der Stube lag. Er machte längere Schritte, aber als er eine Weile gegangen war, wollte es ihm scheinen, als seien das Riesenweib und die Feuerstätte noch weiter von ihm entfernt als bei seinem Eintritt in die Stube. Anfangs war ihm das Haus gar nicht groß vorgekommen. Erst als er endlich bis an die Feuerstätte gelangt war, wurde es ihm so recht klar, wie ansehnlich es war, denn da war er so müde, daß er sich auf seinen Stab stützen mußte, um auszuruhen. Als das Riesenweib sah, daß er stehen blieb, legte sie ihre Spindel hin, erhob sich von der Bank und war mit wenigen Schritten neben ihm. ›Wir Riesen lieben große Stuben,‹ sagte sie, ›und mein Mann klagt oft darüber, daß es hier so beengt ist. Aber ich kann wohl begreifen, daß es für jemand, der keine längeren Schritte machen kann als du, anstrengend ist, durch die Riesenstube zu gehen. Laß mich jetzt hören, wer du bist und was du von uns Riesen willst.‹ Es schien fast, als wolle der Wanderer eine heftige Antwort geben, aber augenscheinlich wollte er sich nicht mit einer Frau auf Streit einlassen, denn er erwiderte ganz ruhig: ›Mein Name ist Handfest, und ich bin ein Recke, der bei vielen Abenteuern mit dabei gewesen ist. Jetzt habe ich das ganze Jahr daheim auf meinem Hof gesessen, und ich hatte mich schon gefragt, ob da denn nie mehr etwas für mich zu tun sein würde, als ich die Menschen darüber reden hörte, daß ihr Riesen so schlecht für das Land hier oben sorgtet, daß niemand als ihr hier wohnen könnt. Ich bin nun gekommen, um mit deinem Mann über diese Sache zu reden und ihn zu fragen, ob er sich nicht darum kümmern will, daß hier bessere Ordnung geschafft wird.‹

›Mein Mann ist auf Jagd gegangen,‹ sagte das Riesenweib, ›und er muß dir selbst Antwort auf deine Frage geben, wenn er nach Hause kommt. Aber ich will dir doch sagen, daß wer mit solchen Fragen zu einem Bergriesen kommt, wahrlich ein größerer Mann sein sollte als du. Es wäre sicher am besten für deine Ehre, wenn du gleich wieder deiner Wege gingest, ohne mit dem Riesen zu reden.‹ – ›Nein, jetzt, wo ich einmal gekommen bin, will ich auch auf ihn warten,‹ sagte der Mann, der sich Handfest nannte. – ›Ich habe dir nach bestem Wissen geraten,‹ entgegnete die Frau des Hauses, ›du kannst jetzt tun, was du willst. Setze dich hier auf die Bank, dann will ich dir einen Willkommtrunk holen.‹

Das Riesenweib nahm nun ein gewaltiges Methorn und ging damit in den hintersten Winkel der Stube, wo das Metfaß lag. Auch das erschien dem Gast nicht besonders groß, aber als das Weib den Spund herauszog, stürzte der Met mit einem Brausen in das Methorn, als sei ein ganzer Wasserfall in die Stube gekommen. Das Horn war bald gefüllt, aber als nun das Weib den Spund wieder in die Tonne stecken wollte, gelang ihr das nicht. Der Met brauste mit großer Kraft heraus, riß ihr den Spund aus der Hand und strömte auf den Estrich. Das Riesenweib machte abermals einen Versuch, den Zapfen einzustecken, aber es mißlang ihr wieder. Da rief sie den Fremden zu Hilfe: ›Siehst du nicht, daß mir der Met ausläuft, Handfest? Komm doch her und steck den Spund in die

Tonne hinein!‹ Der Gast eilte sofort zu Hilfe. Er nahm den Spund und versuchte, ihn in das Spundloch hineinzuzwingen, aber der Met riß ihn wieder heraus, schleuderte ihn weit weg und überschwemmte den Estrich.

Handfest versuchte es einmal über das andere, aber es wollte ihm nicht gelingen, und er warf den Spund weg. Der ganze Fußboden war jetzt voller Met, und damit man doch wenigstens in der Stube sein könne, zog der Fremde tiefe Furchen, in denen der Met fließen konnte. Er bildete Wege für den Met in den harten Felsengrund, so wie die Kinder im Frühling Wege für das Schneewasser in den Sand ziehen, und da und dort stampfte er mit dem Fuß tiefe Löcher, in denen sich die Flüssigkeit ansammeln konnte. Das Riesenweib stand währenddessen ruhig da und sah zu, und hätte der Gast zu ihr aufgesehen, würde er entdeckt haben, daß sie der Arbeit mit Staunen und Entsetzen zusah. Als er aber endlich fertig war, sagte sie spöttisch: ›Hab' Dank, Handfest! Ich sehe, du tust, was du kannst. Mein Mann hilft mir sonst, den Spund wieder hineinzustecken, aber man kann ja nicht verlangen, daß alle so stark sind, wie er. Wenn du nicht dazu imstande bist, meine ich, es wäre am besten, wenn du gleich deiner Wege gingest.‹

›Ich gehe nicht, ehe ich mein Anliegen vorgebracht habe,‹ sagte der Fremde, aber er sah beschämt und niedergeschlagen aus. – ›Dann setze dich auf die Bank da,‹ sagte das Weib, ›ich will den Kessel aufs Feuer setzen und dir eine Grütze kochen.‹

Das tat die Hausfrau. Als aber die Grütze fast fertig war, wandte sie sich nach dem Gast um. ›Ich sehe eben, daß ich fast kein Mehl mehr habe, so daß ich die Grütze nicht dick genug bekommen kann. Glaubst du, daß du Kräfte genug hast, die Mühle zu drehen, die neben dir steht? Nur ein paarmal herum. Es ist Korn zwischen den Steinen. Aber du mußt deine ganze Kraft dransetzen, denn die Mühle geht nicht leicht.‹

Der Gast ließ sich nicht lange bitten, sondern versuchte, die Handmühle zu drehen. Er fand nicht, daß sie besonders groß war, als er aber den Griff erfaßte und den Stein rund herum drehen wollte, ging sie schwer, daß er sie nicht bewegen konnte. Er mußte alle Kräfte anspannen und war doch nicht imstande, die Mühle mehr als einmal herumzudrehen.

Das Riesenweib sah ihm stumm und staunend zu, während er arbeitete. Als er aber die Mühle losließ, sagte sie: ›Ich bin ja freilich an bessere Hilfe von meinem Manne gewöhnt, wenn die Mühle schwer geht. Aber niemand kann von dir verlangen, daß du mehr tust als wozu deine Kräfte ausreichen. Kannst du jetzt aber nicht einsehen, daß es am besten für dich wäre, wenn du es vermiedest mit dem zusammenzutreffen, der so viel, wie er will, auf dieser Mühle mahlen kann?‹ – ›Ich glaube, daß ich trotzdem auf ihn warten will,‹ sagte Handfest ganz still und sanftmütig. – ›Ja, dann setze dich ruhig auf die Bank da, während ich dir ein gutes Bett bereite,‹ sagte das Riesenweib, ›denn du wirst wohl die Nacht hier bleiben müssen.‹

Sie richtete ein Bett mit vielen Kissen und Pfählen her und wünschte dem Gast gute Nacht. ›Ich fürchte, du wirst das Bett ziemlich hart finden,‹ sagte sie, ›aber mein Gatte liegt jede Nacht auf einem solchen Lager.‹

Als sich Handfest nun in dem Bett ausstrecken wollte, spürte er so viele Unebenheiten und Vertiefungen unter sich, daß an Schlaf nicht zu denken war; er drehte und wendete sich, konnte aber keine Ruhe finden. Schließlich warf er alle Kissen aus dem Bett, einen Pfühl hierhin und ein Federbett dahin, und dann schlief er ruhig bis zum Morgen.

Als die Sonne aber durch das Dach der Hütte schien, stand er auf und verließ das Haus der Riesen. Er ging über den Hofplatz und durch die Pforte, die er hinter sich schloß. Im selben Augenblick stand das Riesenweib neben ihm: ›Ich sehe, du hast die Absicht von dannen zu gehen, Handfest,‹ sagte sie. ›Das ist auch sicher das klügste, was du tun kannst.‹ – ›Wenn dein Mann in einem solchen Bett schlafen kann, wie du es mir für diese Nacht bereitet hast,‹ entgegnete Handfest mürrisch, ›so liegt mir nichts daran, mit ihm zusammenzutreffen. Er muß ein Mann von Eisen sein, den niemand zu überwinden vermag.‹

Das Riesenweib stand an die Pforte gelehnt da. ›Jetzt, wo du von meinem Hof herunter bist, Handfest,‹ sagte sie, ›will ich dir doch sagen, daß deine Reise zu uns Riesen hinauf nicht so ganz unehrenvoll gewesen ist, wie du selbst zu glauben scheinst. Es war nicht zu verwundern, daß du den Weg durch unsere Stube lang fandest, denn du mußtest über die ganze Hochebene, die Jämtland genannt wird, gehen. Auch war es nicht zu verwundern, daß es dir schwer wurde, den Spund in die Tonne zu stecken, denn all das Wasser, das aus den Schneebergen herabgebraust kommt, strömte dir entgegen. Und als du das Wasser über unsern Estrich hinleitetest, schufst du Furchen und Vertiefungen, die jetzt zu Flüssen und Seen geworden sind. Es war auch kein geringer Beweis von deiner Kraft, den du liefertest, als du die Mühle einmal herumdrehtest, denn zwischen den Steinen lag nicht Korn, sondern Kalkstein und Schiefer und mit der einen Drehung mahltest du so viel, daß die ganze Hochebene mit guter, fruchtbarer Erde bedeckt ist. Daß du nicht in dem Bett liegen konntest, das ich dir bereitet hatte, verwundert mich ebenfalls nicht, denn ich hatte dich auf große, eckige Berggipfel gebettet. Die hast du nun über das halbe Land hingeschleudert, und es mag wohl sein, daß dir die Menschen dafür nicht so dankbar sind wie für das andere, was du getan hast. Ich sage dir nun Lebewohl, und ich verspreche dir, daß mein Mann und ich von hier fortgehen werden, an einen Ort, wo du uns nicht so leicht besuchen kannst.‹

Der Wandersmann hörte dies alles mit wachsendem Zorn an, und als das Riesenweib geendet hatte, griff er nach einem Hammer, den er im Gürtel trug. Ehe er ihn aber noch erhoben hatte, war das Weib verschwunden und wo das Haus der Riesen gelegen hatte, sah man nichts als die graue Felsenwand. Zurückgeblieben aber waren die mächtigen Flüsse und Seen, denen er Platz auf der Hochebene geschaffen, sowie die fruchtbare Erde, die er gemahlen hatte. Zurückgeblieben waren auch die herrlichen Berge, die Sämtland seine Schönheit verleihen, und die allen, die sie besuchen, Kraft, Gesundheit, Freude, Mut und Lebenslust schenken. So glaube ich denn, daß von allen Taten Asa-Thors keine rühmenswerter ist als die, welche er in jener Nacht vollbrachte, als er Felsenmassen hinausschleuderte von den Frostvigbergen im Norden bis zu dem Helagsberg im Süden, von den Oviksbergen jenseits des Storsös bis zu den Sylarn an der Reichsgrenze.«

XLVI. Die Sage vom Härjetal

Dienstag, 4. Oktober.

Niels Holgersen wurde unruhig, weil die Reisenden so lange auf dem Aussichtsturme blieben. Der Gänserich Martin konnte nicht kommen und ihn abholen, solange sie da waren, und er wußte ja, daß die Wildgänse Eile hatten, gen Süden zu ziehen. Mitten während der Geschichte war es ihm, als höre er Gänsegeschnatter und starke Flügelschläge, ganz so, als seien es die wilden Gänse, die davonflogen. Aber er wagte nicht, an die Rampe zu treten, um zu sehen, wie es sich verhielt.

Als die Gesellschaft endlich gegangen war, so daß sich der Junge aus seinem Versteck hervorwagen konnte, sah er unten an der Erde keine

Wildgänse, und es kam kein Gänserich Martin, ihn zu holen. So laut er konnte, rief er: »Wo bist du? hier bin ich!« aber die Reisegefährten ließen sich nicht blicken. Es kam ihm auch nicht einen Augenblick in den Sinn, daß sie ihn verlassen hätten, aber er fürchtete, daß ihnen ein Unglück zugestoßen sei, und er stand da und überlegte, was er anfangen solle, um sie ausfindig zu machen, als sich der Rabe Bataki neben ihm niederließ.

Nie hatte der Junge gedacht, daß er Bataki jemals mit einem so freudigen Willkommen begrüßen würde, wie er es jetzt tat. »Lieber Bataki!« sagte er, »wie herrlich, daß du kommst! Du weißt vielleicht, wo der Gänserich Martin und die Wildgänse abgeblieben sind?« – »Ich komme gerade mit Grüßen von ihnen,« erwiderte der Rabe. »Akka sah einen Jäger hier auf dem Berge umherstreifen und wagte deshalb nicht, auf dich zu warten; sie ist vorausgeflogen. Setz' dich jetzt auf meinen Rücken, dann sollst du gleich bei deinen Freunden sein.«

Der Junge setzte sich schnell auf dem Rücken des Raben zurecht, und Bataki würde die Wildgänse bald eingeholt haben, wenn ihn nicht der Nebel daran gehindert hätte. Aber es war, als hätte die Morgensonne die Nebel zu neuem Leben erweckt. Kleine, leichte Nebelschleier stiegen plötzlich aus dem See, von den Feldern und aus dem Walde auf. Sie verdichteten sich und breiteten sich mit erstaunlicher Schnelligkeit aus, und bald war die Erde in weiße, wogende Nebel gehüllt.

Da oben, wo Bataki flog, war klare Luft und strahlender Sonnenschein, aber die Wildgänse waren offenbar unten zwischen den Nebelmassen, da es nicht möglich war, sie zu entdecken. Der Junge und der Rabe riefen und schrien, aber sie erhielten keine Antwort. »Das ist wirklich Pech!« sagte Bataki schließlich. »Aber wir wissen ja, daß sie gen Süden ziehen, und sobald es klar wird, werde ich sie schon finden.«

Der Junge war sehr betrübt, daß er gerade jetzt, wo sie sich auf der Reise befanden und der große Weiße allen möglichen Gefahren ausgesetzt sein konnte, von dem Gänserich Martin getrennt war. Aber als er ein paar Stunden in dieser Angst dagesessen hatte, sagte er sich, bisher sei ja noch kein Unglück geschehen, wozu sollte er sich da die Laune verderben lassen.

Im selben Augenblick hörte er unten auf der Erde einen Hahn krähen, und sofort lehnte er sich über den Rücken des Raben hinaus und rief: »Wie heißt das Land, über das ich dahinfliege?« – »Es heißt das Härjetal, das Härjetal, das Härjetal!« krähte der Hahn. – »Wie sieht es da unten bei euch aus?« fragte der Junge. »Berge im Westen und Wald im Osten, breites Tal durchs ganze Land!« krähte der Hahn. »Hab' Dank! Du gibst gute Antworten!« rief der Junge.

Als sie wieder eine Weile geflogen waren, hörte er unten im Nebel eine Krähe krächzen. »Was für Menschen wohnen hier im Lande?« rief er. – »Prächtige, gute Bauern,« antwortete die Krähe. »Prächtige, gute Bauern.« – »Was tun sie?« fragte der Junge. – »Sie treiben Viehzucht und roden den Wald aus,« schrie die Krähe. – »Hab' Dank! Du gibst gute Antworten!« rief der Junge.

Nach einer Weile hörte er, daß ein Mensch da unten im Nebel ging und sang. »Gibt es keine großen Städte hier im Lande?« fragte der Junge. – »Was ... Was ... Wer ruft da?« antwortete der Mensch. – »Gibt es keine großen Städte hier im Lande?« wiederholte der Junge. – »Ich will wissen, wer da ruft!« schrie der Mensch. – »Hab' ich mir's nicht gedacht, daß ich keinen Bescheid bekommen würde, wenn ich einen Menschen fragte!« rief der Junge.

Es währte nicht lange, da verzog sich der Nebel ebenso schnell, wie er gekommen war, und der Junge sah nun, daß Bataki über ein breites Flußtal flog. Es war schön hier, mit hohen Bergen so wie in Sämtland, aber am Fuße der Berge war kein fruchtbares und dichtbebautes Land. Die Dörfer lagen weit voneinander entfernt, und die Felder waren klein. Bataki folgte dem Fluß in südlicher Richtung, bis sie in die Nähe eines Dorfes kamen. Dort ließ er sich auf einem Stoppelfelde nieder, und der Junge stieg ab.

»Hier auf dem Felde hat im Sommer Korn gestanden,« sagte Bataki. »Sieh dich um, ob du nicht etwas zu Essen findest!« Der Junge befolgte seinen Rat, und es währte nicht lange, bis er eine Ähre fand. Während er die Körner herausschälte und sie verzehrte, knüpfte Bataki ein Gespräch mit ihm an.

»Siehst du den großen, dunklen Berg, der da gerade im Süden aufragt?« fragte er. – »Freilich sehe ich den!« erwiderte der Junge. – »Er heißt Sonfjeldet,« fuhr der Rabe fort, »und du kannst mir glauben, es hat dort in alten Zeiten viele Wölfe gegeben.« – »Das muß eine gute Zufluchtsstätte für sie gewesen sein,« räumte der Junge ein. – »Es war schwer für die Bewohner des Tales, sich mit ihnen abzuplacken,« sagte Bataki. – »Weißt du nicht eine gute Geschichte von Wölfen, die du mir erzählen könntest?« fragte der Junge.

»Ich habe gehört, daß vor langer Zeit die Wölfe von Sonfjeldet einen Mann überfallen haben sollen, der Tonnen und Kübel verkaufte,« sagte Bataki. »Er war aus Hede, einem Dorf, das hier im Tal liegt, einige Meilen höher als wir uns befinden. Es war Winter, und die Wölfe jagten hinter ihm her, als er über das Eis des Ljusnan fuhr. Es mochten wohl an zehn Stück sein, und der Mann aus Hede hatte ein schlechtes Pferd, so war da nicht viel Hoffnung, daß er ihnen entkommen würde. Als der Mann die Wölfe heulen hörte und sah, was für eine große Schar es war, die Jagd auf ihn machte, verlor er den Kopf, und es kam ihm nicht einmal in den Sinn, daß er Kübel und Eimer und Wannen vom Wagen werfen könne, um die Last leichter zu machen. Er peitschte nur auf das Pferd los, und das lief auch, so schnell es nur laufen konnte. Aber der Mann sah bald, daß die Wölfe immer näher kamen. Es wohnten keine Menschen an dem Ufer des Sees, und es waren noch mehrere Meilen bis zu dem nächsten Hof. Allem Anschein nach war seine letzte Stunde gekommen, und er fühlte, wie er ganz starr vor Schrecken wurde.

Während er wie versteinert dasaß, sah er, daß sich etwas zwischen den Tannenzweigen rührte, die, um den Weg zu bezeichnen, auf dem Eis aufgehäuft waren. Und als er sah, wer da ging, war es ihm, als werde das Entsetzen, das ihn gepackt hatte, noch zehnmal größer.

Es waren keine Wölfe, die ihm entgegenkamen, sondern eine arme alte Frau. Sie hieß Finnen-Malene und streifte immer auf den Wegen und Steigen umher. Sie hinkte ein wenig und war buckelig, so daß er sie schon von weitem erkennen konnte. Die alte Frau ging geradeswegs auf die Wölfe zu. Wahrscheinlich hinderte der Schlitten sie, die Tiere zu sehen, und der Mann aus Heide war sich sofort klar darüber, daß, wenn er an ihr vorüberfuhr, ohne sie zu warnen, sie den wilden Tieren gerade in den Rachen lief, und während die Wölfe sie zerrissen, konnte er dann entkommen.

Sie ging langsam, auf ihren Stock gestützt; wenn er ihr nicht half, war sie rettungslos verloren. Aber selbst wenn er anhielt und sie aufforderte, sich auf den Boden des Schlittens zu setzen, war es deswegen durchaus nicht sicher, daß sie gerettet wurde. Nahm er sie in den Schlitten auf, so war die Gefahr, daß die Wölfe sie einholen würden, nur um so größer, und er und das Pferd mußten ihr Leben lassen. Ob es wohl richtig war, ein Leben zu opfern um zwei andere zu retten?

Das alles ging ihm in demselben Augenblick, als er die Alte sah, durch den Kopf. Und nicht genug damit, er hatte auch noch Zeit, darüber nachzudenken, wie es ihm hinterher ergehen würde, ob er es bereuen würde, daß er der Alten nicht geholfen hatte, und ob die Leute wohl erfahren würden, daß er ihr begegnet war und ihr nicht geholfen hatte.

Es war eine entsetzliche Versuchung, der er ausgesetzt war. ›Wenn ich ihr doch nie begegnet wäre!‹ sagte er zu sich selbst.

Im selben Augenblick brachen die Wölfe in ein wildes Geheul aus. Das Pferd zuckte zusammen, sauste in der wildesten Fahrt dahin und jagte an dem Bettelweib vorüber. Auch sie hatte die Wölfe heulen hören, und als der Mann aus Heide vorüberfuhr, konnte er sehen, daß sie wußte, was ihrer harrte. Sie stand still, der Mund öffnete sich zu einem Schrei, und sie streckte die Arme nach Hilfe aus, aber sie schrie weder, noch versuchte sie, auf den Schlitten hinaufzuspringen. Irgend etwas mußte sie gelähmt haben. ›Ich habe wohl wie ein Troll ausgesehen, als ich an ihr vorüberfuhr,‹ dachte der Mann.

Jetzt war er überzeugt, daß er entkommen würde, und er versuchte, sich darüber zu freuen. Statt dessen begann es aber in seiner Brust zu brennen und zu nagen. Er hatte noch nie zuvor etwas Unehrenhaftes getan und hatte nun ein Gefühl, als sei sein ganzes Leben zerstört. ›Mag es gehen, wie es will,‹ sagte er und hielt das Pferd an, ›ich kann sie nicht mit den Graubeinen allein lassen!‹

Nur mit großer Mühe gelang es ihm, das Pferd zu wenden, aber es ging schließlich, und bald hatte er die alte Frau eingeholt. ›Krieche schnell auf den Schlitten herauf,‹ sagte er in barschem Ton, denn er war ärgerlich auf sich selbst, weil er die Alte ihrem Schicksal hatte überlassen können. ›Was hast du hier auf dem Eise herumzurennen, du alte Hexe,‹ herrschte er sie an. ›Nun müssen der Rappe und ich beide deinetwegen unser Leben lassen!‹

Die Alte erwiderte kein Wort, aber der Mann aus Heide war nicht in der Stimmung, sie zu schonen. ›Der Rappe ist heute schon fünf Meilen gelaufen,‹ sagte er, ›er wird wohl bald müde werden, und die Last ist auch nicht leichter geworden, seit du hinzugekommen bist!‹

Die Schlittenkufen schurrten auf dem Eis, so daß es kreischte, aber trotzdem konnte er die Wölfe fauchen hören, und er war sich klar darüber, daß die Graubeine ihn nun eingeholt hatten. ›Jetzt ist es aus mit uns,‹ sagte er. ›Weder du noch ich hatten viel Freude davon, daß ich versuchte, dich zu retten, Finnen-Malene.‹

Bisher hatte die Alte geschwiegen, wie jemand, der gewöhnt ist, sich ausschelten zu lassen. Jetzt sprach sie ein paar Worte. ›Ich kann nicht begreifen, warum du die Tonnen und Kübel nicht herunterwirfst, um die Last zu erleichtern. Du kannst ja morgen wiederkommen und alles aufsammeln.‹

Der Mann aus Heide sah ein, daß dies ein vernünftiger Rat war und wunderte sich nur darüber, daß er selbst nicht eher daran gedacht hatte. Er ließ die Alte die Zügel halten, löste den Strick, der die Gefäße zusammenhielt, und warf sie vom Schlitten. Die Wölfe waren ganz dicht hinter ihnen drein. Aber nun machten sie halt, um zu untersuchen, was da auf das Eis geworfen wurde, und der Schlitten bekam wieder einen kleinen Vorsprung.

›Wenn das nicht hilft, so kannst du doch wohl begreifen, daß ich mich freiwillig den Wölfen hinwerfe, damit du entkommen kannst,‹ sagte die Alte. Gerade als sie das sagte, war der Mann im Begriff, einen großen, schweren Braubottich vom Schlitten herunterzuwerfen. Aber während er sich noch damit abmühte, hielt er plötzlich inne, als könne er sich nicht entschließen, das Gefäß hinunterzuwerfen. In Wirklichkeit aber waren seine Gedanken von etwas ganz anderem in Anspruch genommen. ›Ein Pferd und ein Mann, die gesund und stark sind, brauchen doch ein altes Weib um ihretwillen nicht von den Wölfen auffressen zu lassen,‹ dachte er. ›Es muß doch noch einen anderen Ausweg geben. Ja, es muß einen Ausweg geben. Das Schlimmste ist nur, daß ich ihn nicht finden kann.‹

Er machte sich wieder mit dem Braubottich zu schaffen, hielt dann aber wieder damit inne und brach in ein lautes Lachen aus.

Die Alte sah ihn erschreckt an und dachte, daß er verrückt geworden sei, aber der Mann aus Heide lachte über sich selbst, weil er bisher so dumm gewesen war. Nichts war ja einfacher, als sie alle drei zu retten. Er konnte nur nicht begreifen, daß ihm das nicht gleich eingefallen war.

›Höre jetzt gut zu, was ich dir sage, Malene,‹ begann er. ›Es war brav von dir, daß du dich den Wölfen freiwillig hinwerfen wolltest. Aber das tut nicht not, denn nun weiß ich, wie wir alle drei gerettet werden können, ohne unser Leben aufs Spiel zu setzen. Vergiß aber nicht, daß du, was ich auch tue, ruhig auf dem Schlitten sitzen bleibst und nach Linsäll hinabfährst. Dort weckst du die Leute und sagst ihnen, daß ich hier allein mit zehn Wölfen auf dem Eise bin, und bittest sie, zu kommen und mir zu helfen.‹

Der Mann wartete nun, bis die Wölfe ganz nahe an den Schlitten herangekommen waren, dann wälzte er den großen Bottich auf das Eis, sprang selbst hinterdrein und kroch darunter.

Es war ein mächtiges Gefäß, so groß, daß es einen ganzen Weihnachtsbräu fassen konnte. Die Wölfe sprangen daran in die Höhe, sie bissen in die Reifen und versuchten, den Bottich umzustürzen. Aber das Gefäß war zu groß und zu fest. Sie konnten des Mannes, der darunter lag, nicht habhaft werden.

Der Mann aus Heide wußte, daß er in Sicherheit war, und er lag da und lachte über die Wölfe. Bald aber wurde er ernsthaft. ›Wenn ich jemals wieder in Not kommen sollte,‹ fügte er, ›so will ich an diesen Braubottich denken. Ich will daran denken, daß ich weder mir selbst noch anderen Unrecht anzutun brauche. Es gibt immer einen dritten Ausweg, es handelt sich nur darum, ihn zu finden.‹«

Damit endete Bataki seine Erzählung. Aber Niels Holgersen hatte jetzt schon gemerkt, daß der Rabe niemals etwas erzählte, ohne eine ganz besondere Absicht damit zu haben, und je länger er ihm zuhörte, um so nachdenklicher wurde er. »Warum erzählst du mir eigentlich diese Geschichte?« fragte der Junge. – »Ach, sie fiel mir nur gerade ein, als ich hier stand und den Sonfjeld ansah,« sagte der Rabe.

Sie flogen nun weiter, den Ljusnan hinab, und als eine Stunde vergangen war, kamen sie an das Dorf Kolsätt, das hart an der Grenze von Helsingland liegt. Hier ließ sich der Rabe in der Nähe einer kleinen, niedrigen Hütte nieder, die keine Fenster, sondern nur eine Luke hatte. Aus dem Schornstein stieg ein Rauch auf, der mit Funken vermischt war, und aus dem Hause vernahm man starke Hammerschläge. »Wenn ich die Schmiede sehe,« sagte Bataki, »so muß ich unwillkürlich an etwas denken, was du wahrscheinlich nie gehört hast, nämlich daß es in alten Zeiten im Härjetal und namentlich in diesem Dorfe hier so gute Schmiede gegeben haben soll, daß man ihresgleichen im ganzen Lande nicht finden konnte.« – »Vielleicht kannst du mir auch von ihnen eine Geschichte erzählen,« meinte der Junge.

»Freilich, denn ich habe gehört, daß damals ein Schmied aus dem Härjetal zwei andere Meisterschmiede, einen aus Dalarna und einen aus Värmland, zu einem Wettstreit im Nagelschmieden herausgefordert hat. Die Herausforderung wurde angenommen, und die drei Schmiede trafen hier in Valfäst zusammen. Der Dalekarlier machte den Anfang. Er schmiedete ein Dutzend Nägel, die alle ausgezeichnet waren und nicht besser gemacht werden konnten. Nach ihm kam der Värmländer. Auch er schmiedete ein Dutzend Nägel, die ganz ausgezeichnet waren, und dazu kam noch, daß er nur halb soviel Zeit dazu gebrauchte wie der Dalekarlier. Als die Männer, die Schiedsrichter in dem Wettstreit sein sollten, das sahen, sagten sie zu dem Schmied aus dem Härjetal, er könne den Versuch, es besser als der Dalekarlier oder schneller als der Värmländer zu machen, nur gleich aufgeben. ›Nein, ich ergebe mich nicht. Es wird sich schon eine Art und Weise finden lassen, wie ich mich auszeichnen kann,‹ sagte der Mann aus dem Härjetal. Er legte das Eisen auf den Ambos, ohne es zuvor in die Esse zu legen, hämmerte es warm und schmiedete einen Nagel nach dem anderen, ohne weder Kohlen noch einen Blasebalg zu gebrauchen. Nie hatte man einen Schmied den Hammer mit größerer Meisterschaft führen sehen, und der Schmied aus dem Härjetal wurde als der beste im ganzen Lande erklärt.«

Bataki schwieg, aber der Junge wurde noch nachdenklicher. »Was bezweckst du eigentlich mit der Erzählung?« fragte er. – »Ach, die Geschichte fiel mir nur gerade ein, als ich die alte Schmiede sah,« antwortete der Rabe ganz gleichgültig.

Die beiden Reisenden stiegen nun wieder in die Luft empor, und der Rabe flog mit dem Knaben südwärts nach dem Kirchspiel Lillhärdal, das auf der Grenze von Dalarna liegt. Dort ließ er sich auf einem bewaldeten Hügel oben auf einem Bergrücken nieder. »Ob du wohl eigentlich weißt, auf was für einem Hügel du stehst?« fragte Bataki. Nein, der Junge mußte einräumen, daß er das nicht wußte. – »Es ist ein Grabhügel,« sagte Bataki. »Er ist über einem Mann errichtet, der Harjulf hieß, und der sich als erster hier im Härjetal niederließ und das Land zu bebauen begann.« – »Vielleicht kannst du auch von ihm eine Geschichte erzählen?« meinte der Junge.

»Ich habe nichts weiter von ihm gehört, als daß er wohl ein Norweger gewesen ist. Zuerst stand er im Dienst eines norwegischen Königs, aber mit dem entzweite er sich, so daß er landesflüchtig wurde. Dann zog er zu dem schwedischen König, der in Upsala wohnte und trat bei ihm in Dienst. Als aber eine Weile vergangen war, begehrte er die Schwester des Königs zum Gemahl, und als der König ihm eine so vornehme Braut nicht geben wollte, entfloh er mit ihr. Er hatte es nun dahin gebracht, daß er nicht in Norwegen und auch nicht in Schweden wohnen konnte, und ins Ausland konnte er nicht ziehen. ›Aber es muß wohl noch einen dritten Ausweg geben,‹ dachte er und zog mit seinen Dienern und seinen

Schätzen gen Norden durch Dalarna, bis er an die großen, wilden Wälder kam, die sich nördlich von Dalarna ausbreiteten. Dort ließ er sich nieder, baute Häuser, machte den Wald urbar und wurde so der erste, der sich in dieser Gegend des Landes niederließ.«

Als Niels Holgersen diese Geschichte hörte, wurde er noch nachdenklicher als zuvor. »Was für einen Zweck hast du nur damit, mir dies alles zu erzählen?« sagte er noch einmal. Lange schwieg Bataki, drehte und wandte aber den Kopf und kniff die Augen zusammen. »Da wir beide jetzt hier allein sind,« sagte er endlich, »so will ich die Gelegenheit benutzen und dich nach etwas fragen. Hast du jemals genauen Bescheid darüber erhalten, was der Kobold, der mit dir verhandelte, als Bedingung aufstellte, daß du wieder ein Mensch werden könntest?« – »Ich habe nie von einer anderen Bedingung gehört, als daß ich den weißen Gänserich wohlbehalten nach Lappland hinauf und wieder nach Schonen zurückbringen sollte.« – »Hab' ich mir's doch gedacht!« rief Bataki aus. »Denn das letztemal, als wir uns sahen, nahmst du den Mund so voll und sagtest, es gäbe nichts Häßlicheres, als einen Freund, der sich auf uns verließ, im Stich zu lassen. Du solltest doch Akka einmal nach der Bedingung fragen. Du weißt, sie ist daheim bei euch gewesen und hat mit dem Kobold gesprochen.« – »Davon hat Akka nichts gesagt,« erwiderte der Junge. – »Sie hielt es vielleicht für dich für das beste, wenn du nicht wüßtest, wie die Worte des Kobolds lauteten. Sie will dir natürlich lieber helfen als dem Gänserich Martin.« – »Es ist doch sonderbar, Bataki, daß du mir das Herz immer so schwer und sorgenvoll machen mußt,« sagte der Junge. – »Wohl möglich, daß es den Anschein hat,« meinte der Rabe, »aber diesmal glaube ich wirklich, daß du mir dankbar sein mußt, denn ich will dir nur sagen, daß die Worte des Kobolds lauteten, du würdest nie wieder Mensch werden, wenn du den Gänserich Martin nicht nach Hause brächtest, so daß deine Mutter ihn auf die Schlachtbank legen kann.«

Niels Holgersen fuhr auf. »Das ist sicher nur eine boshafte Erfindung von dir!« rief er. – »Du kannst Akka ja selber fragen,« sagte Bataki. »Ich sehe sie da oben mit ihrer ganzen Schar kommen. Vergiß nun nicht, was ich dir heute erzählt habe! Es gibt immer einen Ausweg aus allen Schwierigkeiten, es handelt sich nur darum, ihn zu finden. Ich freue mich schon darauf zu sehen, wie es dir glücken wird!«

XLVII. Värmland und Dalsland

Am nächsten Tage, als die Wildgänse Rast machten und Akka ein wenig abseits von den anderen graste, benutzte Niels Holgersen die Gelegenheit, sie zu fragen, ob es wahr sei, was Batati gesagt hatte; und Akka konnte es nicht leugnen. Da nahm der Junge der Führergans das Versprechen ab, daß sie dem Gänserich Martin das Geheimnis niemals verraten wolle. Denn der große Weiße war so tapfer und edelmütig, daß der Junge fürchtete, es könne ein Unglück daraus entstehen, wenn er die Bedingung des Kobolds erfahre.

Nun saß der Junge traurig und stumm auf dem Rücken des Gänserichs, ließ den Kopf hängen und machte sich nichts daraus, sich umzusehen. Er hörte die Wildgänse den Jungen zurufen, jetzt flogen sie nach Dalarna hinein; jetzt konnten sie den Städjan oben im Norden sehen, jetzt flogen sie über den Osterdalelf, jetzt waren sie beim Hormundsee, und jetzt hatten sie die Talfirt des Vesterdalelfs unter sich. »Ich werde ja voraussichtlich mein ganzes Leben mit den Wildgänsen umherziehen müssen,« dachte er, »da bekomme ich mehr als genug von diesem Lande zu sehen.«

Es ermunterte ihn nicht, daß die Wildgänse riefen, jetzt seien sie nach Värmland hineingekommen, und der Elf, dessen Lauf gen Süden sie folgten, sei der Klarelf. »Ich habe schon so viele Elfe gesehen,« dachte er, »ich brauche mir nicht die Mühe zu machen, noch einen anzusehen.« Selbst wenn er mehr Lust gehabt hätte, Umschau zu halten, wäre nicht viel zu sehen gewesen, denn in dem nördlichen Värmland gibt es nichts weiter als große, einförmige Wälder, durch die sich der Klarelf schmal und schäumend hindurchschlängelt. Hier und da sieht man einen Kohlenmeiler, einen Brandfleck oder einige niedrige Häuser ohne Schornsteine, in denen Finnen wohnen. Aber der größte Teil des Waldes steht so unberührt, daß man glauben könnte, man sei hoch oben in Lappland.

Die Wildgänse ließen sich auf einem Kornacker mitten im Walde, nahe am Ufer des Klarelfs nieder, und während die Gänse dort in dem frischen, eben hervorsprossenden Winterroggen weideten, hörte der Junge Lachen und lautes Reden aus dem Walde herausschallen. Es waren sieben kräftige Männer, die, den Ränzel auf dem Rücken und die Axt über der Schulter, dahergegangen kamen. An diesem Tage hatte der

Junge eine so unbeschreibliche Sehnsucht nach Menschen, daß er sich förmlich freute, als die sieben Arbeiter die Ränzel abnahmen und sich am Ufer des Elfs niederwarfen, um auszuruhen.

Der Mund stand ihnen keinen Augenblick still, und der Junge lag hinter einem Erdhaufen und freute sich darüber, Menschenstimmen zu hören. Er erfuhr bald, daß es Värmländer waren, auf dem Wege nach Norrland, wo sie Arbeit suchen wollten. Es waren fröhliche Menschen, und sie hatten viel zu erzählen, denn sie hatten in vielen verschiedenen Orten gearbeitet. Aber während sie nun dort saßen und plauderten, kam es, daß einer ganz zufällig sagte, er habe ja doch in allen Teilen von Schweden gearbeitet, nie aber habe er eine Gegend gesehen, die schöner sei wie die Nordmark da oben im westlichen Värmland, wo er zu Hause sei.

»Darin stimme ich mit dir überein, wenn du nur statt Nordmark Frytsdal sagen willst, wo ich meine Heimat habe,« fiel ihm einer von den anderen in die Rede. – »Ich bin aus dem Jösser Bezirk,« sagte ein dritter, »und ich kann euch die Versicherung geben, daß es dort noch viel schöner ist als in der Nordmark und im Fryksdal.«

Es stellte sich nun heraus, daß alle die sieben Männer aus verschiedenen Teilen von Värmland waren, und daß ein jeder seine Heimatsgegend für schöner und besser hielt als die der anderen. Sie gerieten in Streit darüber, und keiner von ihnen war imstande, die anderen zu überzeugen, daß er recht hatte. Es sah fast so aus, als sollten sie sich ernstlich entzweien. Da kam ein alter Mann mit langem, schwarzem Haar und kleinen, zwinkernden Augen vorüber, »Worüber zankt ihr euch denn hier, ihr Leute?« fragte er. »Ihr schreit ja so, daß man es durch den ganzen Wald hören kann.«

Einer der Värmländer wandte sich rasch an den Alten. »Du bist wohl ein Finne, da du hier so hoch oben im Walde umherwanderst?« – »Freilich bin ich ein Finne,« antwortete der Gefragte. – »Das trifft sich ja gut,« sagte der Mann, »Ich habe oft gehört, ihr Finnen hättet mehr Verstand als andere Menschen.« – »Ein guter Leumund ist besser als Gold,« entgegnete der Finne. – »Wir sitzen hier und streiten uns darüber, welcher Teil von Värmland der beste ist. Könntest du es nicht vielleicht übernehmen, den Streit zu schlichten, damit wir uns um dieser Sache willen nicht entzweien?« – »Ich will entscheiden, so gut ich kann,« sagte der Finne, »aber ihr müßt Geduld mit mir haben, denn erst muß ich euch eine alte Geschichte erzählen.«

»In alten Zeiten,« begann der Finne, indem er sich zu den Männern setzte, »sah all das Land, das nördlich vom Wenersee liegt, ganz schrecklich aus. Es war so voll von kahlen Hochebenen und steilen Bergen, daß es ganz unmöglich war, sich anzubauen und dort zu leben. Wege konnten nicht gebahnt werden und der Boden war nicht urbar zu machen. Aber das Land, das südlich vom Wenersee lag, war schon zu jenen Zeiten gut und fruchtbar, so wie es noch heutigen Tages ist.

Nun wohnte damals unten im Süden ein Riese, der sieben Söhne hatte. Alle Söhne waren kecke und starke Männer, aber sie hatten einen stolzen Sinn und es herrschte oft Unfriede unter ihnen, weil ein jeder von ihnen mehr sein wollte als die anderen.

Der Vater hatte das ewige Gezänke satt, und um der Sache ein Ende zu machen, rief er eines Tages die Söhne zu sich und fragte sie, ob sie gewillt seien, sich auf eine Probe einzulassen, damit er ergründen könne, wer von ihnen der Tüchtigste sei.

Das wollten die Söhne gern. Sie verlangten nichts Besseres.

›Dann wollen wir es folgendermaßen machen,‹ sagte der Vater. ›Ihr wißt, daß nördlich von dem kleinen Teich, den wir Wenersee nennen, eine Weide liegt, die voll von Erdhügeln und kleinen Steinen ist, so daß wir keinen Nutzen davon haben. Morgen soll ein jeder von euch seinen Pflug nehmen und dahinaufgehen und soviel umpflügen, wie in einem Tage möglich ist. Gegen Abend will ich denn kommen und sehen, wer von euch das beste Stück Arbeit geschafft hat.‹

Kaum war am nächsten Morgen die Sonne aufgegangen, als die sieben Brüder auch schon mit Pferden und Pflügen bereitstanden. Es war wohl der Mühe wert, sie zu sehen, als sie auf Arbeit fuhren. Die Pferde waren gestriegelt, so daß sie glänzten, die Pflugmesser waren frisch geschliffen und das Eisen blitzte. Sie fuhren fast im Galopp vondannen, bis sie an den Wenersee kamen. Da bogen zweie von ihnen ab, der älteste aber fuhr gerade aus. ›Sollte ich vor so einer kleinen Wasserlache bange sein?‹ sagte er von dem Wenersee.

Als die anderen ihn gerade darauf losgehen sahen, wollten sie nicht hinter ihm zurückstehen. Sie setzten sich auf die Pflüge und trieben die Pferde ins Wasser hinein. Es waren große Pferde, und es währte eine Weile, bis sie den Grund verloren hatten und schwimmen mußten. Die Pflüge trieben auf dem Wasser, aber es war nicht leicht, sich darauf festzuhalten. Ein paar von den Söhnen ließen sich von den Pflügen schleppen, und ein paar mußten waten. Aber sie gelangten alle hinüber und machten sich sofort daran, die Weide umzupflügen, die nicht mehr und nicht weniger war als der Landstrich, den man später Värmland und Dalsland genannt hat. Der älteste von den Söhnen sollte die mittlere Furche pflügen. Die beiden nächstältesten stellten sich zu beiden Seiten von ihm auf, die beiden, die dann im Alter folgten, nahmen an der anderen Seite von diesen Platz, und die beiden jüngsten pflügten jeder seine Furche, der eine an dem westlichen Ende der Weide, der andere an dem östlichen.

Der älteste Bruder pflügte anfangs eine gerade und breite Furche, denn der Boden unten am Wenersee war ganz flach und leicht zu behandeln. Aber bald kam er an einen Stein, der so groß war, daß er nicht daran vorüber kommen konnte, sondern den Pflug darüber hinwegheben mußte. Dann stieß er die Pflugschar mit aller Macht in die Erde und schnitt eine breite und tiefe Furche. Aber bald darauf kam er an so harten Boden, daß er abermals gezwungen war, den Pflug zu heben. Dasselbe wiederholte sich noch einmal, und er ärgerte sich darüber, daß er die Furche nicht die ganze Strecke gleich breit und tief pflügen konnte. Schließlich wurde der Boden so steinhart, daß er sich begnügen mußte, ihn nur ganz leicht mit der Pflugschar zu ritzen. Auf die Weise gelangte er aber schließlich bis an die nördliche Grenze der Weide, und dort setzte er sich hin und wartete auf den Vater.

Der zweite von den Brüdern begann auch damit, eine breite und tiefe Furche zu pflügen, und er hatte das Glück, eine gute und flache Strecke zwischen den Erdhügeln zu finden, so daß er sie ohne Unterbrechung bis zu Ende führen konnte. Hin und wieder fuhr er an einer Schlucht entlang, und je weiter er gen Norden kam, um so mehr Bogen mußte er machen, um so schmaler wurde die Furche. Aber er war so gut im Gange, daß er nicht an der Grenze anhielt, sondern noch ein gutes Stück weiter pflügte, als er nötig hatte.

Auch dem dritten Bruder, der links von dem ältesten stand, erging es anfangs ganz gut. Es gelang ihm, eine Furche zu ziehen, die breiter als die der anderen war, bald aber stieß er auf so schlechten Boden, daß er nach Westen zu abbiegen mußte. Sobald wie möglich pflügte er wieder in nördlicher Richtung und pflügte breit und tief, mußte aber innehalten, noch ehe er die Grenze erreicht hatte. Er wollte nicht gern mitten auf dem Felde halten, deswegen wendete er die Pferde und bog nach einer anderen Richtung ab. Aber schon im nächsten Augenblick war er so eingeschlossen, daß er aufhören mußte. ›Diese Furche wird wohl die schlechteste werden,‹ dachte er und setzte sich auf den Pflug, um den Vater zu erwarten.

Es ist wohl nicht notwendig zu erzählen, wie es den anderen erging. Sie bewährten sich alle als Männer. Diejenigen, die in der Mitte pflügten, hatten harte Arbeit, aber diejenigen, die östlich und westlich von diesen gingen, hatten es noch schwerer, denn da war die Erde so voll von Steinen und Sümpfen, daß es unmöglich war, die Furchen gerade und gleichmäßig zu ziehen. Was nun die beiden Jüngsten betrifft, so konnten sie kaum etwas anderes tun, als ihren Pflug wieder und wieder zu wenden, aber trotzdem brachten sie ein gutes Stück Arbeit fertig.

Als der Abend hereinbrach, saßen die sieben Brüder müde und niedergeschlagen, ein jeder am Ende seiner Furche, da und warteten.

Da kam der Vater gegangen. Er kam zuerst zu dem, der am weitesten nach Westen zu gearbeitet hatte.

›Guten Abend!‹ sagte der Vater. ›Wie ist es mit der Arbeit gegangen?‹

›Nicht allzugut,‹ sagte der Sohn. ›Es war ein schwieriges Stück Land, das Ihr uns zu pflügen gegeben habt.‹ – ›Du kehrst dem Arbeitsfeld ja den Rücken,‹ sagte der Vater. ›Dreh dich einmal um, dann kannst du sehen, was du ausgerichtet hast! Es ist gar nicht so wenig, wie du glaubst.‹

Und als der Sohn sich umwandte, sah er, daß sich dort, wo er mit seinem Pflug gegangen war, herrliche Täler mit Seen und schönen, bewaldeten Berghängen gebildet hatten. Er war ein gutes Stück durch Dalsland und die Nordmark in Värmland hindurchgekommen und hatte den Laxsee und den Lelangen und den Großen See und die beiden Silarna durchgepflügt, so daß der Vater allen Grund hatte, mit ihm zufrieden zu sein.

›Jetzt wollen wir einmal hingehen und sehen, was die anderen geschafft haben,‹ sagte der Vater. Der nächste von den Söhnen, zu dem sie kamen – es war der fünfte in der Reihe – hatte den ganzen Jösser Bezirk und den Glasfjord umgepflügt. Der dritte Sohn hatte den Värmele gepflügt, der älteste das Frykstal und den Tryksee, der zweitälteste das Älftal mit dem Klarelf. Der vierte hatte harte Arbeit im Bergwerkdistrikt gehabt und hatte den Yegen und den Daglösee außer einer Menge anderer kleiner Seen gepflügt. Der sechste hatte eine gar wunderliche Furche gezogen. Zuerst hatte er den Platz für den großen See Skagern geschaffen, dann hatte er eine schmale Furche gepflügt, die der Leteelf ausfüllte, und schließlich war er über die Grenze gekommen und hatte die kleinen Seen in dem Westmanländischen Bergwerkdistrikt herausgegraben.

Als der Vater das Pflugland gesehen hatte, sagte er, soweit er es beurteilen könne, hätten sie alle ein so gutes Stück Arbeit vollbracht, daß er damit zufrieden sein könne. Jetzt sei das Land keine Wildnis mehr, jetzt könne man darin leben und es bebauen. Sie hätten viele fischreiche Seen und fruchtbare Täler geschaffen; Elfe und Bäche bildeten Wasserfälle, die Mühlen, Sägewerke und Schmieden treiben könnten. Auf den Bergrücken zwischen den Furchen sei Platz zu Wäldern, wo Holz gefällt und Kohlenbrennerei betrieben werden könne, und nun sei auch die Möglichkeit vorhanden, geebnete Wege zu den großen Erzlagern in dem Bergwerkdistrikt anzulegen.

Die Söhne freuten sich, als sie dies alles hörten, aber nun wollten sie auch gern wissen, wessen Furche die beste sei.

›In einem Pflugland, wie dies hier,‹ sagte der Vater ›ist es von größerer Bedeutung, daß alle Furchen gut zueinander passen, als daß die eine besser ist als die andere. Ich glaube, wer zu den großen, langen Seen in der Nordmark und im Dalsland kommt, wird einräumen, daß er selten etwas Schöneres gesehen hat. Aber wenn er hernach die lichten, fruchtbaren Gegenden rings um den Glafsfjord und den Värmlen sieht, wird er sich doch freuen. Und wenn er sich dann eine Weile in den offenen, betriebsamen, betauten Gegenden aufgehalten hat, wird es ihm ein Vergnügen sein, sie mit den langen, engen Tälern am Fryken und Klarelf zu vertauschen. Und sollte er auch dieser überdrüssig werden, so wird es ihn erfrischen, die verschieden geformten Seen im Bergwerkdistrikt anzutreffen, die sich dahinschlängeln und deren so viele sind, daß niemand alle die Namen behalten kann. Nach diesen Seen mit ihren zahlreichen Buchten und Landzungen wird ihm eine so große Wasserfläche wie die der Skagern sicher eine freudige Überraschung sein. Und nun will ich euch sagen, wie es mit den gepflügten Furchen, so geht es auch mit den Söhnen: Kein Vater freut sich, wenn der eine besser ist als die anderen. Kann er aber mit gleicher Freude seinen Blick von dem Jüngsten bis zu dem Ältesten schweifen lassen, so ist sein Herz voller Freude.‹«

XLVIII. Ein kleiner Herrenhof

Donnerstag, 6. Oktober.

Die Wildgänse flogen an dem Klarelf entlang, bis sie zu der großen Fabrik bei Munkefors kamen. Dann bogen sie nach Westen, dem Frydstal zu, ab. Ehe sie noch den Frykensee erreicht hatten, begann es zu dunkeln, und sie ließen sich auf einem flachen Moor eben in einem Bergwald nieder. Das Moor war ein vorzügliches Nachtquartier für Wildgänse, aber Niels Holgersen fand, daß es kalt und ungemütlich war, und er hätte gern einen besseren Platz zum Schlafen gehabt. Während sie noch hoch oben in der Luft gewesen waren, hatte er am Fuß des Bergrückens einige Höfe liegen sehen, und nun beeilte er sich, sie aufzusuchen.

Der Weg war länger, als er geglaubt hatte, und er war mehrmals nahe daran, wieder umzukehren. Aber endlich wurde der Wald lichter, und er kam auf eine Landstraße, die am Waldessaume entlang lief. Von der Straße führte eine schöne Birkenallee nach einem Herrenhofe, und er lenkte sogleich seine Schritte dahin.

Zuerst kam er auf einen Hofplatz, der von langen, roten Wirtschaftsgebäuden umgeben und so groß war wie ein Marktplatz. Als er ihn durchschritten hatte, kam er auf einen zweiten Hof, und dort sah er das Wohnhaus mit einem Seitenflügel, und davor einen Kiesweg und einen großen Rasen; hinter dem Hause aber lag ein Garten voller Bäume. Das Wohnhaus selbst war klein und unansehnlich, der Rasen aber war von einer Reihe mächtiger Ebereschen umkränzt, die so dicht nebeneinander standen, daß sie eine förmliche Wand bildeten, und dem Jungen war es, als sei er in einen prächtigen, gewölbten Saal gekommen. Über dem Ganzen wölbte sich ein blaßblauer Himmel; die Ebereschen waren gelb mit großen, roten Beerenbüscheln, das Gras war noch grün, aber das starke, klare Nordlicht warf einen solchen Glanz darauf, daß es so weiß wie Silber schimmerte.

Kein Mensch war zu sehen, so konnte der Junge frei umhergehen, wo er wollte, und als er in den Garten kam, entdeckte er etwas, das ihn sofort in gute Laune versetzte. Er war auf eine kleine Eberesche geklettert, um sich ein paar Beeren zu pflücken, ehe er aber noch einen Büschel abgebrochen hatte, gewahrte er einen Faulbaum, der ebenfalls voller Früchte stand. Schnell ließ er sich von der Eberesche herabgleiten und kletterte auf den Faulbaum hinauf, kaum aber saß er dort, als er einen

Johannisbeerbusch erblickte, an dem noch lange, rote Trauben hingen. Und nun sah er, daß der ganze Garten voll von Stachelbeeren, Himbeeren und Hagebutten war. Im Küchengarten standen Rüben und Kohlrabi in Hülle und Fülle, alle Büsche waren voller Beeren, jede Pflanze trug Samen, und die Grashalme hatten kleine Ähren voller Körner. Und dort auf dem Gang – er hatte sich doch nicht geirrt? – nein, da lag wirklich ein großer, roter, schimmernder Apfel!

Der Junge setzte sich auf die Rasenkante und machte sich daran, mit seinem Messer kleine Stücke von dem Apfel abzuschneiden. »Wenn man nur immer so leicht zu einer guten Mahlzeit kommen könnte wie hier auf dem Hofe, dann wäre es nicht gar so schlimm, ein Heinzelmännchen zu sein,« dachte er.

Während er dasaß und aß, überlegte er, und schließlich fragte er sich selbst, ob es nicht vielleicht das beste wäre, wenn er gleich hier bliebe und die Wildgänse allein gen Süden ziehen ließe. »Ich weiß wirklich nicht, wie ich es dem Gänserich Martin erklären soll, daß ich nicht nach Hause reisen kann,« dachte er. »Es wäre gewiß besser, wenn ich mich ganz von ihm trennte. Ich könnte es ja machen wie die Eichhörnchen, könnte mir einen Wintervorrat sammeln, daß ich nicht zu verhungern brauchte, und ein warmes Eckchen im Kuhstall oder im Pferdestall würde ich schon finden, damit ich nicht zu erfrieren brauchte!«

Wie er so dasaß und darüber nachdachte, hörte er ein leichtes Rauschen über seinem Kopf, und im nächsten Augenblick stand etwas neben ihm, das einem kleinen Birkenstumpf glich. Der Stumpf drehte und wendete sich, und zwei helle Punkte an dem oberen Ende schimmerten wie ein Paar glühende Kohlen. Es sah so aus wie der schrecklichste Zauberspuk, aber der Junge entdeckte sogleich, daß der Stumpf einen gekrümmten Schnabel hatte und ein Paar schwarze Federkränze um die glühenden Augen, und da beruhigte er sich wieder.

»Wie angenehm, ein lebendes Wesen zu treffen,« sagte er. »Vielleicht könnten Sie, Frau Nachteule, mir erzählen, wie dieser Ort heißt, und was für Leute hier wohnen?«

Die Nachteule hatte an diesem Abend wie an allen vorhergehenden Abenden auf einer Sprosse der großen Leiter gesessen, die an das Dach gelehnt stand und hatte auf die Kiesgänge und Rasenplätze herniedergelugt, um nach Mäusen auszuspähen. Aber zu ihrer Verwunderung hatte sich nicht einmal der Schwanz einer Maus blicken lassen. Statt dessen sah sie etwas, was einem Menschen glich, wenngleich es viel kleiner war, sich im Garten bewegen. »Da haben wir wohl den, der die Mäuse wegscheucht,« dachte die Nachteule. »Was für ein Wesen mag das nur sein?«

»Es ist kein Eichhörnchen, und ein junges Kätzchen ist es auch nicht, und auch kein Wiesel,« dachte sie weiter. »Ich sollte doch denken, daß ein Vogel, der so lange wie ich auf einem alten Herrenhof gewohnt hat, alles kennen sollte, was es auf der Welt gibt. Aber dies hier geht über meinen Verstand.«

Und sie starrte unverwandt auf das Ding nieder, das sich dort unten auf dem Kiesgang bewegte, bis ihre Augen glühten. Schließlich siegte doch die Neugier, und sie flog auf die Erde hinab, um den Fremden näher in Augenschein zu nehmen

Als Niels Holgersen zu sprechen begann, beugte sich die Eule vor und betrachtete ihn genau. »Er hat weder Klauen noch Stacheln,« dachte sie, »aber wer kann wissen, ob er nicht einen Giftzahn hat oder eine andere Waffe, die noch gefährlicher ist? Es wird wohl das beste sein, wenn ich versuche, erst ein wenig Näheres über ihn zu erfahren, ehe ich mich mit ihm einlasse.«

»Der Herrenhof heißt Mårbacka,« erwiderte die Eule, »und hier haben in alten Zeiten gute Menschen gewohnt. Aber was für einer bist denn du?« – »Ich gehe mit dem Gedanken um, hierher zu ziehen,« sagte der Junge, ohne die Frage der Eule geradezu zu beantworten. »Glaubst du, daß sich das machen ließe?« – »Ach ja, es ist übrigens jetzt nicht weit her mit dem Hof, im Vergleich zu dem, was er früher gewesen ist,« entgegnete die Eule, »aber es läßt sich hier ja immerhin leben. Es kommt freilich darauf an, wovon du zu leben beabsichtigst. Denkst du daran, dich auf die Mäusejagd zu legen?« – »Nein, Gott soll mich bewahren!« sagte der Junge. »Die Gefahr ist wohl größer, daß mich die Mäuse auffressen, als daß ich ihnen Schaden zufüge.«

»Ob er wohl wirklich so wenig gefährlich sein sollte, wie er sagt?« dachte die Nachteule. »Ich will doch lieber einen Versuch machen.« Sie schwang sich in die Luft empor, und einen Augenblick später hatte sie die Krallen in Niels Holgersens Schulter geschlagen und hackte nach seinen Augen. Niels hielt eine Hand vor die Augen und suchte sich mit der anderen zu befreien. Gleichzeitig schrie er aus Leibeskräften um Hilfe. Er merkte, daß er sich wirklich in Lebensgefahr befand, und er sagte zu sich selbst, daß es diesmal sicher mit ihm aus sein würde.

*

Aber nun muß ich erzählen, wie merkwürdig es sich traf, daß gerade in demselben Jahr, als Niels Holgersen mit den Wildgänsen reiste, in Schweden eine Schriftstellerin war, die ein Buch über ihre Heimat schreiben sollte. Es sollte so ein Buch sein, das die Kinder in den Schulen lesen konnten. Hierüber hatte sie nun von Weihnacht bis zum Herbst nachgedacht, aber sie hatte noch nicht eine einzige Zeile von dem Buch geschrieben, und schließlich war sie des Ganzen so überdrüssig gewesen, daß sie zu sich selbst sagte: »Hierzu bist du nicht zu gebrauchen, setze dich lieber hin und dichte Geschichten und Märchen, wie du es sonst getan hast, und laß jemand anders dies Buch schreiben, denn es soll lehrreich und ernsthaft sein, und es darf kein unwahres Wort darin stehen!«

Sie war eigentlich entschlossen, ihr Vorhaben aufzugeben, aber sie hatte sich so darauf gefreut, etwas Schönes über Schweden zu schreiben, daß es ihr schwer wurde, den Gedanken ganz aufzugeben. Schließlich kam es ihr in den Sinn, daß sie vielleicht deswegen nicht mit der Arbeit zustande kommen könne, weil sie in einer Stadt saß und nichts weiter vor sich sah als Straßen und Mauern. Wenn sie aufs Land hinausreiste, wo sie Wälder und Felder sehen könne, würde es vielleicht besser gehen. Sie stammte aus Värmland und war sich ganz klar darüber, daß sie das Buch mit dieser Landschaft beginnen lassen wollte. Und vor allen Dingen wollte sie von dem Hof erzählen, auf dem sie herangewachsen war. Es war ein altmodischer Herrenhof, der weltabgeschieden dalag, und auf dem sich viele altertümliche Sitten erhalten hatten. Sie dachte, es würde die Kinder amüsieren, von den vielen verschiedenen Beschäftigungen zu hören, die einander im Laufe des Jahres ablösten. Sie wollte ihnen erzählen, wie Weihnacht und Neujahr und Ostern und das Johannisfest in ihrem Hause gefeiert worden war, was für Möbel und Hausgerät sie gehabt hatten, und wie es in Küche und Vorratskammer, auf der Tenne und in der Scheune, im Stall und in der Backstube ausgesehen hatte. Aber als sie sich dann anschickte, darüber zu schreiben, wollte die Feder nicht vom Fleck. Sie konnte nicht begreifen, woher es kam, aber es war nun einmal so.

Es stand ja freilich im Geiste alles so deutlich vor ihr, als lebe sie noch mitten dazwischen. Aber sie sagte sich selbst, wenn sie nun doch einmal aufs Land reisen wolle, so könne sie ebensogut nach dem alten Hof hinausfahren und sich dort noch einmal umsehen, ehe sie darüber schrieb. Sie war seit vielen Jahren nicht dort gewesen, und eine

Veranlassung, dahin zu reisen, war ihr willkommen. Im Grunde hatte sie immer Heimweh nach dem Heim ihrer Kindheit, wo sie auch sein mochte. Sie sah sehr wohl ein, daß es andere Orte gab, die schöner und auch besser waren, aber nirgends fand sie den Frieden und die Traulichkeit, die stets auf dem alten Herrenhof gewaltet hatte.

Es war indessen nicht so ganz leicht für sie, in die alte Heimat zu reisen, wie man hatte glauben sollen, denn der Hof war an Leute verkauft, die sie nicht kannte. Sie zweifelte freilich nicht daran, daß man sie freundlich aufnehmen würde, aber sie kam ja nicht nach dem alten Heim, um da zu sitzen und mit fremden Leuten zu schwatzen, sondern um sich so recht in das zu vertiefen, wie es in alten Zeiten gewesen war. Deswegen richtete sie es so ein, daß sie eines Abends spät dort eintraf, als die Arbeit beendet und das Gesinde schon ins Haus gegangen war.

Sie hätte nie gedacht, daß es so wunderlich sein könne, nach Hause zu kommen. Während sie im Wagen saß und sich auf dem Wege nach dem alten Hof befand, hatte sie ein Gefühl, als werde sie mit jeder Minute jünger und jünger, und bald war sie nicht mehr eine alte Person, deren Haar zu ergrauen begann, sondern ein kleines Mädchen mit kurzen Röcken und einem langen flachsblonden Zopf, der ihr auf dem Rücken hinabfiel. Wie sie so dahinfuhr und jedes Gehöft, an dem sie vorüberfuhr, wieder erkannte, war es ihr, als müsse alles daheim wieder ganz so werden wie in alten Zeiten. Der Vater und die Mutter und die Geschwister würden auf der Treppe stehen und sie empfangen, und die alte Haushälterin würde ans Fenster laufen, um zu sehen, wer da gefahren kam, und Nero und Freya und noch ein paar andere Hunde würden herbeistürzen und an ihr emporspringen.

Je mehr sie sich dem Hofe näherte, um so fröhlicher wurde sie. Es war Herbst und eine geschäftige Zeit mit einer Menge Arbeit stand bevor, aber gerade diese verschiedenen Arbeiten bewirkten, daß es daheim nie langweilig oder einförmig wurde. Auf dem Wege dahin hatte sie gesehen, daß die Leute dabei waren, Kartoffeln aufzunehmen, und das würden sie jetzt daheim wohl auch tun. Dann mußten zuerst Kartoffeln gerieben und Kartoffelmehl gemacht werden. Es war ein milder Herbst gewesen. Sie hätte gern gewußt, ob die Ernte aus dem Garten schon eingebracht war. Der Kohl stand jedenfalls noch draußen. Ob wohl der Hopfen schon gepflückt war, und ob man schon alle Äpfel abgenommen hatte?

Wenn sie nur nicht gerade beim großen Hausputz waren! Denn der Herbstmarkt stand vor der Tür. Zum Jahrmarkt mußte das ganze Haus blitzblank sein, der wurde als großes Fest angesehen, namentlich von dem Gesinde. Es war auch wirklich ein Vergnügen, am Abend vor dem Markt in die Küche hinauszukommen und den frisch gescheuerten, mit Wacholderzweigen bestreuten Fußboden zu sehen und die frisch getünchten Wände und das blanke Kupfergerät oben unter der Decke.

Aber wenn der Jahrmarkt vorüber war, kehrte noch keine Ruhe ein. Dann mußte ja der Flachs gebrochen werden. Der Flachs hatte während der Hundstage zum Trocknen auf einer Wiese ausgebreitet gelegen. Jetzt wurde er in die alte Backstube geschafft, und der große Backstubenofen wurde geheizt, damit der Flachs dörren sollte. Und wenn er dürre genug war, wurde eines Tages zu allen Nachbarfrauen geschickt. Sie setzten sich vor die Backstube und machten sich daran, den Flachs zu brechen. Sie schlugen mit Hecheln darauf los, um die feinen, weißen Fasern aus dem dürren Stroh herauszulösen. Die Frauen wurden bei der Arbeit ganz grau von Staub. Ihr Haar und ihre Kleider saßen voll von Spreu, aber sie waren trotzdem vergnügt. Den ganzen Tag lärmten die Hecheln und die Münder standen keinen Augenblick still. Wenn man in die Nähe der alten Backstube kam, klang es, als hause ein gewaltiger Sturm dadrinnen.

Nach dem Flachshecheln kamen die große Hartbrotbackerei, die Schafschur und der Umzugtag des Gesindes an die Reihe. Im November standen dann arbeitsreiche Schlachttage bevor, wo Fleisch eingesalzen wurde, wo man Blutwurst stopfte, Blutbrot buk und Lichte goß. Die Näherin, die die eigengewebten, wollenen Kleider nähte, pflegte auch um diese Zeit zu kommen, und es waren ein paar fröhliche Wochen, wenn alle Dienstmädchen im Hause zusammen saßen und nähten. Der Schuster, der die Schuhe für den ganzen Hausstand anfertigte, saß zur selben Zeit drüben in der Knechtstube und arbeitete, und man war's nie müde, ihm zuzusehen, wie er das Leder zuschnitt und versohlte und Flicken aufsetzte und Ringe in die Schnürlöcher einschlug.

Aber die größte Geschäftigkeit kam doch um Weihnachten. Der Luzientag, an dem das Stubenmädchen in weißem Kleide mit brennenden Lichtern im Haar umherging und das ganze Haus um fünf Uhr des Morgens zum Kaffee einlud, war gleichsam das Zeichen, daß man in den nächsten vierzehn Tagen nicht auf viel Schlaf würde rechnen können.

Jetzt mußte Weihnachtsbier gebraut und Fische ausgelaugt und die Weihnachtsbäckerei und das Weihnachtsreinemachen vorgenommen werden.

Sie stand in ihren Erinnerungen mitten zwischen dem Backen, umgeben von Honigkuchen und Pfeffernüssen, als der Kutscher bei der Einfahrt in die Allee die Pferde anhielt, wie sie ihn gebeten hatte. Sie fuhr wie aus einem Traum in die Höhe. Ihr war ganz unheimlich zumute, wie sie am späten Abend ganz allein dasaß; eben hatte sie sich noch von allen ihren Lieben umgeben geglaubt. Als sie aus dem Wagen stieg und die Allee hinaufging, um unbemerkt in ihr altes Heim zu gelangen, empfand sie so bitter den Unterschied zwischen ehedem und jetzt, daß sie die größte Lust hatte, wieder umzukehren. »Was kann es nützen, daß ich hierher komme? Es kann hier ja doch nicht so sein wie in alten Zeiten,« dachte sie.

Aber da sie nun soweit gekommen war, meinte sie, den Hof müsse sie sich doch einmal ansehen, und sie ging weiter, obwohl ihr mit jedem Schritt schwerer ums Herz wurde.

Sie hatte gehört, der Hof solle sehr verfallen und verändert sein, und das war er auch wirklich. Aber jetzt am Abend konnte sie das nicht sehen. Sie fand im Gegenteil, daß alles noch so war wie einst. Hier lag der Teich, der in ihrer Kindheit voller Karauschen gewesen war, die niemand fischen durfte, weil ihr Vater wollte, daß die Karauschen hier in Frieden leben sollten. Da war der Seitenflügel mit der Gesindestube und der Vorratskammer und der Stall mit der Vesperglocke auf dem einen Flügel und der Windfahne auf dem anderen. Und der Hofplatz vor dem Wohnhause war noch immer ein eingeschlossener Raum ohne Aussicht nach irgendeiner Seite, ganz wie zu ihres Vaters Zeiten, denn er konnte es nicht übers Herz bringen, auch nur einen Busch weghauen zu lassen.

Sie war im Schatten unter dem großen Ahorn an der Einfahrt zu dem Hofe stehen geblieben und nun sah sie sich um. Und wie sie dastand, geschah das Merkwürdige, daß eine Schar Tauben geflogen kam und sich neben ihr niederließ.

Sie konnte kaum glauben, daß es wirkliche Vögel waren, denn Tauben pflegen nie nach Sonnenuntergang auszufliegen. Der helle Mondschein mußte sie wohl geweckt haben. Sie hatten offenbar geglaubt, daß es schon Tag sei und waren aus dem Taubenschlag herausgeflogen, aber dann waren sie verwirrt geworden und hatten sich nicht wieder heimfinden können. Als sie nun einen Menschen erblickten, flogen sie zu ihm hin, als wollten sie ihn um Hilfe bitten.

Zu Lebzeiten ihrer Eltern waren immer eine Menge Tauben auf dem Hof gewesen, denn die Tauben hatten auch zu den Tieren gehört, die ihr Vater unter seinen besonderen Schutz genommen hatte. Wenn nur die Rede davon war, eine Taube zu schlachten, wurde er schlechter Laune. Sie freute sich herzlich darüber, daß die schönen Vögel kamen und sie in der alten Heimat begrüßten. Wer weiß, vielleicht waren die Tauben zur Nachtzeit ausgeflogen, um ihr zu zeigen, daß sie die gute Heimstätte nicht vergessen hatten, die sie einst hier gehabt.

Oder hatte vielleicht der Vater seine Vögel mit einem Gruß zu ihr geschickt, damit sie sich nicht so ungemütlich und verlassen fühlen sollte, wenn sie in ihr ehemaliges Heim kam?

Während sie hierüber nachdachte, wurde die Sehnsucht nach alten Zeiten so stark in ihr, daß ihr Tränen in die Augen traten. Es war ein gutes Leben gewesen, das sie auf dem Hofe geführt hatten. Sie hatten Arbeitswochen gehabt, aber auch Festzeiten, sie hatten den Tag hindurch viel zu tun gehabt, aber des Abends hatten sie um die Lampe versammelt gesessen und Tegnér und Runeberg, Frau Lenngren und Frederika Bremer gelesen. Sie hatten Korn gebaut, aber auch Rosen und Jasmin gepflanzt; sie hatten Flachs gesponnen, aber beim Spinnen hatten sie Volkslieder gesungen. Sie hatten sich mit Weltgeschichte und Grammatik abgequält, aber sie hatten auch Komödie gespielt und Verse gedichtet; sie hatten am Feuerherd gestanden und Essen gekocht, aber sie hatten auch Klavier und Flöte und Gitarre und Violine spielen gelernt. Sie hatten in einem Garten Kohl und Rüben und Erbsen und Bohnen gepflanzt, aber sie hatten auch noch einen anderen Garten gehabt, der voller Äpfel und Birnen und allen möglichen Beeren gewesen war. Sie hatten einsam gelebt, aber gerade deswegen hatten sie in Märchen und Sagen gelebt. Sie hatten eigengemachte Stoffe getragen, aber daher hatten sie auch sorgenfrei und unabhängig leben können.

»Nirgends auf der Welt verstehen sie es, ein so gutes Leben zu führen wie auf so einem kleinen Herrenhof in meiner Jugend,« dachte sie. »Da war Arbeit zu seiner Zeit und Vergnügen zu seiner Zeit und Freude zu allen Zeiten. Wie gern würde ich doch hierher zurückkehren!« sagte sie. »Jetzt, wo ich den Hof gesehen habe, ist es schwer, wieder wegzureisen.«

Und dann wandte sie sich an die Taubenschar und sagte zu den Vögeln, indem sie über sich selbst lachte, während sie es sagte: »Wollt ihr nicht zu meinem Vater zurückfliegen und ihm sagen, daß ich Heimweh habe? Jetzt bin ich lange genug an fremden Orten umhergereist. Fragt ihn doch, ob er nicht dafür sorgen will, daß ich bald wieder in die Heimat zurückziehen kann!«

Kaum waren die Worte gesprochen, als der ganze Taubenschwarm sich in die Luft emporschwang und davonflog. Sie versuchte, den Vögeln mit den Augen zu folgen, sie verschwanden aber sofort. Es war als habe der ganze weiße Schwarm sich in der mondhellen Luft aufgelöst.

Kaum waren die Tauben verschwunden, als sie laute Schreie aus dem Garten vernahm, und als sie eiligst dahinlief, sah sie etwas sehr Merkwürdiges. Da stand ein einzig kleiner Knirps, kaum eine Spanne groß, und kämpfte mit einer Nachteule. Anfangs war sie so überrascht, daß sie sich kaum rühren konnte. Als aber der Kleine immer jammervoller schrie, legte sie sich rasch ins Mittel und trennte die Kämpfenden. Die Eule schwang sich auf einen Baum, aber das Männlein blieb auf dem Kiesweg stehen, ohne sich zu verstecken oder davonzulaufen. »Haben Sie vielen Dank für Ihre Hilfe!« sagte er. »Aber es war dumm, daß Sie die Eule fortfliegen ließen. Ich kann nicht wegkommen, denn sie sitzt da oben auf dem Baum und lauert mir auf!«

»Freilich, das war gedankenlos von mir, daß ich sie wegfliegen ließ. Kann ich dich aber nicht dahin begleiten, wo du zu Hause bist?« sagte sie, die Märchen zu dichten pflegte, und nun nicht wenig erstaunt war, so unvermutet mit einem der Männlein in Unterhaltung gekommen zu sein. Aber eigentlich war sie gar nicht einmal so erstaunt. Es war, als habe sie die ganze Zeit, während sie hier im Mondschein vor ihrer alten Heimat auf und nieder gegangen war, erwartet, daß sie etwas Merkwürdiges erleben würde.

»Eigentlich hatte ich gedacht, die Nacht hier auf dem Hofe zu bleiben,« sagte der Kleine. »Wenn Sie mir nur einen sichern Platz zum Schlafen zeigen könnten, würde ich nicht vor Tagesanbruch nach dem Walde zurückkehren.« – »Soll ich dir einen Platz zum Schlafen zeigen? Wohnst du denn nicht hier?« – »Ich kann mir denken, daß Sie mich für ein Heinzelmännchen halten!« sagte das Männlein jetzt. »Aber ich bin ein Mensch, so wie Sie; ich bin nur von einem Heinzelmännchen verwandelt worden.« – »Das ist doch das Sonderbarste, was ich je im Leben gehört habe. Kannst du mir nicht erzählen, wie sich das zugetragen hat?«

Niels Holgersen hatte nichts dagegen, seine Abenteuer zu erzählen, und seine Zuhörerin wurde, je weiter die Erzählung fortschritt, immer erstaunter und erfreuter. »Nein, welch ein Glück, daß ich hier jemand treffe, der auf einem Gänserücken durch ganz Schweden gereist ist!« dachte sie. »Alles, was er da erzählt, kann ich ja in mein Buch schreiben. Jetzt brauche ich mir deswegen keine Sorge mehr zu machen. Es war wirklich gut, daß ich nach Hause gereist bin! Wenn ich bedenke, daß die Hilfe da war, sobald ich nach dem alten Hof kam!« sagte sie zu sich selbst.

Im selben Augenblick durchzuckte sie ein Gedanke, den zu Ende zu denken sie kaum den Mut hatte. Sie hatte ihrem Vater durch die Tauben sagen lassen, daß sie Heimweh nach dem alten Hause habe, und gleich darauf war die Hilfe für das gekommen, worüber sie schon so lange nachgegrübelt hatte. Konnte das die Antwort ihres Vaters auf ihre Bitte sein?

XLIX. Das Gold auf der Schäre

Auf dem Wege nach dem Meer.

Freitag, 7. Oktober.

Die Wildgänse waren, seit sie ihre Herbstreise angetreten hatten, beständig geradeswegs gen Süden geflogen; aber als sie Fryksdalen verließen, schlugen sie eine andere Richtung ein und flogen über das westliche Värmland und Dalsland auf Bohuslän zu. Das wurde eine vergnügliche Reise. Die jungen Gänse hatten nun so gute Übung im Fliegen bekommen, daß sie nicht mehr über Müdigkeit klagten, und Niels Holgersen gewann allmählich seine gute Laune wieder. Er war froh, daß er mit einem Menschen gesprochen hatte, denn es hatte ihn aufgemuntert, daß die Schriftstellerin zu ihm gesagt hatte, wenn er nur so wie bisher fortfahre, gut gegen alle zu sein, könne es ihm nicht schlecht ergehen. Wie er seine rechte Gestalt wieder erlangen würde, das konnte sie ihm nicht sagen, aber sie hatte ihm einen guten Teil von seiner alten Hoffnung und seinem Vertrauen wiedergegeben und das bewirkte sicher, daß er jetzt ausfindig gemacht hatte, wie er den großen Weißen von der Rückkehr in die Heimat abhalten konnte.

»Weißt du was, Gänserich Martin,« sagte er, während sie hoch oben in der Luft dahinflogen, »es wird doch gewiß recht langweilig für uns, wenn wir den ganzen Winter zu Hause bleiben sollen, jetzt, wo wir eine solche Reise mitgemacht haben. Ich überlege gerade, ob wir nicht mit den Wildgänsen ins Ausland reisen sollten.«

»Das kann doch nicht dein Ernst sein,« sagte der Gänserich und erschrak sehr, denn jetzt, wo er gezeigt hatte, daß er imstande war, mit den Wildgänsen ganz bis nach Lappland hinaufzufliegen, hatte er nichts mehr dagegen, sich wieder in der Gänsebucht in Niels Holgersens Kuhstall zur Ruhe zu setzen.

Der Junge saß eine Weile schweigend da und sah auf Värmland hinab, wo alle Birkenwälder und Haine und Gärten in herbstlich gelben und roten Farben prangten, und wo die langen Seen dunkelblau zwischen den gelben Ufern lagen. »Ich glaube, ich habe die Erde noch nie so schön unter uns liegen sehen wie heute,« sagte er. »Die Seen sind rein lichtblaue Seide, und die Ufer wie breite goldene Bänder. Findest du nicht auch, daß es ein Jammer wäre, wenn wir uns in Vester Vemmenhög niederließen und nicht noch mehr von der Welt zu sehen bekämen?«

»Ich glaubte, du wolltest nach Hause zu deinem Vater und deiner Mutter und ihnen zeigen, was für ein tüchtiger Junge du geworden bist,« entgegnete der Gänserich. Den ganzen Sommer hindurch hatte er davon geträumt, welch stolzer Augenblick es sein würde, wenn er sich vor Holger Nielsens Haus auf dem Hofplatz niederlassen und den Gänsen und den Hühnern und den Kühen und der Katze und Mutter Nielsen selbst seine Daunenfein und die sechs Jungen zeigen würde! Daher war er nicht sonderlich froh über den Vorschlag des Jungen.

Die Wildgänse hielten an diesem Tage mehrmals längere Rast, denn überall fanden sie so herrliche Stoppelfelder, daß sie sich kaum entschließen konnten, sie zu verlassen, und so erreichten sie Dalsland erst um Sonnenuntergang. Sie flogen über den nordwestlichen Teil der Landschaft, und da war es noch schöner als in Värmland. Es war da so voller Seen, daß das Land wie kleine spitze Hügel dazwischen lag. Der Boden war nicht zum Kornbau geeignet, um so besser aber gediehen die Bäume, und die steilen Talwände lagen wie wunderschöne Gärten da. In der Luft oder im Wasser mußte irgend etwas sein, was das Sonnenlicht festhielt, nachdem die Sonne schon hinter den Bergrücken hinabgesunken war. Goldige Streifen schimmerten über dem dunklen, blanken Wasserspiegel und über der Erde zitterte ein heller, rosenroter Schein, aus dem gelblichweiße Birken, hellrote Eschen und rotgelbe Vogelbeerbäume aufragten.

»Findest du nicht auch, Gänserich Martin, daß es langweilig sein wird, wenn wir nie wieder etwas so Schönes zu sehen bekommen?« fragte der Junge. – »Ich mag lieber die fetten, flachen Felder in Schonen sehen als diese mageren Waldhügel,« antwortete der Gänserich. »Aber du kannst dir doch denken, daß, wenn du die Reise durchaus fortsetzen willst, ich mich nicht von dir trennen werde.« – »Die Antwort habe ich von dir erwartet,« sagte der Junge, und man konnte es seiner Stimme deutlich anhören, daß ihm ein schwerer Stein vom Herzen fiel.

Als sie dann über Bohuslän dahinflogen, sah der Junge, daß die Hochebenen zusammenhängender wurden; die Täler lagen da wie schmale Schluchten, die in den Grund der Berge gesprengt waren, und die langen Seen auf dem Talboden waren so schwarz, als kämen sie aus der Tiefe der Erde. Auch dies war eine herrliche Landschaft, und so wie der Junge sie jetzt sah, bald mit einem kleinen Sonnenstreif darüber, bald im Schatten liegend, fand er, daß sie etwas Wildes und Eigentümliches hatte. Er wußte nicht, woher es kam, aber es fiel ihm ein, daß hier in alten Zeiten starke und tapfere Recken gelebt haben mußten, die viele gefährliche und kühne Abenteuer in diesen geheimnisvollen Gegenden ausgeführt hatten. Die alte Lust, etwas Merkwürdiges zu erleben, erwachte in ihm. »Es ist nicht unmöglich, daß mir die Spannung, jeden, oder doch jeden zweiten Tag in Lebensgefahr zu schweben, fehlen wird,« dachte er. »Es ist gewiß am besten, wenn ich damit zufrieden bin, wie es nun einmal ist.«

Davon sagte er jedoch nichts zu dem großen Weißen, denn die Gänse flogen mit der größten Geschwindigkeit, die ihnen möglich war, über Bohuslän dahin, und der Gänserich war so außer Atem, daß er kein Wort hervorbringen konnte. Die Sonne stand unten am Horizont, und hin und wieder verschwand sie hinter einer Bergspitze, aber die Wildgänse flogen so schnell, daß sie sie immer von neuem wiedersahen.

Endlich gewahrten sie im Westen einen blanken Streifen, der mit jedem Flügelschlag wuchs und breiter wurde. Es war das Meer, das milchweiß dalag, mit rosenroten und himmelblauen Streifen, und als sie an den Klippen am Strande vorüberflogen, erblickten sie abermals die Sonne, die jetzt groß und rot am Himmelsrand hing, bereit in die Wellen hinabzutauchen.

Aber als der Junge das freie, unendliche Meer sah und die rote Abendsonne, die mit einem so milden Glanz schimmerte, daß er gerade in sie hineinsehen konnte, da zogen Friede und Sicherheit in seine Seele ein. »Es hat gar keinen Zweck, betrübt zu sein, Niels Holgersen,« sagte die Sonne. »Es ist herrlich, auf der Welt zu leben, für Große wie für Kleine. Es ist auch gut, frei und frank zu sein und den ganzen Himmelsraum zum Tummelplatz zu haben.«

Das Geschenk der Wildgänse.

Die Wildgänse hatten sich zum Schlafen auf eine kleine Schäre vor Fjällbacka gestellt. Aber als Mitternacht nahte, und der Mond schon am Himmel stand, rieb sich die alte Akka den Schlaf aus den Augen und ging hin, um Iksi und Kaksi, Kalme und Nälja, Biisi und Kuusi zu wecken. Zuletzt stieß sie auch Däumling mit dem Schnabel, so daß er erwachte. »Was gibt's, Mutter Akka?« fragte er und fuhr ganz erschreckt in die Höhe. »Nichts Besonderes!« antwortete die Führergans. »Nichts weiter, als daß wir sieben Alten aus der Schar diese Nacht eine Strecke übers Meer hinausfliegen wollen, und da wollte ich dich fragen, ob du nicht Lust hast, mitzukommen.«
Der Junge begriff sofort, daß Akka nicht mit einem solchen Vorschlag gekommen wäre, falls nicht etwas Besonderes vorgelegen hätte, und er setzte sich sofort auf ihren Rücken. Sie nahmen den Kurs in gerader Richtung nach Westen. Zuerst flogen sie über eine Reihe großer und kleiner Inseln, die nahe an der Küste lagen, dann über eine breite Strecke offenen Wassers, und schließlich erreichten sie die große Väderöer Inselgruppe, die ganz draußen am offenen Meer liegt. Alle Inseln waren niedrig und voller Klippen, und im Mondlicht konnte man deutlich sehen, daß sie an der Westseite von den Wellen blankgeschliffen waren. Einige davon waren ziemlich groß und auf ihnen unterschied der Junge ein paar Häuser. Akka suchte eine der kleinsten Schären auf und ließ sich dort nieder. Diese ganze Insel bestand nur aus einer unebenen Felsplatte mit einem breiten Spalt in der Mitte, in den das Meer seinen Strandsand und Muscheln hineingespült hatte.
Als Niels Holgersen von dem Rücken der Gans heruntersteig, sah er dicht neben sich etwas, das einem hohen, spitzen Stein glich. Aber fast im selben Augenblick merkte er, daß es ein großer Raubvogel war, der die Schäre zum Nachtquartier gewählt hatte. Er hatte jedoch kaum Zeit,

sich darüber zu wundern, daß sich die Wildgänse so unvorsichtig neben einem gefährlichen Feind niedergelassen hatten, als der Vogel schon mit einem langen Sprung zu ihnen hinkam und er den Adler Gorgo erkannte. Es stellte sich heraus, daß Akka und Gorgo sich hier draußen ein Stelldichein gegeben hatten. Sie waren beide nicht erstaunt, einander zu sehen. »Das war gut gemacht, Gorgo!« sagte Akka. »Ich hatte eigentlich nicht geglaubt, daß du vor uns am verabredeten Ort eintreffen könntest. Hast du lange gewartet?« – »Ich bin gestern abend gekommen,« antwortete Gorgo. »Aber ich fürchte, das einzige, weswegen du mich loben kannst, ist, daß ich so gut auf euch achtgegeben habe. Mit dem Auftrag, den du mir gegeben hast, sieht es nicht gut aus.« – »Ich bin überzeugt, Gorgo, daß du mehr ausgerichtet hast, als du dir merken lassen willst,« sagte Akka. »Ehe du aber erzählst, was dir auf der Reise begegnet ist, möchte ich Däumling bitten, mir beim Suchen von etwas, was hier auf der Schäre versteckt liegt, zu helfen.«

Niels Holgersen hatte dagestanden und einige schöne Schneckenhäuser betrachtet, aber als Akka seinen Namen nannte, sah er auf. »Du hast dich gewiß gewundert, Däumeling, warum wir nicht den geraden Kurs innegehalten haben, sondern hier auf das Kattegat hinausgeflogen sind,« sagte Akka. – »Ich fand das allerdings ein wenig sonderbar,« antwortete der Junge. »Aber ich weiß ja, daß Ihr triftige Gründe für alles habt, was Ihr tut.« – »Du hast einen guten Glauben an mich,« entgegnete Akka, »aber ich fürchte fast, daß du ihn jetzt einbüßt, denn es ist höchst wahrscheinlich, daß bei dieser Reise nichts herauskommen wird.«

»Vor vielen Jahren,« fuhr Akka fort, »wurden ich und ein paar von den Alten in unserer Schar auf einer Frühjahrsreise vom Sturm überfallen und auf diese Schäre verschlagen. Als wir sahen, daß wir nur das offne Meer vor uns hatten, fürchteten wir, so weit hinausgetrieben zu werden, daß wir uns nie wieder an Land zurückfinden würden. Deswegen legten wir uns auf die Wellen nieder. Der Sturm zwang uns, mehrere Tage zwischen diesen kahlen Klippen zu verweilen. Wir litten großen Hunger, und eines Tages gingen wir in dieser Rinne auf die Schäre hinauf und suchten nach Futter. Wir fanden keinen einzigen Grashalm, aber wir sahen ein paar Säcke, die fest zugebunden und halb vom Sand begraben waren. Wir hofften, daß Korn in den Säcken sein würde und bissen und zerrten daran, bis wir ein Loch in den Stoff gerissen hatten. Aber es war kein Korn, was herausströmte, es waren lauter glänzende Goldstücke. Dafür hatten wir Wildgänse keine Verwendung, und wir ließen sie liegen, wo sie lagen. Alle diese Jahre haben wir gar nicht an unseren Fund gedacht, aber jetzt im Herbst hat sich etwas zugetragen, was das Gold für uns begehrenswert macht. Wir wissen sehr wohl, es ist unwahrscheinlich, daß wir den Schatz hier noch finden, aber wir sind trotzdem hier herübergeflogen und bitten dich jetzt, einmal nachzusehen, wie sich die Sache verhält.«

Der Junge sprang in die Felsenspalte hinein, nahm in jede Hand eine Muschelschale und machte sich daran, den Sand beiseite zu werfen. Säcke fand er nicht, aber als er ein ziemlich tiefes Loch gegraben hatte, hörte er ein Klirren wie ein Metall und sah, daß da eine Goldmünze lag. Er tastete mit den Händen umher, fühlte, daß viele runde Münzen im Sand lagen, und eilte schnell zu Akka zurück. »Die Säcke sind vermodert und zerfallen,« sagte er, »so daß das Gold ringsumher im Sande zerstreut liegt, aber das Gold ist offenbar noch alles da.« »Das ist gut,« sagte Akka. »Fülle nun das Loch wieder zu und glätte den Sand, damit niemand sehen kann, daß daran gerührt worden ist.«

Der Junge tat, wie sie ihn geheißen, als er dann aber wieder auf die Klippe hinauf kam, sah er zu seiner Überraschung, daß sich Akka an die Spitze der sechs Wildgänse gestellt hatte, und daß sie alle mit größter Feierlichkeit auf ihn zumarschiert kamen. Sie machten vor ihm halt, verneigten sich vielmals mit dem Halse und sahen so vornehm aus, daß er unwillkürlich die Mütze abnahm und sich vor ihnen verbeugte.

»Wir haben dir etwas zu sagen,« begann Akka. »Alle wir Alten haben zueinander gesagt, wenn du, Däumeling, bei Menschen in Dienst gestanden und ihnen so große Hilfe geleistet hättest wie uns, so würden sie sich sicherlich nicht von dir trennen, ohne dir einen guten Lohn zu geben.« – »Nicht ich habe euch geholfen, sondern ihr habt euch meiner angenommen,« entgegnete Däumeling. – »Wir meinen auch,« fuhr Akka fort, »daß, wenn ein Mensch uns auf der ganzen Reise begleitet hat, er nicht ebenso arm von uns gehen sollte, wie er gekommen ist.« – »Ich weiß, daß das, was ich in diesem Jahr bei euch gelernt habe, mehr wert ist als Geld und Gut,« sagte der Junge.

»Da nun diese Goldstücke so viele Jahre hier in der Felsenspalte liegen geblieben sind, kann man wohl annehmen, daß sie niemand mehr gehören,« fuhr die Führergans fort, »und ich meine nun, du könntest sie an dich nehmen.« – »Habt Ihr selbst denn keine Verwendung für den Schatz, Mutter Akka?« fragte der Junge.

»Ja, wir haben Verwendung dafür: wir wollen dir einen solchen Lohn zahlen, daß dein Vater und deine Mutter sehen können, du hast bei ordentlichen Leuten als Gänsejunge gedient.«

Da wandte sich der Junge halb um, warf einen Blick auf das Meer hinaus und sah dann Akka in die blanken Augen. »Es wundert mich, Mutter Akka, daß Ihr mich aus Eurem Dienst entlaßt und mir meinen Lohn gebt, ehe ich gekündigt habe,« sagte er. – »Solange wir Wildgänse in Schweden sind, glaube ich wohl, daß du bei uns bleiben wirst,« entgegnete Akka. »Aber ich wollte dir doch zeigen, wo der Schatz zu finden ist, jetzt, wo wir ihn erreichen konnten, ohne einen zu großen Umweg zu machen.« – »Es ist trotzdem so, wie ich sage. Ihr wollt mich los sein, ehe ich selbst Lust dazu habe,« sagte Däumeling. »Nach der langen Zeit, die wir so gut miteinander gelebt haben, meine ich, wäre es doch wohl nicht zu viel verlangt, wenn ich Euch auch ins Ausland begleiten dürfte.«

Als der Junge dies sagte, streckten Akka und die anderen ihre Hälse gerade in die Höhe und standen eine Weile da und sogen mit halbgeöffnetem Schnabel die Luft ein. »Das ist etwas, woran ich gar nicht gedacht habe,« sagte Akka, als sie sich wieder gefaßt hatte. »Aber ehe du einen Beschluß hierüber faßt, wird es wohl am besten sein, wenn wir hören, was Gorgo zu erzählen hat. Ich will dir nämlich sagen, daß, ehe wir Lappland verließen, Gorgo und ich uns darüber einigten, daß er in deine Heimat, nach Schonen, fliegen und versuchen sollte, bessere Bedingungen für dich zu erwirken.«

»Ja, so verhält es sich,« sagte Gorgo. »Aber wie ich dir bereits mitteilte, habe ich kein Glück damit gehabt. Es war nicht schwer, Holger Nielsens Haus zu finden, und nachdem ich ein paar Stunden über dem Hofe hin und her geschwebt war, gewahrte ich den Kobold, der zwischen den Gebäuden umherschlich. Ich stieß sogleich nieder und flog mit ihm auf ein Feld, wo wir ungestört miteinander reden konnten. Ich sagte ihm, daß mich Akka von Kebnekajse geschickt habe, um zu fragen, ob er Niels Holgersen nicht bessere Bedingungen verschaffen könne«. »Ich wollte ich könnte es,« antwortete er mir, »denn ich habe gehört, daß er sich auf der Reise gut geschickt hat. Aber es steht nicht in meiner Macht.« – Da wurde ich zornig und sagte, ich würde mich nicht für zu gut halten, ihm die Augen auszuhacken, wenn er nicht nachgäbe. »Du kannst mit mir machen, was du willst,« erwiderte er. »Aber mit Niels Holgersen muß es so bleiben, wie ich gesagt habe. Aber du kannst ihn ja grüßen und ihm sagen, er täte am besten; wenn er bald mit seinem Gänserich nach Hause käme, denn hier stehen die Sachen schlecht. Holger Nielsen hat für einen Bruder, zu dem er großes Vertrauen hatte, gut gesagt, und das Geld hat er bezahlen müssen. Mit geborgtem Geld hat er ein Pferd gekauft, aber das Pferd hat von dem ersten Tage an, wo er damit fuhr, gelahmt, und seit der Zeit hat er keinen Nutzen davon gehabt. Ja, erzähle Niels Holgersen nur, daß seine Eltern schon zwei Kühe haben verkaufen müssen, und daß sie, wenn sie nicht von irgendeiner Seite Hilfe bekommen, von Haus und Hof gehen müssen.« Als der Junge das hörte, runzelte er die Stirn, und seine Hände ballten sich, so daß die Knöchel ganz weiß wurden. »Es ist grausam von dem Kobold,« sagte er, »mir eine solche Bedingung zu stellen, daß ich nicht nach Hause kommen und meinen Eltern helfen kann. Aber es soll ihm nicht gelingen, einen treulosen Freund aus mir zu machen, Vater und Mutter sind redliche Leute, und ich weiß, daß sie lieber meine Hilfe entbehren, als daß ich mit einem schlechten Gewissen zu ihnen heimkehre.«

L. Silber im Meer

Das Meer ist, wie wir alle wissen, wild und anmaßend, und der Teil von Schweden, der seinen Angriffen ausgesetzt ist, war deshalb schon seit langen Zeiten durch eine lange, breite steinerne Mauer geschützt, die Bohuslän heißt.

Die Mauer ist so breit, daß sie das ganze Land zwischen Dalsland und dem Meer bedeckt, aber sie ist nicht gerade hoch, wie das bei steinernen Deichen und Wellenbrechern der Fall zu sein pflegt. Sie ist aus mächtigen Felsblöcken erbaut, und stellenweise liegen ganze, lange Bergrücken darin. Es würde auch keinen Zweck haben, mit kleinen Steinen bauen zu wollen, wo es sich darum handelt, einen Schutzwall gegen das Meer zu errichten, der vom Iddefjord bis zum Götaelf reichen soll.

Dergleichen große Bauwerke führen wir ja heutzutage nicht mehr aus, und die Mauer ist zweifelsohne sehr alt. Es läßt sich auch nicht leugnen, daß sie von der Zeit tüchtig mitgenommen ist. Die großen Felsblöcke liegen nicht mehr so dicht nebeneinander, wie das wahrscheinlich zu

Anfang der Fall gewesen ist. Es haben sich so breite und tiefe Spalten dazwischen gebildet, daß darin Raum für Häuser und Felder ist. Aber die Felsblöcke liegen doch nicht weiter voneinander entfernt, als daß man deutlich sehen kann, sie haben einstmals zu derselben Mauer gehört.

Nach dem Lande zu ist diese große Mauer am besten erhalten. Dort zieht sie sich lange Strecken ganz und ununterbrochen hin. In der Mitte laufen lange, tiefe Risse mit Seen auf dem Grunde hinab, und nach der Küste zu ist sie so verfallen, daß jeder einzelne Steinblock wie ein kleiner Berg für sich daliegt.

Erst wenn man die große Mauer unten von der Küste her sieht, versteht man so recht, daß sie da, wo sie steht, nicht nur zu ihrem Vergnügen steht. Wie stark sie auch von Anfang an gewesen sein mag, an sechs bis sieben Stellen ist das Meer durchgebrochen und hat Fjorde hineingeschnitten, die mehrere Meilen lang sind.

Der äußerste Teil der Mauer steht obendrein unter Wasser, so daß nur der obere Teil der Felsblöcke sichtbar ist. Auf diese Weise sind eine Menge großer und kleiner Inseln entstanden, die Schärengruppen bilden, und diese wehren die ärgsten Angriffe des Sturmes und des Meeres ab.

Nun könnte man vielleicht glauben, daß eine Landschaft, die eigentlich nur aus einer großen steinernen Mauer besteht, ganz unfruchtbar sein muß, so daß kein Mensch dort Lebensunterhalt finden kann. Aber damit ist es nun doch nicht so gar schlimm bestellt, denn wenn auch die Felsen und Hochebenen in Bohuslän nackt und kahl sind, so hat sich doch gute und fruchtbare Erde in allen Spalten angesammelt, und es läßt sich dort vorzüglich Ackerbau betreiben, obgleich die Felder nicht sehr groß sind.

Der Winter ist hier an der Küste in der Regel auch nicht so kalt wie im Innern des Landes, und an Stellen, die gegen den Wind geschützt sind, gedeihen gegen Kälte empfindliche Bäume und andere Pflanzen, die sonst kaum so hoch nördlich wie Schonen zu wachsen pflegen.

Man darf auch nicht vergessen, daß Bohuslän an der Grenze des großen Gemeindeangers liegt, der allen Menschen auf der Erde Gemeingut ist. Die Bohusläner können Wege benutzen, die sie weder zu bauen noch instand zu halten brauchen. Sie können Herden einfangen, die sie weder zu bewachen noch zu hüten haben, und ihre Beförderungsmittel werden von Zugtieren gezogen, denen sie weder Futter noch Stallraum zu geben brauchen. Daher sind sie nicht so abhängig von Ackerbau und Viehzucht wie andere. Sie fürchten sich nicht, sich auf sturmumbrausten Schären niederzulegen, wo kein Grashalm wächst, wo kaum Raum für ein Kartoffelfeld ist, denn sie wissen, daß das große, reiche Meer ihnen alles geben kann, was sie nötig haben.

Wohl ist es wahr, daß das Meer reich ist, aber nicht weniger wahr ist es, daß es seine Schwierigkeit hat, sich mit ihm zu befassen. Wer Ertrag aus dem Meer haben will, muß alle seine Fjorde und Buchten, alle seine Untiefen und Strömungen kennen, er muß so ungefähr mit jedem Stein auf dem Grunde des Meeres Bescheid wissen. Er muß sein Boot in Sturm und Nebel führen und seinen Weg in der schwärzesten Nacht finden können. Er muß es verstehen, die Zeichen in der Luft zu deuten, die böses Wetter verkünden, und er muß Kälte und Nässe vertragen können. Er muß wissen, wo die Fische ihren Zug haben, und wo der Hummer kriecht, und er muß schwere Netze bedienen und sein Garn auch bei unruhiger See auswerfen können. Vor allem aber muß er ein mutiges Herz in der Brust haben, so daß er es für nichts achtet, daß er im Kampf gegen das Meer tagaus, tagein sein Leben aufs Spiel setzt.

An dem Morgen, als die Wildgänse über Bohuslän hinabflogen, war es still zwischen den Schären. Sie sahen mehrere kleine Fischerdörfer, aber es war kein Leben in den engen Gassen, niemand ging in den kleinen, zierlich gestrichenen Häusern ein und aus. Die braunen Fischernetze hingen in guter Ruhe auf dem Trockenplatz, die schweren, grünen oder blauen Fischerboote lagen mit aufgerollten Segeln am Strande entlang. Keine Frauen waren an den langen Tischen beschäftigt, wo man Dorsche und Heilbutten auszunehmen pflegte.

Die Wildgänse flogen auch über mehrere Lotsenstationen hin. Die Wände des Lotsenhauses waren schwarz und weiß gestrichen. Der Signalmast stand daneben, und der Lotsenkutter lag an der Brücke vertäut. Ringsumher war alles still, kein Dampfer war in Sicht, der in dem engen Fahrwasser Hilfe gebrauchte.

Die kleinen Küstenstädte, über die die Wildgänse hinflogen, hatten ihre großen Badehäuser geschlossen, ihre Flaggen eingezogen und Läden vor die Fenster der feinen Sommerhäuser gesetzt. Da war niemand zu sehen außer ein paar alten Schiffskapitänen, die auf den Brücken hin und her gingen und sehnsuchtsvoll auf das Meer hinausstarrten.

Drinnen in den Fjorden auf dem Festlande sowie auf der Ostseite der Inseln sahen die Wildgänse einige Bauernhöfe, und dort lag das zum Hause gehörige Boot still an der Brücke. Der Bauer und seine Knechte nahmen Kartoffeln auf oder sahen nach, ob die Bohnen, die an hohen Holzgestellen hingen, hinreichend getrocknet waren.

In den großen Steinbrüchen und auf den Bootwerften waren viele Arbeiter. Sie handhaben ihre Vorhämmer und Äxte flink genug, aber wieder und wieder wandten sie den Kopf dem Meere zu, als hofften sie auf eine Unterbrechung.

Und die Schärenvögel waren ebenso ruhig wie die Menschen. Ein paar Scharben, die an einer steilen Felswand gesessen und geschlafen hatten, verließen eine nach der anderen die schmalen Felsvorsprünge und flogen in langsamem Flug nach ihren Fischplätzen. Die Möwen waren vom Meer hereingekommen und spazierten an Land, ganz wie Krähen.

Plötzlich aber veränderte sich alles. Auf einmal flog ein Schwarm Möwen von einem Acker auf und sauste mit einer solchen Geschwindigkeit südwärts, daß die Wildgänse kaum Zeit hatten zu fragen, wohin sie wollten, und die Möwen sich auch nicht Zeit ließen zu antworten. Die Scharben kamen vom Wasser herauf und folgten den Möwen in schwerfälligem Flug. Delphine schossen gleich langen, schwarzen Spindeln durch das Wasser, und eine Schar Seehunde ließ sich von einer flachen Schäre ins Wasser gleiten und zog gen Süden.

»Was ist denn los? Was ist denn los?« fragten die Wildgänse und bekamen schließlich Antwort von einer Eisente. »Der Hering ist nach Marstrand gekommen! Der Hering ist nach Marstrand gekommen!«

Aber nicht nur die Vögel und Seetiere gerieten in Bewegung, auch die Menschen hatten jetzt offenbar Nachricht erhalten, daß sich die ersten großen Heringschwärme zwischen den Schären gezeigt hatten. Die Leute liefen auf den glatten Steinen der Fischerdörfer geschäftig durcheinander. Die Fischerboote wurden bereit gemacht. Vorsichtig brachte man die langen Heringnetze an Bord. Die Frauen verstauten den Proviant und die Ölkleider in die Boote. Die Männer kamen in einer solchen Hast aus den Häusern, daß sie erst auf der Straße den Rock anzogen. Bald waren alle Sunde voll brauner und grauer Segel, und muntere Zurufe und Fragen flogen zwischen den Booten hin und her. Junge Mädchen waren auf die Klippen hinter den Häusern geklettert und winkten den Davonziehenden zu. Die Lotsen standen da und hielten Ausguck und waren so fest überzeugt, daß man bald nach ihnen schicken werde, daß sie schon die langen Seestiefel angezogen und den Kutter klar gemacht hatten. Aus den Fjorden heraus kamen kleine Dampfer mit leeren Tonnen und Kisten beladen. Die Bauern warfen die

Kartoffelhacke hin, und die Bootbauer verließen die Werft. Die alten Schiffskapitäne mit den wettergebräunten Gesichtern konnten nicht daheimbleiben, sie fuhren mit den Dampfern südwärts, um den Heringfang wenigstens mit anzusehen. Es währte nicht lange, bis die Wildgänse Marstrand erreichten. Die Heringschwärme kamen von Westen und gingen, am Leuchtturm auf der Hafenschäre vorbei, dem Lande zu. In dem breiten Fjord zwischen der Insel Marstrand und den Pater-Noster-Schären kamen die Fischerboote immer zu dreien dahergesegelt. Wo die See dunkel war und sich in kleinen, kurzen Wellen kräuselte, da war der Hering. Das wußten die Fischer, und da legten sie vorsichtig die langen Netze aus, sammelten sie zu einem Rundkreis, schnürten sie unten am Boden zusammen, so daß der Hering wie in einem ungeheuren Sack lag; dann zogen und schnürten sie die Netze noch mehr zusammen, so daß der Raum enger und enger wurde und das Netz schließlich, mit glitzernden Fischen gefüllt, herausgezogen werden konnte.

Einige Bootbesatzungen waren schon so weit mit dem Fischfang gediehen, daß sie ihre Boote bis an die Reeling voller Heringe hatten. Die Fischer standen bis an die Knie in Heringen und glitzerten von Heringschuppen vom Südwester bis an den unteren Rand ihres gelben Ölrockes.

Und dann waren da neuangekommene Fischergruppen, die umherfuhren und loteten und nach Heringen suchten, und andere, die mit großer Mühe das Netz ausgelegt hatten, es aber leer wieder herauszogen. Wenn die Boote voll waren, fuhren einige von den Fischern nach den großen Dampfern hinaus, die auf dem Fjord lagen, und verkauften ihren Fang, andere segelten nach Marstrand hinein und löschten den Fang am Kai. Dort waren die Heringweiber schon in voller Arbeit an den langen Tischen; die Heringe wurden in Tonnen und Kisten gepackt, und die ganze Straße war voll von Heringschuppen.

Ja, hier herrschte Leben und Bewegung. Die Menschen waren ganz aus dem Häuschen vor Freude über all dies Silber, das sie aus den Wellen des Meeres schöpften, und die Wildgänse flogen viele Male rund herum um die Insel Marstrand, damit der Junge alles recht genau sehen sollte.

Bald aber bat er sie, weiterzufliegen. Er sagte nicht, warum er dort weg wollte, aber es war vielleicht nicht so schwer zu erraten. Da waren viele schöne und stolze Leute unter den Fischern. Mehrere von ihnen waren stattliche Männer mit kühnen Gesichtern unter dem Südwester, und sie sahen so verwegen und keck aus, wie jeder frische Junge wünscht, selbst auszusehen, wenn er einmal erwachsen ist. Es war wohl nicht gerade erfreulich für jemand, der nie viel größer werden konnte wie ein Hering, dazusitzen und solche Prachtkerle zu betrachten.

LI. Ein großer Herrenhof

Der alte Herr und der junge Herr.

Vor einigen Jahren lebte in einem Kirchspiel in Westgötland eine prächtige, liebe kleine Volksschullehrerin. Sie unterrichtete nicht nur vorzüglich, sondern sie verstand es auch, Ordnung zu halten, und die Kinder hatten sie so lieb, daß sie niemals zur Schule kamen, ohne ihre Aufgaben gelernt zu haben. Auch die Eltern schätzten sie sehr. Es gab nur einen einzigen Menschen, der nicht wußte, was sie wert war, und das war sie selbst. Sie glaubte, daß alle anderen klüger und tüchtiger seien als sie, und sie grämte sich darüber, daß sie nicht so werden konnte wie sie.

Als die Lehrerin einige Jahre an der Schule angestellt gewesen war, machte ihr die Schulbehörde den Vorschlag, einen Kursus in dem Nääser Seminar für Handfertigkeit durchzumachen, damit sie künftig die Kinder nicht nur lehren könne mit dem Kopf, sondern auch mit den Händen zu arbeiten. Niemand kann sich vorstellen, wie überrascht sie war, als sie diese Aufforderung erhielt. Nääs lag nicht weit von ihrer Schule entfernt. Sie war gar manches Mal an dem schönen, stattlichen Gebäude vorübergegangen, und sie hatte über den Handfertigkeitskursus, der auf dem alten Herrenhof abgehalten wurde, viele Lobreden gehört. Dort kamen Lehrer und Lehrerinnen aus dem ganzen Lande zusammen, um ihre Hände gebrauchen zu lernen, ja sogar aus dem Auslande kamen Leute dorthin. Sie wußte im voraus, wie entsetzlich verzagt sie sich unter so vielen ausgezeichneten Menschen fühlen würde. Das stand ihr so schwer bevor, daß sie nicht wußte, wie sie es ertragen sollte.

Sie wagte jedoch nicht, der Schulbehörde eine abschlägige Antwort zu geben, sondern reichte ihr Gesuch ein. Sie wurde als Schülerin angenommen, und an einem schönen Juniabend, an dem Tage bevor der Sommerkursus beginnen sollte, packte sie ihre Habseligkeiten in eine kleine Reisetasche und wanderte nach Nääs. Und wie oft sie auch unterwegs stehen blieb und sich weit weg wünschte, sie gelangte doch schließlich an ihr Ziel.

Auf Nääs war Leben und Bewegung. Allen Teilnehmern des Kursus, die, jeder aus seiner Richtung, eintrafen, mußten in den Häusern und Villen, die zu dem großen Besitz gehörten, Zimmer angewiesen werden. Allen war ein wenig wunderlich zumute in den ungewohnten Umgebungen, aber die kleine Lehrerin glaubte wie gewöhnlich, daß nur sie allein sich töricht und ungeschickt benehme. Sie hatte sich in eine solche Angst hineingeredet, daß sie weder hören noch sehen konnte. Es war auch sehr schwer, was sie alles durchmachen mußte. Man wies ihr ein Zimmer in einer schönen Villa an, in dem sie mit ein paar jungen Mädchen wohnen sollte, die sie gar nicht kannte, und sie mußte mit siebzig fremden Menschen zusammen essen. An ihrer einen Seite saß ein kleiner Herr, der ganz gelb im Gesicht war, und von dem es hieß, daß er aus Japan sei, und an der anderen Seite hatte sie einen Schullehrer aus Jockmock hoch oben in Lappland. Und gleich von Anfang an herrschten Lachen und Fröhlichkeit an den langen Tischen! Alle schwatzten und machten Bekanntschaften. Sie war die einzige, die nicht den Mut hatte, etwas zu sagen.

Am nächsten Morgen ging es an die Arbeit. Der Tag begann hier wie in allen Schulen mit Morgengebet und Gesang; dann sprach der Vorsteher des Seminars einige Worte über Handfertigkeit und gab einige kurze Verhaltungsmaßregeln, und dann, ohne daß sie eigentlich wußte, wie es zugegangen war, stand sie an einer Hobelbank, ein Stück Holz in der einen und ein Messer in der anderen Hand, während ein alter Handfertigkeitslehrer ihr zeigte, wie sie einen Blumenstab schnitzen müsse. Eine solche Arbeit hatte sie noch nie versucht. Sie kannte die Handgriffe nicht, und war obendrein in diesem Augenblick so verwirrt, daß sie nichts verstehen konnte. Als der Lehrer weitergegangen war, legte sie das Messer und das Holz auf die Hobelbank nieder und starrte in die Luft hinein.

Ringsumher im Saal standen Hobelbänke, und an allen sah sie Menschen, die mit frischem Mut an die Arbeit gingen. Ein paar von ihnen, die schon ein wenig bewandert in der Kunst waren, kamen zu ihr, um ihr zu helfen. Aber sie war nicht fähig, ihrer Anleitung zu folgen. Sie stand da und dachte nur daran, daß nun alle die vielen Leute sähen, wie ungeschickt sie sich benahm, und das machte sie so unglücklich, daß sie wie gelähmt war.

Dann kam die Frühstückszeit, und nach dem Frühstück wurde wieder gearbeitet. Zuerst hielt der Vorsteher einen Vortrag, dann folgte eine Turnstunde, und darauf begann der Handfertigkeitsunterricht von neuem. Hierauf wurde Mittagspause gemacht. Das Mittagsessen mit nachfolgendem Kaffee nahm man in dem großen, hellen Versammlungssaal ein, und der Nachmittag war dann wieder dem Handfertigkeitsunterricht gewidmet. Singübungen und Spiele im Freien machten den Beschluß des Tages. Die Lehrerin war den ganzen, langen Tag in Bewegung, war mit den anderen zusammen, fühlte sich aber immer noch ebenso unglücklich.

Wenn sie später an die ersten in Nääs verlebten Tage zurückdachte, war es ihr, als sei sie in einem Nebel umhergegangen. Alles war dunkel und verschleiert gewesen, und sie hatte nichts von alledem, was um sie her vorging, gesehen oder verstanden. Dieser Zustand währte zwei Tage, aber am Abend des zweiten Tages fing es plötzlich an, hell um sie zu werden.

Nachdem sie zu Abend gegessen hatten, begann ein alter Volksschullehrer, der schon mehrmals auf Nääs gewesen war, einigen neuen Schülern zu erzählen, wie das Handfertigkeitsseminar entstanden war, und da sie ganz in der Nähe saß, hatte sie notgedrungen zuhören müssen.

Er erzählte, Nääs sei ein sehr altes Gut, aber es sei nie etwas anderes gewesen als ein schöner, großer Herrenhof, wie so viele andere, bis der alte Herr, dem es jetzt gehörte, dort ansässig geworden war. Er war ein reicher Mann, und die ersten Jahre, die er dort wohnte, hatte er dazu verwendet, das Schloß und den Park zu verschönern und die Wohnungen seiner Untergebenen zu verbessern.

Aber dann starb seine Frau, und da er keine Kinder hatte, fühlte er sich gar manches Mal einsam auf dem großen Gut. So überredete er denn einen jungen Neffen, den er sehr lieb hatte, zu ihm zu kommen und bei ihm auf Nääs zu wohnen.

Ursprünglich war man von der Voraussetzung ausgegangen, daß der junge Herr sich an der Bewirtschaftung des Gutes beteiligen solle, als er aber aus diesem Anlaß bei den Leuten auf dem Gute umherging und sah, wie sie in den ärmlichen Hütten lebten, kamen ihm ganz wunderliche Gedanken. Er beobachtete, daß in den meisten Häusern weder die

Männer noch die Kinder, ja selbst nicht einmal die Frauen, sich während der langen Winterabende mit Handarbeit beschäftigten. In früheren Zeiten waren die Leute gezwungen gewesen, die Hände fleißig zu rühren, um Kleider und Hausgerät und Werkzeuge anzufertigen; aber jetzt konnte man ja alle diese schönen Dinge kaufen, und deswegen hatten sie diese Arbeiten eingestellt. Und dem jungen Herrn wollte es nun scheinen, daß in den Häusern, wo man die Arbeiten im Hause eingestellt hatte, auch die Gemütlichkeit und der Wohlstand ihrer Wege gegangen waren.

Ausnahmsweise konnte er wohl einmal in ein Haus kommen, wo der Mann Tische und Stühle zusammenzimmerte, und die Frau webte, und es war über jeden Zweifel erhaben, daß die Leute dort nicht nur wohlhabender, sondern auch glücklicher waren als die in den anderen Häusern.

Er sprach mit seinem Oheim hierüber, und der alte Herr sah ein, daß es ein großes Glück sein würde, wenn die Leute sich in müßigen Stunden mit Handarbeit beschäftigen wollten. Aber um so weit zu gelangen, war es offenbar notwendig, daß sie von Kindheit an ihre Hände gebrauchen lernten. Die beiden Herren kamen zu der Erkenntnis, daß sie zu der Förderung ihrer Sache nichts Besseres tun könnten, als eine Handfertigkeitsschule für Kinder zu errichten. Sie sollten dort lernen, einfache Gegenstände aus Holz anzufertigen, denn diese Art Arbeit würde, nach Ansicht der beiden Herren, allen am leichtesten werden. Sie waren überzeugt, daß, wer einmal gelernt hatte, das Messer gut zu gebrauchen, auch lernen würde, den großen Schmiedehammer und den kleinen Schusterhammer zu führen. Wer aber nicht von Jugend auf seine Hand an Arbeit gewöhnt hatte, würde vielleicht niemals auf den Gedanken kommen, daß er in der Hand ein Werkzeug besaß, das mehr wert ist als alle anderen.

So hatten sie denn auf Nääs angefangen, Kinder in Handfertigkeit zu unterrichten, und sie sahen bald, daß es nützlich und gut für die Kleinen war, und wünschten nun, daß alle Kinder in Schweden einen solchen Unterricht erhalten möchten.

Aber wie ließ sich das machen? Es wuchsen ja Hunderttausende von Kindern in Schweden auf. Man konnte sie doch nicht alle nach Nääs kommen lassen, um ihnen Handfertigkeitsunterricht zu geben. Das war ganz unmöglich.

Da kam der junge Herr mit einem neuen Vorschlag. Wie, wenn man, statt die Kinder zu unterrichten, ein Handfertigkeitsseminar für ihre Lehrer einrichtete? Wie, wenn die Lehrer und Lehrerinnen aus dem ganzen Lande nach Nääs kämen, dort Handfertigkeit erlernten und dann nachher mit allen den Kindern, die sie in ihren Schulen hatten, Handfertigkeit trieben? Auf die Weise würde es vielleicht gelingen, daß die Hände aller Kinder in Schweden ebenso geübt würden wie ihr Gehirn.

Als dieser Gedanke erst einmal in ihnen wachgerufen war, konnten die beiden Herren ihn gar nicht wieder loswerden, sondern suchten ihn zur Ausführung zu bringen.

Sie halfen einander getreulich. Der alte Herr ließ Arbeitssäle, ein Versammlungshaus und einen Turnsaal bauen und sorgte für die Wohnung und Verpflegung aller, die die Schule besuchten. Der junge Herr wurde Vorsteher des Seminars. Er machte den Plan für den Unterricht, leitete die Arbeit und hielt Vorträge. Und nicht genug damit. Er lebte beständig mit den Schülern zusammen, machte sich mit den Verhältnissen jedes einzelnen bekannt und wurde ihnen ein aufrichtiger und treuer Freund.

Und wie viele Schüler strömten nicht gleich von Anfang an herbei! In jedem Jahr wurden vier Kurse abgehalten, und zu allen meldeten sich mehr Schüler, als aufgenommen werden konnten. Auch im Ausland wurde die Schule bald bekannt, und Lehrer und Lehrerinnen aus aller Herren Länder kamen nach Nääs, um zu lernen, wie sie es anfangen mußten, um die Hand zu erziehen. Kein Ort in Schweden war so bekannt im Auslande wie Nääs, und kein Schwede hatte ringsumher auf der ganzen Welt so viele Freunde wie der Vorsteher des Nääser Handfertigkeitsseminars.

Die kleine, schüchterne Lehrerin saß da und hörte dies alles an, und je mehr sie hörte, um so lichter ward es um sie her. Sie hatte bisher gar nicht gewußt, warum die Handfertigkeitsschule auf Nääs war, sie hatte nicht gewußt, daß sie von zwei Männern ins Leben gerufen war, die ihrem Lande nützen wollten, sie hatte keine Ahnung davon gehabt, daß diese alles opferten, was sie opfern konnten, um ihren Mitmenschen zu helfen, besser und glücklicher zu werden.

Wenn sie nun an die große Güte und Nächstenliebe dachte, die dem allen zugrunde lag, ergriff sie das so sehr, daß sie nahe daran war, zu weinen. So etwas hatte sie noch nie erlebt.

241

Am nächsten Tage ging sie in einer ganz anderen Gemütsverfassung an die Arbeit. Wenn das alles aus Güte gegeben wurde, mußte sie es ja auf ganz andere Weise hinnehmen als bisher. Sie vergaß, an sich selbst zu denken, und ging ganz auf in ihrer Arbeit und dem großen Ziel, das dadurch erreicht werden sollte. Und von dem Augenblick an machte sie ihre Sache ausgezeichnet, denn alles Lernen wurde ihr leicht, sobald ihre Schüchternheit sie nicht lähmte.

Jetzt, wo ihr die Schuppen von den Augen gefallen waren, sah sie überall die große, wunderbare Güte. Sie sah, wie sorgfältig alles für die Besucher des Seminars geordnet war. Die Teilnehmer des Kursus erhielten weit mehr als nur den Unterricht in Handfertigkeit. Der Vorsteher hielt ihnen Vorträge über Erziehung, sie turnten miteinander, gründeten einen Gesangverein und kamen fast jeden Abend zu Vorlesungen und musikalischen Aufführungen zusammen. Und außerdem waren da Bücher, Badehäuser und Klaviere, alles zu ihrer Verfügung. Der Zweck des Ganzen war, daß sich alle glücklich und wohl befinden und fröhlich sein sollten.

Allmählich wurde es ihr klar, wie unschätzbar es war, die schönen Tage des Sommers auf einem großen schwedischen Herrenhof verbringen zu dürfen. Das Schloß, in dem der alte Herr wohnte, lag auf einem Hügel, der fast von allen Seiten von einem See umgeben und nur durch eine schöne steinerne Brücke mit dem Lande verbunden war. Sie hatte nie etwas so Schönes gesehen wie die Blumengruppen auf der Terrasse vor dem Schloß, wie die alten Eichen im Park, wie den Weg am See entlang, wo die Bäume über das Wasser hinabhingen, oder wie den Aussichtspavillon auf der Felsenklippe über dem See. Die Schulgebäude lagen dem Schloß gerade gegenüber auf grünen schattigen Wiesen, aber es stand ihr frei, im Schloßpark zu lustwandeln, sooft sie Zeit und Lust hatte. Es war ihr, als habe sie nie gewußt, wie schön der Sommer sei, bis sie ihn an einem so herrlichen Ort verbringen durfte.

Nicht daß eine große Veränderung mit ihr vorgegangen wäre. Mutig und selbstbewußt wurde sie nicht, aber sie fühlte sich froh und glücklich. Sie wurde förmlich durchwärmt von all dieser Güte. Sie konnte sich ja nicht unglücklich fühlen an einem Ort, wo alle es gut mit ihr meinten und ihr zu helfen bemüht waren. Als der Kursus beendet war und die Schüler Nääs verlassen sollten, war sie ganz neidisch auf alle, die dem alten und dem jungen Herrn richtig zu danken und mit schönen Worten das auszudrücken vermochten, was sie fühlten. Soweit würde sie es nie bringen.

Sie kehrte heim und nahm die Arbeit an der Schule wieder auf und tat es mit ebensoviel Freude wie bisher. Sie wohnte nicht weiter von Nääs entfernt, als daß sie da hinübergehen konnte, wenn sie einen Nachmittag frei hatte, und das tat sie in der ersten Zeit auch ziemlich oft. Aber da waren immer neue Kurse, neue Gesichter, ihre Schüchternheit stellte sich wieder ein, und sie wurde ein immer seltenerer Gast in der Handfertigkeitsschule. Aber die Zeit, die sie selbst als Schülerin auf Nääs zugebracht, lebte in ihrer Erinnerung immer als das beste, was sie erlebt hatte.

An einem Frühlingstage hörte sie, daß der alte Herr auf Nääs gestorben sei. Da dachte sie an den schönen Sommer, den sie auf seinem Gut hatte verweilen dürfen, und es betrübte sie, daß sie sich nie so recht bei ihm bedankt hatte. Er hatte sicher Danksagungen genug von hoch und niedrig erhalten, aber sie würde sich glücklicher gefühlt haben, wenn sie ihm mit ein paar Worten erzählt hätte, wieviel er für sie getan hatte.

Auf Nääs wurde der Unterricht auf dieselbe Weise fortgesetzt, wie vor dem Tode des alten Herrn. Er hatte nämlich der Schule das ganze schöne Gut geschenkt und sein Neffe blieb auch fernerhin Vorsteher und leitete das ganze Unternehmen. Jedesmal, wenn die Lehrerin nach Nääs kam, war da etwas Neues zu sehen. Jetzt war da nicht nur der Handfertig-keitskursus, sondern der Vorsteher wollte auch gern die alten Gebräuche und die alten Volksvergnügungen wieder ins Leben rufen, und er errichtete daher einen Kursus für Singspiele und viele andere Arten von Spielen. In einer Hinsicht aber blieb alles beim alten: so wie früher durchwärmte auch jetzt die Güte alle Menschen, sie fühlten, wie alles so geordnet und eingerichtet war, daß sie sich freuen und nicht nur Kenntnisse einheimsen, sondern auch Arbeitsfreudigkeit mit heim-nehmen sollten, wenn sie zu den kleinen Schulkindern ringsumher im Lande zurückkehrten.

Nur wenige Jahre nach dem Tode des alten Herrn hörte die Vorsteherin eines Sonntags, als sie die Kirche besuchte, daß der Vorsteher auf Nääs erkrankt sei. Sie wußte, daß er in der letzten Zeit wiederholt an Herzschwäche gelitten hatte, aber sie hatte nicht geglaubt, daß er in Lebensgefahr schwebe. Und das, hieß es, sei diesmal der Fall.

Von dem Augenblick an, als sie dies hörte, konnte sie an nichts anderes denken, als daß nun vielleicht auch der Vorsteher so wie der alte Herr sterben würde, ehe es ihr möglich gewesen war, ihm zu danken. Und sie überlegte hin und her, was sie nur tun solle, damit ihr Dank zu ihm gelangen könne.

Am Sonntagnachmittag ging die Lehrerin zu allen Nachbarn und fragte, ob die Kinder sie nach Nääs begleiten dürften. Sie habe gehört, daß der Vorsteher krank sei, und sie glaube, es werde ihn freuen, wenn die Kinder ihm ein paar Lieder sängen. Es sei ja freilich schon ein wenig spät am Tage, aber der Mondschein sei an diesen Abende so hell und klar, daß man wohl nach Nääs hinauswandern könne. Die Lehrerin hatte ein Gefühl, daß sie noch an diesem Abend dahinaus müsse. Sie fürchtete, daß es am nächsten Tage zu spät sein könne.

Die Sage von Westgötland.

Sonntag, 9. Oktober.

Die Wildgänse hatten Bohuslän verlassen und standen in dem westlichen Teil von Westgötland in einem Teich und schliefen. Der kleine Niels Holgersen war, um im Trockenen zu sein, auf den Rand eines Grabens hinaufgekrochen, der quer über die sumpfige Wiese lief. Er war gerade im Begriff, sich einen Platz zum Schlafen zu suchen, als er eine kleine Schar Menschen die Landstraße daherkommen sah. Es war eine junge Lehrerin mit einem Dutzend Kinder um sich. Sie kamen in einem dichten Haufen gegangen, die Lehrerin in der Mitte und die Kinder rings um sie her. Sie plauderten so munter und vertraulich, daß der Junge Lust bekam, eine Strecke Weges mit ihnen zu laufen und zu hören, was sie miteinander sprachen.

Die Sache machte keine Schwierigkeiten, denn wenn er sich am Rande des Weges im Schatten hielt, war es fast unmöglich, ihn zu sehen. Und wo fünfzehn Menschen auf einem Wege entlang gingen, da war ein solcher Lärm von Fußtritten, daß niemand den Kies unter seinen kleinen Holzschuhen knirschen hören konnte.

Um die Kinder auf der Wanderung in guter Laune zu halten, hatte die Lehrerin ihnen alte Sagen erzählt. Sie war gerade mit einer Sage fertig, als der Junge sich der Schar anschloß, aber die Kinder baten sie sofort, noch eine zu erzählen. »Habt ihr die Sage von dem alten Riesen in Westgötland gehört, der nach einer Insel hoch oben im nördlichen Eismeer zog?« fragte die Lehrerin. Nein, die hatten die Kinder nicht gehört, und so begann denn die Lehrerin:

Es geschah einmal, daß ein Schiff in einer dunklen und stürmischen Nacht hoch oben im nördlichen Eismeer an einer kleinen Schäre scheiterte. Das Schiff zerschellte an den Klippen, und von der ganzen Besatzung retteten sich nur zwei Mann an Land. Dort standen sie auf der Schäre, klatschnaß und von Kälte erstarrt, und sie freuten sich natürlich sehr, als sie ein großes Feuer am Ufer flammen sahen. Sie eilten auf das Feuer zu, ohne an eine Gefahr zu denken. Erst als sie ganz dicht herangekommen waren, sahen sie, daß dort am Feuer ein schrecklich alter Riese saß, so groß und grobknochig, daß sie nicht darüber in Zweifel sein konnten, daß sie hier einem Mann aus dem Riesengeschlecht gegenüberstanden.

Sie blieben stehen und überlegten, aber der Nordwind fuhr mit fürchterlicher Kälte heulend über die Schäre hin. Sie würden bald erfroren sein, wenn sie sich nicht an dem Feuer des Riesen erwärmen durften, und so beschlossen sie denn, sich zu ihm hin zu wagen.

»Guten Abend, Vater,« sagte der Ältere von ihnen, »wollt Ihr zwei schiffbrüchigen Seeleuten erlauben, sich an Eurem Feuer zu wärmen?« Der Riese fuhr aus seinen Gedanken auf, und richtete sich halbwegs auf und zog sein Schwert aus der Scheide. »Was für Kerle seid ihr denn?« fragte er, denn er war alt und sah schlecht und wußte nicht, was für Wesen es waren, die ihn angeredet hatten.

»Wir sind beide aus Westgötland, wenn Ihr das wissen wollt,« antwortete der Ältere von den beiden Seeleuten. »Unser Schiff ist hier draußen im Meer untergegangen, und wir haben das Ufer verfroren und halbnackt erreicht.«

»Ich pflege sonst keine Menschen hier auf meiner Schäre zu dulden, aber wenn ihr aus Westgötland seid, so ist das eine andere Sache,« sagte der Riese und steckte sein Schwert wieder in die Scheide. »Dann dürft ihr euch hier niedersetzen und erwärmen, denn ich bin selbst aus Westgötland und habe viele Jahre in dem großen Hünengrab bei Skalunda gewohnt.«

Die Seeleute setzten sich nun auf ein paar Steine. Sie wagten nicht, mit dem Riesen zu sprechen, sondern saßen still da und starrten ihn an. Und je länger sie ihn betrachteten, um so größer, schien es ihnen, wurde er, und um so kleiner und schwächer wurden sie selbst.

»Meine Augen sind nicht mehr so gut, wie sie gewesen sind,« sagte der Riese, »kaum, daß ich euch erkennen kann. Sonst könnte es mich wohl belustigen, zu sehen, wie ein Westgote heutzutage aussieht. Einer von euch reiche mir aber wenigstens die Hand, damit ich fühlen kann, ob da noch warmes Blut in Schweden ist.«

Die Männer sahen erst die Fäuste des Riesen und dann ihre eigenen Hände an. Keiner von beiden hatte Lust, seinen Händedruck kennenzulernen. Dann aber erblickten sie eine eiserne Stange, mit der der Riese das Feuer zu schüren pflegte; sie war im Feuer liegengeblieben und an dem einen Ende glühend rot. Mit vereinten Kräften hoben sie die Stange auf und hielten sie dem Riesen hin. Er umfaßte die Stange und preßte sie so, daß das Eisen ihm zwischen den Fingern herablief. »Ja, ich kann merken, daß es noch warmes Blut in Schweden gibt,« sagte er ganz vergnügt zu den verblüfften Seeleuten.

Dann wurde es wieder still um das Feuer, aber diese Begegnung mit seinen Landsleuten führte die Gedanken des Riesen nach Westgötland zurück. Eine Erinnerung nach der anderen tauchte in ihm auf.

»Ich möchte wohl wissen, was aus dem Skalundaer Hünengrab geworden ist?« fragte er die Seeleute.

Keiner von den Männern wußte etwas von dem Hünengrab, nach dem der Riese fragte. »Es wird wohl sehr eingefallen sein,« meinte der eine zögernd. Er hatte ein Gefühl, als könne man einem solchen Frager keine Antwort schuldig bleiben. – »Freilich, freilich, das dachte ich mir wohl,« sagte der Riese und nickte zustimmend. »Es war ja nicht anders zu erwarten, denn den Hügel trugen meine Frau und meine Tochter einmal in einer frühen Morgenstunde in ihren Schürzen zusammen.«

Wieder saß er da und grübelte und suchte Erinnerungen wachzurufen. Er hatte ja nicht gerade kürzlich in Westgötland gewohnt, und es währte eine ganze Weile, bis er tief genug in seine Erinnerungen eindringen konnte.

»Aber Kinnekulle und Billingen und die anderen kleinen Berge, die über die große Ebene zerstreut lagen, die stehen doch wohl noch?« fragte der Riese. – »Ja, die stehen noch,« antwortete der Westgöte, und um dem Riesen zu zeigen, daß er merkte, er habe es mit einem tüchtigen Mann zu tun, fügte er hinzu: »Ihr habt vielleicht diese Berge aufbauen helfen?«

»Ach, das gerade nicht,« erwiderte der Riese, »aber ich kann dir erzählen, daß du es meinem Vater zu verdanken hast, wenn die Berge da stehen. Als ich noch ein kleiner Knirps war, gab es in Westgötland keine große Ebene, sondern da, wo sich jetzt die Ebene ausbreitet, lag ein Bergland, das sich vom Wetternsee bis zum Götaelf erstreckte. Aber dann hatten einige Elfe sich vorgenommen, das Gebirge zu zerbröckeln und es an den Wenernsee hinabzutragen. Es waren keine richtigen Granitberge, sie bestanden hauptsächlich aus Kalkstein und Schiefer, daher wurde es den Elfen leicht, damit fertig zu werden. Ich entsinne mich noch, wie sie ihre Flußbetten und Täler breiter und breiter machten, und schließlich erweiterten sie sie zu Ebenen. Mein Vater und ich gingen zuweilen aus und sahen der Arbeit der Elfe zu, und der Vater war gar nicht so recht damit einverstanden, daß sie das ganze Gebirge zerstörten. ›Sie könnten uns doch wenigstens ein paar Ruhestätten übriglassen!‹ sagte er, und im selben Augenblick zog er seine steinernen Schuhe aus und stellte den einen der Länge nach gen Westen und den anderen der Länge nach gen Osten auf. Seinen steinernen Hut legte er auf eine Bergkuppe am Wenernsee, meinen steinernen Hut schleuderte er weiter nach Süden zu, und seine steinerne Keule warf er in derselben Richtung von sich. Was wir sonst an gutem, hartem Stein bei uns hatten, legte er an verschiedenen Stellen nieder. Und dann ereignete es sich, daß die Flüsse fast das ganze Gebirge wegspülten. Aber die Stellen, die mein Vater mit seinen steinernen Sachen bedeckt hatte, wagten sie nicht anzurühren; die blieben stehen. Da wo mein Vater seinen einen Schuh hingesetzt hatte, blieb der Halleberg unter dem Absatz und der Hunneberg unter der Sohle stehen. Unter dem anderen Schuh war Billingen versteckt. Des Vaters Hut hatte Kinnekulle bewehrt, unter meiner Mütze lag der Mösseberg und unter der Keule der Alleberg. Alle die anderen kleinen Berge auf der Westgötaebene wurden Vater zuliebe ebenfalls verschont, und ich möchte wohl wissen, ob es jetzt in Westgötland noch viele Männer gibt, vor denen die Leute so großen Respekt haben, wie vor ihm.«

»Die Frage ist nicht so leicht zu beantworten,« sagte der Seemann. »Aber ich will doch sagen, wenn Elfe und Riesen zu ihrer Zeit so mächtig gewesen sind, so bekomme ich gleichsam größere Achtung vor den Menschen, denn jetzt haben *sie* sich doch zu Herren über Berge und Ebenen gemacht.«

Der Riese rümpfte die Nase ein wenig. Er schien nicht gerade sehr zufrieden mit der Antwort zu sein, aber er nahm die Unterhaltung bald wieder auf. »Wie steht es denn jetzt mit dem Trolhätta?« fragte er. – »Der braust und donnert, wie er es immer getan hat,« sagte der Seemann. »Ihr seid vielleicht mit dabeigewesen, als der große Wasserfall in Gang gesetzt wurde, so wie Ihr geholfen habt, die Westgötaberge zu erhalten?« – »Ach, das gerade nicht,« erwiderte der Riese. »Aber ich erinnere mich noch, daß meine Brüder und ich, als wir kleine Knirpse waren, ihn als Rutschbahn zu benutzen pflegten. Wir stellten uns auf einen Balken, und dann ging es den Gullöfall, den Toppöfall und die anderen drei Fälle hinab. Wir kamen so rasch dahergesaust, daß wir kurz davor waren, ganz in das Meer hineinzurutschen. Ich möchte wohl wissen, ob es heutzutage in Westgötland noch irgend jemand gibt, der sich auf diese Weise belustigt.« – »Das ist nicht gut zu wissen,« sagte der Seemann. »Aber ich finde fast, es ist eine noch weit wunderbarere Leistung, daß wir Menschen imstande gewesen sind, einen Kanal an den Wasserfällen entlang zu bauen, so daß wir nicht nur den Trolhätta hinabfahren können, so wie Ihr es in Euren jungen Jahren tatet, sondern daß wir ihn auch in Booten und auf Dampfschiffen hinauffahren.«

»Es ist merkwürdig, das zu hören,« entgegnete der Riese, und es schien, als habe die Antwort ihn ein wenig verstimmt. »Kannst du mir nun auch sagen, wie es mit der Gegend am Bejörsee steht, die sie Hungerland nannten?« – »Ja, die hat uns viel Kummer gemacht,« sagte der Westgöte. »Es ist vielleicht Euer Verdienst, daß sie so mager und trostlos daliegt?« – »Ach, das gerade nicht,« antwortete der Riese. »Zu meiner Zeit wuchs an der Stelle ein prächtiger Wald. Aber da geschah es, daß eine meiner Töchter Hochzeit machte und wir viel Holz nötig hatten, um den Backofen zu heizen. Da nahm ich ein langes Tau, schlang es um den ganzen Wald im Hungerland, riß ihn mit einem einzigen Ruck aus und trug ihn nach Hause. Ich möchte wohl wissen, ob es heutzutage jemand gibt, der einen solchen Wald auf einmal ausreißen kann?« – »Die Frage wage ich nicht zu beantworten,« sagte der Westgöte. »Eins aber weiß ich, in meiner Jugend lag das Hungerland kahl und unfruchtbar da, und jetzt haben die Bewohner die ganze Fläche mit Wald bepflanzt. Das nenne ich auch eine männliche Tat!«

»Aber da unten in dem südlichen Westgötland, da kann wohl kein Mensch sein Auskommen finden?« meinte der Riese. – »Habt Ihr auch geholfen, das Land einzurichten?« fragte der Westgöte. – »Nicht gerade das,« sagte der Riese, »aber ich entsinne mich, daß, als wir Riesenkinder dort unsere Herden hüteten, wir uns viele steinerne Häuser bauten und durch alle die Steine, die wir umherwarfen, den Boden so unbestellbar machten, daß es mich deucht, es müsse schwer sein, die Erde dort in der Gegend zu bearbeiten.«

»Das ist freilich wahr, es lohnt sich nicht sonderlich, dort Ackerbau zu betreiben,« sagte der Westgöte, »aber die Bevölkerung hat sich auf die

Weberei und die Herstellung von Holzwaren gelegt, und ich sollte meinen, es zeugt von größerer Tüchtigkeit, sein Auskommen in einer so ärmlichen Gegend zu finden, als bei der Zerstörung des Bodens behilflich zu sein.«

»Jetzt habe ich nur noch eine Frage an euch zu richten,« sagte der Riese. »Wie habt ihr euch unten an der Küste eingerichtet, da, wo der Götaelf sich ins Meer ergießt?« – »Habt Ihr auch da die Hand mit im Spiel gehabt?« fragte der Seemann. – »Das nicht gerade,« erwiderte der Riese. »Aber ich entsinne mich, daß wir oft an den Strand hinabgingen, uns einen Walfisch heranlockten und auf seinem Rücken durch die Fjorde und Schären ritten. Ich möchte wohl wissen, ob ihr jemand kennt, der noch heute so etwas tut?« – »Die Frage will ich unbeantwortet lassen,« antwortete der Seemann. »Aber ich halte es für eine ebenso große Tat, daß wir Menschen unten an der Mündung des Potaelfs eine Stadt gebaut haben, von der Schiffe nach allen Meeren der Welt ausgehen.« Darauf erwiderte der Riese nichts, und der Seemann, der selbst in Gotenborg beheimatet war, begann nun, ihm die reiche Handelsstadt mit ihrem großen Hafen, mit ihren Brücken und Kanälen und den langen, schnurgeraden Straßen zu beschreiben; er erzählte, es wohnten dort so viele tüchtige unternehmende Kaufleute und kühne Seeleute, daß es nicht ausgeschlossen sei, daß sie Gotenborg zu der hervorragendsten Stadt des Nordens machen könnten.

Bei jeder neuen Antwort, die der Riese erhielt, wurden die Runzeln auf seiner Stirn tiefer und tiefer. Es war leicht zu sehen, wie mißvergnügt er darüber war, daß sich die Menschen zu Herren über die Natur gemacht hatten. »Ich merke, es hat sich vieles in Westgötland verändert,« sagte er, »und ich würde gern einmal wieder dahinunterkommen und dies und jenes in Ordnung bringen.« – Als der Seemann das hörte, erschrak er. Er glaubte nicht, daß der Riese in guter Absicht nach Westgötland kommen würde, aber er wagte natürlich nicht, sich das merken zu lassen. – »Ihr dürft überzeugt sein, daß man Euch mit offenen Armen empfangen würde,« sagte er. »Wir wollen alle Kirchenglocken Euch zu Ehren läuten lassen.« – »Es gibt also noch Kirchenglocken in Westgötland?« fragte der Riese und sah ein wenig bedenklich aus. »Sind denn die großen Klingelwerke in Husaby, Skara und Varnhelm noch nicht in Stücke geläutet?« – »Nein, sie sind noch immer da, und sie haben seit Eurer Zeit viele Schwestern bekommen. Es gibt jetzt keinen Ort in Westgötland, wo man keine Kirchenglocken hört.« – »Ja, dann muß ich wohl lieber bleiben, wo ich bin,« sagte der Riese, »denn die Glocken sind schuld daran, daß ich aus der Heimat wegzog.«

Dann versank er in Gedanken, bald aber wandte er sich wieder an die Seeleute: »Nun könnt ihr euch ganz ruhig am Feuer niederlegen und schlafen,« sagte er. »Morgen früh werde ich dafür sorgen, daß ein Schiff hier vorüberfährt, das euch aufnimmt und in eure Heimat zurückbringt. Aber für die Gastfreundschaft, die ich euch erwiesen habe, fordere ich von euch nur die Gefälligkeit, daß ihr, sobald ihr nach Hause kommt, zu dem besten Mann in ganz Westgötland geht, und ihm diesen Ring gebt. Grüßt ihn von mir und sagt ihm, wenn er den an seinen Finger steckt, wird er noch viel mehr werden, als er jetzt ist.«

Sobald die Seeleute nach Hause gekommen waren, gingen sie zu dem besten Mann in Westgötland und gaben ihm den Ring. Aber der war zu klug, um ihn gleich an den Finger zu stecken. Statt dessen hängte er ihn an eine kleine Eiche, die auf seinem Hofe stand. Und sofort begann die Eiche so gewaltig zu wachsen, daß alle es sehen konnten. Sie trieb neue Schößlinge und sandte Zweige nach allen Richtungen aus, der Stamm wurde dicker und die Rinde immer härter. Der Baum bekam neue Blätter und warf sie wieder ab, setzte Blüten und Früchte an und wurde in kurzer Zeit so groß, daß niemand eine gewaltigere Eiche gesehen hatte. Aber kaum war sie ausgewachsen, als sie ebenso schnell zu verwelken begann. Die Zweige fielen ab, der Stamm wurde hohl, und der Baum verfaulte, so daß bald nichts weiter von ihm übrig war als ein Stumpf.

Da nahm der beste Mann in Westgötland den Ring und warf ihn weit weg. »Dies Geschenk des Riesen hat die Macht, daß es einem Mann große Kräfte verleihen und ihn für kurze Zeit hervorragender machen kann als alle anderen,« sagte er. »Aber es wird ihn veranlassen, sich zu überheben, so daß es mit seiner Tüchtigkeit und seinem Glück bald ein Ende hat. Ich will nichts mit dem Ring zu schaffen haben, und ich will nur hoffen, daß niemand ihn findet, denn er ist uns nicht in guter Absicht gesandt.«

Es ist jedoch nicht ausgeschlossen, daß jemand den Ring gefunden hat. Sooft sich ein guter Mensch über seine Kräfte anstrengt, Nutzen zu schaffen, kann man nicht umhin, daran zu denken, ob er nicht etwa den Ring gefunden hat, und ob es nicht dieser Ring ist, der ihn zwingt, so zu wirken, daß er sich vor der Zeit aufreibt und sein Werk unvollendet hinterlassen muß.

Der Gesang.

Die kleine Lehrerin war die ganze Zeit, während sie erzählte, schnell die Landstraße entlang gewandert, und als sie ihre Geschichte beendet hatte, sah sie, daß sie fast am Ziel angelangt war. Sie konnte schon die großen Wirtschaftsgebäude sehen, die wie alle anderen Häuser dort auf dem Gut im Schatten schöner Bäume lagen. Und noch ehe sie daran vorübergekommen war, sah sie das Schloß hoch oben auf der Terrasse hervorschimmern.

Bis zu diesem Augenblick war sie glücklich über ihren Plan gewesen und hatte keinerlei Bedenken gehabt, aber jetzt, wo sie den Hof sah, begann ihr Mut zu sinken. Den Fall gesetzt, daß ihr Vorhaben ganz verkehrt war! Sie war ja so gering und unbedeutend, da war wohl niemand, der sich um ihre Dankbarkeit kümmerte! Vielleicht würden sie nur über sie lachen, wenn sie in später Abendstunde mit ihren Schulkindern dahergewandert kam. Sie sangen ja auch gar nicht so schön, daß sich jemand etwas daraus machen konnte.

Sie begann langsamer zu gehen, und als sie an die Treppe kam, die zu der Schloßterrasse hinaufführte, bog sie vom Wege ab und ging die Stufen hinauf. Sie wußte sehr wohl, daß das große Schloß seit dem Tode des alten Herrn leer stand. Sie ging nur da hinauf, um in Ruhe zu überlegen, ob sie weitergehen oder umkehren sollte. Als sie auf die Terrasse hinaufkam und das Schloß sah, das schimmernd weiß im Mondschein dalag, als sie die Hecken und die Blumengruppen und die Balustrade mit den Urnen und die stattliche Treppe erblickte, wurde sie immer kleinmütiger. Es erschien ihr alles so prachtvoll und vornehm, daß sie einsah, hier hatte sie nichts zu tun. »Komm mir nicht zu nahe!« schien ihr das feine, weiße Schloß zu sagen, »Du wirst dir doch nicht einbilden, daß du und deine Schulkinder dem, der gewohnt ist, in einem solchen Schloß zu wohnen, Freude zu bereiten vermögen?« Um diese Unschlüssigkeit, die sie mehr und mehr beschlich, in die Flucht zu jagen, erzählte die Lehrerin nun ihren Schulkindern alles von dem alten und dem jungen Herrn, so wie sie es gehört hatte, als sie Schülerin auf Nääs gewesen war. Und das machte ihr ein wenig mehr Mut. Es war ja doch wirklich wahr, daß das Schloß und das ganze Gut dem Handfertigkeitsseminar geschenkt worden war. Es war geschenkt worden, damit Lehrer und Lehrerinnen eine glückliche Zeit auf einem schönen Herrenhof verleben und danach ihren Schulkindern Kenntnisse und Freude mit heimbringen sollten. Aber diejenigen, die einer Schule ein solches Geschenk gemacht, hatten doch dadurch bewiesen, daß sie die Schullehrer zu schätzen wußten. Sie hatten hier offen bekannt, daß sie die Erziehung der schwedischen Kinder für wichtiger hielten als alles andere. Und hier durfte sie, die junge Lehrerin, sich am allerwenigsten mutlos und verzagt fühlen.

Diese Gedanken trösteten sie ein wenig, und sie beschloß, ihren Plan nun doch auszuführen. Und um ihren Mut zu stärken, ging sie in den Park hinab, der den Abhang zwischen dem Schloßhügel und dem See bedeckte. Als sie unter den schönen Bäumen dahinschritt, die so finster und geheimnisvoll im Mondschein dastanden, erwachten viele frohe Erinnerungen in ihr. Sie erzählte den Kindern, wie es zu ihrer Zeit auf Nääs gewesen war, und wie glücklich sie sich als Schülerin hier gefühlt hatte, wo sie jeden Tag in dem schönen Park lustwandeln durfte. Sie erzählte von Festen und von Spiel und Arbeit, vor allem aber erzählte sie von der großen Güte, die ihr und so vielen anderen diesen stolzen Herrenhof erschlossen hatte. Auf diese Weise hielt sie ihren Mut aufrecht, und sie gelangte durch den Park und über die alte steinerne Brücke und erreichte die Wiese unten am See, wo die Villa des Vorstehers mitten zwischen den Schulgebäuden lag.

Dicht an der Brücke lag der grüne Spielplatz, und als sie daran vorüberkam, beschrieb sie den Kindern, wie schön es hier an den Sommerabenden war, wenn die Rasenfläche von hellgekleideten Menschen wimmelte und Singspiele und Ballspiele einander ablösten. Sie zeigte den Kindern das »Freundesheim«, in dem der Versammlungssaal war, die Villen, in denen sich die Unterrichtsäle und der Turnsaal befanden. Sie ging schnell und sprach unaufhörlich, als wolle sie sich keine Zeit lassen, ängstlich zu warten. Als sie aber schließlich so weit gekommen war, daß sie die Villa des Vorstehers sehen konnte, blieb sie plötzlich stehen.

»Wißt ihr was, Kinder, ich glaube, wir gehen nicht weiter,« sagte sie. »Ich habe bisher nicht daran gedacht, aber der Vorsteher ist vielleicht so krank, daß wir ihn durch unsern Gesang stören könnten. Es wäre ja schrecklich, wenn wir ihn noch kränker machten.«

Der kleine Niels Holgersen war die ganze Zeit mit dabei gewesen und hatte alles gehört, was die Lehrerin erzählte. Er wußte also, daß sie ausgegangen waren, um jemand, der da drüben in der Villa krank lag, etwas vorzusingen, und er begriff jetzt, daß aus dem Gesang nichts werden würde, weil sie fürchteten, den Kranken zu stören und zu beunruhigen.

»Es ist doch schade, daß sie wieder von dannen gehen, ohne zu singen,« dachte er. »Es wäre ja die leichteste Sache von der Welt, zu erfahren, ob der Kranke wirklich zu schwach ist, um ein wenig Gesang hören zu können. Warum geht die Lehrerin nicht nach der Villa und erkundigt sich?«

Aber auf diesen Gedanken schien die Lehrerin gar nicht zu kommen; sie kehrte im Gegenteil um und ging schweigend heimwärts. Die Schulkinder erhoben ein paar Einwendungen, aber sie brachte sie zum Schweigen. »Nein, nein,« sagte sie. »Es war dumm von mir, daß ich hierher gehen und singen wollte, jetzt, wo es schon dunkel geworden ist. Wir könnten leicht stören.«

Da meinte Niels Holgersen, wenn kein anderer es tun wollte, so müßte er zu erfahren suchen, ob der Kranke wirklich zu schwach war, um ein wenig Gesang zu hören. Er entfernte sich von den andern und lief nach dem Hause hinüber. Vor der Villa hielt ein Wagen, und neben den Pferden stand ein alter Kutscher und wartete. Der Knabe war kaum bis an den Eingang des Hauses gelangt, als die Tür aufging und ein Mädchen mit einem Teebrett heraustrat. »Sie werden wohl noch ein wenig auf den Herrn Doktor warten müssen, Larsson,« sagte sie. »Da hat mir die gnädige Frau gesagt, ich sollte Ihnen etwas Warmes bringen.«

»Wie geht es denn dem Herrn?« fragte der Kutscher.

»Er hat keine Schmerzen mehr, aber es ist, als wenn das Herz still steht. Der Herr Vorsteher hat schon eine ganze Stunde dagelegen, ohne sich zu rühren. Wir wissen kaum, ob er noch lebt oder schon tot ist?«

»Hat der Doktor gesagt, daß da keine Hoffnung mehr ist?«

»Man muß auf alles gefaßt sein, Larsson, ja, man muß auf alles gefaßt sein. Es ist, als lausche der Herr Vorsteher nach etwas. Wenn ein Ruf an ihn von oben kommt, so ist er bereit.«

Niels Holgersen lief schnell den Weg entlang, um die Lehrerin und die Kinder einzuholen. Er dachte daran, wie es gewesen war, als sein Großvater starb. Der war Seemann gewesen, und als er in den letzten Zügen lag, hatte er gebeten, man möchte das Fenster öffnen, damit er noch einmal den Wind brausen höre. Und wenn nun der Kranke hier es so über alles geliebt hatte, von Jugend umgeben zu sein, und ihren Liedern und Spielen zuzuhören ...?

Die Lehrerin ging unschlüssig die Allee hinab. Jetzt, wo sie sich von Nääs entfernte, empfand sie ein Verlangen, umzukehren, und als sie vorhin auf dem Wege dahin gewesen, war sie auch kurz davor gewesen, wieder umzukehren. Sie war noch immer gleich unschlüssig und unsicher.

Sie sprach nicht mehr mit den Kindern, sondern ging ganz stumm dahin. In der Allee, durch die sie ging, war der Schatten so tief, daß sie nichts sehen konnte. Es war ihr, höre sie eine Menge Menschen und Stimmen um sich her. Es war ihr, als erklängen angstvolle Rufe von tausend verschiedenen Seiten. »Wir sind soweit weg, alle wir andern!« sagten die Stimmen. »Aber du bist ganz nahe. Geh' hin und singe du, was wir alle fühlen.«

Und sie dachte an den einen und den andern, dem der Vorsteher geholfen und dessen er sich angenommen hatte. Es war übermenschlich, wie er sich angestrengt hatte, allen, die in Not waren, zu helfen. »Geh' hin und singe ihm etwas vor!« flüsterte es ringsum sie her. »Laß ihn nicht sterben, ohne einen letzten Gruß von seiner Schule zu empfangen! Denk' nicht daran, daß du gering und unbedeutend bist! Denk' an die große Schar, die hinter dir steht! Laß ihn, ehe er von uns geht, verstehen, wie innig wir alle ihn lieben!«

Die Lehrerin ging immer langsamer. Da hörte sie etwas, was nicht nur Stimmen und mahnende Rufe in ihrer eigenen Seele war, sondern was aus der äußeren Welt um sie herkam. Es war keine gewöhnliche menschliche Stimme. Es war wie das Zwitschern eines Vogels oder das Zirpen eines Heimchens. Aber es rief trotzdem ganz deutlich, sie solle wieder umkehren.

Und mehr gehörte nicht dazu, um ihr Mut zu machen, ihr Vorhaben auszuführen. – – –

Die Lehrerin und die Kinder hatten ein paar Lieder vor dem Fenster des Vorstehers gesungen. Sie fand selbst, daß ihr Gesang so wunderbar schön geklungen hatte in dieser Abendstunde. Es war, als hätten unbekannte Stimmen mitgesungen. Der ganze Raum war gleichsam von Tönen und Lauten angefüllt gewesen. Sie hatten den Gesang nur anzustimmen brauchen, dann hatten ihre Stimmen einen Klang und eine Kraft erhalten, die sie sonst nicht besessen hatten.

Da tat sich plötzlich die Tür auf, und jemand kam schnell heraus. »Jetzt kommen sie, um mir zu sagen, daß ich nicht mehr singen soll,« dachte die Lehrerin. »Wenn ich ihm nur nicht geschadet habe!«

Aber das war nicht der Fall. Es war die Bitte, sie möchte ins Haus hineinkommen und etwas ausruhen und dann noch ein paar Lieder singen. Da drinnen kam ihr der Doktor entgegen. »Die Gefahr ist für diesmal vorüber,« sagte er. »Er lag besinnungslos da, und das Herz schlug schwächer und schwächer. Aber als Sie zu singen begannen, war es, als erhalte er einen Gruß von allen denen, die seiner Hilfe bedürfen. Er fühlte, daß für ihn die Zeit, Ruhe zu suchen, noch nicht gekommen sei. Singen Sie ihm noch etwas vor! Singen Sie und freuen Sie sich, denn ich glaube, Ihr Gesang hat ihn ins Leben zurückgerufen! Jetzt dürfen wir uns vielleicht Hoffnung machen, ihn noch ein paar Jahre zu behalten.«

LII. Die Reise nach Bemmenhög

Donnerstag, 3. November.

Eines Tages zu Anfang November flogen die Wildgänse über Hallandsås nach Schonen hinein. Mehrere Wochen hindurch hatten sie sich auf den großen Ebenen um Falköping aufgehalten, und da sich noch andere Scharen Wildgänse dort niedergelassen hatten, war es eine vergnügliche Zeit gewesen mit vielen Unterhaltungen zwischen den alten Vögeln und viel Wettstreit in allerlei Leibesübungen zwischen den jungen.

Niels Holgersen seinerseits war nicht erfreut über den langen Aufenthalt in Westgötland. Er gab sich Mühe, den Mut aufrechtzuhalten, aber es wurde ihm schwer, sich mit seinem Schicksal auszusöhnen. »Hätte ich nur erst Schonen glücklich hinter mir und wäre im Ausland!« dachte er, »dann wüßte ich, daß ich nichts mehr zu hoffen hätte, und dann würde ich mich wohl beruhigen.«

Endlich an einem frühen Morgen brachen die Wildgänse auf und flogen über Halland hinab. Anfangs spürte der Junge gar keine Lust, auf die Landschaft hinabzusehen. Er meinte, da sei ja nichts Neues zu entdecken. Der östliche Teil war bergig mit großen Heideflächen, die an Småland erinnerten, und weiter nach Westen zu war das Land mit runden, kahlen Bergen bedeckt und von Buchten zerschnitten, ungefähr wie in Bohuslän.

Als die Wildgänse aber die Reise südwärts, an dem schmalen Küstenstrich entlang, fortsetzten, beugte sich der Junge weit über den Hals des Gänserichs vor und verwandte keinen Blick mehr von der Erde.

Er sah, wie die Berge spärlicher wurden und die Ebene sich ausbreitete. Und er sah auch, daß die Küste nicht mehr so von Buchten zerschnitten war. Die Schären draußen vor dem Ufer lagen immer mehr vereinzelt, bis sie schließlich ganz verschwanden, und das weite, offne Meer bis dicht ans Festland heranreichte.

Und dann hörte der Wald auf. Höher nordwärts hatte der Junge ja viele schöne Ebenen gesehen, aber sie waren alle von Wäldern umrahmt gewesen. Überall war Wald. Es war, als wenn das Land eigentlich den Bäumen gehörte, und das bebaute Land lag wie große gerodete Plätze im Walde. Und auf allen Ebenen standen Baumgruppen und kleine Haine, wie um zu zeigen, daß der Wald jeden Augenblick kommen und das Land wieder wegnehmen könne.

Hier aber war es anders. Hier hatte die Ebene die Übermacht. Sie erstreckte sich ganz bis an den Horizont. Da waren große gepflanzte Wälder, aber kein wildgewachsener Wald. Doch gerade, daß das Land so offen dalag, ein Acker neben dem andern, bewirkte, daß es den Jungen an Schonen erinnerte. Der offne Strand mit dem weißen Sand und den Tanghaufen kam ihm auch so bekannt vor. Ihm wurde so fröhlich und ängstlich zugleich ums Herz, als er das sah. »Jetzt kann ich nicht mehr weit von meiner Heimat entfernt sein,« dachte er.

Die Landschaft veränderte sich jedoch wieder. Aus Westgötland und Småland kamen Bäche herabgebraust und unterbrachen die Einförmigkeit der Ebene. Seen, Moore und Heideflächen und Flugsand versperrten den Äckern den Weg, diese aber breiteten sich trotzdem beständig weiter aus, bis sich der Hallandsås unten an den Grenzen von Schonen mit seinen schönen Schluchten und Tälern erhob.

Schon mehrmals auf der Reise hatten die jungen Gänse die Alten in der Schar gefragt: »Wie sieht es im Ausland aus? Wie sieht es im Ausland aus?« »Wartet nur, wartet nur! Ihr sollt es bald erfahren!« sagten die Alten, die schon viele Male das Land auf und ab geflogen waren.

Als die jungen Gänse Wärmlands lange Bergrücken und die blanken Seen dazwischen oder die Felsklippen von Bohuslän oder die schönen Hügel in Westgötland sahen, wunderten sie sich und fragten: »Sieht die ganze Welt so aus?«

»Wartet nur, wartet nur! Das werdet ihr bald erfahren!« antworteten die Alten.

Als die Wildgänse über den Hallandås geflogen und eine gute Strecke nach Schonen hineingekommen waren, rief Akka: »Guckt jetzt hinunter! Seht euch um! So sieht es im Ausland aus!«

Sie flogen gerade über den Sönderås hin. Der ganze lange Höhenzug war mit Buchenwäldern bedeckt, und in den Wäldern lagen schöne Schlösser mit hohen Türmen. Zwischen den Bäumen ästen Rehe und auf den Waldebenen spielten Hasen. Jagdhörner klangen aus den Wäldern, das scharfe Gekläff der Meute drang bis zu der fliegenden Schar hinauf. Breite Wege schlängelten sich durch den Wald und auf ihnen kamen Herren und Damen in glänzenden Wagen gefahren oder auf prächtigen Pferden geritten. Unterhalb des Bergrückens breitete sich der Ringsee aus mit dem alten Bosjökloster auf einer schmalen Landzunge. Die Skäralider Schlucht durchschnitt den Bergrücken, in ihrem Grunde floß ein Bach, und die Felswände waren mit Sträuchern und mit Bäumen bedeckt.

»Sieht es so im Auslande aus? Sieht es so im Auslande aus?« fragten die jungen Gänse. – »So sieht es überall aus, wo waldbedeckte Bergrücken sind,« rief Akka, »aber das ist nicht sehr oft der Fall. Wartet nur, dann werdet ihr sehen, wie es dort gewöhnlich aussieht.«

Akka führte die Wildgänse weiter gen Süden, nach der großen Schonenschen Ebene. Die lag da mit breiten Äckern, mit Rübenfeldern, auf denen die Arbeiter in langen Reihen beschäftigt waren, mit niedrigen, weißgetünchten, aneinandergebauten Höfen, mit unzähligen kleinen, weißen Kirchen, mit häßlichen, grauen Zuckerfabriken, und um die Bahnstationen herum mit Dörfern, die einen kleinstädtischen Anstrich hatten. Da waren Torfmoore mit langen Reihen von Torfschobern, Steinkohlengruben mit großen Kohlenhaufen. Die Landstraßen liefen zwischen zwei Reihen gestutzter Weidenbäume hin, die Eisenbahnen kreuzten einander und bildeten ein dichtes Netz über die Ebene. Kleine, buchenumkränzte Waldseen glitzerten hier und dort, und an einem jeden lag ein prächtiger Herrenhof.

»Guckt jetzt hinunter! Seht euch gut um!« rief die Führergans. »So sieht es im Ausland aus, von der Küste der Ostsee bis ganz hinab zu den hohen Bergen, und weiter als bis dahin sind wir nie gereist.«

Als die jungen Gänse die Ebene gesehen hatten, flog die ganze Schar bis an die Küste des Öresunds. Sumpfige Wiesen fielen sanft nach dem Wasser zu ab, und lange Wälle aus schwarzem Tang lagen am Strande angeschwemmt. An einigen Stellen war das Ufer hoch und an andern war nichts als Flugsand, der sich zu Dünen und Sandbänken auftürmte. Die Fischerdörfer lagen am Ufer, eine lange Reihe gleichmäßig gebauter und gleich großer, ziegelgedeckter, kleiner Häuser mit einem kleinen Leuchtturm draußen auf dem Wellenbrecher und mit Trockenplätzen voll brauner Netze.

»Guckt jetzt hinunter! seht euch gut um!« sagte Akka, »So sieht es im Ausland an den Küsten aus!«

Schließlich flog die Führergans auch nach ein paar Städten. Die lagen da unten mit Unmengen von schlanken Fabrikschornsteinen, mit Straßen zwischen hohen, rauchgeschwärzten Häusern, mit schönen Parks und Spazierwegen, mit Häfen voller Schiffe, mit alten Festungswerken und Schlössern und mit uralten Kirchen.

»So sehen die Städte im Ausland aus, nur daß sie viel größer sind!« sagte die Führergans. »Aber diese können auch wohl wachsen, so wie ihr!«

Nachdem Akka so umhergeflogen war, ließ sie sich in einem Moor im Vemmenhöger Bezirk nieder. Und der Junge konnte sich nicht von dem Gedanken befreien, daß sie heute nur deshalb in Schonen herumgeflogen war, um ihm zu zeigen, daß er ein Land habe, das sich wohl mit einem jeden im Ausland messen konnte. Aber das hätte sie wirklich nicht nötig gehabt. Der Junge dachte gar nicht daran, ob das Land reich oder arm war. Von dem Augenblick an, wo er die ersten Weidenhecken und das erste niedrige Fachwerkhaus gesehen hatte, brannte ihm das Herz vor Heimweh.

LIII. Bei Holger Nielsens

Dienstag, 8. November.

Es war einer von diesen nebeligen, trüben Tagen. Die Wildgänse hatten auf den großen Feldern bei der Sturuper Kirche geweidet und hielten gerade Mittagsrast, als Akka zu Niels Holgersen geflogen kam. »Es scheint, daß wir jetzt eine Weile stilles Wetter bekommen werden,« sagte sie, »und ich denke, wir fliegen morgen über die Ostsee.« – »Ach so!« sagte der Junge kurz, denn der Hals war ihm wie zugeschnürt, so daß er nicht sprechen konnte. Er hatte ja noch immer gehofft, daß er von dem Zauberbann erlöst werden würde, während er in Schonen war.

»Jetzt sind wir ziemlich nahe bei Vestervemmenhög,« sagte Akka, »und ich denke mir, du hast vielleicht Lust einmal zu Hause einzugucken. Es wird ja eine ganze Weile währen, bis du wieder jemand von den Deinen zu sehen bekommst.« – »Es wird wohl das beste sein, wenn ich das unterlasse,« sagte der Junge, aber man konnte es seiner Stimme anhören, daß er sich über den Vorschlag freute. – »Wenn der Gänserich bei uns bleibt, kann ja kein Unglück geschehen,« fuhr Akka fort. »Ich meine, du mußt wissen, wie es daheim bei dir aussieht. Vielleicht kannst du den Deinen auf irgendeine Weise helfen, selbst wenn du nicht wieder ein Mensch wirst.« – »Ja, darin habt Ihr recht, Mutter Akka. Daran hätte ich selbst denken sollen,« sagte der Junge und wurde ganz eifrig.

Einen Augenblick später befanden sich der Junge und die Führergans auf dem Wege zu Holger Nielsens, und es währte nicht lange, bis sich Akka hinter der steinernen Mauer niederließ, die die Häuslerstelle einschloß.

»Es ist doch sonderbar, wie unverändert alles ist,« sagte der Junge und kroch schleunigst auf die Mauer hinauf und sah sich um. »Es ist mir, als sei es gestern gewesen, als ich hier saß und euch in der Luft daherfliegen sah.«

»Ich möchte wohl wissen, ob dein Vater eine Büchse hat?« fragte Akka plötzlich. – »Das sollte ich meinen!« antwortete der Junge. »Um der Büchse wegen bin ich ja an jenem Sonntag zu Hause geblieben, statt in die Kirche zu gehen.« – »Dann wage ich nicht, hier zu stehen und auf dich zu warten,« sagte Akka. »Es wird am besten sein, wenn du morgen früh bei Smygehuk wieder zu uns stößt, dann kannst du die Nacht über zu Hause bleiben.« – »Ach nein, fliegt noch nicht fort, Mutter Akka!« rief der Junge und sprang schnell vom Zaun herunter. Er wußte nicht, woher es kam, aber er hatte gleichsam eine Ahnung, daß ihm oder den Wildgänsen etwas zustoßen könne, so daß sie einander nie wiedersehen würden. »Ihr könnt ja wohl sehen, wie betrübt ich bin, daß ich meine rechte Gestalt nie wieder bekommen soll,« fuhr er fort. »Aber ich will Euch doch sagen, ich bereue es nicht, daß ich im Frühling mit Euch geflogen bin. Nein, lieber will ich nie wieder ein Mensch werden, als diese Reise entbehren.« Akka sog ein paarmal Luft ein, ehe sie antwortete: »Da ist etwas, worüber ich schon lange mit dir habe reden wollen, aber wenn du doch nicht zu deinen Eltern zurückkehren wolltest, meinte ich, es habe keine Eile. Aber es kann ja nie schaden, daß wir darüber reden.« – »Ihr wißt, daß es nichts auf der Welt gibt, was ich nicht für Euch tun würde,« sagte der Junge. – »Wenn du etwas Gutes bei uns gelernt hast, Däumling, so findest du am Ende nicht mehr, daß die

Menschen allein die Erde besitzen sollen,« sagte die Führergans feierlich. »Bedenke, ihr habt ein großes Land, da könntet ihr uns armen Tieren sehr wohl ein paar kahle Schären und einige sumpfige Seen und Moore und einige öde Felsen und entlegene Wälder überlassen, wo wir in Frieden leben könnten! Alle die Jahre, die ich gelebt habe, bin ich gejagt und verfolgt gewesen. Es wäre herrlich, zu wissen, daß es auch für einen Vogel, wie ich es bin, eine Freistatt gäbe.«

»Ich würde wahrlich glücklich sein, wenn ich Euch dazu hätte verhelfen können,« sagte der Junge, »doch ich werde wohl niemals zu Macht unter den Menschen gelangen.« – »Aber wir stehen ja hier und sprechen, als wenn wir uns nie wiedersehen sollten,« sagte Akka, »und morgen früh treffen wir uns doch! Jetzt fliege ich zu meiner Schar zurück.« Sie hob die Flügel, kam aber wieder zurück, strich ein paarmal mit dem Schnabel an Däumling auf und nieder und flog dann schließlich davon.

Es war heller Tag, aber auf dem Hofe war kein Mensch zu sehen, so konnte der Junge gehen, wohin er wollte. Er eilte nach dem Kuhstall, denn er wußte, daß er bei den Kühen am besten Auskunft erhalten konnte. Es sah traurig aus dadrinnen. Im Frühling waren da drei prächtige Kühe gewesen, aber nun stand nur noch eine einzige da. Es war Mairose und man konnte ihr ansehen, daß sie sich nach ihren Kameraden sehnte. Sie ließ den Kopf hängen und hatte kaum ein Hälmchen von dem Futter angerührt, das vor ihr lag.

»Guten Tag, Mairose!« sagte der Junge und sprang ohne Angst zu ihr in den Stand hinein. »Wie geht es Vater und Mutter? Was machen die Katze und die Gänse und die Hühner, und wo hast du Stern und Goldlilie gelassen?«

Als Mairose die Stimme des Jungen hörte, fuhr sie zusammen, und es sah so aus, als habe sie Lust, mit den Hörnern nach ihm zu stoßen. Aber sie war nicht mehr so hitzig wie früher, sondern ließ sich Zeit, Niels Holgersen zu betrachten, ehe sie ihn auf die Hörner nahm. Er war noch ebenso klein wie bei seiner Abreise, und er hatte denselben Anzug an wie bei seiner Abreise, aber er sah trotzdem ganz anders aus. Der Niels Holgersen, der im Frühling von dannen gezogen war, hatte einen schweren und langsamen Gang, seine Stimme war träge und seine Augen waren schläfrig, der Niels Holgersen aber, der wiederkam, war leicht und geschmeidig, flink in seiner Rede, und hatte ein Paar Augen, die leuchteten und glänzten. Seine Haltung war so keck, daß man unwillkürlich Respekt vor ihm bekommen mußte, so klein er war. Und obwohl er selbst nicht gerade glücklich aussah, wurde man froh, wenn man ihn nur ansah.

»Muh!« brüllte Mairose. »Sie haben ja freilich gesagt, er wäre anders geworden, aber ich wollte es nicht glauben. Willkommen daheim, Niels Holgersen, willkommen daheim! Dies ist die erste frohe Stunde, die ich seit langen Zeiten gehabt habe!« – »Hab' Dank, Mairose!« sagte der Junge, froh überrascht durch den freundlichen Empfang. »Erzähle mir jetzt, wie es Vater und Mutter geht!«

»Die haben nur Sorgen und Unglück gehabt, seit du davongegangen bist,« sagte Mairose. »Das Allerschlimmste war das teure Pferd, das den ganzen Sommer hier gestanden und nichts weiter getan hat als fressen. Dein Vater kann sich nicht entschließen, es zu erschießen, und verkaufen kann er es nicht. Das Pferd ist schuld daran, daß Stern und Goldlilie verkauft werden mußten.«

Der Junge wollte eigentlich etwas ganz anderes wissen, aber er scheute sich, geradeheraus zu fragen. Deswegen sagte er: »Mutter war wohl nicht sehr ärgerlich, als sie sah, daß der Gänserich Martin davonflog?«

»Ich glaube, sie hätte sich die Sache mit dem Gänserich nicht so zu Herzen genommen, wenn sie gewußt hätte, wie es kam, daß er davonflog. Jetzt trauert sie Tag und Nacht darüber, daß ihr eigener Sohn sich von Hause fortgeschlichen und den Gänserich mitgenommen hat.«

»Sie glaubt also, daß ich den Gänserich gestohlen habe?« fragte der Junge. – »Was sollte sie sonst wohl glauben?« – »Vater und Mutter glauben wohl, daß ich mich diesen Sommer wie ein Landstreicher umhergetrieben habe?« – »Sie denken, daß es schlimm mit dir steht,« antwortete Mairose. »Und sie haben über dich getrauert, wie man trauert, wenn man das Liebste verliert, was man besitzt.«

Als der Junge dies hörte, ging er schnell aus dem Kuhstall und begab sich in den Pferdestall. Der war klein aber zierlich. Man konnte deutlich sehen, daß Holger Nielsen sich alle erdenkliche Mühe gegeben hatte, um ihn so einzurichten, daß das neuangekommene Pferd sich wohl dort fühlen sollte. Und da stand ein wunderschönes Pferd, das förmlich von Wohlsein glänzte.

»Willkommen im Stall!« sagte der Junge. »Ich habe gehört, daß hier ein krankes Pferd sein soll, aber das kannst du doch nicht sein, so frisch und gesund, wie du aussiehst!« Das Pferd wandte den Kopf um und sah den Jungen aufmerksam an. »Bist du der Sohn des Hauses?« fragte es. »Von dem habe ich soviel Schlimmes gehört. Aber du siehst so gut aus, daß, wenn ich nicht wüßte, er sei in ein Heinzelmännchen verwandelt, ich nie geglaubt hätte, daß du es seiest.« – »Ich weiß sehr wohl, daß ich hier zu Hause einen schlechten Ruf hinterlassen habe,« sagte der Junge. »Meine eigene Mutter glaubt, daß ich mich als Dieb weggeschlichen habe, aber das ist jetzt einerlei, denn ich bleibe nicht lange zu Hause. Ehe ich gehe, möchte ich aber doch gern wissen, was dir eigentlich fehlt.«

»Schade, daß du nicht hier bleibst,« sagte das Pferd, »denn ich bin überzeugt, du und ich, wir wären gute Freunde geworden. Mir fehlt nichts weiter, als daß ich mir etwas in den Fuß hineingetreten habe, eine Messerspitze oder was es sonst sein mag. Das sitzt so gut verborgen, daß der Doktor es nicht hat finden können, aber es sticht und sticht, so daß ich fast nicht auftreten kann. Wenn du Holger Nielsen nur erzählen wolltest, was mir fehlt, so glaube ich, daß er mir leicht helfen könnte. Ich möchte so gern für mein Futter arbeiten. Ich schäme mich so, daß ich dastehe und fresse, ohne das Geringste zu leisten.«

»Gut, daß du keine eigentliche Krankheit hast,« sagte der Junge. »Ich will sehen, ob ich nicht dafür sorgen kann, daß du kuriert wirst. Es tut dir wohl nicht weh, wenn ich mit meinem Messer etwas in deinen Huf ritze?«

Niels Holgersen war gerade mit dem Pferd fertig geworden, als er draußen auf dem Hof Stimmen vernahm. Er öffnete die Stalltür ein klein wenig und sah hinaus. Es waren sein Vater und seine Mutter, die von der Landstraße her auf das Haus zukamen. Man konnte ihnen ansehen, daß sie von Sorgen niedergedrückt waren. Seine Mutter hatte viel mehr Runzeln bekommen, als sie früher gehabt hatte, und das Haar des Vaters war grau geworden. Die Mutter redete dem Vater zu, sich Geld von seinem Bruder zu leihen. »Nein, ich will nicht noch mehr Geld leihen,« sagte der Vater, gerade als sie am Stall vorübergingen. »Schulden sind das Schlimmste von allem. Dann müssen wir lieber das Haus verkaufen.« – »Ich hätte auch nichts dagegen, daß wir uns von dem Hause trennten, wenn es nicht des Jungen wegen wäre. Aber was soll er anfangen, wenn er eines Tages arm und elend, wie er natürlich ist, zurückkehrt, und wir dann nicht hier sind?« – »Ja, darin hast du recht,« sagte der Vater, »wir müßten dann die Leute, die hier nach uns wohnen, bitten, sich seiner anzunehmen und ihm zu sagen, daß wir ihn erwarten. Er soll kein böses Wort von uns hören, wie er auch sein mag. Nicht wahr, Mutter!« – »Ach nein, nein! Hätte ich ihn nur wieder daheim, so daß ich wüßte, er triebe sich nicht hungrig und frierend auf der Landstraße herum, dann könnte alles andere einerlei sein.«

Als sein Vater und seine Mutter das gesagt hatten, gingen sie ins Haus, und Niels konnte nichts mehr von ihrer Unterhaltung hören. Er war sehr glücklich und tief gerührt, als er hörte, daß sie ihn so lieb hatten, obwohl sie glaubten, er sei ganz vor die Hunde gegangen. Am liebsten wäre er gleich zu ihnen gelaufen. »Aber wenn sie mich so sehen, wie ich jetzt bin, würden sie vielleicht noch betrübter werden,« dachte er.

Während er noch dastand und überlegte, hielt ein Wagen am Zaun. Der Junge hätte beinahe laut aufgeschrien vor Überraschung; denn niemand anders als das Gänsemädchen Aase und ihr Vater stiegen aus und kamen auf den Hof gegangen. Hand in Hand schritten sie dem Hause zu; sie kamen so still und ernsthaft daher, aber ein schöner Schimmer von Glück strahlte aus ihren Augen. Als sie ungefähr mitten auf dem Hofe waren, hielt Aase ihren Vater zurück und sagte zu ihm: »Vergiß nun auch nicht, Vater, daß du kein Wort von dem Holzschuh oder den Gänsen oder dem kleinen Wicht sagst, der Niels Holgersen so ähnlich sah, daß, wenn er es nicht selbst gewesen ist, es einer sein muß, der etwas mit ihm zu schaffen hat.« – »Nein,« sagte Jon Assarson, »nein, ich sage natürlich nichts weiter, als daß ihr Sohn dir mehrmals große Hilfe geleistet hat, als du umherwandertest und nach mir suchtest, und daß wir gekommen sind, um zu fragen, ob wir ihnen dafür nicht auch einen Dienst erweisen können, jetzt, wo ich ein wohlhabender Mann geworden bin und mehr habe, als ich gebrauchen kann, seit ich die Grube da oben fand.« – »Ja, ich weiß sehr wohl, daß du dich gut ausdrücken kannst,« sagte Aase. »Ich meinte ja auch nur, daß du dies nicht sagen solltest.«

Sie gingen ins Haus, und der Junge hätte schrecklich gern gehört, worüber sie da drinnen sprachen, aber er hatte nicht den Mut, sich auf den Hofplatz hinauszuwagen. Es währte nicht lange, da kamen die beiden wieder heraus, und da begleiteten der Vater und die Mutter sie bis an die Gitterpforte. Es war merkwürdig zu sehen, wie froh die beiden jetzt waren. Sie sahen so aus, als hätten sie neues Leben bekommen.

Als die Gäste wieder fortgefahren waren, blieben der Vater und die Mutter an der Pforte stehen und sahen ihnen nach. »Jetzt will ich auch nicht mehr traurig sein,« sagte die Mutter, »jetzt, wo ich soviel Gutes von Niels gehört habe.« – »Viel haben sie eigentlich nicht von ihm erzählt,« sagte der Vater nachdenklich. – »War es nicht schon genug, daß sie einzig und allein hergereist kamen, um uns zu helfen, nur weil unser Niels ihnen große Dienste geleistet hatte? Ich finde übrigens, du hättest ihr Anerbieten annehmen sollen, Vater.« – »Nein, Mutter, ich will von niemand Geld annehmen, weder als Geschenk noch als Darlehn. Erst will ich meine Schulden abbezahlen, und dann wollen wir versuchen, uns wieder emporzuarbeiten. Wir sind ja doch noch nicht so uralt, Mutter!« Der Vater lachte so herzlich, als er das sagte. »Ich glaube wahrhaftig, du findest es ergötzlich, den Hof zu verkaufen, in den wir soviel Arbeit hineingesteckt haben,« sagte die Mutter. – »Ach, du weißt ja recht gut, weswegen ich lache, Mutter,« entgegnete der Vater. »Was mich so bedrückt hat, daß ich zu nichts mehr zu gebrauchen war, das war ja, daß ich glaubte, der Junge sei vor die Hunde gegangen. Aber jetzt, wo ich weiß, daß er lebt und sich gut geschickt hat, jetzt sollst du sehen, daß Holger Nielsen noch was wert ist!«

Die Mutter ging ins Haus hinein, aber Niels Holgersen versteckte sich schleunigst in eine Ecke, denn der Vater kam in den Stall, um nach dem Pferd zu sehen. Er ging zu ihm in den Stand hinein und hob, wie er es zu tun pflegte, den kranken Fuß in die Höhe, um zu sehen, ob er nicht entdecken könne, was ihm fehlte. »Aber was ist denn das?« fragte der Vater, denn er sah, daß einige Buchstaben in den Huf hineingeritzt waren. »Nimm das Eisen von dem Huf ab!« las er. Verwundert und fragend sah er sich nach allen Seiten um. Schließlich besah und befühlte er die untere Seite des Hufes. »Ich glaube wahrhaftig, daß etwas Scharfes darin sitzt,« murmelte er nach einer Weile.

Während der Vater mit dem Pferde beschäftigt war und der Junge in einer Ecke des Stalles versteckt saß, kam noch mehr Besuch auf den Hof. Als nämlich der Gänserich Martin gesehen hatte, daß er sich so in der Nähe seiner alten Heimat befand, war es ihm unmöglich, der Lust zu widerstehen, seinen früheren Kameraden auf dem Hofe Frau und Kinder zu zeigen; und ohne weitere Umstände zu machen, nahm er Daunenfein und die jungen Gänse mit und flog dahin.

Es war kein Mensch draußen auf dem Hofe bei Holger Nielsen, als der Gänserich geflogen kam; so konnte er sich denn ganz ruhig niederlassen und Daunenfein zeigen, wie herrlich er es gehabt hatte, als er noch eine zahme Gans war. Als sie den ganzen Hofplatz besichtigt hatten, entdeckte er, daß die Tür zum Kuhstall offen stand. »Guck einen Augenblick hier herein,« sagte er, »dann kannst du sehen, wo ich in alten Zeiten gewohnt habe! Das war etwas anderes, als sich in Teichen und Sümpfen aufzuhalten, so wie wir es jetzt tun.«

Der Gänserich stand auf der Schwelle und sah in den Kuhstall hinein. »Hier ist kein Mensch,« sagte er. »Komm nur, Daunenfein, dann sollst du die Gänsebucht sehen! Du brauchst nicht bange zu sein, da ist nicht die geringste Gefahr!«

Und dann gingen der Gänserich, Daunenfein und alle sechs Jungen in die Gänsebucht hinein, um zu sehen, in welchem Glanz und welcher Herrlichkeit der große Weiße gelebt hatte, ehe er sich den Wildgänsen anschloß.

»Ja, seht, so hatten wir es hier! Da war mein Platz, und da stand der Futtertrog, der immer mit Hafer und Wasser gefüllt war,« sagte der Gänserich. »Wartet einmal, da ist auch jetzt Fressen!« Und damit lief er an den Trog und begann Hafer zu verschlingen.

Aber Daunenfein war unruhig. »Laß uns lieber wieder gehen,« sagte sie. – »Ach, nur noch ein paar Körner!« entgegnete der Gänserich. Im selben Augenblick stieß er einen Schrei aus und eilte auf den Ausgang zu. Aber es war zu spät. Die Tür fiel ins Schloß, Holger Nielsens Frau stand draußen und hakte die Krampe zu, und dann waren sie eingesperrt!

Holger Nielsen hatte ein spitzes Stück Eisen aus dem Huf des Pferdes gezogen und stand nun sehr vergnügt da und streichelte das Tier, als seine Frau in den Stall gestürzt kam. »Komm einmal her, dann sollst du sehen, was für einen Fang ich gemacht habe!« sagte sie. – »Nein, noch einen Augenblick, Mutter, und sieh erst einmal hierher!« sagte der Mann. »Jetzt habe ich entdeckt, was dem Pferd gefehlt hat.« – »Ich glaube, jetzt hat sich das Glück gewendet und kehrt wieder zu uns zurück,« sagte die Frau. »Denk dir nur, der große Gänserich, der im Frühling verschwand, muß mit den Wildgänsen geflogen sein. Er ist zurückgekommen und hat sieben Wildgänse mitgebracht. Sie gingen in die Gänsebucht hinein, und ich habe sie da alle eingesperrt.« – »Das ist doch sonderbar!« sagte Holger Nielsen. »Weißt du aber, was das beste bei dem Ganzen ist, Mutter? Wir brauchen nun nicht mehr zu glauben, daß unser Junge den Gänserich mitgenommen hat, als er weglief.« – »Ja, da hast du recht, Vater. Aber nun will ich dir etwas sagen, Vater: Ich glaube, ich muß die Gänse gleich heute abend schlachten. In ein paar Tagen ist der Martinstag, und wir müssen uns beeilen, wenn wir sie noch in die Stadt bringen wollen,« – »Ich finde eigentlich, es ist unrecht, den Gänserich zu schlachten, da er doch mit einer so großen Schar zu uns zurückgekehrt ist,« sagte Holger Nielsen. – »Wenn die Zeiten besser wären, würde ich ihn gern am Leben lassen, aber da wir ja selbst von hier fort müssen, können wir die Gänse doch nicht behalten.« – »Darin hast du freilich recht.« – »Komm, und hilf mir, sie ins Haus hineinzutragen,« sagte die Mutter.

Sie gingen aus dem Stall hinaus, und einen Augenblick später sah der Junge seinen Vater mit Daunenfein unter dem einen Arm und dem Gänserich Martin unter dem andern zusammen mit der Mutter ins Haus gehen. Der Gänserich rief: »Däumling! Komm und hilf mir!« wie er zu tun pflegte, wenn er in Gefahr war, obwohl er ja gar nicht wissen konnte, daß der Junge in der Nähe war.

Niels Holgersen hörte ihn sehr wohl, aber er blieb trotzdem in der Stalltür stehen. Wenn er zögerte, so geschah das nicht, weil er wußte, daß es gut für ihn war, wenn der Gänserich auf die Schlachtbank gelegt würde – daran dachte er in diesem Augenblick nicht einmal. Sollte er aber den Gänserich retten, so mußte er sich vor seinem Vater und seiner Mutter sehen lassen, und dazu konnte er sich nicht entschließen. »Sie haben es schon schwer genug!« dachte er. »Soll ich ihnen wirklich auch noch diesen Kummer bereiten?«

Als sich aber die Tür hinter dem Gänserich schloß, kam Leben in den Jungen. Er stürzte über den Hofplatz, sprang auf die eichene Schwelle vor der Haustür und lief auf den Flur. Hier zog er nach alter Gewohnheit die Holzschuhe aus und näherte sich der Stubentür. Aber er hatte noch immer einen solchen Widerwillen dagegen, sich seinen Eltern zu zeigen, daß er nicht imstande war, die Hand zu erheben, um anzuklopfen. »Bedenke doch, es handelt sich um den Gänserich Martin,« dachte er, »um ihn, der dein bester Freund war, seit du hier das letztenmal standest!« Und im selben Augenblick erlebte er wieder alles, was er und der Gänserich auf gefrorenen Seen und stürmischen Meeren und zwischen wütenden Raubtieren durchgemacht hatten. Sein Herz schwoll vor Dankbarkeit und Liebe, und er überwand sich und klopfte an die Tür.

»Ist da jemand, der herein will?« fragte der Vater, indem er die Tür öffnete.

»Mutter! du darfst der Gans nichts tun!« rief der Junge, und im selben Augenblick stießen der Gänserich und Daunenfein einen Freudenschrei aus; sie waren auf einer Bank festgebunden, aber er konnte doch hören, daß sie noch am Leben waren.

Aber auch die Mutter stieß einen Freudenschrei aus. »Nein, wie groß und schön du geworden bist!« rief sie aus.

Der Junge war nicht in die Stube hineingegangen, er war auf der Schwelle stehengeblieben wie jemand, der nicht sicher ist, welcher Empfang ihm zuteil werden wird. »Gott sei Lob und Dank, daß ich dich wieder habe!« sagte die Mutter. »Komm herein! Komm herein!« – »Sei herzlich willkommen!« sagte der Vater, er konnte kein Wort weiter herausbringen.

Der Junge aber blieb auf der Türschwelle stehen. Er konnte nicht begreifen, daß sie sich über ihn freuten, so wie er aussah. Aber dann kam die Mutter zu ihm, schlang die Arme um ihn und führte ihn in die Stube hinein und da konnte er merken, wie alles zusammenhing. »Vater! Mutter!« rief er. »Ich bin groß! Ich bin wieder ein Mensch!«

LIV. Der Abschied von den Wildgänsen

Mittwoch, 9. November.

Am nächsten Morgen war Niels Holgersen vor Tagesgrauen auf und ging an den Strand hinab. Ehe es noch richtig hell war, stand er eine Strecke östlich von dem Fischerdorf Smyge am Ufer. Er war ganz allein. Er war in der Gänsebucht bei dem Gänserich Martin gewesen und hatte einen Versuch gemacht, ihn zu wecken. Aber der große Weiße wollte sich nicht von der Stelle rühren. Er sagte kein Wort, steckte nur den Kopf unter den Flügel und setzte sich wieder zum Schlafen zurecht.

Es sah so aus, als sollte es ein schöner, heller Tag werden. Es war fast so schönes Wetter wie an jenem Frühlingstag, als die Wildgänse über Schonen geflogen kamen. Das Meer lag still und regungslos da. Kein Lüftchen rührte sich, und der Junge dachte, welch eine schöne Reise die Wildgänse haben würden.

Er selbst ging noch wie im Traum. Bald fühlte er sich als Heinzelmännchen, bald als Mensch. Wenn er eine steinerne Umfriedigung am Wege sah, wagte er kaum weiterzugehen, ehe er sich nicht überzeugt hatte, daß dahinter kein Raubtier auf der Lauer lag. Und gleich darauf lachte er über sich selbst und freute sich, daß er wieder groß und stark war, und daß er vor nichts bange zu sein brauchte.

Als er an den Strand hinabkam, stellte er sich, so groß er war, unten am Wasser auf, damit die Wildgänse ihn sehen sollten. Es war ein großer Reisetag. Unaufhörlich ertönten Lockrufe aus der Luft. Er lächelte vor sich hin, wenn er daran dachte, daß er ja der einzige war, der verstand, was die Vögel einander zuriefen.

Jetzt kamen auch Wildgänse geflogen. Eine große Schar nach der anderen. »Wenn es nur nicht meine Gänse sind, die wegfliegen, ohne mir Lebewohl zu sagen!« dachte er. Er wollte ihnen so gern erzählen, wie das Ganze zugegangen, und ihnen zeigen, daß er wieder ein Mensch geworden war.

Da kam eine Schar, die schneller flog und lauter schrie als die anderen, und etwas in seinem Innern sagte ihm, daß dies seine Schar sei. Aber er war dessen nicht so sicher, wie er es am vorhergehenden Tage gewesen wäre.

Die Schar flog jetzt langsamer, sie flog an der Küste hin und der. Da wußte der Junge, daß es seine Schar war. Er konnte nur nicht begreifen, warum die Wildgänse sich nicht neben ihm niederließen. Es war doch unmöglich, daß sie ihn da, wo er stand, nicht gesehen haben sollten.

Der Junge versuchte einen Lockton auszustoßen, der sie zu ihm hinabrufen konnte. Aber was war das nur? Die Zunge wollte nicht. Er konnte den richtigen Laut nicht hervorbringen. Er hörte Akka oben in der Luft rufen, er verstand aber nicht, was sie sagte. »Was ist das nur? Haben die Wildgänse ihre Sprache verändert?« dachte er.

Er winkte ihnen mit seiner Mütze zu, und er lief am Strande entlang und rief: »Hier bin ich, wo bist du?«

Aber das schien sie nur zu beängstigen. Sie hoben die Flügel und flogen übers Meer hinaus. Da wurde ihm die Sache endlich klar! Sie wußten nicht, daß er ein Mensch war. Sie konnten ihn nicht erkennen!

Und er konnte sie nicht zu sich rufen, weil ein Mensch die Sprache der Vögel nicht sprechen kann. Er konnte sie nicht sprechen, und er konnte sie auch nicht verstehen.

Obwohl Niels Holgersen so glücklich war, aus seinem Zauberbann erlöst zu sein, fand er es doch bitter, so von seinen guten Kameraden getrennt zu sein. Er setzte sich in den Sand und hielt die Hände vor das Gesicht. Was konnte es nützen, ihnen nachzusehen?

Nach einer Weile aber hörte er Flügelrauschen. Es war der alten Mutter Akka schwer geworden, vom Däumling zu reisen, und sie kehrte noch einmal zurück. Und jetzt, wo der Junge still dasaß, wagte sie es, näher an ihn heranzufliegen. Und auf einmal war es, als seien ihr die Augen dafür aufgetan, wer er war. Sie ließ sich neben ihm auf der Landzunge nieder.

Der Junge stieß einen Freudenschrei aus und schlang die Arme um die alte Mutter Akka. Die anderen Wildgänse strichen mit den Schnäbeln an ihm auf und nieder und drängten sich um ihn. Sie klagten und schnatterten und wünschten ihm auf alle mögliche Weise Glück, und er sprach auch mit ihnen und dankte ihnen für die wunderbare Reise, die er in ihrer Gesellschaft gemacht hatte. Aber auf einmal wurden die Wildgänse so merkwürdig still, als wollten sie sagen: »Ach, er ist ja ein Mensch! Er versteht uns nicht; wir verstehen ihn nicht!«

Da stand der Junge auf und trat an Akka heran. Er liebkoste und streichelte sie. Dasselbe tat er Yksi und Kaksi und Neljä, Viisi und Kuusi, allen den alten, die von Anfang an dabeigewesen waren.

Dann ging er den Strand hinauf, landeinwärts, denn er wußte ja, daß der Schmerz der Vögel niemals lange währt, und er wollte sich am liebsten von ihnen trennen, solange sie noch betrübt darüber waren, daß sie ihn verloren hatten.

Als er das feste Land erreicht hatte, wandte er sich um und sah den vielen Vogelscharen nach, die über das Meer dahinflogen. Alle riefen sie ihre Locktöne, nur eine einzige Schar Wildgänse flog ganz stumm ihres Weges, solange er ihnen mit den Augen folgen konnte.

Aber der Zug war regelmäßig und wohlgeordnet, die Geschwindigkeit war groß und die Flügelschläge waren stark und kräftig. Und der Junge empfand eine solche Sehnsucht nach den Davonziehenden, daß er nicht weit davon entfernt war zu wünschen, er wäre wieder der Däumling und könne mit einer Schar Wildgänse über Meer und Land dahinfliegen.

Ende.

Titelliste Taschenbuch-Literatur-Klassiker

Bd. 1 *Abenteuer und Fahrten des Huckleberry Finn*, Mark Twain, Bd. 2 *Andersens Märchen*, Hans Christian Andersen, Bd. 3 *Anton Reiser*, Karl Philipp Moritz, Bd. 4 *Aus dem Leben eines Taugenichts*, Joseph Freiherr v. Eichendorff, Bd. 5 *Bahnwärter Thiel*, Gerhard Hauptmann, Bd. 6 *Bambi Eine Lebensgeschichte aus dem Walde*, Felix Salten, Bd. 7 *Bauern, Bonzen und Bomben*, Hans Fallada, Bd. 8 *Bel Ami*, Guy de Maupassant, Bd. 9 *Bergkristall*, Adalbert Stifter, Bd. 10 *Candide oder der Optimismus*, Voltaire, Bd. 11 *Caspar Hauser oder Die Trägheit des Herzens*, Jakob Wassermann, Bd. 12 *Dantons Tod*, Georg Büchner, Bd. 13 *Das Bildnis des Dorian Grey*, Oscar Wilde, Bd. 14 *Das Dschungelbuch*, Rudyard Kipling, Bd. 15 *Das Fräulein von Scuderi*, ETA Hoffmann, Bd. 16 *Das Gemeindekind*, Marie v. Ebner-Eschenbach, Bd. 17 *Das Heptameron*, Margarete v. Navarra, Bd. 18 *Märchenbriefbuch der heiligen Nächte*, Max Dauphtendey, Bd. 19 *Das Marmorbild*, Joseph v. Eichendorff, Bd. 20 *Das Schloss*, Franz Kafka, Bd. 21 *Das Urteil*, Franz Kafka, Bd. 22 *David Copperfield*, Charles Dickens, Bd. 23 *Der abenteuerliche Simplizissimus*, Grimmelshausen, Bd. 24 *Der arme Spielmann*, Franz Grillparzer, Bd. 25 *Der eingebildete Kranke*, Moliere, Bd. 26 *Der ewige Spießer*, Ödön v. Horváth, Bd. 27 *Der Fürst*, Nocolò Machiavelli, Bd. 28 *Der Glöckner von Notre Dame*, Victor Hugo, Bd. 29 *Der goldene Esel*, Apuleius, *Bd. 30 Der goldene Topf*, ETA Hoffmann, Bd. 31 *Der Graf von Monte Christo*, Alexandre Dumas, Bd. 32 *Der grüne Heinrich*, Gottfried Keller, Bd. 33 *Der kleine Häwelmann und andere Märchen*, Theodor Storm, Bd. 34 *Der kleine Lord*, Frances Hodgson Burnett, Bd. 35 *Der letzte Mohikaner*, James Fenimore Cooper, Bd. 36 *Der Prozess*, Franz Kafka, Bd. 37 *Der Sandmann*, ETA Hoffmann, Bd. 38 *Der Schimmelreiter*, Theodor Storm, Bd. 39 *Der Schuss von der Kanzel*, Conrad Ferdinand Meyer, Bd. 40 *Der Seewolf*, Jack London, Bd. 41 *Der seltsame Fall des Dr. Jekyll und Mr. Hyde*, Robert Louis Stevenson, Bd. 42 *Der Stechlin*, Theodor Fontane, Bd. 43 *Der Sturmheidhof (Sturmhöhe)*, Emily Brontë, Bd. 44 *Der Tor und der Tod*, Hugo v. Hofmannsthal, Bd. 45 *Der Weg ins Freie*, Arthur Schnitzler, Bd. 46 *Der zerbrochene Krug*, Heinrich v. Kleist, Bd. 47 *Deutsches Märchenbuch*, Ludwig Bechstein, Bd. 48 *Deutschland. Ein Wintermärchen*, Heinrich Heine, Bd. 49 *Die Abenteuer der sieben Schwaben*, Ludwig Aurbacher, Bd. 50 *Die Burg von Otranto*, Horace Walpole, Bd. 51 *Die drei Musketiere*, Alexandre Dumas, Bd. 52 *Die Elixiere des Teufels*, ETA Hoffmann, Bd. 53 *Die Geschichte meines Lebens*, Georg Ebers, Bd. 54 *Die Insel Felsenburg*, Johann Gottfried Schnabel, Bd. 55 *Die Judenbuche*, Annette v. Droste-Hülshoff, Bd 56. *Die Kameliendame*, Alexandre Dumas, Bd. 57 *Die Kartause von Parma*, Stendhal, Bd. 58 *Die Kreutzersonate*, Lew Tolstoi, Bd. 59 *Die Leiden des jungen Werther*, Johann Wolfgang v. Goethe, Bd. 60 *Die Leute von Seldvyla I*, Gottfried Keller, Bd. 61 *Die Leute von Seldvyla II*, Gottfried Keller, Bd. 62 *Die Marquise*, George Sand, Bd. 63 *Die Marquise von O.*, Heinrich v. Kleist, Bd. 64 *Die Memoiren der Fanny Hill*, John Cleland, Bd. 65 *Die Ratten*, Gerhard Hauptmann, Bd. 66 *Die Räuber*, Friedrich v. Schiller, Bd. 67 *Die Regentrude*, Theodor Storm, Bd. 68 *Die Reisen des Baron zu Münchhausen*, Bd. 69 *Die Schatzinsel*, Robert Louis Stevenson, Bd. 70 *Die Verlobten*, Allessandro Manzoni, Bd. 71 *Die Verwandlung*, Franz Kafka, Bd. 72 *Die Verwirrungen des Zöglings Törleß*, Robert Musil, Bd. 73 *Die Waffen nieder*, Berta von Suttner, Bd. 74 *Die Wahlverwandtschaften*, Johann Wolfgang v. Goethe, Bd. 75 *Don Carlos*, Friedrich v. Schiller, Bd. 76 *Eduards Traum*, Wilhelm Busch, Bd. 77 *Effi Briest*, Theodor Fontane, Bd. 78 *Egmont*, Johann Wolfgang v. Goethe, Bd. 79 *Ein Held unserer Zeit*, Michail Lermontoff, Bd. 80 *Einsichten und Ausblicke*, Gerhard Hauptmann, Bd. 81 *Emilia Galotti*, Gottold Ephraim Lessing, Bd. 82 *Erinnerungen aus galanter Zeit*, Giacomo Casanova, Bd. 83 *Erzählungen*, Wilhelm Busch, Bd. 84 *Es waren zwei Königskinder*, Theodor Storm, Bd. 85 *Essays*, Michel de Montaigne, Bd. 86 *Franz Sternbalds Wanderungen*, Ludwig Tieck, Bd. 87 *Fräulein Else*, Arthur Schnitzler, Bd. 88 *Frühlings Erwachen*, Frank Wedekind, Bd. 89 Gedanken, Blaise Pascal,

Bd. 90 *Gefährliche Liebschaften*, Pierre-Ambroise-François Choderlos de Laclos, Bd. 91 *Gegen den Strich*, Joris-Karl Huysmany, Bd. 92 *Geschichte des Fräuleins von Sternheim*, Sophie v. La Roche, Bd. 93 *Geschichte vom braven Kasperl und dem Annerl*, Clemens Brentano, Bd. 94 *Geschichten aus dem Wienerwald*, Ödön v. Horváth, Bd. 95 *Glanz und Elend der Kurtisanen*, Honore de Balzac, Bd. 96 *Glück und Unglück der berühmten Moll Flanders*, Daniel Defoe, Bd. 97 *Götz von Berlichingen*, Johann Wolfgang v. Goethe, Bd. 98 *Gullivers Reisen*, Jonathan Swift, Bd. 99 *Heidis Lehr und Wanderjahre*, Johann Spyri, Bd. 100 *Heinrich von Ofterdingen*, Novalis, Bd. 101 *Hiob Roman eines einfachen Mannes*, Joseph Roth, Bd. 102 *Immensee*, Theodor Storm, Bd. 103 *Iphigenie auf Tauris*, Johann Wolfgang v. Goethe, Bd. 104 *Italienische Märchen*, Clemens Brentano, Bd. 105 *Ivannhoe*, Walter Scott, Bd. 106 Jahrmarkt der Eitelkeiten, William Makepaece Thackeray, Bd. 107 *Jane Eyre*, Charlotte Brontë, Bd. 108 *Jugend ohne Gott*, Ödön v. Horvath, Bd. 109 *Jürg Jenatsch*, Conrad Ferdinand Meyer, Bd. 110 *Kabale und Liebe*, Friedrich v. Schiller, Bd. 111 *Kasimir und Karoline*, Ödön v. Horvath, Bd. 112 *Kinder- und Hausmärchen*, Gebrüder Grimm, Bd. 113 *Kleiner Mann, was nun*, Hans Fallada, Bd. 114 *König Alkohol*, Jack London, Bd. 115 *Krambambuli*, Marie Ebner-Eschenbach, Bd. 116 *Lausbubengeschichten*, Ludwig Thoma, Bd. 117 *Lavinia - Pauline - Kora*, George Sand, Bd. 118 *Leben und Lüge*, Detlev von Liliencron, Bd. 119 *Lebensansichten des Katers Murr*, ETA Hoffmann, Bd. 120 *Lenz. Der hessische Landbote*, Georg Büchner, Bd. 121 *Lieutenant Gustl*, Arthur Schnitzler, Bd. 122 *Lord Jim*, Joseph Conrad, Bd. 123 *Luise*, Johann Heinrich Voß, Bd. 124 *Madame Bovary*, Gustave Flaubert, Bd. 125 *Märchen*, Wilhelm Hauff, Bd. 126 *Maria Stuart*, Friedrich v. Schiller, Bd. 127 *Max Havelaar*, Multatuli, Bd. 128 *Meister Floh*, ETA Hoffmann, Bd. 129 *Michael Kohlhaas*, Heinrich v. Kleist, Bd. 130 *Minna von Barnhelm*, Gotthold Ephraim Lessing, Bd. 131 *Moby Dick*, Hermann Melville, Bd. 132 *Nathan, der Weise*, Gotthold Ephraim Lessing, Bd. 133-1 und 133-2 *Nils Holgersson wunderbare Reise*, Selma Lagerlöf, Bd. 134 *Niels Lyne*, Jens Peter Jacobsen, Bd. 135 *Nußknacker und Mausekönig*, ETA Hoffmann, Bd. 136 *Oliver Twist*, Charles Dickens, Bd. 137 *Onkel Toms Hütte*, Herriett Beecher Stowe, Bd. 138 *Peter Schlemihls wundersame Geschichte*, Adalbert v. Chamisso, Bd. 139 *Peterchens Mondfahrt*, Gerdt v. Bassewitz, Bd. 140 *Pinocchio*, Carlo Collodi, Bd. 141 *Reinecke Fuchs*, Johann Wolfgang v. Goethe, Bd. 142 *Rheinmärchen*, Clemens Brentano, Bd. 143 *Rinaldo Rinaldini*, Christian August Vulpius, Bd. 144 *Robinson Crusoe*; Daniel Defoe, Bd. 145 *Romeo und Julia*, William Shakespeare Bd. 146 *Schach von Wuthenow*, Theodor Fontane, Bd. 147 *Schachnovelle*, Stefan Zweig, Bd. 148 *Schatzkästlein des rheinischen Hausfreundes*, Johann Peter Hebel, Bd. 149 *Schelmuffskys Reisebeschreibung*, Christian Reuter, Bd. 150 *Schloss Gripsholm*, Kurt Tucholsky, Bd. 151 *Siebenkäs*, Jean Paul, Bd. 152 *Sternstunden der Menschheit*, Stefan Zweig, Bd. 153 Tao te king, Laotse, Bd. 154 *Till Eulenspiegel*, Hermann Bote, Bd. 155 *Tolldreiste Geschichten*, Honorè de Balzac, Bd. 156 *Tom Jones, Geschichte eines Findelkindes*, Henry Fielding, Bd. 157 *Tom Sawyers Abenteuer und Streiche*, Mark Twain, Bd. 158 *Troquato Tasso*, Johann Wolfgang v. Goethe, Bd. 159 *Traumnovelle*, Arthur Schnitzler, Bd. 160 *Trost der Philosophie*, Boethius, Bd. 161 *Über den Umgang mit Menschen*, Adolph Freiherr v. Knigge, Bd. 162 *Uli der Knecht*, Jeremias Gotthelf, Bd. 163 *Uli der Pächter*, Jeremias Gotthelf, Bd. 164 *Ungeduld des Herzens*, Stefan Zweig, Bd. 165 *Ut oler Welt*, Wilhelm Busch, Bd. 166 *Vater Goriot*, Honorè de Balzac, Bd. 167 *Väter und Söhne*, Ivan Sergejeviç Turgenev, Bd. 168 *Verlorene Illusionen*, Honorè de Balzac, Bd. 169 *Von der Freiheit eines Christenmenschen*, Martin Luther – Bd. 170 *Von der Ursache, dem Prinzip und dem Einen*, Bruno Giordano, Bd. 171 *Vor Sonnenuntergang*, Gerhard Hauptmann, Bd. 172 *Walden oder Leben in den Wäldern*, Henry D. Thoreau, Bd. 173 *Wilhelm Meisters Lehrjahre*, Johann Wolfgang v. Goethe, Bd. 174 *Wilhelm Meisters Wanderjahre*, Johann Wolfgang v. Goethe, Bd. 175 *Wilhelm Tell*, Friedrich v. Schiller

Von demselben Autor/Herausgeber sind bei BOD bereits erschienen:

Alle Tage Feiertage
ISBN 978-3-7386-0409-2, 280 S.
Allerlei Anlässe zum Aktionieren, Feiern und Gedenken

100 Kinderlieder
ISBN 978-3-7322-3024-2, 112 S.
100 Kinderlieder, altbekannt und immer wieder gern gesungen

Liederbuch (Deutsche Volkslieder)
ISBN 978-3-8423-6702-9, 312 S.
300 Volkslieder aus 8 Jahrhunderten und aller Herren Länder

Sagen und Erzählungen aus Marburg und Oberhessen
ISBN 978-3-7347-8909-0 , 164 S.
Allerlei Schwänke und Geschichten aus dem Marburger Land

Tausenderlei über die Freiheit
ISBN 978-3-7322-9721-4, 140 S.
Mehr als 1000 Zitate, Bonmots und Aphorismen über die Freiheit

Tausenderlei über das Glück
ISBN 978-3-7322-5525-2, 160 S.
Mehr als 1000 Zitate, Bonmots und Aphorismen über das Glück

Tausenderlei über die Liebe
ISBN 978-3-8423-7474-4, 140 S.
Mehr als 1000 Zitate, Bonmots und Aphorismen zum Thema Nr. Eins

Weihnachtsgedichte– Verse, Reime und Gedichte zum Fest
ISBN 978-3-7347-6393-9, 352 S.
290 Werke bekannter und unbekannter Dichter zum Weihnachtsfest

Weihnachtsgeschichten - Erzählungen und Märchen
ISBN 978-3-7347-6404-2, 392 S.
85 kurze und lange Texte zur Weihnachtszeit

Weihnachtsgeschichten 2
ISBN 978-3-7481-7533-9, 360 S.
35 kürzere und längere Geschichten zur Weihnacht

100 Weihnachtslieder
ISBN 978-3-7322-3375-5, 112 S.
100 Weihnachtslieder aus der Heimat und der ganzen Welt

Lob und Tadel an tessitore@web.de